영혼으로 사는 아이

어부 시인 김근이 자서전

도서출판
청어

독도 여행 중에

▲ 관광지에서(현재)
울릉도 여행 중에 ▶

아내의 생전 마지막 사진

아내, 부녀회장 재직 시

큰아들과 함께

아내와 손녀들

온 가족들

외손녀 생일에

등에 업힌 어머니 ▶
골목에 나가면 호랑이 할머니
마을에 나가면 대장 형님
마을 유지분들에게는 서산 밑 처자

이웃사촌 형수님과 함께
(어머니 사진)

어촌계장 재직 시

25세 시절,
24세에 처음 배를 만들어 선주가 됨

멍게 양식 초창기

제3 용진호, 강원도 대포항에서 명태잡이 하던 배

우리 집 옥상에서 내려다본 뱃머리

예식장에서

바다, 두려움의 상징

2008/09/07

영일만 석양 1

2008.09.12

영일만 석양 2

머리말

   내가 유소년기를 지나오면서, 경험해온 배고프지 않고 외롭지 않고 슬프지 않은 삶이 인간의 기본적인 행복이라는 생각을 했었다.

   내가 살아오는 과정에서 가장 먼저 체험한 어려움이 배고픈 것이었고, 다음으로 외로움이었다. 좀 더 성장하면서는 슬픔이 마음을 아프게 하면서 의욕마저도 떨어뜨리는 것이었다.

   세 가지의 아픔이 없는 삶은 보편적인 인간의 행복이라는 생각을 하게 되었다.

   가난은 배가 고팠고, 외로움은 마음을 메마르게 했다. 그리고 슬픔은 마음을 절망 속으로 몰아넣었다.

   가난으로 인해 중학교를 세 곳이나 기웃거리고도 이학년 교실에 들어가 보지 못하고 포기한 것이, 내 평생에 죄를 지은 것 같아 항상 남의 뒷전을 기웃거리게 했다.

   삼남 이녀의 오 남매 중 막내였으면서도 수시로 빈 집에 혼자 남는 시간은 나의 성장까지도 멈추게 했다. 세 살 때 다친 발목의 통증으로 인한 나의 고통보다, 어머니 평생에 마음의 고통을 드린 불효자가 되어서 살게 했다.

   어머니는 어머니대로 당신의 자식이 부모를 잘못 만나 장애인이 되

14

었다는 자책감으로 막내를 떼어놓지 못하고 옆에 끼고 살았다. 나는 또한 어머니의 그 정성을 멀리 둘 수가 없어 나는 평생을 어머니를 모시고 살았다.

어머니가 자주 하시던 팔자대로 살라던 말씀이 어린 마음속에 뿌리를 내렸다.

무엇보다 가난에 빼앗겨버린 내 어린 꿈은 바닷속으로 사라졌고, 나는 그 꿈을 찾아 바닷속으로 들어가 평생을 헤매고 살았다. 숨이 막힐 것 같은 외로움을 안아 주던 여인의 가슴에 어린 영혼을 묻어두고 은혜로움에 끝없는 감사를 보냈다.

지금도 내 가슴 속에는 내 영혼을 봄날에 솟아오르는 새싹처럼 거친 발걸음에 밟히지 않게 가꾸어준 그 사랑을 시혼으로 받아 시인의 꿈을 이루게 된 것을, 나는 살아오면서 생각날 때마다 잊지 않고 감사를 보낸다.

이별이 주는 슬픔을 가슴에 안고, 그토록 애절하게 바라보던 어머니 곁을 떠나 죽음의 턱밑에서 느낀 생명의 애착에서, 그냥 세상에서 사라지기에는 너무도 불쌍했던 어린 영혼을 끌어안고 어머니 곁으로 돌아올 수 있었던 것은, 지금 돌이켜 생각해도 백번 천번 찬사를 보낼 일이다.

이름난 사공 어르신이 내게 알려 주신, 네가 용왕의 아들이라는 말씀이, 일 톤짜리 작은 돛단배를 시작으로 영일만을 생활의 터전으로 시작한 어업에서 여러 번 있었던 풍랑 속에 서도 무사할 수 있었던 것은, 용왕님이 나를 지켜 줄 것이란 막연한 자부심을 마음속에 담고 있었기 때문이라 생각했다.

평소에 은근하게 품고 있었던 꿈을 펴 보지도 못하고, 절망 속에 빠져 자칫 삶을 포기하고 싶었던 어려운 순간에서 올망졸망 자라는 아이들을 보면서, 어린 날 나 스스로 배움을 포기해야 했던 그날을 돌아보며, 내게는 아직도 바다가 있다는 막연한 희망으로 다시 시작할 수 있었다.

더는 욕심 내지 않고, 바다가 주는 내 몫만큼 거두어들이는 착실한 어부로 살았다.

무거운 빚에서 벗어나던 날, 그렇게 좋아하던 아내에게 고맙고 미안한 마음을 다 풀어주지 못한 채 먼저 보내 버린 아내와의 이별은 내 삶에 종지부를 찍었다. 우리가 짜놓은 노후의 계획은 허공으로 흩어지고, 내가 할 일이라고는 아내의 영상을 안고 허수아비처럼 멍하니 앉아 있는 내게, 이 글을 쓰게 해 준 우리 막내가 한없이 기특하게 느껴진다.

차례

영혼으로 사는 아이

어부 시인 김근이 자서전

아버지에 대한 기억

내가 태어난 곳은 영일만 끝자락의 작은 어촌 마을이다.

나는 어부였던 아버지의 오 남매 중 막내로 태어나, 일찍이 혼자되신 어머니를 모시고 평생을 고기 잡는 어부로 살았다.

내가 일곱 살 때 아버지가 돌아가셨다. 그때까지 아버지와 함께 살았지만, 내 기억 속에는 아버지에 대한 기억은 토막 난 전설처럼 세 토막만 남아 있다. 그 세 토막 기억 속에 내가 아버지라 불러본 기억도 없으며, 아버지 손을 잡고 걸어 다녀본 기억도 없다.

어머니 얘기로는 내가 세 살 때, 대나무로 만든 뗏목 위에서 작은누나가 나를 데리고 놀다가 밧줄로 얽은 대나무 사이에 발목이 끼여 울자, 겁에 질린 누나가 지나가는 사람에게 빼달라고 애원했고, 지나가던 사람이 억센 손으로 약한 아기 발목을 잡아 비틀어 빼내어 발목뼈가 골절되었다고 한다.

그때 당시는 병원이 멀리에 있고 돈도 없어서, 시골 노인에게 침을 맞고 뜸을 뜨고 풀뿌리를 캐서 발목에 붙여서 낫기를 바라는 동안 발목이 곪기 시작했다. 화덕에 달군 화적으로 피고름을 빼낸 후, 나는 몇 년을 방 안에서 앉은뱅이로 세월을 보내다가 국민학교에 들어갈 때는 어머니 등에 업혀 겨우 학교 입학을 했다고 한다.

내가 청년이 되었을 때 아버지와 친하게 지내셨다는 친구분이, 내가 일을 할 때면 내 옆으로 오셔서 아버지의 이야기를 많이 들려주셨다.

술집에 가시면 기생들이 아버지를 무척 좋아했으며, 장구를 매고 춤을 추고 소리를 하실 때는, 같은 남자라도 반할 것 같았다고 하셨다. 인품도 출중하여 어디에 가도 우대를 받았으며, 술을 좋아하고 친구를 좋아해서 기생집에 자주 드나들어 어머니 속을 많이 썩였는데, 그로 인해 생활이 넉넉하지 못해 어머니가 고생을 많이 하셨다고 했다.

아버지께서는 어장 일에 밝으셔서 일본인이 하는 정치망 어장 어로장으로 일하시다가, 일본인들이 떠난 후 당신이 어장을 만들어 선원들을 데리고 직접 어장을 운영하셨다고 했다.

어머니께서 들려주시는 아버지에 관한 이야기 속에는 선원들을 여러 명 데리고 어장을 운영하셨는데, 한번씩 기생집에 들어가면 며칠씩이나 나오시지 않아, 어머니의 마음고생은 이루 말할 수 없었다. 하시던 어장도 결국은 남의 손에 넘어가고, 병이 들어 자리에 누우면서 어머니의 고난은 그때부터 시작되었고, 오랜 세월 말할 수 없는 고통을 받으셨다.

아버지가 돌아가신 후에는 아무것도 남은 것이 없는 빈집에, 네 남매(오 남매 중 큰누님은 일찍이 시집감)를 옆에 끼고 살아오신 그 고생담은 수없이 나를 울렸다. 어머니는 아버지가 병석에 들면서부터 낡은 재봉틀에 매달려 삯바느질로 겨우겨우 버텨 왔으며, 명절 때가 되면 밤을 새우기도 하셨다.

내가 어머니의 고생을 바라보며 가슴이 터지도록 불쌍하게 느끼기 시작한 것은, 국민학교 사오 학년 때쯤이었던 것 같다.

보리 베기 때가 되면 어머니는 남의 집 일품을 가시거나, 나를 데리고 보리 이삭을 줍기 위해 이 밭 저 밭을 헤매고 다녔다. 게다가 집에서는 먹어보지 못한 푸짐한 점심을 밭에서 얻어먹는 일이 많아서 어머니는 꼭 나를 달고 다녔다. 어머니의 그 애틋한 모정을 나는 어른이 되었어야 알게 되었고, 누렇게 익어가는 보리밭을 바라보며 한없이 울었다.

그때 남은 네 남매 중에 큰형님은 고학한답시고 객지로 떠돌아다니셨고, 전쟁이 시작되어 징집통지서가 나오자 도피 생활을 하면서, 집에는 어쩌다 밤에나 잠시 들르곤 했다. 나는 형과 작은누나, 이렇게 삼 남매가 남아 산촌으로 품팔이 가신 어머니가 식량을 이고 오실 때까지 목을 빼고 어머니를 기다리던 기억은, 내 오랜 세월 속에 매달려 내 인생을 채찍질했다.

어머니는 어느 부잣집에서 중매가 들어오자, 배라도 곯지 말라며 나이도 어린 작은누나를 일찍이 시집을 보내서, 나는 누나가 돌아가시는 날까지 불행하게 사는 누나의 가슴 아픈 인생을 바라보며 살았다.

누님은 젊은 나이에 당뇨를 앓았고, 다리를 다쳤으나 치료를 하지 않아 결국은 무릎 아래를 잘라내고 앉은뱅이로 살다 돌아가셨다. 내가 누나 집에 갈 때면 없는 발목이 아프다며, 무척 힘들어했다.

내가 국민학교 삼학년쯤 어느 봄날, 내가 학교를 마치고 아이들과 산으로 참꽃을 따러 간 사이 갑자기 태풍 때문에 파도가 몰아쳤다. 내가 산에서 내려왔을 때는 높은 파도가 마을을 휩쓸고 있었다. 내가 집 앞에 왔을 때, 우리 집에도 예외 없이 파도가 밀어닥쳐 집이 온통 물바다가 되어있었다. 나는 기회를 봐서 집으로 뛰어들며,

"누부(누나)야!"

하고 고함을 치며 물바다가 된 마당을 단숨에 뛰어들어 마루 위에 올라섰다. 놀란 누나가 방문을 열고 나를 끌듯이 방으로 끌어들이고는 방문을 닫아 걸고는 끌어안고 울기 시작했다.

나도 엉겁결에 누나를 부둥켜안고 큰 소리로 울었다. 한참을 울고 난 누나가 나를 쳐다보며,

"어디 갔더노?"

잠긴 목소리로 겨우 물었다.

"참꽃 따러 안 갔더나. 집이 떠내려간 줄만 알았다."

"나는 니도 집에 오다가 나불(파도)에 떠내려간 줄 알았다. 시야는 어디 갔노?"

"시야는 오늘 누구 집에 일하러 간다고 했는데 나불익 쳐서 집에 못 오는깁다."

갑작스럽게 몰려드는 파도로 울타리는 다 쓰러지고, 집 안에 심어놓은 채소는 바닷물에 잠겨 보이지도 않았다. 형이 물바다가 된 마당을 뛰어서 들어오고, 해가 저물 무렵 산골 마을로 일하러 간 어머니가 급하게 돌아왔다. 누나가 자초지종을 이야기하자 어머니는, "그래, 그래! 엄매는 마, 집이 다 떠내려 간 줄 알았다. 너거들이 살아 있어서 다행이다." 하시며 우리를 한꺼번에 끌어안고는, 한참을 온 가족이 집이 떠내려가도록 울었다.

어머니가 부엌으로 나가셔서 오늘 가져온 보리쌀로 밥을 지어 가족이 둘러앉아 저녁을 먹는 사이에도 파도는 간간이 집 안으로 몰려들어 왔다. 아마 그 당시 우리에게 가장 행복했던 시간은, 어머니가 가져온 보리쌀이지만, 밥을 지어 가족이 둘러앉아 함께 밥을 먹는 것이 그때 당시 우리 가족의 가장 행복했던 시간으로 기억에 남아 있다.

다음 날 아침 어머니께서는 일찍 일어나셔서 파도가 휩쓸고 간 집 안을 둘러보며 연신 눈물을 훔쳤다. 가장 먼저 떠올린 생각이 아마도 아버지가 아니었을까. 어린 자식들을 데리고는 아무것도 어떻게 할 수가 없으니 막막한 심정으로 바라보던 어머니는 새벽부터 이웃에 일손 동냥을 나가셨다.

어머니가 다녀오시자, 아침을 먹고 난 이웃 어른들이 모두 모여와 산으로 가서 울타리 기둥을 베어오고 섶을 해 와서, 이틀 동안 울타리 보수를 말끔히 마쳤다. 울타리뿐만 아니라 파도에 밀려온 쓰레기들까지도 말끔하게 치워 깨끗하게 정리해 주어 여간 고맙지 않았다.

　그러나 어머니는 이틀 동안 밥 한 끼도 대접하지 못한 형편을 탄식하면서,

　"이래서는 안 되는데, 이래서는 안 되는데!"

　하시더니, 겨우 막걸리를 사다가 한 잔씩을 드리고는 고맙다는 인사를 수도 없이 하셨다.

　집 안이 깨끗하게 되었으니, 어머니는 서둘러 산골 마을로 일을 떠나셨다. 보리밭 매기가 한창인 농가들이 일손이 모자라서 어머니를 기다린다고 하셨다.

　어머니께서는 힘든 일이 닥칠 때마다,

　"이 어린것들을 나한테 맡겨 놓고 지만 가면 나는 이것들을 어떻게 하라고!"

　하시던 아버지에 대한 원망을 이번에도 빠트리지 않았다.

　그럴 때마다 어머니의 마음속에는 아마도 산처럼 쌓여있던 아버지의 그리움이 무너져 내렸을 것이다. 그런데, 아버지의 사진은 어째서 한 장도 없을까? 내게는 그것이 가장 궁금한 일이었지만 한 번도 어머니에게 물어본 적은 없다.

　전설처럼 남아 있는 아버지의 기억 세 토막은 나에게는 아버지에 대한 유산이나 되는 것처럼 잊지 않기 위해 일 년에도 몇 번씩 되새김했다.

　첫 번째 기억은 아버지가 병석에 계실 때인 듯싶다. 하얀 한복을 입고

마루에 앉아 있는 아버지에게 바닷가에서 주워온 바닷말을 까서 아버지 입에 넣어드리면, 아버지는 야윈 손으로 내 머리를 쓰다듬어 주셨다. 그러면서도 그럴 때마다 내가 아버지 얼굴을 쳐다보지 않았는지 아버지의 얼굴 기억은 조금도 없다.

두 번째는 자리에 누워 있는 아버지의 남산만큼 부어있는 배에다 굵은 주사기로 바늘을 꽂아 놓고 피고름을 빼내는 의사 선생님(의사가 아닌 큰형님의 고등공민학교 담임선생님)과 아버지 그림이었고, 세 번째는 여름날 땡볕에 몸을 태우며 바닷가에서 형과 같이 새끼 고기를 잡으며 놀고 있는데 작은누나가 다급하게 불러서 집으로 갔더니 집안은 온통 울음바다가 되어있었고, 이웃 사람들은 물론, 마을 사람들이 하나둘 모여들면서 하나같이 우리 형제를 보고,

"이그! 불쌍한 것들! 이제 어떻게 살려나?"

하시며 머리를 쓰다듬어 주시던 기억이 난다. 하지만 전설 같은 세 토막의 기억 속에 어디에도 아버지의 얼굴은 기억에 없었다.

없는 아버지에 대한 존재는, 내가 국민학교에 다니는 동안은 그다지 큰 어려움은 주지는 않았던 것 같다. 해마다 돌아오는 운동회 날에는 처음부터 우리 식구는 그 누구도 학교 운동장에는 없었다. 학교가 가까운 탓도 있지만, 선생님들이 특별히 우리 형편을 봐서 그날 선생님들의 식사를 어머니에게 일을 주셨다.

어머니는 그때 당시 몰래 밀주를 만들어 팔았었다. 음식 솜씨가 좋아 술을 빚어 놓아도 술맛이 좋다고 소문이 나서 학교 행사 때 음식 준비는 언제나 어머니 차지였다. 그럴 때마다 누나는 어머니를 도와서 일을 해야 했고, 큰형은 그때도 집에 없었다.

둘째 형은 나보다 네 살이나 많으면서 나보다 한 학년이 많아서 매년

운동회마다 형이 나를 챙겨 주었다. 그래서 언제나 우리는 의좋은 형제로 학교에 소문이 났다. 학교뿐만 아니라 집에서도 언제나 둘은 함께 있었다. 어머니가 심부름을 시켜도 둘이서 가고, 산에 나무를 하러 가도 둘이서 갔다.

내가 무엇을 하자면 거절하지 않고 잘 따라주었고, 형이 무엇을 할 때도 내게 의논을 했다. 아버지 상여가 나갈 때도 형이 내가 다리가 불편하니 산이 높아서 못 올라간다고 집에 있으라고 하여 나는 따라가지 못했다. 그 후 내가 아버지 산소에 간 것은 사오 년이 흐른 후였다.

국민학교 사오 학년이 되면서 나는 다리가 불편했지만 남들 보기에 흉할 만큼은 아니라서, 이웃 또래 아이들과 어울려 봄이 오면 산으로 참꽃을 따는 것을 시작으로 칡뿌리를 캐러 다니면서 공부보다는 먹고 노는 일에 더 열심이었다.

가을이 되어 산에서 열매들이 익어가기 시작하면 우리는 학교가 파하기 바쁘게 산으로 갔다. 그때 시대는 누구도 점심밥을 배부르게 먹는 사람이 별로 없었으니, 아이들은 언제나 배가 고팠다. 그러니 산으로 가서 이것저것 열매를 따먹고 나면, 배가 고픈 줄도 모르고 시간 가는 줄도 모르고 산을 헤매다녔다.

내가 오학년이 되던 해 가을, 처음으로 형을 따라 아버지 산소로 벌초를 하러 갔다. 그때는 내 발목도 적응이 되어 달리기는 못 해도 천천히 달리는 것은 할 수 있었다.

나는 국민학교 육 년 동안 운동회 날 공책 한 권도 상으로 받아본 적이 없다. 언제나 운동회를 마치고 파할 때마다 담임선생님이 남은 상품으로 내게 별도로 상품을 챙겨 주셔서 받아왔다.

처음 가보는 아버지 산소는 생각보다 멀지 않은 가까운 산에 있었으며, 우리가 봄이면 참꽃을 따고, 가을이면 지정 포구란 열매를 따러 자주 가는 산꼭대기에 있던 묘가 바로 우리 아버지의 산소라는 것을 알고 나는 적잖이 놀랐다. 산소에는 풀도 한 포기도 없는 땅이었고 작은 나무들이 수없이 나서 자라고 있었다.

형이 그 나무 들을 하나하나 뽑고 잘라내는 동안, 나는 천천히 아버지 산소 주변을 돌아보다가, 아버지를 실어 온 상여가 아무렇게나 산비탈에 버려져 썩어 가고 있는 것을 보고는 그 자리에 털썩 주저앉았다.

그러고는 "어앙"하며 울음을 터뜨렸다.

형이 놀라서 달려와서 나를 일으켜 한쪽으로 데리고 가서, 아버지의 상여라고 설명을 하면서, 가만히 여기에 앉아 있으라고 하고는 하던 일을 시작했다. 그러나 나는 울음이 멈춰지지 않았다.

어머니께서 잠을 못 이루시는 밤이면, 돈이 없어 아버지를 상여에 태우지도 못하고 마을 사람들이 산에서 배어 온 나무로 상여를 꾸며 태워 보냈다고 하시며 우시는 것을 여러 번 들었다.

나는 형이 일을 마치고 산에서 내려오는 동안 내내 울었다. 집에까지 오는 동안 형이 나를 달래 주었지만, 나는 울음을 멈출 수가 없었다. 그날 밤 나는 아버지 상여에 가득하게 꽃을 싣고 산에서 내려오는 꿈을 꾸었다.

형은 국민학교를 졸업하자, 애당초 진학을 포기한 채 남의 배에도 따라다니고 어장 일을 하면서 어머니의 생활을 도왔다. 그러나 아직은 어린 나이라 그 도움은 미미하였을 것이다.

어머니는 언제나 자식들이 먹을 식량 걱정으로 사방으로 헤매고 다니셨다. 식량을 조금 구하면 서둘러 집에 가져다 놓고는 또 바쁘게 어디론가 식량 벌이를 나갔다.

그렇게 다니면서 조금이라도 여유가 생기면 밀주를 만들어 팔기도 하고, 농사철이 지나면 어머니는 또 낡은 재봉틀에 앉아서 삯바느질을 했다. 어느 해 명절 때는 어머니는 무명 베로 내 윗도리를 만들어 주었는데, 양쪽에 주머니도 달고, 지금 생각해 보니 군사정권 때 많이 입고 다니던 국민복 비슷했던 것 같다.

형은 원체 부지런하기로 이름이 나서 보리 베기나 보리타작 마당으로 자주 불려 다녔고, 소소한 일에도 자주 불러 일을 시키고는, 얼마씩 주는 노임을 받아 어머니께 드렸다. 형은 나이 십칠 세쯤부터는 어장에 다니기 시작하여 이십 세쯤부터는 동리 어른들을 따라 강원도까지 가서 어장에 선원으로 일하며 어머니를 많이 도왔다.

어느 때부터인가 우리 집 생활이 조금은 나아져서 어머니께서 외지로 일품 다니시는 것과 바느질 일을 그만두시고 본격적으로 밀주 장사를 할 수 있었던 것도, 오로지 형이 어머니를 많이 도와주었기 때문이다.

형이 집을 비울 때마다 집에는 어머니와 내가 남아 있었고, 어머니는 내게 큰 말이 집을 나가면 작은 말이 큰 말 노릇을 해야 한다고 하셨다. 힘이 많이 드는 일이 있을 때마다 이웃 어른들의 힘을 많이 빌렸다.

나는 그 공을 잊지 않고 나이 들어 어른이 되어서, 그때 어른들에게는 술대접을 자주 해드리고, 옛날이야기를 하면서 고마움을 표했다.

내가 아버지 산소를 다녀온 후, 내게는 서서히 심경의 변화가 오기 시작했다. 자꾸만 아버지의 산소에 가고 싶어지면서 얼굴도 기억나지 않은 아버지가 그리워지기 시작했다. 그러나 나 혼자서는 아버지가 있는 산에 올라갈 자신이 없었다. 나는 아버지를 생각하면서 알에서 깨어나는 생명체들처럼, 서서히 어린 생각에서 깨어나기 시작하고 있다는 것을, 나 자신이 어렴풋이나마 느끼는 것 같았다.

나는 빨리 아버지 산소에 가고 싶어졌다. 아버지 산소 옆에 울타리처럼 펼쳐져 있는 많은 지정 포구 나무에 달린 포구들이 하루속히 빨갛게 익기를 기다렸다. 포구가 익으면 아이들을 데리고 아버지 산소에 갈 수가 있기 때문이었다.

가을이 깊어지면서 아이들을 데리고 아버지 산소에 갔을 때는, 포구는 이미 빨갛게 탐스럽게 익어 있었다. 아이들이 익은 포구 나무에 매달려 포구를 따는 동안, 나는 아버지 산소 앞에 서서 머릿속으로 아버지를 그려 보았으나, 아버지 모습은 영영 떠오르지 않았다. 그러는 동안 포구 나무에 매달려 있던 아이들이 갑자기 내 곁으로 모여들었다. 나는 아이들에게,

"우리 아부지 미(묘)다. 밟지 마라."

아이들이 포구가 많이 달린 가지를 꺾어 들고 있던 것을 묘 앞에 내려놓으며,

"머하노. 아부지한테 절해라." 누군가 어른처럼 나를 다그쳤다. 나는 엉겁결에 묘 앞에 정색하고 서서 절을 했다. 아이들이 모두 따라서 절을 했다. 나는 마음이 흡족했다.

그 후 우리는 매일 포구가 다 떨어질 때까지, 며칠 동안을 산소에 올라가 아버지에게 절을 하고, 묘 땅에서 자라는 작은 나무들을 아이들과 같이 뽑아내기도 했다. 그리고 포구를 따먹으며 오래 놀다가 내려왔다. 그렇게 가을은 산에서 보냈다. 내가 아이들과 같이 아버지 묘 땅 위에서 놀았던 것은, 아버지가 적적하지 않도록 하기 위한 내 생각이 아니었을까!

겨울이 와서 방학이 되면 마을 앞에 작은 골짜기에 있는 논에다 물을 모아 얼음을 얼게 하고, 겨우내 얼음판에서 놀았다. 나는 아이들이 다

가지고 다니는 얼음 썰매도 없었다. 언제나 이 아이 저 아이 것을 잠시 잠시 얻어 타는 형편이어도, 누구도 얼음 썰매를 만들어 줄 사람이 없었다.

나는 친구 아버지가 만드는 것을 어깨너머로 보고 배워서 손수 만들었다. 그것을 시작으로 나는 내가 가지고 노는 놀이 기구는 하나하나 내 손으로 만드는 것을 익혀 가기 시작했다. 겨울이면 주로 하는 연날리기 하는 연도 내가 만들었다. 그뿐이 아니다. 위험하다고 학교에서도 집에서도 못하게 야단치는 화약총도 내 손으로 만들었다.

그때부터 나는 내가 살아오는 동안 내게 필요한 것은 어떤 방법이든 내가 만들고, 남의 힘을 빌지 않았다. 나는 아마도 어릴 적부터 자수성가를 타고난 것 같았다.

방학이 끝나고 개학을 하면서 나는 육학년이 되었다. 육학년이 되면서 반에서는 삼삼오오 짝을 지어 공부방을 만들어 중학교 입학시험 준비에 들어갔다.

그러나 삼십 명 육학년 중에 중학교를 진학하는 학생은 고작해야 다섯 명뿐이었다. 매년 시험에 합격해도 입학을 못 하는 아이도 있어 입학하는 학생은 그보다 적었다. 그중에 나도 있다고 생각하면서 나는 실의에 빠져 있었다. 내가 육학년이 된 후에야 집을 나갔던 큰형님이 돌아왔지만, 아무런 도움도 되지 않았다.

얼마 전에 새로 부임한 선생님이 혼자 오셔서, 우리 집에 하숙하며 육학년 담임을 맡았다. 큰형님과 한 방을 쓰면서 두 분은 잘 어울렸다. 때로는 달이 뜨는 밤이면 방문을 열어놓고 술잔을 나누면서, 밤이 깊도록 이야기를 나누곤 했는데, 시험 날에는 큰형님이 수험생들을 인솔하기로 약속을 했다.

담임선생님은 시간이 날 때마다 사진기를 들고 다니며 사진을 찍었는데, 때로는 나를 데리고 다녔다. 사진 현상도 직접 하시면서 나를 불러들여 구경하게 하셨다.

나는 한 반에서 5등 안쪽에 드는, 성적이 좋은 편에 들어서 입학시험에 합격하는 것은 문제가 없었으나, 포항 시내에는 일가친척도 없고, 그렇다고 돈이 없으니 하숙 같은 것은 아예 생각도 못 할 처지이니, 시험을 봐서 합격을 하고도 진학을 못 하게 되면, 내가 감당해야 할 실망을 내가 과연 감당할 수 있겠는가에 대한 고민에 빠져 있었다.

그러나 큰형님은 그냥 한번 해보기라도 하라고 나를 부추겼다. 나는 얼떨결에 시험 원서를 내고 공부를 했다. 시험 날짜가 다가올수록 나는 남모르게 고민에 빠졌으나, 어쨌든 시작한 일이니 다가오는 시험 준비는 남들과 같이 해야만 했다.

그러면서도 문제는 시험을 치르러 가는 날 신고 갈 신발도, 입고 갈 옷도 없는 터라 큰형님이 담임선생님께 이야기하여 선생님께서 운동화를 챙겨 주셨다. 내가 생전 처음 신어보는 신발이라 어린 마음에 좋아했는데, 시험 전날 밤 초저녁부터 좀처럼 오지 않던 눈이 내리기 시작했다. 그날 밤은 수험생들은 다 같이 눈 때문에 밤잠을 자지 못했다고 했다.

삼십 리를 걸어서 가야 하는데 어쩌면 못 갈지도 모른다는 생각에 잠도 제대로 자지 못한 상태로 모두 길을 나서기는 했으나, 눈이 발목 위에까지 쌓여 발이 눈 속에 빠지면서 금방 발이 얼어붙었다. 모두가 발이 시려서 발을 동동 굴리며 걸음을 재촉했지만 속도가 나지 않았다.

삼십 리 길 절반을 갔을 때, 다섯 사람 중 한 사람 따라온 여학생이, 눈 위에 주저앉았다. 큰형님이 얼른 여학생을 업고 길옆에 있는 민가로 찾아 들었다.

집주인이 친절하게 나와,

"아이구! 이 어린 학생들이 이래서 어쩌노?"

하시며 부엌 바닥에다 불을 피워서 젖은 발을 말리고 양말도 물을 짜내고 말리면서 몸을 녹였다. 주인아주머니께서 따뜻한 물도 주시며 천천히 몸을 녹이고 하셔서, 우리는 젖은 양말과 젖은 바짓가랑이까지 말려서 천천히 다시 길을 나섰다. 그 사이 날씨는 해가 나오고 눈도 조금 녹아서 걷기에 한결 나아졌다.

우리는 차를 탈 수 있는 약전 동리에 갈 때까지, 고마운 집주인에 관한 이야기로 가벼운 마음으로 남은 길을 걸어서 차를 타고 포항까지 무사히 도착했다.

지금도 내 기억에 남은 것은, 그때 우리가 타고 간 차가, 시골에서 말만 듣던 버스가 아니라 짐을 실어 나르는 자동차 짐칸에 쪼그리고 앉아 아주 불편하게 포항까지 간 것이 너무 힘이 들고 두려워, 오랫동안 우리에게 좋은 추억이 되었다.

포항에 도착하자, 우리는 허술한 식당에서 국수 한 그릇씩 늦은 점심으로 때우고, 각자 연고지가 있는 아이들은 연고지를 찾아가고 나는 큰형님을 따라갔는데, 그곳은 우리 마을 선배 세 사람이 합동으로 자취를 하는 작은 방이었다. 학교를 마치고 돌아온 사람들은 모두가 친하게 아는 선배들이라 반갑게 맞아 주었다.

세 사람 중에는 나보다 일 년 선배면서도 고향에서 노는 것은 언제나 우리 또래와 놀고, 특히 겨울이면 얼음판에서나 연날리기를 할 때는 함께 어울려 놀이를 하는 아주 친한 친구가 있어 무척 반가웠다.

저녁밥을 먹고 선배 친구와 어두운 거리로 나와 도시의 가로등 구경도 하고 도시의 밤 풍경도 구경했다. 나로서는 처음 보는 도시의 밤 풍경이 무척 마음에 들었다. 방이 좁아서 새우잠을 자고 일찍 일어나 아침밥을 먹고 학교 가는 선배들과 같이 학교로 가 시험을 치르고, 함께 모여 돌아오는 차편을 잡아 약전 마을까지 와서는 다시 삼십 리를 걸어서 늦게야 집에 도착했다.

가난의 굴레

시험 발표 날은 아예 나는 발표장에 나가지도 않았다. 친구들에게 합격했다는 소식만 들었다.

애당초 간다는 기대는 아예 생각하지도 않고 어머니에게는 시험에 합격했다는 말씀도 드리지 않았다. 그러나 어머니도 알고 있는 듯 나를 보는 시선이 측은해 보였다. 나는 아무 일이 없는 듯이 땔감을 해 날랐고, 어머니 일을 열심히 도와드렸다.

그렇게 며칠이 지난 후 동창 두 명이 찾아와, 대보(호미곶)에 있는 고등공민학교에라도 입학할 것을 내게 권했다. 고등공민학교란 인가도 나지 않은 학교를 지역에 놀고 있는 실력이 있는 선배들이 모여서, 진학 못 하는 학생들을 위해 시작한 학교다. 학생 숫자도 얼마 되지를 않고, 학생들이 얼마씩 내는 공납금으로 운영을 하다 보니 어려움이 많아, 운영이 어려워 문을 닫는다는 소문이 자주 들렸다.

그래도 집에서 노는 것보다는 영어 한 자라도 배우면 낫지 않겠냐고 권하는 친구들에게 끌리기도 하였지만, 처음부터 나는 포기하고 있었다. 그것은 내가 한쪽 다리가 불편한 상태로 십 리나 되는 먼 길에다, 높은 고개를 넘어가야 하니, 나로서는 자신감이 없었다. 친구들에게 내 사정을 이야기했지만, 친구들이 많이 도와주겠다며 한사코 권하는 바람에 입학하기로 했다.

우리 마을 선배들이 열 명도 넘게 다녔다. 형들과 친구들에게 의지하면서, 다음날 친구들을 따라 학교에 가서 입학 원서를 쓰고 입학금과 책값 영수증을 받아들고 집으로 돌아왔다.

그러나 얼마 되지 않은 돈이지만 어머니 앞에 내어놓기란 어려운 일이었다. 그러나 어머니가 아셔야 하기에 어렵게 어머니 앞에 영수증을 내놓고 상세하게 말씀을 드렸더니, 어머니는 입학금과 책값을 한꺼번에 내기란 어려우니,

"입학금은 조금 미루더라도 책은 사야 공부를 할 수 있으니 책값만 우선 가지고 가거라."

하셨다. 나는 그것만이라도 다행이라 생각하고, 입학식 날 학교에 나갔다. 그래도 지역에 있는 학교라고 지역 유지분들이 많이 나오셔서, 배움에 목마른 가난한 어린 학생들을 위해 축하를 해 주시고 응원도 보내 주시니, 한번 해보고 싶은 욕망이 불끈 치솟아 올랐다. 그러나 내게는 성치 않은 다리로 다닐 수가 있을지가 큰 문제였다.

처음 날보다 오늘은 여러 명이 모여서 오니까 힘이 드는 줄 모르고 온 것 같았으나, 장기적으로 다니기란 역시 어렵지 않을까? 마음속으로는 걱정이 많이 되었다. 그러나 막상 시작하고 보니 친구들도 선배들도 모두가 내게 신경을 써 주어서 용기가 났다.

선생님들은 교감 선생님까지 네 분이었는데 한 사람이 두 과목씩 맡아서 하시고, 교감 선생님께서도 영어를 맡아서 하셨다. 학교 분위기도 좋고 선생님들께서도 봉사하는 마음으로 친절하게 잘 가르쳐 주셨다.

나는 그 분위기에 도취되어 처음부터 열심히 했다. 날이 갈수록 무척 힘이 드는 일이었지만, 재미도 있고 분위기도 좋아서 조금은 힘들어도 다닐 수 있다고 어머니를 안심시켰다.

평지 길에는 별문제가 없는데, 산비탈을 오를 때는 내려올 때는 친구

들이 가끔 밀어주고 끌어 주지만, 오르는 산비탈이 경사가 심하고 높은 산을 넘어야 하는 길이라 힘이 들었으나, 여러 명과 어울려 가니, 억지로라도 따라갈 수 있었지만, 밤이 되면 무리를 받은 발목이 쓰리고 아려서 잠들어서도 끙끙거리고 앓았다.

어느 날 밤, 어머니께서 내가 앓는 소리에 잠이 깨어 내 발목과 다리를 만져 주고 계셨다. 다음 날도, 그다음 날도 종일 일을 하는 당신도 피곤하실 텐데, 매일 밤잠이 깨실 때마다 내가 깊은 잠이 들 수 있게 만져 주셨다. 이제는 어려워도 어머니 정성을 봐서 그만둘 형편이 못 되어, 나는 마음을 단단히 먹고 웬만큼 힘이 들어도 힘든 기색을 보이지 않았다.

입학금은 한 달쯤 지나서 낼 수가 있었는데, 공납금은 첫 달부터 내지 못했다. 월말이 되면 선생님들은 회비 독촉을 했다. 우리가 내는 회비로 학교 운영을 하고, 남는 돈으로 선생님들끼리 나누어서 생활비로 쓴다며, 선생님들은 학생들에게 애원하듯 공납금 독촉을 하셔서, 공납금을 내지 못하게 되면 선생님들에게 미안하고 죄송한 마음이 들어 마음이 편치가 않았다.

선생님들도 형편이 어려우니 어쩔 수 없이 월말이면 독촉을 하고, 그래도 저조하면 집으로 돌려보내는 일을 반복했다. 모두가 외지로 나갈 수 없는 가난한 집 아이들이라는 것을 선생님들도 잘 알고 있었지만, 선생님들 역시 직장이 없어 고향에서 놀고 있는 형편인데다, 가족들을 두고 있는 처지이니,

"너희들이 공납금을 내지 못하면 선생님들도 가족들을 굶겨야 한단다."

라고 목메는 소리를 할 때면, 어린 마음에도 한없이 미안한 마음이 들

었다. 여름 방학 때나 추석이 다가오는 때에는 선생님들도 학생들도 모두 가슴앓이를 해야 했다.

여름 방학이 되자 나는 아픈 다리로 산에 못 간다고 한사코 말리는 어머니 야단에도, 기어이 형을 따라 지게를 지고 먼 산에까지 따라가 한번에 장작 두 단씩(40개비) 조금씩 지고 와서 그것을 모아 팔아서 방학 전에 밀린 공납금을 냈다.

방학이 끝나갈 무렵 작은형은 어장에 일가고 나 혼자 이웃 사람들과 나무를 하러 갔다가, 비탈진 곳에서 나무 짐을 지고 비탈을 오르는 순간, 발이 미끄러지면서 앞으로 넘어져, 날카로운 나무 끝에 눈이 찔려 피가 흘러내리자, 함께 있던 이웃집 아줌마가 눈이 찔렸다고 소리를 지르며 머리에 쓰고 있던 수건을 벗어 눈을 싸매었지만, 피는 좀처럼 멈추지 않았다. 깊이 찔린 것 같다고 모두 걱정을 하셨다.

나는 덜컥 겁이 났다. 한참 후에야 피가 조금 멈추는 것을 보고 아줌마가 가만히 수건을 걷어내고 보고는 눈동자가 찔린 것은 아닌 것 같다고 나를 안심시켜 주었다. 한참 동안 마음을 안정하고 앉아서 쉬었더니 피도 멈추었다.

모두 나무를 버리고 가자고 하였으나 나는 기어코 나무를 짊어지고 다른 사람들보다는 천천히 쉬어가면서 내려오다, 어지럽고 머리도 아파 쉬고 있는데, 일찍 집에 도착한 사람들이 어머니께 알려서, 어머니가 숨을 헐떡이며 올라와 아무 말씀도 없이 지게를 도로 밑 비탈 아래로 곤두박질을 시켜버리고는 나를 붙잡고,

"가지 말라고 했는데! 가지 말라고 했는데!"

하시며 통곡을 하셨다.

한참을 울음을 그치지 못하시던 어머니는 나를 이끌고 마을로 내려와

곧바로 의사 아저씨 집으로 갔다. 의사라는 분은 자격증은 없지만 박사 동생이 부산에서 경영하는 병원에 오래 일을 하셔서 배워온 기술로 처방이나 주사, 급하게 봉합하는 것도 잘 해냈다.

아버지와 형님 동생 하던 친한 사이였기에 어머니와도 가볍게 지내는 사이였다. 찢어진 부위를 몇 바늘 꿰매는 치료를 끝낸 아저씨가,

"이놈아, 운수이긴 하지만 그래도 눈동자를 피한 것이 큰 다행이다. 다리도 불편하면서 산에는 왜 가서!"

"그러게요. 학교 회비를 못 내서."

어머니는 말을 맺지 못하고 내 손을 잡고 일어서서 나왔다. 나는 아저씨에게 고맙다는 인사를 하고 돌아오면서 훗날 내가 이 은혜를 보답하리라는 결심을 했다.

추석도 지나고 겨울 방학이 다가오고 있을 즈음해서는, 몇 달 치 회비를 내지 못한 나로서는 더는 선생님들의 얼굴을 볼 수가 없었다.

며칠 동안 집으로 돌아가는 훈련을 반복하면서 이제는 어머니 마음까지도 괴롭게 만들어 놓았다. 큰마음 먹고 교무실로 들어가 담임선생님께 사정 이야기를 하고, 방학 후에는 꼭 내겠다고 약속을 했지만, 내 마음속에는 이미 결심이 서 있었다.

그날이 내게는 무척이나 고마웠던 고등공민학교와 마지막 날이라, 생각하며 여러 번 학교를 돌아보며 그동안 고마웠다는 인사를 마음속으로 했다. 집에 돌아와서도 어머니에게는 아무 말씀도 드리지 못했다.

겨울이라 농촌에도 일이 없으니, 어머니가 어렵게 밀주를 한 번씩 빚어 놓으면 대부분 외상으로 나가버리니, 다음 장사가 막혀 이러지도 저러지도 못하고, 삯바느질도 대부분 오일장으로 가서 옷들을 사다 입는 터라 끼니마저도 굶어야 하는 처지가 되었다.

어머니는 매번 남의 집에 식량을 꾸러 다녀야 했다. 나는 어머니의 그 아픔을 바라보면서 아무 말씀도 드릴 수가 없었다. 나는 그저 산으로 가서 땔감을 열심히 해 날라서, 어머니가 부엌에서 불이라도 마음 놓고 피워서 따뜻한 방에서 잠잘 수 있도록 해드렸다.

여름 방학 때처럼 장작을 해 와서 팔면 되는데 장작을 하려면 먼 산까지 가야 하니 어머니가 한사코 못 가게 해서 포기하고, 가까운 야산으로 다니며 땔감을 해왔다.

어머니께서는 내가 불편한 다리로 나무 짐을 지고 다니는 것을 못마땅해했으나, 불편하던 내 발목도 일 년 가까이 학교 다니는 동안 많이 좋아진 듯했다. 그래도 어머니께서는 밤에 잠이 깨시면 내 발목을 더듬어 만져 주셨다.

어머니께서 발목을 주물러 주실 때마다,

"부모 잘못 만난 니 팔자라고 생각해라!"

하시던 말씀은 내게 죄책감 때문에 마음 앓이를 하는 것 같아 한없이 죄송스럽고 어쩌면 어머니에 대한 남모르는 불효인 것만 같아, 내 마음 또한 어머니 못지않게 편하지 않았다.

방학이 끝나고 학교를 포기한 채, 이웃에 국민학교 졸업생들이 입학시험 준비로 한창 바쁘게 돌아가는 것을 옆에서 지켜보면서, 나는 가난을 뼈저리게 마음속으로 앓고 있을 때, 작은형이 내게 넌지시 말을 했다.

"여름이 되어 어장이 시작되면 시야가 어장에 정식으로 들어가게 되니, 포기하지 말고 연일 중학교에 시험을 보는 것이 어떠냐?"

농촌에 있는 중학교인데 교장선생님이 국회의원이라, 역사가 짧은데도 빠른 속도로 학생들이 늘고 있고, 무엇보다 연일 중학교에서 누님네 집이 크게 멀지 않으니 누님 집에 하숙이라도 하면 될 것 같다며 나를 달랬다. 올해 졸업생들이 연일 중학교에 원서를 낸다고 하니 내게 알아보라고 했다.

나도 그 소문을 들은 터라 이웃에 있는 창식이를 만나보니 창식이도 연일 중학교에 원서를 낸다고 했다. 다음날 국민학교를 찾아가 입학 원서를 작성하여, 졸업생들과 함께 접수했다. 선생님들도 반가워하면서, 응원의 말씀을 해주셨다.

시험을 치르고 형이 마련해준 입학금과 책값을 준비하고 입학식을 치르고 누님네 집에서 먹고 자기로 했는데, 사돈어른이 거처하는 사랑방에서 사돈어른과 함께 지내야 했다. 좋고 나쁘다는 것보다, 학교에 갈 수 있다는 것에 마음이 들떠서 아무런 불평 없이 순순히 사돈어른과 같이 거처를 시작했다.

첫날밤은 무척 조심이 되었다. 사돈어른은 연신 담배를 피워서, 방 안은 연기가 자욱했고, 사돈어른의 잔기침 소리가 잦아서 책을 읽어도 도무지 머릿속에 들어 오지가 않았다.

나는 초저녁에 공부하기는 어렵다고 생각하고 사돈어른이 잠들기를 기다렸는데, 잠이 든 사돈어른이 이상한 소리를 품어내고 있었다. 뿌드득뿌드득 자글자글 와작와작 품어내는 이빨을 가는 소리가 아주 몸이 오싹하게 소름이 돋을 지경이었다. 게다가 한 번씩 뱉어내는 신음은 깜짝깜짝 놀라게 했다.

나는 밤새도록 한잠도 못 자고 있는데, 새벽에는 일찍 일어나셔서 담배를 피우는 바람에 도저히 참지 못해 일어나 밖으로 뛰쳐나왔다.

일주일이 지나 집에 와서 어머니께 말씀을 드렸더니,

"어쩌겠노. 참고 좀 기대려 봐라. 내가 한번 가서 혹시라도 이웃에 방이라도 한 칸 얻을 수 있을지 알아보마."

하시며 한숨만 쉬었다.

토요일에 집에 잠시 들르면 다음 날 다시 학교로 돌아가야 했다. 갈 때나 올 때나 삼십 리를 걸어야 한다. 다리가 불편한 나에게는 큰 고통이었지만 어머니가 걱정되어서 나는 주일마다 집에 가야 했다.

어머니는 아버지가 돌아가신 후부터 아버지를 떠나보낸 슬픔과 생활이 주는 정신적인 스트레스에 한 달에도 두세 번씩 신경성 속앓이를 앓고 있어, 어머니 걱정으로 마음이 불안했다.

한 번씩 고통이 올 때면 금방이라도 숨이 멎을 것 같아, 우리 형제는 몇 시간씩 어머니에게 매달려야 했다. 주로 밤에 병세가 나타났는데, 그럴 때마다 의사 아저씨를 불러오는 것도 언제나 내 몫이었다.

약이라고는 진통제밖에는 없었지만, 아저씨는 우리에게는 은인 중 은인이라고 마음속으로 늘 새겨 놓았다. 그 때문에 집을 떠난 며칠 동안은 마음이 온통 어머니 생각이었다. 그러나 집에 왔을 때는 그동안은 무사했다며 어머니께서는 걱정을 말라고 하시며,

"기왕 하는 것이니 열심히 공부나 해라."

하시며 오히려 나를 꾸짖었다. 어머니께 인사를 드리고 집을 나서는데, 고등공민학교에 같이 다니던 동창이 나를 찾아왔다. 친구는 그동안 일학년을 마치고 연일 중학교 이학년에 전학을 한다고 하면서, 내가 있는 누님 집에서 같이 하숙하면 안 되겠냐고 했다.

누님네 집은 농사를 많이 짓고 있고, 아이들이 다섯 명이나 되어 어려울 뿐만 아니라, 시동생과 시누도 한 명씩 있는 대가족에 누님이 결혼 후, 소아마비를 앓아서 다리를 절고 있는 불편한 몸이라 힘들어 내가 있는 것도 부담스럽다고 했다.

그런데 며칠 후 친구가 연락도 없이 찾아왔다. 어쩔 수 없이 함께 있기로 했으나, 사돈 식구들에게 눈치가 보여 안절부절못했다. 그러나 당장은 방법이 없었다. 하룻밤을 자고 난 친구는 한잠도 못 잔 눈치였으나 불평할 수도 없는 형편임에, 학교에 가서 입학 절차를 밟고 등교하면서 고민을 했지만, 우리가 방법을 찾기란 어려운 일이라 어머니가 올라오시기를 기다렸다.

그럭저럭 일주일이 지났을 때 주말이 되어 집으로 돌아와 다음날 어머니와 함께 누님 집으로 갔다. 도착하자마자 어머니는 누님 집 가까이에, 아버지 어장에서 몇 해 동안 일했다는 동생이 있다며, 내 손을 잡고 아저씨 댁으로 찾아갔다. 집에 들어서자 마당에서 일하고 계시던 아저씨께서 누님 오셨냐며 반갑게 맞아 주셨다.

마루에 마주 앉아 그간 안부를 묻고, 아저씨는 어머니가 혼자서 아이들을 데리고 어떻게 사느냐며 걱정을 하시며, 어머니의 형편을 안타까워하셨다.

어머니 말씀으로는 몇 년 동안 아버지 밑에서 일을 하시면서, 어머니 하시는 일도 많이 도와주시고, 일이 없을 때는 산에 가서 나무도 해다 주셨다고 했다. 신체도 좋고 힘이 좋아 어장 일도 잘하셔서 아버지도 무척 좋아하셨으며, 어머니와는 누님 동생으로 친해졌다고 하셨다.

아저씨네 집은 새로 지은 지 오래되지 않은 집이라 다른 농촌집보다는 깨끗했고, 아이들도 초등학생이 둘이라 방도 여분으로 남아 있어 쉽게 흔쾌히 와있으라고 하셨다. 아저씨는 당장 오늘이라도 오라고 하셨으나, 어머니는 간단한 살림 도구라도 가져와야 하니 다음 주로 약속을 잡고 돌아가셨다. 물론 방세 같은 것은 받지 않겠다고 했다.

다음 주, 친구와 함께 집으로 가서 간단한 생활 도구를 챙겨 일요일 아침 일찍 출발하여 돌아와 짐을 옮기고 집에서 가지고 온 보리쌀로 밥을 지었다. 어머니가 시키신 대로 보리쌀을 오랫동안 물에다 불려서 해야 한다고 했는데, 밥이 아니라 보리쌀을 삶아놓은 상태였다.

보리쌀은 삶아서 뜸을 들이고 다시 물을 부어서 한 번 더 밥을 지어야 하는데 보리쌀을 삶은 상태로 그냥 먹어서, 학교에 가서 수업이 시작되고 두 시간쯤 지났을 때 그제야 아침에 먹은 보리쌀이 불어나면서 배가 불러오는 것 같았으나, 점심시간이 되었을 때는 뱃속이 빈 것 같으면서 배가 고파 왔다.

여섯 시간 수업이 끝났을 때는 눈앞이 어지러울 만큼 허기가 져서 집에까지 오는 데 무척 힘이 들었다. 긴 하루해를 넘기기에는 매일같이 힘이 들었다. 점심밥을 먹어보지 못한 지가 오래지만, 집에 있을 때는 바닷가에만 가도 무엇이든 먹을 것이 있어서 허기가 지는 일은 좀처럼 없었다. 하지만 학교에서 먹을 것이라고는 학교 앞 상점에 있는 과자나 빵을 돈으로 사지 않으면 아무것도 없다.

오후 시간이면 학생들은 시간이 마칠 때마다 상점으로 가는 학생들이 많았다. 하지만 돈이 없으면 상점에 갈 일이 없다. 우물에 가서 우물물을 마시는 것이 최상이다. 하여 언제나 상점과 우물에는 학생들이 줄을 선다.

누님 집에 있을 때는 그래도 쌀 반, 보리쌀 반으로 쌍밥을 먹었는데, 완전 보리밥을 먹어야 한다는 것을 아시는 누님이 때로는 쌀을 조금씩 몰래 가져다주면 아까워서 선뜻 먹지를 못했다.

여름 방학이 가까워지면서 회비 독촉이 잦아지더니, 막바지에는 운동장에서 조회 시간에도 회비 미납자들을 불러내어 집으로 돌려보냈다. 대부분 단골 아이들이 많다.

자취방 못미쳐까지 동행하는 친구가 있어 그래도 조금은 위로가 되었다. 같은 반에 있는 친구와 등교 때나 하교 때도 자주 만나 같이 가는 경우가 많은데, 회비 독촉으로 쫓겨가는 날도 친구와 동행이 되는 때도 있었다.

"자취방에 가면 돈이 있나?"

친구가 물었다.

"없지, 있을 리가 없잖아."

"그러모 우리 집에 가서 놀다가 학교로 가자. 나도 뭐 집에 가도 돈이 없다."

나는 그러자고 하고는 친구 집으로 따라갔다. 친구네 집도 보기에 가난한 표가 겉으로 보이는 듯했다. 친구의 이야기로는 자기 집에는 농사가 없어, 남의 논을 소작하고 부모님들이 농사일 품도 들고 한다며, 가난하여 어렵게 산다고 거침없이 이야기했다.

그 후 내가 어른이 되어 큰아들을 장가보내는 준비를 하고 있을 때, 불현듯 그 친구가 집으로 찾아왔다. 처음에는 언뜻 보아서 알아보지 못했는데, 연일 중학교 이야기가 나와 언뜻 지난 일을 회상하게 했다. 그때는 나도 가난에서 벗어났고 우리 마을 어촌계장으로 재직하면서 마을에서뿐만 아니라 대보면까지도 이름을 알리고 있을 때라, 친구가 쉽게 나를 찾을 수 있었다고 했다.

친구는 어렵게 고등학교를 마치고 우체국에 들어가 오래 근무하다 보니, 대보 우체국 국장으로 부임을 했다고 했다. 그 말을 듣고는 친구를 와락 끌어안으며,

"반갑다, 친구야. 여기까지 와서 나를 찾아주다니! 역시 어려울 때 만난 친구라 잊지 않았구나!"

그 후로는 내가 자주 우체국에 들러, 차도 한 잔씩 하며 그간 살아온 이야기들을 많이 나누었다. 아쉽게도 친구가 다른 지역으로 발령이 나면서 친구 자녀 결혼식 때 잠시 만나고는 어쩌다 소식이 끊어졌다.

여름 방학이 지나고 밀린 회비 때문에 학교에 가서도 어깨를 펼 수가 없었다. 다른 학생들도 농촌 학생들이라 회비가 제때 나오지를 않으니, 선생님들이 학생들 회비에 여간 신경을 쓰지 않았다.

추석이 다가오자 선생님들은 학생들 수업보다 회비에 더욱 신경을 썼다. 방학 때부터 밀린 회비를 어떻게 해볼 가수가 없는 현실을 뻔히 아는 나 자신이, 이제는 선생님을 더는 속일 수가 없었다.

추석 대목이 다가오자, 아침 시간부터 담임선생님께서 교실에 들어와 수업은 하지 않고 회비 미납 학생들을 불러내어 집으로 돌려보내면서, 회비가 없으면 학교에 오지 말라 하셨다.

나는 한참을 망설이다가 책보자기를 싸서 허리에 매고, 친구들이 지켜보는 교실 문을 나와 운동장을 가로질러 뛰쳐나왔다. 운동장을 나오는 동안 선생님들에게 돌팔매질을 당하는 것 같아, 걸음아 날 살려다오 하면서 운동장을 뛰었다.

교문을 지나 그래도 그간 꿈을 품고 다녔던 학교를 돌아보니, 눈물 고인 눈에 교실은 물론 학교 건물조차도 어른거려 보이지 않았다.

벼들이 익어가고 있는 들판을 가로질러 오면서 끝내는 울음을 터뜨렸다. 큰 소리로 들판이 울리도록 소리를 치며 울었지만, 내 작은 목소리는 들판을 퍼져나가지를 않았다. 나는 길옆 풀밭에 주저앉아 눈물이 말라 흘러내리지 않을 때까지 울었다. 그리고 모자에 달려 있던 학교 마크와 교복 깃에 붙은 배지와 학년 마크도 뽑아서 들판으로 팔매질을 했다.

"지금부터 나는 가난한 학생이 아니다."

나는 소년이란 허울도 벗어 들판에 던져버렸다. 용기를 갖자! 지금 이 어려운 순간을 넘기 위해서는 용기가 필요하다.

다짐하고 또 다짐하면서 짐을 꾸려 놓고 같이 있던 친구에게,

"영운아! 나 집으로 간다."

간단하게 몇 자 남기고 집을 나섰다. 아저씨도 아주머니도 들에 나가시고 없었다. 누님이 보시면 또 나를 잡고 울 것인지라, 누님네 집을 돌아서 왔다. 오십 리를 보따리를 울러 매고 걸어서 집에 도착하였을 때는 해가 질 무렵이었다.

대문 안으로 들어서는 순간 부엌에서 나오시던 어머니와 마주쳤다. 부엌을 나오시던 어머니는 아무 말도 없이 책보자기를 둘러매고 들어오는 나를 멍하니 바라보다가는, 말없이 부엌으로 들어가 부엌 바닥에 주저앉아 두 다리를 뻗고 대성통곡을 하셨다.

나는 짐을 마루에 내려놓고 가만히 부엌으로 들어가 어머니 등 뒤로 돌아가 아무 말 없이 어머니를 끌어안았다.

그제야 어머니는 두 손으로 내 손을 잡으시며, 눈물이 범벅이 된 얼굴을 돌려 나를 쳐다보더니 말없이 일어나 내 머리를 끌어안고 등을 쓸어주며,

"부모 잘못 만난 니 팔자다. 부모 원망하면서 팔자대로 살아라!"

하시며 너무 많이 울어 부어오른 얼굴을 수건으로 닦아주셨다.

오십 리를 걸어온 아픈 발목이 시리고 아렸다. 어머니께서 밤이 늦도록 주물러 주셨지만 좀처럼 잠들지 못했다. 다음날 어머니께서,

"오늘은 아무것도 하지 말고 푹 쉬어라."

몸도 마음도 진창이 되어 아무것도 할 수가 없었다. 작은형은 아침부터 어장에 나가고 없었다. 어머니 말씀으로는,

"올해는 전주가 돈이 없어 어장을 늦게야 시작을 했는데 지난번 태풍에 어장이 탈이 많이 나서 일하느라고 일찍 나가고 늦게 돌아온다."

고 하셨다. 나는 종일 아랫목에 누워 뒹굴었다. 그렇다고 낮잠을 잔 것도 아니었다. 가슴이 답답하고 무엇에 짓눌린 듯 몸도 마음도 무거웠다.

아프지도 않으면서 나는 그렇게 삼 일을 누워 있었다. 어머니가 걱정하셔서 일어나긴 했으나, 며칠을 두고 생각을 하고 고민을 해도 마음속에는 풀지 못한 무언가가 응어리가 져서 마음을 누르고 있었다. 그것은 앞으로의 다가올 내 삶을 어떻게 해야 할지를 나 자신에게 던져놓은 질문이었다.

아무리 생각을 하고 고민을 하여도 아직도 어린애 같은 내 마음으로서는 풀 수 없는 일인 것 같아 답답했다. 우선 내가 할 일은 이 가난에서 벗어나야 하는데, 아직은 어린 내가 할 수 있는 일은 아무것도 생각나는 것이 없었다.

지금부터는 내가 돈을 벌 수 있는 일이 있다면 어떤 일이라도 해야겠다는 생각이 사흘 동안 고민한 답이었다. 그러나 여기서 할 수 있는 일은 아무것도 없다. 가장 쉽게 할 수 있는 일은 여기서는 장작을 해오는 일이 아니고는 아무것도 할 수 있는 일은 없다. 그러나 아픈 다리로 내가 하기에는 힘이 드는 일이다.

여기서 생각이 부딪힌다. 그리고 빨리 커서 어부가 되어 고기 잡는 일이 가장 쉬운 일이다. 봄이 되어 미역 철이 되면 파도에 떨어져 뭍으로 밀려 오는 미역을 주워야 한다.

높은 파도 속에서 다리가 불편한 내가 하기는 어려운 일이다. 그리고 주인이 미역을 하고 남은 미역을 주워서 말려서 팔면 되는데, 그것을 하려면 작은 배가 있어야 한다. 그리고 봄이 오도록 기다려야 한다. 아무리 둘러봐도 쉽게 돈을 벌어 올 수 있는 일은 없는 것 같다.

"지금 당장 할 수 있는 일은 힘이 들어도 장작 나무를 해오는 것밖에는 할 일이 없다."

이것이 어린 마음으로 내가 내린 결론이다.

다음날부터 나는 나무꾼들을 따라 멀리까지 가서 나무를 해 날랐다. 어머니께서는 야단을 하셨지만, 나는 욕심 내지 않고 내 힘에 맞게 가볍게 지고 다녔다. 밤마다 어머니는 내 발목을 주물러 주셨다.

어머니는 아버지가 돌아가신 후부터 집 뒤편에 작은 법당을 만들어, 신을 모시고, 새벽 일찍 일어나 아무리 추운 겨울날에도 찬물로 세수를 하시고 기도를 올렸다. 하루 일을 마무리하고 난 저녁 시간에도 하루를 돌아보며 기도를 올리셨다. 기도는 언제나 우리 자식들을 위한 기도였고, 우리 가족에게 족쇄처럼 채워진 가난의 굴레를 벗게 해 달라는 기도였다.

잠들지 못하는 밤이면 불행한 당신의 팔자로 인해, 아버지를 일찍 보낸 한과, 아버지에 대한 그리움과 외로움을 참지 못해 일찍 돌아가신 아버지를 원망도 하시며 서럽게 우셨다.

"이 어린 저것들을 두고 지만 가고, 나는 우째라고?"

가슴을 쓸어내리며 통곡을 하시다 벽에 기대어 잠이 들 때도 있었다. 나는 어머니 곁에서 어머니의 그런 고통을 보면서 자랐다. 어머니의 말씀이라면 한마디 거절을 못 했다.

어머니는 무슨 일이든 해보지도 않고 못한다고 하지 말라고 했다. 남자는 아무리 어려운 일이라도 두 번이고 세 번이고 할 수 있다는 용맹이 있어야 한다고 했다.

세상에는 쉽게 되는 일은 어디에도 없다고 했다. 다른 애들의 어머니와는 전혀 다른 지도였다. 다른 아이들의 어머니들은 어린 자식들이 남의 심부름을 하거나, 힘이 드는 일을 하는 것을 극구 말렸다. 우리 어머니는 그 반대였다.

어른들이 시키는 심부름은 내가 바쁜 일이 있어도 해주고 오라고 하셨다. 그래서 이웃이나 마을 어른들에게는 항상 칭찬을 받았다. 내가 방에 엎드려 뒹구는 것이 어머니에게는 못마땅한 것이다.

어머니는 내게 심부름을 시켰다. 바람도 쐬고 대보에 도매집에 가서 소주 사 홉들이 열 병을 사 오라고 했다. 나는 머뭇거리지도 않고 일어나 어머니가 주시는 돈을 받아 집을 나섰다. 혹시라도 대보 종로에서 고등공민학교 다니던 동료라도 만날까 신경이 쓰였지만, 나는 아랑곳 없이 도매 집을 찾아 들어섰다. 바로 누님 집 앞집이었다.

주인아저씨가 소주 열 병을 새끼줄로 단단히 얽어 주었다. 나는 혹시라도 누님이 볼까 봐 금방 상점을 나오는데, 어떻게 보았는지 누님이 다가와, 내가 어깨에 메고 있는 술병을 얼른 들어 머리 위에 이고는 시댁 식구들이 볼까 봐 걸음을 재촉했다. 지난해 내가 고등공민학교에 다니던 봉화재 위에까지 가져다주고 돌아갔다. 돌아가는 누님의 뒤 모습에서 흐느끼는 누님의 울음소리가 들렸다.

봉화재는 옛날 일제 때 야경을 하면서 횃불을 밝혔던 곳이라 했다. 주위에서 가장 높고 해안에 있어 음양지를 다 관리할 수 있는 곳이다. 높이가 높은 만큼 내려가는 길도 길고 험난해, 학교에 다닐 때 무척이나 힘들었던 곳이다.

나는 소주병을 어깨 위에 메고 조심조심 내려오면서,

"조심해서 내려가거라."

하시던 누님의 말을, 내려올 때까지 머릿속으로 외면서 조심 또 조심하며, 중도에서 간신히 어깨 위에 짐을 내려놓고 쉬어서 왔다.

소주 열 병을 팔아서 남는 이문은 얼마 되지도 않고, 한두 사람이 외상으로 가져가면 본 돈에서 손해를 보는 일인데도 장사를 이어 가야 하는 것은, 여기서 문을 닫아버리면 밀린 외상값은 영영 받지 못한다며 어쨌든 장사를 잇고 있어야 사람 구경이라도 하고, 외상값을 조금이라도 받을 수 있다면서, 밀주를 못 할 때는 대보에서, 소주를 어머니가 직접 이고 와서도 계속했다며, 지금부터는 대보에서 소주를 가지고 오는 것이 내 몫이 되었다.

어머니는 내가 다리가 불편한데도 그 일을 내게 시키는 것은 어디까지나 내가 좀 더 강하기를 바라는 것이라는 것을 내가 잘 알기 때문에, 나는 거절하지도, 못한다고도 않고 어머니 말씀대로 할 수 있을 때까지 하려고 노력을 하는 것이다.

대보 술 심부름이 몇 번째 되어 이제는 익숙해졌다고 생각했는데, 재를 절반쯤 내려왔을 때 발이 미끄러지면서, 술을 놓치지 않으려고 하다가 술은 술대로 내 몸은 두세 번 굴러서 팔꿈치와 정강이를 많이 다쳤다.

어머니는 빈손으로 돌아오는 나를 보더니 금방 알아차리고, 내 무릎을 걷어 피가 흘러내리는 정강이를 닦아 주시며,

"어서 아저씨 집에 가서 약 좀 발라 오너라."

하시며 안쓰러운 표정으로, 깨트린 술 이야기는 한마디도 하지 않으셨다.

그다음부터는 시키지도 않으셨는데, 술이 떨어져 내가 어머니를 졸라 술을 사 오겠다고 하고 대보에 가서 술을 매고 오다가, 술병을 얽어맨

새끼줄이 풀리면서 술이 땅바닥으로 주르르 흘러내린 것을 팔로 안다가 내가 넘어져 또 팔꿈치를 돌에다 찌어 피가 흘러내렸으나 다행히 술은 한 병도 깨어지질 않아, 아저씨가 술을 얽는 것을 보았기에, 내 손으로 술을 다시 얽어 집으로 와서도 어머니께는 아무 소리도 하지 않았다.

한 달에 한두 번씩 앓던 가슴앓이는 어머니에게는 가장 힘든 고통이었으나, 그럴 때마다 나는 깊은 밤이라도 의사 아저씨에게 달려갔다. 의사 아저씨는 우리에게 여러모로 참 고맙고 은혜로운 분으로 내 가슴 속에 깊이 새겨져 있었다.

세월이 흐른 뒤, 내가 선주로 어촌계장으로 형편이 좋아졌을 때 주객이셨던 아저씨는 마을 상점에서 소주 한 병도 외상으로 살 수 없는 형편이 되셨다. 목이 말라 집에서 한참을 걸어와야 하는 상점에서 거절을 당하고 돌아서는 아저씨를 데리고 상점으로 들어가 지금부터는 아저씨가 드시는 술값은 내게 적어놓고 언제든지 드리라고 하고, 아저씨에게도 언제라도 목이 마르면 와서 잡수시도록 단단히 일러드렸다. 그런 일이 있은 지 몇 개월 후 아저씨는 돌아가셨다.

달빛 바다

그해 겨울이 가고 봄이 오고 있었다.

형과 나는 어장에서 부자로 쓰다 폐기되어 나오는 대나무를 얻어와 뗏목을 만들고, 미역 철을 맞아 미역을 줍는 준비를 하고 대기하는 동안, 부지런히 형을 따라 장작 나무를 해 날랐고, 나는 오후 시간이 되면 바로 옆에 있는 국민학교 일학년 교실에 혼자 앉아, 학교에서 배우던 책을 펴놓고 공부도 열심히 했다.

그해 봄에는 미역이 풍년이 들었다. 바위마다 미역이 많이 달려 파도가 치면 떨어져 밀리는 미역을 줍는 일로, 우리 형제는 물가를 떠나지 않았다. 미역 채취가 시작되면서 바위 주인이 미역을 베어간 뒷자리에 남겨진 미역을 하나하나 주워서 오면 어머니께서 공을 들여 말려 모아 두었다가 한목 팔아서 목돈을 만들었다.

그해 미역을 판 목돈으로 형편이 좋아지면서 어머니는 밀주 장사를 계속할 수 있었고, 그때부터 집안에는 약간의 훈기가 돌기 시작했다.

여름이 오면서 산란을 위해 해안으로 들어오는 날챙이잡이를 대비하여 형은 미리부터 구룡포에 나가서 옛날 일본인들이 쓰다 버리고 간 정어리 그물을 수소문하여 헐값으로 사다가 준비를 해놓았다.

보리 베기가 시작될 무렵이면 산란을 위해 연안으로 몰려오는 날챙이들이 이 지역 어부들의 또 다른 소득원이었다. 농사철이라 반찬거리로 마을에서 많이 팔리고, 남는 것은 말려서 팔았다. 이 또한 우리에게는 짭짤한 소득이 되어주었다. 형과 나는 뗏목 배를 타고 날챙이를 잡았다.

나는 또, 시간이 날 때마다 바닷가 갯바위 낚시로 고기를 낚았다. 내가 낚시로 고기를 잡아 올 때면, 많이 잡았다고 어머니께서 놀라시며,

"너는 물손이 아주 거하다. 이 담에 사공이 되어 선주가 되어라."

그때 세월 어촌에서는 어선 한 척만 가지면 유지반열에 오를 수 있었다. 그때는 어선에 엔진이 없고 바람을 이용하여 먼 곳까지 나가 고기잡이를 하던 때라, 바람을 이용하여 먼바다까지 나가다 보니 어선 사고가 잦았다. 그러다 보니 이름 있는 사공들은 어디에서나 대우를 받았다.

우리 마을에도 일등 사공 어른이 있었다. 가족이 없이 혼자서 살고 있었다. 그 어른께 재치로 살러 오신 어머니를 따라온 덕순이가 있었는데, 우리 집과는 멀지 않은 거리에 있었고 사공 어른과는 옛날 가족들부터 가까웠던 터라, 그 여자아이를 집에 일이 있을 때마다 어머니가 불러서 도움을 받으면서, 어머니는 그 아이에게 재봉틀과 바느질을 가르쳐 주었다.

재주가 좋고 총명하여 어머니의 가르침을 잘 따라 열심히 배우니, 어머니께서는 딸처럼 대했고 덕순이는 어머니에게 어무이 어무이 하면서 잘 따랐다. 나이는 나보다 한 살이 많았는데, 어머니가 누나라고 불러라 하였으나 나는 조금 민망했다.

내가 조금 짓궂은 편이라 만날 때마다 매번 놀려 주고 해코지를 해서, 한번은 사공 어른께 일러바쳐 혼나게 야단을 맞은 적이 있었다. 그래도 자주 집에서 만나게 되고 때로는 밥도 같이 먹고, 어머니가 없을 때는 내 식사도 챙겨 주어서 서서히 그 감정이 없어지면서 가까워졌다.

덕순이도 동생이 없고 두 어른 밑에서 불편한 심경으로 외롭게 살아서인지, 자기네 집보다 우리 집에 있는 것을 좋아해, 우리 집에 오면 무

척 명랑해지고 나를 진짜 동생처럼 챙겨 주었다. 언제나 내게는 어른처럼 굴었고 나를 아주 어린 동생처럼 대했다. 하지만 나 역시도 외로움을 많이 타는 터라 그런 것이 싫지 않았다.

그래서 덕순이가 집에 와 있을 때는 우리 집 분위기도 밝아지고 작은형도 덕순 이를 좋아해 주니, 식구처럼 가까워졌다.

그런데 어느 날 큰누님이 친정에 왔다.

"매형이 오천 양조장과 오천 극장에 지배인으로 있으며 포항에도 큰 나무 공장도 있으니. 너는 여기서 썩지 말고 밖으로 나가자."

고 했다. 저녁을 먹으면서 작은형과 의논을 해보고는 어머니에게 구구히 말씀드리니 어머니는 싫어하는 눈치였는데, 작은형과 누님의 설득에 못내 허락을 하셨다.

어머니로서는 내가 집에 있는 것이 어머니에게는 편하기도 했지만, 내가 밤마다 발목이 아파 잠을 제대로 자지 못하니 걱정이 되어 나를 잡고 싶었지만, 작은형은 취직이 되면 내년쯤에는 야간 학교에라도 들어가야 한다고 어머니를 설득시켜 허락을 받아냈다.

지금부터는 학교에 대한 미련은 지우기로 결심했는데 학교라니! 새롭게 가슴이 두근 그려 얼떨결에 마음의 갈피를 잡지도 못한 상태로 형의 말에 따를 수밖에 없게 되었다.

덕순이와 떨어지는 것도 싫었지만, 무엇보다 불안한 것은 어머니와 떨어지는 것이었다. 집에 있는 동안 나는 밤마다 어머니가 다리와 발목을 주물러 줄 때마다, 나는 이다음 어떤 일이 있어도 내가 어머니를 모시면서, 오늘의 이 공을 몇 배로 보답해드리겠다고 수없이 마음속으로 다짐해왔다. 다음날 아쉬운 눈으로 바라보는 덕순이를 뒤로하고, 누님을 따라나섰다.

밤이 되어 매형이 와서 우선은 당장 들어갈 데가 없으니, 포항에 있는 나무 공장에서 일하면서 자리를 보자고 하여 나는 무조건 누님과 매형 말에 따랐다.

다음날 나는 매형의 일정 관계로 오후 시간에 제재소에 갔는데, 기계 소리가 윙윙거리는 공장 안으로 들어서는 순간, 무서움에 온몸이 오싹해졌다. 그날은 뒤에서 구경이나 하고 내일부터 일을 하라는 감독님의 말을 듣고 뒤에서 내가 할 일이 어떤 것인지 살피면서, 우선 무섭게 들리는 기계 소리에 익숙해지려고 노력을 했다.

남자들이 손수 지어온 저녁밥을 먹고 이리저리 뒹굴어 자는 인부들의 구석에 누웠으나, 좀처럼 잠이 오지 않았다.

날이 밝아서 인부들이 해온 아침을 먹고 인부들을 따라 나갔다. 시키는 일은 기계에서 나오는 폐기처분 되는 나무를 뒤로 치우는 일이었다.

판자를 캐고 남는 피죽을 치우는 일인데, 두 사람이 바쁘게 움직여야 했다. 일이 바쁘니 다른 생각을 할 사이도 없고, 시간이 가는 것도 잊고 열심히 했다.

어느 사이 점심시간이라고 해서 인부들을 따라 방으로 들어가니, 한 사람이 미리 와서 아침에 먹고 신문지로 덮어 방구석으로 미루어놓은 밥상을 꺼내어 둘러앉았다. 그러고는 열심히 먹기 시작했다.

기존에 있던 네 사람과 작업반장님은 집이 가까워 집으로 가고 나까지 다섯 명이 상하나를 두고 둘러앉으니, 서로 무릎과 어깨가 부딪히면서도 불평 한마디 없이 부지런히 밥을 먹고 있었다.

나도 가까이 다가앉으며 밥통을 들여다보며 수저로 밥을 뜨려는데 깜짝 놀라 밥통을 자세히 들여다보는 순간, 나는 멈칫하며 뒤로 물러앉아 망설이다, 슬그머니 일어나 밖으로 나와 아무 말도 없이 뒤도 돌아보지도 않고 집으로 가는 길을 찾아 휭하니 걸음을 재촉했다.

걸어가면서 나는 다시 한번 생각해 보았다. 내가 본 것은 분명 개미였다. 아주 작은 개미들이 밥통 속에서 밥알 사이로 여러 마리가 기어 다니고 있었다.

버스 정류장에서 약전까지 가는 버스를 타고 약전에서 삼십 리를 걸어서, 집에 도착했을 때는 어머니는 부엌에서 저녁밥을 짓고 있었고, 방에는 손님들이 여러 명 앉아서 술을 마시고 있었다.

내가 부엌으로 들어가며,

"어무이요!"

하고 부르는 소리에 어머니는 깜짝 놀라시며 환하게 웃는 얼굴로, 돌아와서 다행이란 듯,

"그래 뭐니 뭐니 해도 내 고향이 좋고 내 집이 좋은 기다."

하시며 빙그레 웃었다. 나는 어머니 등 뒤로 돌아가 어머니를 꼭 안아 주었다.

어떻게 알았는지 덕순이 누나가 달려왔다. 누나 역시 환히 웃는 얼굴로 내가 돌아온 것을 무척 기뻐했다. 작은형이 와서는 사뭇 다른 표정으로,

"왜 왔니?"

하며 못 마땅해했지만, 저녁을 먹으며 내가 하는 이야기를 듣고는,

"일할 데가 나무 공장밖에 없다더냐?"

하면서 매형에 대해 불만스러운 듯 볼멘소리를 했다.

누나는 연신 좋아서 집에도 가지 않고 우리 집에서 저녁을 먹고 설거지를 마무리하고 나와 같이 바닷가로 내려가 달빛이 밝은 바다를 바라보며 오랫동안 함께 있었다.

내가 돌아온 것을 마냥 좋아하는 누나를 보면서, 언제나 마음속에 가시처럼 박혀있던 외로운 마음이 일시에 사라지는 느낌이 들었다.

"누나는 내가 온 것이 그렇게 좋아?"

하고 물으니,

"그럼! 너 없으니 집에도 오고 싶지가 않았어."

"어무이 혼자서 어떻게 하라고?"

"내 마음이 그랬다는 것이지, 안 오면 어무이가 걱정이 되어서 되나!"

밤이 이슥하도록 우리는 바다에 은은히 내리는 달빛에 관한 이야기를 많이 했다.

나는 달이 밝은 밤이면 바다 위에 내리는 달빛이 좋아 바닷가로 내려와 앉아, 바다와 이야기도 하고, 달빛이 바다와 나누는 이야기를 들으며, 소월 시에서 느껴보던 시심을 마음속으로 되뇌이며 시 속으로 젖어들었다.

"바다와 달빛이 하는 이야기가 뭔데?"

"달빛이 바다와 나누는 이야기야말로 아무나 들을 수 있는 이야기가 아니지!"

"그럼 나는 들을 수 없고 니만 들을 수 있다는 거야?"

"그럼, 나는 다 들을 수 있지!"

누나가 내 옆구리를 꼬집었다.

"바다는 언제나 내게 무엇이든 가져만 오라고 무엇이든 가져만 가라고, 하거든! 내게 가슴을 열어주며, 슬픈 일도 가지고 오고 기쁜 일도 가지고 와서 함께 나누자고 하지."

누나는 내 어깨 위에 머리를 올려놓으며,

"나는 네가 나보다는 어린애라고 생각했는데, 네가 더 어른 같은 생각을 하고 있네. 네 이야기를 들으며 바다를 바라보니, 은은한 달빛이 내 마음을 안고 바닷속으로 가라앉는 것만 같은 생각이 드는구나!"

"바다에 내리는 달빛은 아주 부드럽고 편안한 감정을 주지, 누나 같이!"

"정말 나같이?"

누나는 뺨을 내 볼에다 비벼주었다.

우리는 밤이 깊도록 노래도 부르고 이야기도 하면서, 마치 오랫동안 헤어졌던 형제가 오랜만에 만난 듯이 그리움에 젖어 있었다.

다음날부터 나는 하던 일을 열심히 시작했다. 오후에 학교 교실에서 하던 공부도 그만두기로 했다. 참고서가 없으니 혼자서 하기에는 한계가 있다는 생각이 들었다. 때로는 학교 선생님들에게 묻기도 하지만, 매번 그렇게 하는 것도 선생님들이 일하고 있을 때는 눈치를 봐야 하니 어려울 때도 있었다. 나는 공부를 그만두는 대신 독서 쪽으로 많은 시간을 할애했다.

작은형을 따라 나무를 해 와서는 형을 도와 나무를 자르고 그동안 형에게만 맡겨놨던 집안일들을 내가 할 수 있는 일이면 내가 했다.

그러면서 얼마 전에 사 온 소월 시집 『못 잊어』를 읽고 또 읽으며 한없이 시(詩) 속으로 빠져들었다. 소월의 사랑 이야기를 소월의 시 속에서 엿보면서 가슴속에서 일어나는 그리움을 느끼기 시작했다. 마을에 나가면 유학하고 있는 선배들에게 소설책과 시집을 빌려다, 시간 날 때마다 읽었다.

여름이 되면서 누나와 나는 달이 밝은 밤이면 바닷가로 내려와, 재미있는 이야기와 새로 유행되는 유행가 노래를 배우면서, 가슴 속으로 몰래 피어나는 연정을 곱게 키워갔다.

그러던 때에 갑작스럽게 누나가 어머니와 살림을 난다고 했다. 그동안 집을 나가 있던 큰아들이 아내를 데리고 집으로 들어온 후로는 어머니와 자주 다툼이 생기면서 마음이 편치 못하니, 어머니가 별거를 결심하게 되어 마을에 방을 얻어 간단한 살림만 꾸려 모녀는 살림을 났다.

아무것도 들고나온 것도 없어 당장 생활비를 마련해야 하니, 어머니가 직접 산에 가서 나무를 해다 고개 넘어 십리 길을 나무를 이고 가서 장에다 팔아서 그날그날 식량을 사와서 생계를 이어가는 형편이 되었다. 그러자 마을에서 식량을 도와주고 그릇들을 나누어 주면서 안정적인 생활을 할 수 있게 해 주었다.

누나도 이제는 생활 전선으로 들지 않을 수 없었다. 누나는 오천 해병대 부대 부근에서 군복 수리를 하는 지인 집으로 직장을 마련했다. 그간 어머니에게 배워온 재봉틀과 바느질 기술이 밑천이었다.

갑작스럽게 누나가 떠나자 나는 당황하여 한동안은 마음을 잡을 수가 없었다. 내가 마음을 다잡고 하던 일에 몰두하기까지는 나로서는 큰 인내심이 필요했다. 나는 앞으로의 내 생활에 대해 생각해 보는 여유를 가지면서 어른스럽게 인생에 대해 구체적으로 고민을 하기 시작했다.

내가 제재소에 갔을 때 내가 본 제재소 마당에 쌓아 놓은 굵고 긴 통나무가, 집에 와서도 늘 눈에서 어른거렸다.

이웃에 사는 형님뻘 되는 사람이 있었는데. 배를 가지고 장작을 실어다 포항에 내다 팔면서 성어기에만 고기잡이를 하는, 마을에서 약간은 이름이 있는 젊은 사공이었다. 우리 집 형편을 늘 걱정해 주셔서 어려운 일이 있을 때마다 찾아가서 도움을 받는 사이었다.

배를 오랫동안 하다 보니 목수 일에도 솜씨가 있는 분이라, 포항 제재소에서 보고 온 나무에 대해서 말씀을 드렸더니, 형님께서 내 말을 들어

시고는,

"내일 당장 매형에게 가서 그 나무를 한 통만 달라고 얻어라, 그러면 내가 손수로 작은 뗀마(작은 배)를 만들어 줄 것이다."

나는 다음 날 바로 매형을 찾아가 쉽게 나무 한 통을 얻었다. 머뭇거릴 일이 없었다. 다음날 날씨가 좋아 아침부터 형님네 배를 타고 포항으로 가서 나무를 제재하여 싣고 왔다.

작은형은 마을 어장 준비가 믿어지지 않는다며, 마을 사람들을 따라 강원도로 떠나고 집에는 이제 나와 어머니와 두 식구가 남았다. 누나 생각이 간절하게 날 때도 있었지만, 달이 밝은 밤이면 혼자 바닷가로 내려가 달빛이 은은하게 내려앉는 바다를 바라보며 하염없이 누나를 그리워하기 시작했다. 어느 날 그렇게 그리워하던 누나의 편지가 왔다.

"달이 밝은 밤이면 바닷가에 혼자 앉아 있을 너를 생각하면 너무너무 보고 싶단다."

그 대목을 읽으면서 나는 어린애처럼 엉엉 울고 싶었다. 그래도 누나의 편지를 받고 나니 마음이 한결 편해졌다. 누나의 편지에는 추석에는 꼭 집으로 갈 테니 기다리라고 했다.

나는 오전에는 나무를 한 짐 해오고, 오후에는 해온 나무를 내가 잘라 도끼로 패서 단을 만들었다. 밤마다 아픈 발목은 버릇처럼 밤이면 어머니의 손을 기다리는 것 같았다. 남들이 볼 때는 내 다리가 멀쩡한 줄 알 것이었다. 왼쪽 다리 종아리는 오른쪽 다리보다 삼 분의 일이 가늘다. 그리고 발목은 아예 움직이지를 못한다. 훗날 의사 선생님이 사진을 들여다보면서, 발목뼈 자체가 쇠가 녹이 슬어 붙어 버리듯 붙었다고 했다.

나 자신도 내가 참 미련한 인간이라 생각을 하고 있으면서도, 나이가 들면서는 걸음걸이도 조심스럽게 걸었다. 밤마다 끙끙 앓으면서도 남들이 하는 일은 다 했다.

목수 형님께서는 자기 일처럼 배 만들 나무를 열심히 말려 주었다.

추석을 며칠 앞두고 그동안 군에 입대를 미필하여 피신하여 다니던 큰형님이, 늦게야 지원 입대를 하여 일 년 만에 휴가를 나온다고 편지가 왔다. 어머니는 큰형님 소식을 듣는 순간 한숨을 쉬었다. 큰형님이 집에 있는 동안은 어머니의 마음은 잠시도 편하지가 않았다. 나이를 먹으면서 집안일은 도와주지 않으면서, 수시로 어머니께 돈을 요구하여 어머니 마음을 아프게 했다.

자신의 앞날을 고민도 하지 않고 부잣집 자식처럼 남에게 거만하고 남을 무시하는 태도로 항상, 남들에게 손가락질을 받는 형님을 식구들은 모두 못마땅하게 여겼다. 대보에 있는 고등공민학교를 졸업하고, 배움에 열의를 가지고 객지로 나가 자력으로 고등학교에 입학했으나 결국 졸업을 못 하고 중도에 포기했다.

한동안 집에서 놀고 있을 때는 옆에 있는 국민학교에 선생님 부족으로 자습하는 학년들이 두 학년이나 되니, 형님이 나가서 선생이 없어 수업을 못 하는 학생들을 가르쳐 주면서 학교에서 시간을 보내고, 학교가 파하면 선생님들과 어울려 술이나 마시면서 집안일에는 나 몰라라 했다.

어머니도 작은형도 아무 말을 하지 않았다. 그냥 조용하게만 있어 주기를 바랐다. 그러나 방 안에 있을 때는 종일 책과 씨름을 했고, 그러다가도 훌쩍 나가면 며칠씩이나 있다가 식구들이 궁금하고 걱정이 될 때쯤이면 돌아오곤 했다.

어머니는 큰형님이 온다는 소식에 불안한 마음을 감추지를 못하고 있었다. 추석을 며칠 앞둔 날 큰형님이 군복을 입은 멋진 군인으로 돌아왔다. 그때는 버스가 하루 한 번씩 저녁에 들어왔다가 아침에 나갔다.

다음날 큰형님은 일찍 일어나 집 안 청소를 깨끗이 해 놓고, 자기가 자고 난 방에 이부자리도 말끔하게 정돈을 해 놓았다. 그래도 어머니의 표정은 밝지 못했다. 그저 빨리 추석이 끝나고 큰형님이 조용히 돌아가기를 바랐다.

누나는 추석 전날에야 왔다. 추석 선물로 어머니 버선과 내 양말과 작은형의 양말도 사 왔다. 나는 누나가 올 것을 알고, 정류장에 나가 기다렸다. 누나가 차에서 내려 내게로 다가오면서 환하게 웃던 모습에 나는 가슴이 터질 것 같았다.

오늘은 집에 들러 어머니께 인사를 하고 선물을 주고는, 어머니가 혼자 있는 자기네 집으로 곧장 갔다. 그동안 혼자 있는 어머니가 얼마나 걱정이 되었을까? 어머니가 누나에게 어머니가 혼자 있으니 빨리 가라고 독촉을 해서 돌아가고, 추석 다음 날 저녁에 집으로 왔다. 어머니도 무척 반가워했다.

친누나가 두 분이나 있어도 어느 명절에도 한 사람도 친정이라고 찾아온 적이 없었으니, 어머니는 친딸인양 반가워 누나 옆에 앉으며 누나의 등을 쓸어주면서 좋아 어쩔 줄을 몰라 했다.

당신이 가르쳐준 재봉틀 기술과 바느질 기술로 타지에 나가서 돈을 벌어온다니, 무척 좋아하셨다.

저녁을 먹고 누나는 얼른 부엌으로 내려가 어머니가 할 설거지를 해 놓고 들어와, 어머니 옆에 앉아서 이야기를 나누느라 시간 가는 줄도 모르고 있다가, 어머니께서 혼자 있는 어머니께 어서 가라고 해서 우리는 밖으로 나왔다.

바닷가로 내려와 천천히 바닷가를 걸으면서, 누나는 내 손을 꼭 잡고 집에까지 가는 동안 놓지를 않았다.

누나 집에 갔을 때, 양어머니께서는 아들이 왔다고 송편과 과일을 내어왔지만, 집에서 먹고 온지라 누나도 나도 먹지를 못하고 이야기에만 정신이 팔려있었다. 어머니께서,

"근이가 누부야 보고 싶다고, 집에 올 때마다 노래하듯이 하더니 누부야가 오니 좋냐?"고 내게 물으시니,

"정말 그랬어?"

하며, 한참을 내 얼굴을 바라보던 누나의 눈에 눈물이 글썽이며 내 손을 꼭 잡았다.

어머니는 피곤하신지 금방 주무시고, 나는 누나와 마주 보고 누워 이야기하다가 잠이 들어 버렸다. 새벽에 잠을 깨니 누나가 내 양말과 웃옷도 벗겨 놓았다. 내가 잠이 깼을 때, 누나는 내 옆에 앉아서 내 손을 꼭 잡고 나를 내려다보고 있었다.

"안 잤어?"

하고 내가 물었다.

"잤어. 나도 이제 막 깨서. 밥 먹고 가. 일찍 밥을 준비할게."

하며 일어나 부엌으로 나갔다.

다음날 누나는 일이 바쁘다며, 오늘 가야 한다고 서둘러 주차장으로 나갔다. 주차장에 나가면서도 우리 이야기는 그칠 줄을 몰랐다. 누나가 차에 오르면서,

"한 달만 더하고 올게. 엄마 걱정이 되어서 오래 못 있겠어. 엄마에게도 자주 들러보고, 누나 보고 싶어도 참아."

돌아서 손을 흔들며 웃고 있었으나, 누나의 얼굴에는 아쉬운 빛이 역력하게 보였다.

강원도로 간 작은형은 추석에도 집에 못 오고 편지와 월급만 보냈다. 큰형님도 무사히 휴가를 마치고 부대로 돌아갔다. 집에는 또 어머니와 둘만 남았다.

추석이 지나고 아침저녁으로 찬바람이 불어오면서 들판에 곡식들이 누렇게 익어가는, 구월이 다가오는데, 누나는 오지를 않고 편지만 보냈다. 일이 너무 바빠서 한 달만 더 해달라는 주인의 부탁을 거절을 못 해 그러기로 했다며, 한 달만 더 기다리라고 했다. 그리고 누나 대신 엄마에게 자주 들러보라고 했다.

편지 끝에 "동생아, 너무 보고 싶다."고 적어놓았다. 눈물이 와락 쏟아졌다. 앞으로 추위가 나면 김을 채취할 철이라, 그보다 일찍 올 수도 있을 것이라고 믿고, 편지를 보냈다.

추위가 나기 전에 배를 만들어야 한다며, 뒷집 형님께서 부품들을 사서 집으로 왔다. 의논 끝에 내일부터 시작하기로 했다.

다음날부터 배 만드는 일이 시작되면서, 아침부터 해가 질 때까지 두 사람이 매달렸다. 비품으로 드는 나무는 우리 소유로 있는 산에서 배어와서 사용했다. 배 밑판을 놓는 날은 가라 수의라 해서 옛날부터 사람들을 불러서 술과 음식을 나누는 풍습이 있어, 작은 배지만 역시 바다에 띄우는 배이니 고사는 지내야 한다고, 목수 형님이 반 농담조로 이야기를 했지만, 어머니께서는 정색하시며 그렇게 하라고 하시며 준비를 해주셨다.

삼실과는 물론 막걸리도 조금 빚고 떡도 조금 했으며, 명태도 사서 선주도 걸었다.

"작아도 배는 배인 기라, 이 작은 배가 커서 큰 배가 될지 어떻게 아나. 우리 근이가 물손이 걸어서 이 배를 가지고 고기도 많이 잡고 미역도 많이 주어서, 이담에는 큰 배를 만들 것이다."

하시며 정성을 들였다.

뱃일에 몰두하느라 날짜 가는 줄도 몰랐는데, 어느 날 일을 마치고 세수를 하고 있는데, 누나가 불쑥 들어 왔다. 마당에 들어오던 누나도 배를 만드는 것을 보고 놀라고, 나도 소식도 없이 불쑥 나타난 누나를 보고 놀라 멍하니 보고만 있었다.

집에 들어서자 누나는 부엌으로 들어가 바쁘게 저녁 준비를 하는 어머니를 도와 상을 차려 들어왔다. 저녁을 먹고 목수 형님이 가시고, 부엌일을 마친 어머니와 누나가 방으로 들어왔다.

"아니, 벌써 한 달이 된 거야?"

"아니야, 그냥 오고 싶어서 일찍 온 거야!"

"내가 보고 싶어서?"

내가 어머니 시선을 피해 누나의 귀에 대고 농담으로 말을 했더니, 누나는 내 팔을 꾹 꼬집어 주었다.

어머니께서 피곤하신 것 같아서 우리는 밖으로 나왔다.

저녁 바람이 제법 차가웠다. 우리는 바닷가를 천천히 걸어서 누나 집으로 왔다. 양어머니께서도 벌써부터 잠자리 준비를 하고 있었다.

방에 들어와 앉으며,

"왜 일찍 온 거야?"

물으니,

"네가 보고 싶어서 왔다. 왜, 안 되니?"

하며 집에서 내가 어머니 몰래 한 말을 비꼬아 눈을 흘겼다.

"근아! 누나 시집갈까?"

누나는 별안간 깔깔 웃으면서 농담조로 하는 말 같았으나, 나도 모르는 사이 가슴이 철렁 내려앉는 느낌을 받았다.

"뭐야, 누나 나이가 몇 살인데? 벌써 시집갈 생각을 하나?"

"왜? 옛날에는 열다섯에도 시집갔는데! 열여덟이면 태산이지."

"그렇게 시집이 가고 싶어? 그러면 시집가지 왜 왔어?"

내가 다그쳐 묻자 누나는 웃으며,

"아니야, 내가 일찍 온 것은, 나한테 반한 군인 하사가 매일 찾아와서 결혼하자고 치근거려서 도망 온 거야."

하면서 내 손을 끌어 잡으며,

"우리 동생이 누나가 시집간다니 싫은가 보네!"

하며 내 눈을 빤히 들여다보았다.

"그러면 이제는 안 갈 거지?"

하고 다그쳐 물으니, 누나는 내 손을 끌어당겨 내 머리를 가슴에다 꼭 안아 주었다.

그날 밤, 나는 많은 생각을 했다. 언젠가는 누나도 내 곁을 떠날 것이라는 생각이 들어 마음은 자꾸만 외로워져, 좀처럼 잠들지 못했다.

누나는 열여덟 살이지만 성숙하게 보이고, 얼굴이 예뻐서, 보는 사람마다 쉽게 호감을 느끼는 스타일이다. 성격이 조금 날카로운 데가 있어 친구 관계는 좋은 편은 아니었지만, 어른들에게는 총명하고 예의가 발라 인기가 좋았다.

지금은 누나나 나나 곁에 없으면 너무나 허전해지고 외로워지지만, 머지않아 누나는 결혼하여 떠날 것이다. 나로서는 떠나는 누나를 어떻게 할 수 있는 아무런 힘이 없을 뿐 아니라, 지금 누나 형편으로는 혼자 계시는 어머니로 인해, 자신의 마음이 내키는대로 자기의 인생을 살아갈 수가 없을 것을 잘 알고 있었다.

나는 누나와 같이 있을 때는 한없이 마음이 편안하고 좋았지만, 떨어져 있으면 언제나 마음이 불안하고 외로워졌다. 일할 때나 책을 읽을 때도 머릿속에 서는 언제나 누나를 생각하게 되고, 누나가 걱정되어 언제나 불안하기만 했다.

뱃일도 끝나 진수식도 간단하게 하긴 했으나, 당장은 배를 타고 나 혼자서는 아무것도 할 것이 없어, 배를 집 앞에 끌어 올려놓고 장작을 해서 나르고 겨울에 땔감 준비에 몰두했다. 내년 봄이 오면 가자미도 낚으러 다니고 미역도 줍고, 날쟁이 잡는 계획이 내 머릿속에는 차곡차곡 쌓여 져 있었다.

마을에는 또래 아이들이 많이 있었지만, 모두가 양쪽 부모가 다 살아 계시니 집안일에는 별 관심이 없고, 오후가 되면 학교 운동장에 모여 축구를 하거나 야구를 하면서 놀았지만, 나는 다리가 불편해서 달리기를 못 하니, 집에서 어머니를 돕고 주로 책을 많이 읽으며 혼자 지내는 시간이 많았다.

겨울이 되어 해안가 바위에 김이 달리게 되면 내가 만든 뗀마선으로 떨어져 있는 바위섬으로 여자들을 태워서 김을 채취하는 일이 있으니, 누나는 기대를 걸고 있었다.

일 년 중 가장 달이 밝다는 시월이 오면서 바닷가로 자주 내려갔으나 날씨가 쌀쌀하여 오래 앉아 이야기를 할 수가 없었다. 때로는 누나가 입은 스웨터 단추를 열고 한 자락으로 내 어깨를 덮어주고 나를 꼭 감싸 안아 주기도 했다.

일 년 중 달이 제일 밝다는 시월 보름달이 휘영청 밝은 날, 누나가 집에서 담요를 가지고 와서, 담요를 덮어쓰고 오랫동안 이야기를 하면서 달빛이 내리는 바다를 하염없이 내다보며 시간을 보냈다.

누나가,

"왜 달빛 바다를 그렇게 좋아하니?"

하고 물었다.

"언젠가 내가 말하지 않았니? 바다에 내리는 달빛은 누나의 마음 같으니까, 누나를 바라보면 바다에 내리는 달빛을 바라보는 것처럼 한없이 마음이 편안하단 말이야."

누나는 내 팔을 꼭 끼면서,

"정말! 내 마음이 달빛 같은 이유는?"

"누나는 무엇이든 내게 주려 하고, 나를 바라보는 누나의 눈빛은 바다에 내리는 달빛처럼 내 마음을 포근하게 해주거든!"

때마침 기러기가 울면서 북쪽 하늘을 향해 날아가고 있었다. 누나는 기러기 소리에 언뜻 고개를 들어 하늘을 쳐다보더니, 내 어깨 위에 머리를 올려놓으며 하염없이 바다를 내다보고 있었다.

나도 그 시선을 따라 바다를 보며, 내게 전해오는 누나의 체온과 따뜻한 입김을 느끼며 잠시 생각에 잠겼다. 그 순간 무엇이 날아와 내 가슴속에 뛰어들었다.

무엇인가를 쓰고 싶다는 충동이었다. 시(詩), 시를 쓰고 싶다는 충동이었다. 나는 바다에 내리는 은은한 달빛과 따뜻한 누나의 사랑을 가슴속에 차곡차곡 담아 집에 돌아와 책상 앞에 앉아, 공책을 펼쳐 놓고 공책 위에 쏟아 냈다.

안개처럼 내려 덮이면서 / 즐겁게 또 슬프게 / 언제나 먼 곳까지 / 어스름히 넘겨다 보여라 // 숨이 차 허덕이면서도 / 가슴은 시원하다고

/ 먼 곳 가까운 곳 없이 / 모두 쓰다듬어만 주어라 // 밤새 울지언정 /
정 깊어 하려니 / 무엇이든 가져만 오라고 / 무엇이든 가져만 가라고

- 「달밤」 전문
(김근이 제1시집 『찔레꽃 피는 날과 바람 부는 날』에 수록)

나에게 보내는 누나의 마음과 바다 위에 내리는 달빛을 하나로 엮어
낸 시속에서, 나는 누나가 내게 주는 시혼(詩魂)을 감지했다.

내가 처음으로 써놓은 시를 들여다보면서, 어쩌면 내 마음은 은근히
만족함을 느끼고 있는듯했다. 그동안 여러 권의 시집을 읽으면서, 내가
어느 시에서도 느껴보지 못한 감정을 느끼고 있었다.

어쩌면 소월의 시속에 묻어있는 사랑의 감정들이 자꾸만 누나에 대한
나의 감정에 젖어가고 있는 느낌이 들 때가 있었다.

나는 그날 밤도 잠을 제대로 이루지 못했다. 자꾸만 내가 누나를 생각
하는 마음이, 누나에게 주는 나의 첫사랑일 수가 있다는 생각이 나를 끌
고 가는 것만 같았다. 그런 생각을 할 때면 누나를 바라보는 내 가슴속
심장은 조용히 뛰고 있었다.

처음부터 우리 사이가 급속도로 가까워질 수 있었던 것은, 두 사람이
가족 사랑의 빈곤에서 오는, 즉 형제간의 사랑에 목마른 외로움 때문이
었다. 우리는 서로가 그 분야에서 무척 같은 느낌 있었고, 어느 형제들
보다 더욱 깊고 따뜻한 사랑을 느끼고 있었다.

그런데 나는 빗나간 감정이라고 나 자신에게 채찍질했다. 그럴 때마
다 나는 누나에게 죄스러운 마음을 어찌할 바를 몰라 당황하기도 했다.

누나와의 감정은 너무 어릴 적부터 두 가슴에 곱게 쌓여 왔다.

누구도 그 감정을 거역하지 않았다. 만약 여기서 두 사람의 사이가 한 순간에 끊어진다면 감당할 수 없는 파란이 파도처럼 일어날 것 같은 불안이 두 사람의 마음을 졸이게 했다. 그런 마음 때문에 하루만 보지 못해도 마음은 안절부절못했다.

소박하고 작은 꿈

　겨울이 오면서 김 채취로 누나는 바빠졌다. 그때 김은 마을 여인들에게는 좋은 벌이가 되었고, 솜씨가 좋은 사람들은 상당한 수익을 올리는 사람도 있었다. 누나 역시 그 어떤 일을 해도 남의 뒤에는 서지 않는 솜씨라 김이 풍년일 때면 상당한 벌이를 했다.

　그해도 김은 풍년이었고 그로 인해 누나네 생활에 큰 도움이 되었다.

　모두가 가난하게 살던 때라, 추운 겨울에도 발을 바닷물에 적셔 가며 맨손으로, 새벽부터 오전 내내 바위에 달라붙어 김을 긁어, 오후에는 긁어온 김을 김발에 널어서 말리는 일로, 저물도록 매달려야 했지만, 그 일이 겨울 석 달 동안만 할 수 있는 일이니, 누구도 춥고 힘들다고 포기하는 사람은 없었다.

　특히 어머니가 나무를 해다가 팔아서 생활하는 누나에게는 어머니에게 큰 도움을 주는 일이기에 누나는 누구보다 열심히 했다. 누나 역시 가난에서 벗어나려는 욕망은 나와 다름이 없었다. 그래서 우리는 서로 도움을 주는 일에는 망설이지 않았다.

　누나는 밤늦은 시간에도 가끔 집에 와서 어머니가 못다 한 일들을 해 놓고 가곤 했다. 며칠씩 못 볼 때는 내가 누나 집으로 가, 밤늦도록 함께 하기도 했다. 사람들이 갈 수 없는 섬으로 누나를 태워 주면 누나는 짧은 시간에 바구니로 한 바구니씩 긁어왔다. 김을 많이 뜯으면 돈을 남들보다 많이 벌 수 있으니 누나도 좋아했지만, 도움을 줄 수 있어서 내가 더 좋았다.

그해 구정에는 누나가 어머니에게 따뜻한 겨울 내의를 사다 드렸다. 낡은 속옷 한 벌로 겨울을 나시던 어머니는 무척 좋아하셨다. 구정을 보내러 돌아왔던 작은형은 일행들과 다시 현장으로 돌아갔다.

나는 여전히 장작 나무를 해 왔다. 마을 사람 중에는 어장에 가지 못한 사람들은 장작 아니고는 돈벌이가 전혀 없으니 모두가 그 일에 매달려 있었고, 우리 마을뿐 아니라 산 아래 자리 잡은 마을마다 대다수 사람이 매일 같이 산으로 몰려왔다.

소유하고 있던 어느 재단에서 산을 지키는 직원을 두었으나, 원체 광범위한 넓은 지역을 혼자서 감당하기에는 역부족이라, 산은 점점 발가벗겨져 갔다. 안타까운 일이었지만 그 당시는 이곳 주민들의 생계가 거기에 매달려 있었으니, 사람이 갈 수 있는 곳은 얼마지 않아 대부분 황폐해졌다.

봄이 오면서 나는 시간이 날 때마다 내 작은 배를 타고 고기를 낚기도 하고 어망을 만들어 그물을 쳐서 고기를 잡기도 하면서, 하루 시간을 헛되게 보내는 일이 없이 무엇이든 열심히 했다.

미역 철이 되면서, 나 혼자서 할 수는 있으나, 많은 양을 할 수 없으니 미역 한철에 얻은 것은 얼마 되지 않았다. 어머니는 아쉬워했지만, 어쩔 수 없으니 집에서 조금씩 모아온 자금으로 마을에서 나오는 미역을 사 모으셨다.

미역은 제때 잘 말려서 제때 팔아야지, 일반 가정에서는 여름 동안 미역을 저장할 방법이 없어 헐하든 비싸든 제때 모두 팔아야 했다. 그런데 어머니는 미역을 사다가 다시 한번 햇볕에 잘 말려서 집에 있는 작은 광을 비우고, 이불 같은 것으로 바람뿐 아니라 공기도 들어오지 못할 정도로 막고는 그곳에다 차곡차곡 쌓아서, 보리타작이 시작되자 보리 짚을 가져다 광을 채우고, 포장으로 쉬워서 공기조차도 들지 못할 정도로 관리를 했다. 더위가 오기 전 모든 준비를 끝냈다.

여름이 한창 기세를 부리며 불볕더위가 시작될 무렵, 어장에 간 형이 갑자기 병이 나서 포항 병원으로 내려왔다는 연락이 왔다.

어머니는 큰아들이 저러고 다니니, 둘째 아들에게 많은 기대와 관심을 주었고 작은형도 어머니에게는 끔찍했다. 그래서 우리 형제는 마을에서는, 어릴 적부터 효자라고 소문이 나 있었다.

다음날 어머님께서는 삼십 리를 걸어서 병원으로 가셨다.

이틀 후 집에 돌아온 어머니 말씀으로는, 갑자기 배가 아파 뒹굴었는데, 시골이라 병원도 멀고 하니까, 맹장인 것을 몰라서 인솔해간 어로장이 식중독이라고 소화제 사다 먹이고, 감기몸살약을 사다 먹이고 하면서, 날짜를 넘겨서 맹장이 복막염이 되어 안에서 터져 죽게 된 사람을, 밤에 택시에 태워 포항으로 내려와 급하게 수술을 하여 겨우 목숨을 살렸다고, 아까운 우리 아들 잃을 뻔했다며 대성통곡을 하셨다.

어머니는 형의 먹을 것을 준비하고 병원비도 마련하여 서둘러 병원으로 돌아가시며, 누나를 불러 나를 잘 챙겨 주라고 부탁을 했다. 나는 졸지에 혼자 남게 되었고, 나 때문에 누나는 바빠졌다.

누나는 아침저녁으로 집에 와서 내 식사 준비를 해야 했고, 날씨가 더우니 낮이 되면 내가 마실 냉수를 우물에서 길어다 내가 마실 수 있도록 그늘에 두는 것도 누나가 해 줘야 했다. 집에서 우물까지는 백여 미터나 되어서. 한낮 땡볕에 물을 길어 오는 것도 쉬운 일이 아니었다.

밤이 되면 혹시나 내가 걱정되어 집으로 와서 내 잠자리를 보고, 내가 혼자서 외로워할까 봐 함께 시간을 보내 주곤 했다. 그런 누나를 볼 때마다 나는 누나가 안쓰럽고 미안한 마음에 누나를 보는 내 마음은 편치가 않았다. 그렇게 삼 개월 동안 어머니가 한 번씩 다녀가곤 했는데, 그런 어머니께 누나는 집 걱정은 하지 마시고 병원에 오빠나 잘 돌보시라고 어머니를 안심시켜 들었다.

형이 삼 개월 동안 병원 생활을 하는 동안, 누나와 우리 가족은 한층 더 완전한 가족이 되었다. 그때부터 누나에 대한 우리 가족들의 신뢰는 더욱 단단하게 다졌다.

누나는 달이 밝은 밤이면 침통한 내 모습을 보면, 내 손을 잡고 바닷가로 내려가 많은 이야기를 나누며 바다 위에 내리는 은은한 달빛을 바라보며 노래도 부르면서 외로워하는 나를 달래고 안아 주었다.

어머니가 병원에 있는 동안 누나와 함께 있는 시간이 많아지면서, 나는 한없이 누나에게 기대게 되고, 잠시라도 떨어져 있으면 그립고 쓸쓸해지는 마음이 나를 우울하게 했다.

추석이 다가와 모두가 분주할 때 어머니는 형과 함께 병원에서 퇴원하여 집으로 돌아왔다.

형은 아직도 수술한 자리에 뱃속 깊이 부패물을 빼내는 심지를 박고 있었고, 이삼일에 한 번씩 치료해야 하는데, 그런데도 어머니는 다가오는 명절 때문에 퇴원을 결심하면서, 의사 아저씨와 상의를 했다. 형이 돌아오는 날은 온 마을 사람들이 살아와서 다행이라고 문병 들을 왔다.

어머니는 집에 오시자 제일 먼저 광에 보관해놓은 미역을 해쳐 보시고는 매우 만족한 표정을 지으셨다. 이제 미역을 팔 때가 되었는지라, 어머니는 이미 장사를 불러 놓고 기다렸다.

며칠 후 장사가 와서 미역을 보시고는 아주 만족한 표정으로 어머니와 흥성을 했다. 미역은 살 때보다 배가 되는 값으로 흥정이 되어 팔려

나갔다. 어머니는 매우 만족한 기분이었다. 형의 병원비로 남의 돈을 이용했던 어머니는, 혹시라도 미역이 잘못되면 어쩌나 하고 걱정을 하셨는데, 미역이 우리 가족에게 큰 힘이 되어주었다.

우리 가족은 큰 경험을 했다. 훗날 우리 가족이 살아가는데 좋은 경험이 되었다.

의사 아저씨의 극진한 치료에 형은 점차로 건강을 회복해 가고 있었다. 가을이 오면서 갈치잡이가 시작되자, 목수 형님이 갈치잡이에 나를 자기 배에 선원으로 가자고 하여, 나는 졸지에 목수 형님의 배 선원으로 오르게 되었다.

갈치가 그해에는 많은 양이 잡혀 추위가 날 때까지 작업이 이루어져, 늦게는 고기 이동을 따라 대보로 항구를 옮겨서 작업을 했다. 다행히 대보에 목수 형님의 누님이 계셔서 그곳에서 낮에는 잠도 자고 식사도 하고, 오후 작업 시간이 되어 작업에 나가면 바다에서 밤을 새우면서 작업을 하고 다음 날 아침에 돌아왔다.

갈치는 낚시로 잡는 것이라, 잡는 데는 자신이 있었으나 멀미 때문에 밤새워 못하니 생산은 언제나 남들보다 적었다. 그때는 남의 배에 선원으로 가면 자기 어망을 준비하고 가서, 자기 그물에 잡힌 고기는 자기가 가져오는 제도였기 때문에, 갈치잡이도 낚시 도구는 내가 장만하여 내가 잡는 갈치는 많든 적든 자기 몫이며, 자기가 잡은 고기는 선주가 그날그날 생산 기록을 하여 끝났을 때 이십 프로의 뱃삯을 거둬 갔다.

열심히 하여 많이 잡아야 하는데, 멀미가 나면 온몸에 힘이 빠지며 세상 어 뜬 일도 싫어진다. 돈도 그 어떠한 영화도 다 싫어지는 것이 멀미다. 모두가 자신 있게 왔다가는 파김치가 되어 돌아가는 것이 멀미다. 멀미가 날 때는 몸을 움직이면 먹은 것이 토해 올라오니, 가만히 누워

자는 것이 제일 상책이라 아무것도 할 수가 없었다.

목수 형님은 자기 배를 자기가 몰고 다니는 사공이다. 젊은 사공 중에는 꽤 실력이 있었다. 그래서 나는 형님의 사공술을 집중적으로 보며 익히려 하였으나 멀미가 두려워 바다의 일에 회의를 느끼기 시작했다. 그러나 사공이 바람을 안고 달리며, 배를 운전하는 것을 보고 있노라면, 지그시 감은 눈으로 바람을 바라보는 표정이 멋이 있어 보여 꼭 한번 해보고 싶은 욕망이 있었다. 어쨌든 마음속으로 하나하나 눈여겨보며 마음에 담아 놓았다.

갈치잡이가 끝이 나고 자망바리가 시작되면서, 나는 갈치잡이에서 번 돈으로 자 망을 마련하여 다시 선원들과 합류 하였다. 그러나 겨울 작업은 추위와 파도로 인해 여간 힘들지 않았다.

형은 하지 말라고 만류했지만, 나는 내 마음속에 가지고 있는 소박한 꿈을 위해 어려워도 한 발 한 발 천천히 나아갈 것이라고 다짐을 했다. 언젠가는 나도 목수 형님처럼 내 배를 만들어 이름 있는 사공이 되어 바다를 누비며 고기를 잡을 것이라고, 누나에게도 자랑삼아 이야기했다.

누나는 내 어깨를 두드리며 우리 동생 장하다 하면서도,

"바다가 그렇게 만만한 것 같으냐?"

"남들도 다하는데, 내가 왜 못하겠어."

무엇보다 이곳에 살려면 배가 있어야 남들보다 돈을 많이 벌 수 있고, 경제적으로 나 사회적으로도 힘을 얻게 되니, 어부라면 그런 꿈이라도 가지고 살아야 하지 않겠나! 하는 것이 나의 작은 꿈이었다.

산골짜기마다 농사가 조금씩 있지만, 산비탈 이거나 골짜기 밭이라 곡식은 보리와 고구마뿐이며 계곡에 약간의 논이 있긴 하지만, 날씨가 가뭄이 오게 되면 모심기도 못 하는 때가 있어 욕심내는 사람이 없었다.

그러니 사람들은 자연 어업에 매달리고, 누구나 선주가 되는 것을 꿈으로 가지고 있다.

그러나 나는 멀미의 두려움 때문에 전적으로 자신감을 가지지 못했다. 마음속으로는 은근히 두려움도 있는 것이 사실이었다.

특히, 연안 작업은 일 톤이 조금 넘는 작은 목선으로, 가을부터 겨울에는 가까운 연안에서 잡어를 잡고, 산란을 위해 돌아오는 대구잡이를 주 어종으로 하고 있지만, 대구라는 어종은 귀한 어종이라 값이 비싸고 귀한 대우를 받고는 있어도, 산란을 위해 연안에서 머무는 기간이 삼 개월 정도로 짧다.

떼를 지어 몰려다니면서 산란을 하므로 투망 장소가 한정적이어서 경쟁이 심했다. 작업 과정이 위험성이 있어 웬만한 사람들은 그런 바쇼(장소)를 피하는 사공들도 있다.

어선들끼리 지나친 경쟁으로 어망 손실이 있고, 잘못하면 한철 작업을 망치는 경우가 있어, 힘깨나 쓰는 사공들이 아니면 작업 과정이 힘들어 접근하기가 쉽지 않다.

아예 자신이 없는 사공들은 적게 잡아도 변두리로 나와서 작업을 하는 사람들이 많다. 그리고 잦은 풍랑으로 겨울 작업은 어망 손실도 만만하지 않지만, 힘이 들어 선원들이 꺼리는 사람들도 있어 선원 구하기가 어렵다.

그래도 요령껏 하는 사공들은 상당한 수입을 올리기 때문에 겨울 작업을 좋아한다. 무엇보다 처음 시작하는 선원들은 겨울에 시작하는 것보다 주로 봄부터 시작한다. 날씨가 좋고 따뜻할 때 시작하여 서서히 몸에 익혀야 하니까, 겨울에는 선원이 부족하여 연말이 되면 선주들이 오히려 선원들에게 접근하여 선원으로 모셔 가는 데 공을 들인다.

봄이 오면서는 또 여름 작업 준비를 해야 한다. 오래된 선원들은 여러 가지 어망이 고르게 준비가 되어있지만, 처음 시작하는 선원들은 어망을 준비하는 데 어려움을 겪는다.

봄 작업이 끝나고 유자망 작업이 시작될 때, 나는 스스로 하선했다. 유자망 그물은 돈도 돈이지만 자기가 직접 그물을 짜서 염색을 하고 조립을 해야 하는 어려운 과정이 많아, 나로서는 어려워 그물을 손수 조립할 자신도 없었고, 어머니와 형이 한사코 말려서 포기했다.

형은 그동안 많이 좋아져서 다음 해부터는 일 할 수 있을 것이니 의사 아저씨가, 어머니에게 몸을 많이 보해줘야 한다고 해, 어머니는 한약과 몸에 좋다는 것은 어떤 것이든 구해다 먹였다.

여름에는 영일만을 주 어장으로 한 유자망 어업이 유명하다. 옛날부터 영일만은 고급 어종들의 산란 장소여서, 어족 자원이 풍부하고 여름철 바다 날씨도 평온하기에 영일만 유자망 어업은 선원들이 넘쳐 난다.

영일만 어장은 전국적으로도 이름이 난 어장이며 일본인들이 처음부터 눈독을 들이고, 우리나라 바다로 진출할 때 우선으로 영일만을 택했다.

일본인들이 오기 전에는 연안 주민들의 삶은 얼마 되지도 않은 농토에 매달려 어렵게 살아왔다. 배를 만들고 어망 구입 할 돈이 없으니 산비탈을 개간하여 한 평 땅이라도 감자를 심고 밀과 보리 씨를 심었다.

그렇게 어렵게 살다가 일본 사람들이 들어오면서, 일본인들의 어선이나 어장에서 일하게 되면서 형편이 나아지기 시작했다고 한다. 일본인들이 들어오고부터는 완전 영일만은 물 반, 고기 반이라는 황금 어장이 되었고, 요소요소 고기들의 길목을 막아 정치망 어장을 설치하여 고급 어류들을 잡아서는, 전량 자기들 나라로 바로 실어 갔다고 했다. 봄이 오면 일본 배들이 영일만이 비좁을 정도로 몰려와서 밤낮없이 고기를 퍼갔다고 했다.

가장 유명했던 어종으로는 청어와 대구, 정어리, 고등어, 방어, 삼치와 값비싼 어종들이 많이 잡혔다. 우리 마을에 정어리 공장을 크게 지어서 기름을 짜고, 어장 현장 사무실도 마을에 있었으며, 각처에서 사람들이 몰려, 마을에 기생을 둔 술집이 생겨 한동안 흥청거렸다고 했다.

해방 후 일본인들이 떠난 후 일본인들이 두고 간 어장과 어선 어구들로 시작된 어업은, 한동안 엄청난 부를 가져왔고, 우리 아버지도 그 시대 청어 잡는 어장을 만들어 선원들을 고용해서 어장을 운영하였다고 했다.

그러나 그 시절은 얼마 가지 않아 그렇게 많이 잡히던 어종들이 종류별로 한 종류씩 자취를 감추기 시작하면서, 몰려 들어온 사람들이 떠나고, 마을은 어려워지기 시작했다. 그때부터 서서히 보릿고개로 접어들었다.

어머니는 아버지가 병이 들었을 때는, 돈이 없어 병원에 가는 것보다, 자식들 끼니 걱정으로 정신없이 헤매다녀야 했고, 얼마 되지도 않은 삯바느질에 밤을 새워야 했다.

어머니 말씀으로는 아버지 돌아가시고, 출상 뒤에 남은 것은 보리쌀 서대에 밥 지을 나무마저 떨어져, 뒷산에 올라가 손수 나무를 해와야만 했다고, 밤마다 내 다리를 만질 때면, 옛날이야기처럼 내게 살아온 일들을 들려 주셨다.

그때 아버지 어장에서 일하던 선원 중에는 가까운 산골 마을에서 농사를 짓던 사람들이 있었다. 농촌에서 가을걷이를 일찍 끝내놓고 어촌으로 단골로 돈벌이를 오는 사람들이 많았다. 훗날 아버지가 돌아가시고 살기 어려워진 어머니가, 산골 마을로 품 일을 다닐 때 마을마다 그 분들이 한두 명 식 있어 많은 도움을 받았다고 했다.

어쩌다 내가 어머니를 동행할 때가 있었는데, 그들은 어머니에게 누님! 누님 하면서 반겨주었고, 점심을 차려 대접을 했다. 때로는 가을이 되면 손수 농사를 지은 귀한 쌀을 가져오는 사람도 있었다.

내가 연일 중학교에 다니며, 누님 집에서 자취방을 얻어서 이사를 한 집 아저씨도, 그때 아버지 어장에서 일하시던 분이라, 어머니에게 누님 누님 하면서 반갑게 맞아 주셨고, 우리가 사용한 방도 세를 받지 않았다.

일본인들이 떠난 지 얼마지 않아 고기들도 어종별로 서서히 사라져 가기 시작하면서, 바다에는 흉어가 시작되고, 덩달아 농사도 흉년이 거듭되면서 밥을 못 먹는 가정이 생기고, 봄이면 산에 가서 나물을 뜯고, 여름이 되면 소나무 껍질로 연명을 하는가 하면, 해초를 뜯어 허기진 배를 채웠다고 했다.

가을이 오면서, 나는 다시 겨울 잡어 잡이에 목수 형님 배에서 작업에 들어갔다. 어머니와 형은 겨울 작업은 아직은 나에게 힘든 일이라며 못하게 했지만, 내가 어릴 적 배가 고파 아무것도 할 수 없었던 일과, 나 스스로 배움을 포기하고 집으로 돌아오면서, 연일 들판에 어린 내 꿈을 버리고, 피를 토해내듯 울던 소리가 내 귓가에 들려 올 때마다, 나는 잠시도 발걸음을 멈출 수가 없었다.

처음으로 해보는 삼중자망이라 직접 조립하기 어려워 돈은 많이 들어도 공장에서 조립한 어망을 구입하여 쓰는 것이 쉬웠다. 바다의 신사라는, 잘생긴 대구를 내 손으로 잡는다는 것에 마음이 들떠있었다.

그러나 겨울 작업은 신출내기 선원에게는 상당한 어려움을 주었다.

날이 채 밝기도전 출어를 하면 새벽 추위에 바다에서 올라오는 그물에서 금방 얼음이 얼고, 그물을 잡은 손이 터질 듯 참기 어려워 바가지에 바닷물을 담아 놓고 수시로 손을 적셔 가면서 그물을 잡아야 했다. 익숙한 선원들은 앞에서 그물을 올리게 되니 금방 올라오는 바닷물에 손을 적시게 되지만, 서투른 초보자는 뒤쪽에서 앞에서 올려주는 그물을 잡고 있어야 하니 금방 얼어버린 그물을 잡고 있는 일은 여간 어렵지 않았다.

그러나 이제부터 시작이라는 결심으로 견디어 내야 한다고 이를 악물었다. 그 당시에는 장갑도 귀하기만 해서 언제나 맨손으로 했으니, 지금 같으면 누구도 배기지 못할 것이다. 날씨는 지금보다 그때가 더 추웠고, 그때는 입은 옷도 얇아서 지금과는 비교가 되지 않는다.

다행히 그해는 대구 어장이 넓게 분포되어 날씨가 풀려 포근해질 때는, 대구가 많이 잡혀 재미가 있었다. 다른 선원들은 오래된 낡은 어망들을 가지고 다녔고 나는 새로 만든 신망으로 시작한 지라, 다른 사람들보다 잡히는 양이 많아 힘이 드는 줄도 모르고 했다.

어망 작업을 할 때는 선주가 뱃삯을 받는 대신 어망을 선원들보다 많이 가지고 작업을 하게 된다, 자기 그물에 잡히는 고기는 자기가 가져가게 되니, 선원들은 어망 보수작업도 열심히 하고 작업에도 언제나 열의를 내어서 하게 되니, 선원들끼리도 분위기가 좋아 힘 드는 줄도 모르고 늦은 봄까지 작업을 끌고 갔다.

형의 건강이 좋아지면서 나는 형과 같이 내가 만든 배를 타고 미역을 줍고, 어머니는 일찍부터 집집마다 다니면서 미역을 모아, 그해 미역에서 상당한 소득을 보았다. 가을이 되자 어머니는 누님에게 가서 정미소에 절충하여 나락을 사서 정미소에 보관, 이듬해 쌀값이 오를 때 정미를 하여 그 마을 농가에 장례를 놓는 일을 반복했다. 어머니는 마침내 그곳 들판의 논을 세 마지기나 사셨다.

여름이 되면서 나는 유자망 그물이 없어 여름 작업을 포기했고. 오징 어 철이 오자 형은 정치망 어장을 포기하고 구룡포 항구로 채낚기 어선 에 자리를 잡아 작업선으로 갔다.

그해 여름 유자망 작업이 저조하여 선원들이 어려워지자 선원 중에 형편이 딱한 사람들은 강원도로 오징어잡이 갈 준비를 했다. 마침 우리 마을에 장가를 든 구룡포 채낚기 어선 선주가 직접 마을에 와서 오징어 잡이 선원을 모집한다기에 나도 따라 신청을 하고 준비를 했다. 나까지 집을 나가면 어머니가 혼자서 어떻게 하느냐고 만류했으나, 나는 은근 히 누나를 믿고 가기로 마음을 먹었다.

오징어잡이는 이 개월에서 늦으면 삼 개월이 걸린다. 많은 돈은 벌지 못해도, 집에서 장작 폐는 일보다는 낮지 않을까? 동해안 항구들을 두 루 구경할 수가 있어 좋은 경험도 된다고 생각하고 가기로 했다.

난생 처음 나오는 객지 생활이라 좋은 경험도 되지만, 세상 보는 안목 도 생기고 인생 초보자에게는 좋은 경험뿐만 아니라, 내 나름대로 세상 을 살아가는 기초 지식을 얻을 수 있다는 생각으로 매사에 관심을 두고 보고 느끼면서, 나름대로는 보람 있는 여행이라 생각했다.

구룡포를 출발해서 속초까지 가는 동안 자리 배치도 하고 식사문제도 배 앞과 뒤쪽을 갈라서 화장을 정했다. 뒤쪽은 본 선원(일 년 동안 계약 된 선원)들이 차지하고 오늘 승선한 선원들은 배 앞부분에서 별도로 화 장을 정 하여 식사를 하도록 하는데, 우리 마을 사람들이 많아 나를 화 장으로 지명했다. 내가 제일 연소자이니 마다 할 수가 없어 나는 흔쾌히 내가 하겠다고 했다.

나는 하루하루 일들을 기록해가면서 좋은 경험을 했다.

오징어잡이는 속초를 도착지로 하여, 오징어가 남하하게 되면 따라서 주문진, 삼척, 죽변, 후포, 구룡포, 순으로 각 항구를 거치니 처음 가보는 나로서는 좋은 경험이 되었다. 그렇게 하다 보면 추석 전이나 추석 직후면 구룡포 바다에 도착한다. 구룡포에 도착하면 약 한 달이 넘게 작업을 하게 되는데 그때쯤 되면 잦은 일기 불순으로 바다 날씨가 좋지 못해, 나는 멀미로 무진 고생을 했다.

석 달 동안 작업보다 화장일이 무척 힘이 들었다. 십 명이 넘는 사람들을 챙겨 먹이는 일이 쉬운 일이 아니었다. 작업을 마치고 배가 입항하는 동안 부식비로 일 인당 오징어를 두 마리씩 거두어 배가 입항하면 오징어를 팔아 부식을 사서 아침밥을 준비한다. 식사가 끝나면 그릇들을 정리하고 밤새 사용한 낚시를 다시 오늘 사용할 수 있도록 준비를 하다 보면 잠잘 시간이 없다. 때로는 도와주는 사람들이 있었지만, 별 도움이 되지는 않았다. 무척 힘이 드는 일이었지만 좋은 경험이었다.

작업을 마치고 집에 돌아왔을 때는, 어머니께서는 화난 얼굴로 바라보면서,

"어쩌자고 추석에도 오지 않고 나를 이렇게 고생을 시키노?"

하시며 지친 표정으로 마루에 털썩 주저앉았다.

나는 어머니 곁으로 다가앉으며, 가방을 풀고 그동안 벌은 돈뭉치를 어머니 앞에 내밀자, 어머니는 돈을 집어 들고 조금 전과는 달리 환하게 웃으며,

"아이고, 우리 막내가 객지에 가서 돈을 다 벌어왔네, 멀미는 안 했나?"

역시 어머니는 바다 날씨가 나빠지면 내가 멀미에 고생할 것을 생각하신 것 같았다.

그러면서 돈을 움켜쥐고 한동안 멍청하게 바라보다가,

"이늠의 돈이 무엇이건데."

하시며 방으로 가지고 들어가, 시주단지 옆에다 올려놓고 두 손을 모아 합장을 했다.

해가 저물 무렵 형도 돌아왔다. 형이 가져온 돈과 내가 가져온 돈으로 어머니는 부자가 된 기분일까? 며칠 동안 기분이 좋아 보였다. 형은 꽁치잡이 어선에 화장으로 올랐다며 다음날 바쁘게 돌아갔다.

겨울이 되어 어장에 갔던 마을 사람들이 돌아왔는데, 어장에서 함께 일하던 청년을 어로장이 데리고 왔다. 청년은 말끔하게 생겨서 오자마자 마을에 소문이 퍼 젔고, 마을 처녀들의 관심이 총각에게로 집중되었다.

며칠이 지나자 누구네 사윗감으로 좋고, 누구네 사윗감으로 좋겠다느니 소문이 자자했다. 그러다 얼마 후에는 누나 이름이 제일 앞에 섰다. 아버지가 없으니 데릴사위로 안성맞춤이라며 아예 낙인을 찍었다.

나는 올 것이 오는구나 하는 심정으로 누나 가까이 가는 것을 피했다. 내가 생각해도 어머니 때문에 고민하고 있을 누나에게 꼭 맞는 사람이라는 판단이 들었다.

여름이 가면서 나는 징병 검사를 받았다. 왼쪽 종아리가 골아서 오른쪽 종아리보다 많이 야위었는데도, 군의관이 못 보았는지 최종 갑종으로 판결을 내렸다. 나는 검사장에 들어가면서 어떻게든 골아서 마른 다리를 보이지 않고, 갑종 판결을 받기 위해 궁리를 하고 있었는데, 속으로는 은근히 좋아서 어쩔 줄을 몰랐다.

영장을 받아 논산 훈련소에만 떨어지면, 큰형님이 훈련소 배출 대에 있다고 했으니 어떻게 해 줄 것이라 믿었다. 군에 입대만 되면 아예 말

뚝을 박아 평생 군인으로 사는 것도 좋다고 생각했다. 내가 작은 꿈으로 가지고 있던 어선 선주는 멀미로 인해 한발 뒤로 물려 놓은 것이다.

나는 이제 다가오는 누나와의 이별로 서로 상처받지 않도록 자연스럽게 헤어져야겠다는 생각이었다.

그해 겨울에는 친구 두 명과 겨울 어장에 선원으로 올랐다. 어장, 설치는 가마니에 자갈을 담아 새끼로 짠 그물주머니에 여러 개를 포개서 바닷속에 넣고, 어장 시설을 고정한 다음 어망을 설치한다. 어장에 들어가는 자갈 가마니 숫자는 상당히 많아서 시설하는 데만 며칠이 걸린다. 그 많은 자갈 포대는 사람들이 어깨로 매어 배에다 옮겨야 하는데, 가마니 하나에 어른 네 명이 들어서 어깨에 올린다. 내가 생전 처음으로 해보는 일이라 그 과정에서 내가 허리를 다쳤다.

집에서 약초 뿌리를 캐서 허리에 붙이고 며칠을 누웠다가 일어나 다시 어장에 나갔다. 그때 다친 허리로 인해 나는 평생을 한방 병원 신세를 졌고, 나이 들면서는 병원에서 통증 주사로 지금까지 버텨왔다.

웬만한 사람 같으면 평생을 병치레나 하고 놀 형편이었지만, 나는 그러지 못했다. 한가하게 쉬고 있을 때면 내 귀에서는 아이의 울음소리가 들렸고, 지금도 연일 들판을 헤매다니고 있을 아이의 모습이 눈앞에 어른거려 눈시울을 젖게 했다. 내가 난생처음으로 일해본 겨울 어장의 추억은 내 평생에 몸과 마음에 상처로 남았다.

겨울 어장에 잡히는 고기는 오징어가 주 어종이다. 우리가 어렸을 때는 겨울철에는 오징어가 엄청나게 많이 잡혔다. 그때는 교통이 없으니 오징어는 전량을 건조해서 팔았다. 그때는 마을 전체가 오징어 건조에 매달렷다. 어른이나 아이 할 것 없이 추운 겨울날에 쉴 틈도 없이 오징어 손질에 매달렸다. 그때야말로 오징어가 전 동민을 먹여 살렸다.

오징어를 100마리를 말려서 손질을 예쁘게 하여, 이십 마리씩 축을 지어주면 얼마씩 금액이 정해져 있어 한가하기만 한 겨울철 벌이로 상당한 수입이었다. 식구가 많은 집은 하루 1,000마리까지도 말릴 때가 있고, 식구 수에 따라서는 몇백 마리씩 하니까 아이들도 학교에서 돌아오면 꼼짝없이 오징어 손질에 매달려야 했다.

날씨가 추워서 물에 씻어낸 오징어를 줄에다 늘기만 하면 금방 얼어버릴 때도 있지만, 한참 어려운 시절이었기에 어른도 아이도 안 하면 밥을 굶어야 하니, 손을 호호 불면서도 오징어에 매달려야 했다.

그때 일을 생각하면 작은누님이 생각이 난다. 변변치 못한 옷으로 겨울을 보내면서 어린 동생들과 어머니를 도와 종일 오징어에 매달려 손을 호호 불면서도 동생들 보고는, 방에 가서 몸을 좀 녹여 오라고 하시던 누님! 생각만 하면 눈물이 나려고 한다.

그렇게 많이 잡히던 오징어가 언제부터인지 서서히 자취를 감추기 시작했고, 겨울 한철 마을의 생계를 이어주던 겨울 어장도 서서히 내리막 길에 들어 사경에 도달할 무렵에 우리 세대가 그 마지막 정리에 들어간 것이다.

그날 밤 누나가 내가 다쳤다는 소문을 듣고 집으로 왔다. 며칠 동안 만나지 못한 탓인지, 앞으로 누나와 헤어져야 한다는 마음 때문인지, 가슴이 두근 그렸다.

나는 누나에게 의지하면서 조심스럽게 어두운 바닷가로 내려와 어깨를 기대고 앉아 아무 말도 하지 않고 어두운 바다를 바라보고만 있었다. 누나가 내 어깨 위에 얼굴을 올려놓으며,

"근아! 나 어떻게 하면 좋겠니?"

하며 길게 한숨을 쉬었다. 누나의 입김이 따뜻하게 목덜미에 감겨 왔

다. 내가 팔을 올려 누나의 어깨를 감싸 안아 주며,

"누나가 판단할 일이지, 내게 물으면 내가 어쩌라고?"

"겨우 대답이 그거냐?"

나도 누나도 다음 말을 잊지를 못하고, 한동안 어두운 바다만 바라보고 있었다. 달빛이 없는 바다는 답답하기만 했다.

누나가 가자고 하면서 일어났다. 나는 따라 일어나면서 누나를 와락 끌어안았다. 누나도 팔에 힘을 주어 내 어깨를 꼭 끌어안았다. 우리는 그렇게 뺨과 뺨을 마주 비비며 한참을 그렇게 있었다. 그리고 며칠 동안 누나는 집에 오지를 않았다. 나는 누나가 너무 보고 싶었지만, 누나에게 가지 않았다.

누나의 결혼 이야기는 점점 크게 내 귀에 들려 왔다. 이웃 사람들의 등 살에 결국은 누나가 승복하고 말았다. 그것이 누나로서는 어머니를 위한 효도라고 생각했을 것이다.

그동안 두 모녀가 열심히 모은 돈으로, 바로 우리 윗집을 사서 이사를 했다. 이사를 하기 전 집 청소와 방 벽지도 누나와 둘이서 했다. 그리고 윗집으로 이사를 한 누나를 되도록 만나지 않고 지내기로 하였지만, 쉽지 않았다.

누나의 결혼 날짜가 잡히고, 누나는 결혼 준비에 바쁜 것 같았다. 나는 훌쩍 집을 나와, 연일 누님네 집에 들러서 며칠 동안 마음을 쉬었다.

벼가 익어가는 좁은 논둑길을 걸으면서, 머릿속에 엉켜있는 누나에 대한 그리움을 지워내기 위해 안간힘을 썼으나, 어릴 때부터 마음에 담은 사랑이라 쉽게 잊힐 수 없다는 것을 깨닫고, 나 자신을 달랬다.

어느 날 나는 옛날 내가 잠시 다녔던 학교에 들렀다. 학교는 옛날 그대로였고, 운동장에 나와 놀고 있는 학생 수는 옛날보다 적겠다는 생각을 하며, 학교 다니던 길을 따라 누님 집으로 오는 길옆으로, 벼가 익어가는 들판을 바라보며 옛날 생각에 잠겨 있는데, 들판을 스쳐온 바람을 따라 내 귓가에 아이의 울음소리가 들려 왔다. 나는 한동안 들판을 바라보며 그 소리에 귀를 기울였다. 들을수록 귀에 익은 소리였다. 나는 가슴을 치면서 그 자리에 주저앉았다.

그 소리는 그때 내가 피를 토하듯 울던 소리였다. 내가 버리고 간 내 어린 영혼의 울음소리! 그 울음소리가 터지도록 가슴에 담겨왔다.

나는 그 울음소리를 들으며 천천히 들판을 걸어 누님 집에 오는 도중 길게 뻗어 있는 방천 둑길 위에 올라섰을 때, 저만치서 걸어오는 소복을 한 여인을 보았다. 내가 잠시 멈추고 서서 지켜 보고 있는데, 여인은 내 곁을 지나 멀리 보이는 산 아랫마을을 향해 천천히 걸어가고 있었다. 옆으로 스쳐 가는 여인에게서 짙은 화장품 냄새가 풍겼고, 여인의 얼굴에 깊이 새겨져 있는 근심이 보였다.

누님 집에 와서 누님께 이야기를 했더니, 누님은 그 여인의 슬픈 사랑 이야기를 들려주었다.

여인은 포항에 사는 어느 부잣집 딸로 대구여고에 유학 중 같은 포항에서 온 남학생과 열렬한 사랑을 했는데. 여인은 대학 진학에 실패하고, 남학생은 대학에 들어가 사 년 동안 떨어져 있는 사이, 남학생은 대학 졸업과 함께 예쁜 아가씨와 고향에 돌아와 부모들의 허락을 받아 결혼했다. 그 소식을 들은 여인은 옛 애인을 찾아갔으나 만나주지도 않았다. 여러 번 그 집을 찾아가도 냉정한 박대를 받았다.

여인은 애인이 그리울 때마다 애인 이 사는 마을을 찾아가 그 집 주위를 맴돌다가, 마을 아이들에게 미친 사람이라고 놀림을 받으며 쫓겨 다니다, 결국은 정신병자가 되었다는 이야기를 들으면서 나는 가슴이 철

링 내려앉았다.

그 이야기가 남의 이야기 같지가 않았다. 사랑 병을 앓고 있는 심정은 누구나 같을 것이란 생각이 들었다. 밤이 되어도 잠도 제대로 오지 않았다. 밖에서는 빗소리가 청승스럽게 들렸다. 뜬눈으로 밤을 새우듯 하고, 아침을 먹고 누님이 챙겨 주는 우산을 들고 일찌감치 나섰다. 버스를 타려면 한참을 걸어나가야 한다. 방천 둑을 따라 걸어가는데, 소복을 한 여인이 아이들에게 둘러싸여 밀고 당기기를 하고 있었다. 나는 그 여인이 어제 보았던 여인이라는 것을 금방 알 수 있었다.

옷은 비에 젖어 몸에 달라붙었고 등 뒤에는 피가 흘러 붉게 물들어 있었다. 나는 가까이 다가가 아이들을 물리고 여인에게 어서 가라고 손짓을 하자, 여인은 빠른 걸음으로 둑을 따라 걸어갔다. 여인의 뒷모습을 바라보고 섰던 나는, 그 여인의 뒷모습에서 나를 보는 것 같아 한동안 그 자리에 정신을 잃고 서 있었다. 집에 돌아오는 내내 그 여인 생각을 지울 수가 없었다.

비는 한결같이 내리고 있었다. 나는 어머니가 차려주신 저녁을 먹는 둥 마 둥 하고는 옆 방으로 건너와 이불을 뒤집어쓰고 누워서 잠을 청했으나, 여인의 환상이 자꾸만 잠을 쫓았다.

밤이 으슥해서야 잠이 드는가 했는데, 얼굴에 물방울이 떨어지는 예감에 잠에서 깨어났다. 무엇이 내 가슴을 무겁게 누르는 예감과 얼굴에 찬물이 떨어지면서, 깊은 한숨을 쉬는 입김이 내 얼굴에 젖어 왔다.

나는 금방 누나라는 것을 알고 누나를 밀치고 일어나려 했으나, 누나는 내 가슴에 얼굴을 비비며 소리 없이 흐느끼고 있었다. 누나는 상체로 내 가슴을 짓누르고 있었고, 비를 맞고 바닷가를 헤매다 왔는지, 누나는 온몸이 젖어 있었다.

나는 누나를 흔들어 일으키려 했으나 소용이 없었다. 어쩔 수 없이 누나의 등을 쓸어 주며 누나의 귀에다 대고 속삭이듯 말했다.

"팔자대로 살자. 우리가 타고난 운명대로 따라가면서! 우리는 애당초 맺을 수 없는 인연이었어!"

누나는 내 가슴에다 얼굴을 비비며, 오랫동안 울더니 일어나 조용히 나갔다.

아침이 되니 날씨는 비가 그치고 산 위로 올라오는 햇살이, 내 방문에 비치고 있었다. 나는 일어나 옷을 입고 밖으로 나왔다. 아침 바다를 건너오는 바람을 마시며 천천히 바닷가로 내려갔다. 바다를 건너오는 바람이 제법 쌀쌀했다.

"팔자대로 살자. 우리 앞에 놓인 운명을 따라. 맺을 수 없는!"

나는 지난밤 무심결에 누나의 귀에다 대고 했던 말을 속으로 중얼거리며, 돌을 골라 들고 바다 수면 위에 뿌리듯 팔매질을 했다. 돌은 수면 위를 뛰어가듯 멀리까지 날아갔다.

아침을 먹고, 아무렇지도 않은 듯 누나 집으로 올라갔더니, 부엌에서 나오는 누나의 얼굴이 푸석한 게 잠을 못 잔 표가 역력했다.

결혼식은 집에서 구식으로 하는 것이니, 포장을 치고 가례상을 만들고, 대충 준비를 마치고 나는 집으로 내려와 간밤에 설친 잠을 약간은 보충하고 누나 집으로 올라가니, 손님들이 모이기 시작하면서 잔치 분위기가 어울리게 분주했다. 멍하니 서서 바라만 보고 있는데, 누군가 내 등 뒤로 와서 내 손을 잡아당기며,

"오빠!"

하고 나직하게 불렀다. 돌아보니 누나의 양동생 윤이었다.

"아! 윤아! 언제 왔어?"

윤은 누나와 의형제지 간이면서도 아주 친해져서 누나 집에 자주 왔
는데, 올 때마다 내가 읽던 책을 여러 권 가지고 가서 읽고는 다음에 올
때 가지고 와서는 또 다른 책으로 바꿔 가곤 해서 나와도 친해졌다.

바닥까지 내려앉았던 내 마음이 윤을 보면서 조금은 풀리는 것 같았
다. 윤은 얼굴이 예쁘고 성품이 좋아 우리 면(面) 내에서는 미녀로 소문
이 나 있다. 나는 윤을 데리고 조용한 데로 가서 잠깐 동안 나눈 이야기
로 마음은 조금 가벼워졌다.

혼례식이 끝나고 기념사진을 찍을 때, 나는 슬그머니 자리를 피해 버
렸다. 나는 누나가 살아가면서 나에 대한 기억을 지워가기를 바랐다. 훗
날 내 사진이 부부 삶에 불행의 요인이 되어서는 안 된다는 생각을 했
다. 누나를 보내는 날부터 나는 그리움의 긴 터널을 건너가야 한다. 두
려움이 앞선다. 두려움은 그리움뿐만 아니다. 외로움을 견디는 것 또한
내게는 큰 고통이 될 것이다.

어쩌면 여기서부터 내 삶은 멈출지도 모른다. 당장 누나를 바로 윗집
에 두고 내가 견뎌야 하는 것부터가 고통이다. 아무것도 모르고 그냥 누
나가 좋았던 그때 세월이 내 마음에 남아 나를 울릴 것이다. 팔자대로
정해진 운명대로 살아라 하시던 어머니 말씀이 야속하게 느껴진다.

그리움

나는 누나가 내 인생에 소중한 첫사랑임을 몰랐을까? 가슴에 느껴오는 정, 아니 그 정 자체가 남매의 사랑과는 그 무게가 다르다는 것을 느끼지 못했던 것일까?

나는 동리 어른들이 강원도 거진으로 임연수어 잡이를 가지 않겠냐는 말에 생각도 하지 않고 간다고 했다. 무조건 이 답답한 현실에서 벗어나고 싶었다. 한사코 말리는 어머니에게는 죄송한 일이지만 이 어려운 시기를 무난하게 넘겨야 하는 것이 내 운명을 바꿔놓을 수 있는 중대한 시점이라는 생각을 했다.

고기도 잡히는 철이 있으니 서둘러 떠나는 바람에, 누나에게는 아무 말도 하지 못하고 떠났다. 일행은 네 명이었다. 버스를 타고 올라가서 그곳에서 어선을 차다(임대) 내고 하숙집을 구하는 일과, 작업 시작 문제까지 차를 타고 가는 도중에 계획을 짰다.

어째 내가 생각하기로는 어딘가 어설픈 계획 같았지만, 나는 이번 일은 그냥 여행하는 마음이거나, 잠시 내 인생을 쉬어가는 시간으로 생각하고, 이후 어떠한 손해가 있어도 후회하지 않기로 마음속으로 나 자신과 약속을 했다.

우리가 계획한 대로 우선 하숙부터 구했다. 사용하지 않은 방이라 연탄 부엌이 막혀서 고쳐야 하는데, 기술자를 알아보니 며칠 기다리라고 한다며 우선 춥더라도 며칠 있으려면 들라고 했다. 우리는 아직은 초겨울이라 며칠 정도야 견딜 수 있지 않겠냐며 들기로 했다.

주인집에서 해주는 저녁을 먹으면서 한잔 두잔 마시는 술에 모두가 취해 버렸다. 다들 급히 떠나온 고향 생각에 마음이 허전했을까!

많이 마신 술 탓에 목이 말라 주인아주머니가 뜨다 준 물그릇을 들고 물을 마시는데 물이 없었다. 그릇은 무거운데, 그릇을 들여다보니 그릇 안에 물이 얼은 상태였다. 밤새 갑작스럽게 닥친 한파에 엷은 담요 한 장씩 가지고 온 형편이라 모두 부스스 일어나면서 몸이 얼었다고 투덜거렸다.

다음날 곧바로 방을 옮겨 놓고, 어선 임대 계약을 했다. 배는 동력선이 아닌 돛으로 다니는 범선이었다. 임영수는 산란 때는 해안 가까이에서 산란(産卵)을 하기 때문에 발동선이 아니라도 된다고 했다. 사공이란 사람은 아직 실력이 있는 사공이 아니지만, 작업 장소가 가깝다니 별문제가 없다고 했다.

모든 준비가 끝나 투망을 하고, 다음날 양망을 했는데, 고기양이 너무 없어 모두가 허탈한 기분이었다. 이십여 일 작업을 했으나 겨우 경비 정도밖에 하지 못하여 긴급 의논을 한 결과, 주문진으로 내려가 오징어 잡이를 하자고 의견 일치를 보고, 준비한 어망은 헐값으로 처분하고 곧장 주문진으로 내려왔다.

주문진에는 우리 고향 사람들이 여러 명 배를 가지고 오징어잡이를 하고 있어 선원 자리를 구하는 것은 어렵지 않다. 갑자기 내려와서 하숙집도 구할 수 없어, 좁은 배 창 안에서 네 사람이 거처했다. 생각보다는 배 창 안은 그다지 춥지가 않았다. 겨울 바다는 수온이 따뜻해서 네 사람이 몸을 맞대고 누웠으면 열기가 있었다.

그해 겨울 오징어가 풍어가 되어서 다행히 오징어잡이로 밑천을 뽑고도 돈을 벌어서 내려올 수 있었다. 고향에 와서 네 사람이 모여서 지난 회포를 푸는 술자리를 내가 마련했다.

춥고 힘든 겨울 작업은 몸 자체가 건강하지 못한 나에게는 어려움을 주었다. 풍랑 속에서 멀미에 시달릴 때는 내 삶의 시계가 멈춘 것 같아, 그냥 두 다리를 뻗고 그 자리에 주저앉고 싶은 마음이 나를 고통스럽게 했다. 어른들과 어울려 술을 마시기 시작했다. 나이 많은 형님들, 나이 많은 어른들과 무릎을 맞대고 그침 없이 술잔을 주고받으며, 세상을 배우면서 인생의 나이를 먹기 시작했다.

때로는 답답한 마음을 시로 적었다. 누나가 결혼한 후에야 누나의 사랑이 내 마음 깊은 곳에 자리를 잡고 있음을 알았고, 무엇보다 나에 대한 누나의 사랑이 나보다 더 적극적이었음을 느낄 수 있었다.

어쩌다 골목길에서 누나와 마주칠 때면, 누나는 발걸음을 멈추고 물기 젖은 눈으로 나를 바라보며,

"술을 왜 그렇게 많이 마시냐? 어머니가 너 술 때문에 위장이 탈이 났다고 걱정을 하시더구나."

하며 걱정스러운 눈으로 바라보았다. 나는 그냥 웃기만 했으나 누나는 무척 걱정하는 표정이었다.

겨울이 가고 봄이 오면서 수협으로부터 유자망 어망을 신청하라는 공문이 왔다. 일본산 나일론 어망이라고 했다. 그때까지 면사로 손수 그물을 짜야 하고 염색을 해야 하던 선원들은 모두 신청을 했다. 쿠데타 정부가 시작한 한일 협정으로 이루어져 일본의 주는 보상이라 했다.

그물은 여름 작업에 차질이 없도록 들어와 그해 작업은 특별히 생산이 좋았다. 잡히는 어종은 삼치와 고등어, 방어가 주 어종이다. 방어는 봄이 되면 영일만에 들어와 산란하여 영일만에서 자란다. 얼마큼 자라

서는 바다로 나갔다, 영일만 수온이 따뜻해지는 여름이 되면 다시 돌아왔다가 겨울이 되어 수온이 낮아지면 다시 돌아간다. 그리고 다시 돌아오는 시기가 이듬해 늦은 봄부터 수온이 올라가면 다시 돌아오는데 그때 방어의 크기는 1㎏ 정도이다. 그때부터 어민들은 영일만에서 유자망 작업이 시작되어 여름 동안, 삼치와 고등어 등으로 어민들의 최고의 수입원이 되어준다.

특히 그때 잡히는 방어는 주로 간 독에 저장했다가, 가을 묘지 때는 좋은 값으로 시장에 팔려나간다. 나는 어머니가 시키는 데로 방어는 전량 소금 간을 해서 독에 저장하였다가, 그해 가을 묘지 제사 대목 때 비싸게 팔았다.

고기를 팔자 어머니께서는 그 돈으로 사백오십 평짜리 밭을 사셨다. 어머니는 대보 작은누님네에 가시더니 사돈에게 보리 씨앗을 얻어서 오셨다. 평소에 내 땅 한 마지기를 원하셨던 어머니는 명실공히 논과 밭을 소유한 농가가 되었다. 나는 생전 처음으로 소를 몰고 쟁기질을 하여 보리 씨를 갈았다.

그해 여름을 지나면서 누나의 신랑은 영장을 받고 군에 입대했다. 매형이 첫 휴가를 왔을 때, 내가 입대를 했다. 내가 입대할 무렵 큰형님은 논산 훈련소 배출대대에 있다고 했다. 나는 군에서 평생을 살든가, 아니면 불합격을 받고 돌아와 내 작은 꿈을 이루어 고향에서 어머니 말씀대로 팔자대로 살겠다는 생각으로 입대를 했었다.

논산 수용연대 신체검사장에서 팬티 바람으로 다섯 명씩 나란히 차렷 자세로 서서 심사관의 판결을 기다리는데,

"○○번 김근이!"

호명 소리에 큰 소리로 대답하고 한 발 앞으로 나서니, 내 다리를 훑

어보던 검사관의 목소리가 천정이 무너지는 소리 같이 내 귀에 들렸다.

"한쪽 다리가 골았군. 그런 상태에서 어떻게 여기까지 온 거야?"

하며 내 검사 카드에 병종이라는 도장을 쾅! 하고 찍어 내게 주면서 고향으로 돌아가라고 했다. 고향으로 돌아온 나에게 사람들은 패잔병이 라는 별명을 달아 주었다.

나는 잡생각을 버리고 하던 일에 열중했다. 누나의 그늘을 벗어나려 했던 마음이 가슴속에 응집하면서, 누나로부터 받은 시혼으로 쓰기 시 작한 시들을 찾아 모아 시 노트를 만들기로 했다. 시(詩)는 자그마치 백 이십여 편이나 되었다. 그때 학용품 상점에서 파는 마카오지라는 종이 를 사서, 16절지로 접고 잉크가 퍼지지 않는 면을 박으로 하여 접어서 노트를 만들었다. 정성을 들여 노트에 올린 시가 120여 편이 되었다. 내 가 21세 때 일이다. 나는 언젠가는 돈을 벌어서 내 손으로 내가 쓴 시집 을 만들겠다는 결심을 가슴속에 깊이 간직했다.

산에는 오래도록 나무를 베어내는 바람에 이미 벌거숭이가 되어, 더 는 베어 올 나무도 없었다. 시골에서는 여전히 보릿고개 후유증에서 벗 어나지를 못한 상태여서, 마을 주민들의 생활은 갈수록 어려워졌다. 그 러나 우리는 우리 논에서 가지고 온 쌀과 형과 내가 열심히 번 돈으로 저축을 했다. 어머니는 매년 미역 장사를 하여 크게는 아니라도 조금씩 벌었고 밀주 장사는 단속이 심해, 마을 상점들과 밀주를 팔던 집들도 소 주를 팔기 시작하면서, 마을 술꾼들의 입맛을 막걸리에서 완전 소주로 바꿔놓았다.

고향으로 돌아온 즉시 군 미필 때문에 병무청에서 재검사를 받아 완 전 병역 면제를 받았다.

어머니께서는 겨울에는 바다에 나가는 것을 싫어했다. 겨울 날씨는 항상 바람이 많이 부는 철이니, 파도에 흔들리는 배에서 넘어지지 않기 위해 아픈 다리에 힘을 주어 버티느라 용을 쓰고 나면 밤이면 끙끙 앓았다. 어머니께서는 그것이 안쓰러워 겨울에는 집에서 쉬게 했다. 그런 어머니의 걱정에는 아랑곳없이 나는 또 집 떠날 생각만 했다. 이러다가 내가 불효자가 되는 것이 아닌지, 은근히 걱정되었다.

이번에는 지난해 함께 거진으로 갔던 아저씨가 오 톤짜리 발동선을 사서, 대진으로 임연수어 바리를 가자고 했다. 해마다 겨울이 오면 임연수어잡이는 강원도 소형 어선들의 최고로 기대하는 어종이다. 그런데 작년에는 최고의 흉어였다. 올해는 되겠지? 하는 생각보다는 아직도 내 마음을 무겁게 짓눌리고 있는 그리움의 고통을 벗어나기 위한 미련한 생각이 나를 끌고 갔다.

아직도 내 마음이 방황에서 완전히 벗어나질 못했다. 나는 또 쉽게 승낙을 하고 어머니께 말씀드렸더니, 어머니도 내 마음을 아시는지 그렇게라도 해서 하루빨리 마음을 잡고 오라는 듯 아무 말씀도 하지 않으셨다.

선원으로는 마을에서 형뻘되는 두 사람과 선주, 네 사람이 가기로 하고 속초 대포에서 기관장과 마차진에서 선장과 선원 한 명이 더 오기로 되어있었다. 음력 시월 열사흗날 출발하여 시월 보름날 도착을 했다. 가는 도중 대포항에 들러 기관장을 태우고 선주 처남에 식사 접대도 받았다. 도착지는 대진에서 십여 리쯤 떨어진 최전방 마지막 마을, 마차진이란 마을이었고, 대진항에서는 이십여 분 걸어서 가야 했다.

군용 도로가 있었으나 버스는 다니지 않았다. 집들은 전방 지대여서인지 모두 나직나직한 집들이 옹기종기 모여 있다. 저녁을 먹으면서 시작된 술은, 하숙집 주인아저씨와 앞집 아저씨 그리고 선장님도 인사차 불러서 늦도록 술을 마시면서 두 분 아저씨들로부터 마을 현황 이야기를 들었다.

마당을 사이에 두고 두 집이 사는데, 언뜻 보면 한 집 같았다. 두 분 아저씨는 지금 생각으로는 나이가 오십 대였던 것 같았다.

앞집 아저씨는 마을 어촌계장이셨고, 작은 전마선으로 잠바리(물안경을 내려다보며 전복, 해삼 등 어패류를 잡는 어구) 어업을 하면서 휴전선 비무장 지대에서 농사를 짓고 있었다. 군인 트럭이 벼를 실어 날라 주고 있었다. 하숙집 아저씨는 하는 일 없이 놀고 있어 살기가 어렵다고 했다. 하숙집 아저씨는 몸집이 좋고 언제나 곱게 빗은 한복을 입으셨다. 언뜻 보기에는 부잣집 어른 같았다.

두 집에는 같은 중학교 일학년 여자아이가 있었고, 앞집에는 아래로 딸과 아들이 있었다. 앞집 순자는 성격이 차분하고, 학생다웠는데 하숙집 영이는 몸집도 좋고, 장난꾸러기였다. 그리고 이 마을은 혼자 사는 여인들이 많았는데, 월선 조업을 하다가 이북으로 납치된 사람들이 많다고 했다.

모두 늦게야 잠이 들었는데, 밤새 눈이 와서 마당에는 눈이 하얗게 쌓여있었다. 집이 원체 잘 지어진 집이라 마루도 없고 마당에서 방으로 바로 들어가게 되어있어 눈이 많이 오는 날은 언제나 눈이 방문까지 쌓여서 문이 열리지 않을 때가 흔히 있다고 했다. 서둘러 작업 준비를 하여 작업을 시작했으나, 그해도 역시 작업이 불황이라 하숙비도 내기 어려워, 주인집까지도 어렵게 했다.

하숙집이 있는 마차진에서 대진까지 걸어 다니기가 멀어서 날씨가 좋은 날은 마차진 마을 앞에다 배를 정박하고 있는, 그 마을 배들을 따라 앞바다에 닻을 내리고 정박시켰다.

어느 날 해가 질 무렵이 되어서 갑자기 바람과 파도가 밀려들어 대진까지 피란 갈 형편이 못되어, 작은 전마선을 타고 선원들과 함께 배에 나가 닻이라도 큰 것으로 다시 놓으려고 나갔다. 선주와 기관장을 따라 내가 배에 올랐으나, 남은 사람들은 배가 파도에 밀리면서, 배를 매어놓은 밧줄이 끊어져 파도에 밀려 돌아오지를 못해 돌아가 버렸다.

날씨는 비와 바람이 점점 더 몰아치면서 파도가 높아져, 십 관이나 되는 닻을 두 개나 놓아도 배는 육지 쪽으로 밀려 들어갔다. 어둠 사리가 들기도 전에 정박해 있던 그 마을 배 두 척은 이미 해안에 밀려 파손되고 있었으나 아무런 대책 없이 포기 상태였다.

우리는 배 엔진을 걸고 전진하면서 나 혼자서 십 관이나 되는 닻 두 가락을 올려서, 다시 조금 바깥쪽으로 나가서 정박을 시켰다. 견디는가 했는데, 큰 파도가 배를 덮치니 견디지를 못하고 자꾸만 밀려 들어갔다. 바로 옆에는 바위들이 많이 있는 섬이라 파도가 많이 일고 있었다. 어둠이 짙어지면서 파도가 높아지니, 선주가 급기야는 사람이라도 살자며 배를 포기하자고 했다.

그러나 내가 보았을 때는 해안은 해수욕장처럼 수심이 얕아 파도가 여러 겹으로 밀려들고 있어 자칫 사람도 살아나기 힘들 것 같았다. 이미 파손된 이 마을 배들도 밀려 들어가다가 얕은 수심에 치가 먼저 걸리면서 파도에 배가 구른 것이었다.

배가 해안까지 밀리기 전에, 배가 파도를 견디지 못하고 뒹굴게 되면 겹겹이 밀려드는 파도에 휩쓸려 사람도 살아나기가 힘들 것 같았다. 그래서 내가 다시 닻을 뽑기로 하고 배가 전진을 하게 했다.

십 관이 되는 닻도 닻이지만, 그 당시 닻줄은 마닐라 로프라 물에 젖으면 그 무게가 대단하니, 나 혼자서는 할 수가 없는 일인데도 한 사람은 기관실에 한 사람은 키를 잡고 파도에 맞춰 배를 전진시켜야 하니, 내가 하지 못하면 배보다 사람의 문제가 될 것 같아 나는 죽을힘을 다해 닻을 올렸다.

그리고 바다 쪽으로 나가서 다시 닻을 내렸다. 그러나 얼마지 않아 배가 파도에 밀려들어 또 닻을 올리는 일이 여러 번 반복 되면서 나도 힘이 빠져 더는 어쩔 수가 없을 지경에 이르렀다.

밤은 자정이 지난 듯했으나 바람은 한결같이 불어오고, 파도는 소름 끼치도록 밀려들었다. 마지막이라는 생각으로 닻을 올리니 닻 한 가락은 날개가 부러져 못 서게 되어있었다. 나는 털썩 갑판 위에 주저앉았다. 하나 남은 닻으로는 방법이 없다는 생각과 이제는 끝이라는 생각이 내 머릿속에 번갯불처럼 스치고 지나갔다.

동시에 내 가슴속에서는 '안 된다, 안 돼!'하는 반항이 일고 있었다.

나는 벌떡 일어났다. 재빨리 뒤로 가서 선주를 밀쳐내고 키를 내가 잡고 섬 가까이 배를 몰았다. 섬 가까이에는 바위들이 있어 파도는 조금 심하지만, 조금만 다가가서 닻을 바위 사이에 끼우겠다는 심보였다.

내 머릿속에서 순간순간 번갯불처럼 스치는 생각들을 붙들고 행동으로 이어갔다. 어둠 속이라 가늠하기가 어려웠으나 어느 정도 가늠만 하여 닻을 내리고 닻줄을 고정한 다음, 이제는 마지막이라는 생각을 하고, 다음에는 사람이 살아날 수 있는 방법을 찾아야 한다는 생각을 하며, 나도 배 뒤쪽으로 가서 선주와 같이 파도의 동태를 보았다.

높은 파도가 한 번씩 올 때면 배가 두 동강이가 날 것만 같았으나, 배는 그렇게 허술하게 만들어진 것이 아니라고 믿었다.

"사람이나 살아야 할 긴데!"

선주가 떨리는 목소리로 간신히 말했다.

한참을 지켜보아도 배는 더는 밀리지 않은 것 같았다. 운 좋게도 닻이 바위틈에 끼인 것 같았다. 기적 같은 일이다. 닻을 올리고 내리느라 온몸이 땀에 젖어, 땀이 식으면서 한기가 왔다.

나는 기관실 안으로 들어갔다. 기관장이 좁은 자리에 의자처럼 깔아 놓은 판자에 나를 앉으라고 했다. 내가 좁은 자리를 비집고 앉자 기관장이 내게 기름때가 묻은 자루를 건네주었다. 내가 받아서 자루 속을 들여다보니 조금 남은 쌀이었다. 그러고 보니 허기증이 났다. 기름 냄새가 났지만, 나는 쌀을 그대로 한입에 넣었다.

엔진의 열기로 기관실 안은 더웠다. 그러고 보니 밖에서 아직도 비를 맞고 있을 선주가 생각났다. 나는 기관실 문을 열고 고개를 내밀어 선주를 불렀다. 선주는 갑바도 입지 않고 두꺼운 오바(외투)를 입고 있었다. 내가 기관실로 들어오라고 손짓을 하니, 비에 젖어 무거워진 오바를 벗어 던지고 엉금엉금 기어서 기관실로 들어왔다.

"괜찮겠나?"

추워서 후들후들 떨면서 말을 겨우 했다.

"글쎄요!"

한 번씩 몰려오는 파도에 배 전체가 휘청거렸다. 마음은 불안하여 잔뜩 예민한데, 피로가 몰리면서 졸음이 왔다. 사람의 생리라는 것은 알다가도 모를 일이다. 그 지경에도 잠이 온다는 것은 참으로 신기한 현상이다.

나는 갑바 저고리를 벗고 쪼그리고 앉았다. 혹시나 하는 생각으로 배가 파도에 넘어가거나 줄이라도 끊어지게 되면 갑바를 입고는 아무것도 할 수 없다는 생각이 들었다. 마지막을 위한 준비다. 절대로 포기 하고 싶은 생각은 없었다.

어렴풋이 잠결인가? 배의 흔들림이 작아지는 듯했다. 벌떡 일어나 문을 열고 밖을 내다봤다. 바람이 잦아지는 듯하다.

"바람이 조금 늘어지는 것 같심더."

"바람이 잔다고?"

졸고 있던 선주가 벌떡 일어나 문밖으로 고기를 내밀고 밖을 보더니,

"아이구, 용왕님! 고맙심니더, 고맙심니더!"

선주의 눈에서 눈물방울이 떨어지는 것이 보였다.

선주는 자식이 무려 칠남 일녀, 여덟 명이나 된다. 물려받은 농사는 있었지만 많은 식구를 데리고 지금까지 어렵게 살아왔다. 농사를 지으면서 남의 배에도 다니고 근간에는 강원도 오징어잡이도, 나와 두 번이나 함께 다녔다. 그러다 이번에 밭을 팔아 배를 샀다. 배를 시작한 것을 후회하는 것 같았다. 오래전에는 선친께서도 어선 사업을 하셨다.

날이 밝아오자 뭍에서 전마선으로 선원들이 나왔다. 나는 얼른 전마선으로 뛰어내렸다. 같이 온 형님 두 분이 나를 얼싸안으며 고생했다고 반가워했다.

"기적이다, 기적. 살아난 것이 기적이야. 저 배들 봐라!"

해안에 밀려 파손된 배들을 가리키며 연신 내 어깨를 두들겨 주었다. 그 배들은 뭍에까지 밀려 들어오지도 못했다. 역시 내가 생각했던 대로였다.

"나는 집으로 간다."

밤새 집으로 돌아간다고 다짐한 생각을 마음속으로 외쳤다. 선원들이 배에 올라 닻을 올리는데, 바위틈에 낀 닻을 올리지 못하고 배만 거진항으로 피항을 했다. 나는 길게 한숨을 쉬면서, "용왕님, 감사합니다." 손을 모아 기도를 하며 감사를 드렸다.

하숙집 두 아주머니가 비를 맞고 뱃머리에 나와 기다리고 있었다. 두 분을 보는 순간 마음속에서 울컥, 설움인지 그리움인지 받혀 올라오며 눈물이 핑 돌았다.

하숙집으로 오니, 영이와 순자가 "막내 아저씨! 막내 아저씨!" 하며 달려와 매달렸다. 살아왔다고 발을 동동 구르며 좋아했다. 두 아이는 학교에 갔다 오면 내가 그물 일을 하는 옆에 앉아서 학교에서 있었던 이야기를 조잘거리며 나와 이야기 하는 것을 좋아했다. 학생들을 볼 때마다 나는 언제나 나도 모르게 움츠러들어 어깨에 힘이 빠지게 했는데, 두 아이는 거부감이 없이 친근하게 다가왔다.

아침을 먹으면서 식구들이 간밤에 있었던 이야기를 들으며, 살아온 것이 기적이라며, 진심 어린 찬사를 보냈다.

나는 우리 방으로 건너와서 집으로 돌아갈 준비를 했다. 가방을 챙기는데, 두 분 아주머니가 들어 왔다. 짐을 챙기는 것을 보고는,

"어쩌나!"

안타까워하면서 아무 말도 못 하고 서서 나를 내려다보고만 있었다.

아주머니들이 나가신 뒤 나는 자리를 깔고 누웠다. 온몸이 나른하게 깔리면서 졸음이 올 것 같아 자리를 깔고 누웠으나, 잠은 오지를 않고 왈칵 눈물이 흘러내리면서, 그리움이 몰려왔다.

그런데, 어머니보다 누나의 그리움이 내 목을 조이는 것 같아 견딜 수가 없었다. 그동안 방황하며 살아온 나 자신이 한없이 가엽고 불쌍한 생각이 들어, 눈물이 하염없이 흘러내렸다. 당장이라도 달려가, 지금까지 잘못된 일들을 처음으로 다시 돌려놓고 싶은 마음이 간절했다.

지나간 밤에는 살아남고 싶어서 있는 힘을 다했는데, 오늘은 그렇게 힘들게 살아나온 세상이 한없이 원망스럽고, 이 각박한 세상에 혼자 남

은 것 같은 외로움에 온몸에 차가운 한기가 들고 있었다. 이불을 뒤집어 쓰고 울다가 잠이 들었다.

점심때가 지나서야 피항 갔던 선원들이 돌아왔다. 선주 아저씨는 오자마자 방으로 들어와서 내 손을 덥석 잡으며 고생했다는 말을 반복하면서,

"니가 우리 세 사람 목숨도 살리고, 우리 식구들을 다 살렸다."

하면서 내내 고생했다는 말과 고맙다는 말을 반복하면서 내 손을 놓을 줄을 몰랐다.

한참 후에야 내 가방을 보면서,

"안 된다. 이렇게 가모 나는 우짜노?"

혼이 빠진 사람처럼 멍하니 천정을 바라보는 선주의 눈에서 눈물이 흘러내렸다.

다음날 선주가 고향 간다며 나서는데, 경만이 형님이 따라나섰다. 선주가 내게 이곳 일을 정리하고 대포로 내려가면 처남이 명태잡이 준비를 다 해주기로 했다며 나를 잡아놓고 내려가셨다. 내려간 다음 날 선주 아들이 올라왔다. 아버지는 할아버지 제사가 임박하여 제사를 모시고 올라오겠다고 했다며, 올라오는 대로 마차진부터 들린다고, 배가 먼저 대포로 가서 작업 준비를 하라고 했다며 주인아저씨께 말씀을 드리니, 아저씨가 흔쾌히 승낙하셨다. 내일 출발하기로 하고 준비를 마쳤다.

다음날 우리는 일찍 아침밥을 먹고 길을 나서는데, 눈이 내리기 시작했다. 눈을 맞으며 걸어서 대진에 왔는데, 임검소에서 "대광호는 출항이 정지되어있었다. 무엇 때문입니까?"라고 물으니, ○○어망상회에서, 어망대금이 미수 되어 출항 정지를 요청했다고 했다.

기관장이 배를 돌아보고 오더니 엔진 부품을 빼버려 배가 움직이지

못하게 되었다며 울상이 되어 돌아왔다. 임검소에서 아무리 사정을 해도 소용이 없었다.

눈은 더욱 펑펑 쏟아지는데 점심도 굶은 채, 남의 상점 처마 밑에서 눈을 피해 떨고 있었다. 막막한 심정이었다. 내가 선원들을 데리고 중국집으로 가서 짜장면으로 늦은 점심을 먹었다. 혹시라도 돌아갈 차비가 있어야 한다 싶어 감춰둔 돈으로 계산을 했다.

쉽게 풀릴 것 같지 않아 눈이 조금 잦아지는 것을 보고, 다시 마차진으로 돌아가기로 하고 길을 나섰다. 시간은 벌써 날이 저물어 오는 듯했다. 하숙집에 도착했을 때는 어둠이 깔렸다.

우리가 웅성거리며 들어가는 소리를 들은 두 아주머니가 문을 열고 뛰쳐나오며,

"눈이 와서 갈 수 없으면 돌아오시지, 추운데 종일 어디에 있었어요? 점심은요?"

숨 가쁘게 쏟아 놓는 질문에,

"두 분이 걱정 많이 하셨지요?"

두 아주머니는 번갈아 가며 눈에 젖은 옷을 틀어주며,

"어서 방으로 들어가요, 돌아오실 줄 알고 저녁밥을 할까 했는데!"

서둘러 저녁을 하시는 동안 대충 씻고 방으로 들어갔다. 방이 따듯했다. 두 분 아주머니는 참으로 마음이 좋은 분들이라 오랫동안 기억에 남을 분들로 마음속에 저장했다.

급히 차려준 저녁을 먹고, 모두 지쳐서 누웠는데, 두 분이 술상을 차려 들어왔다. 기관장도 나도 득만이 형님도 술을 좋아하는 사람들이니 마다할 일이 없다. 술잔이 오고 가고, 하루의 피로가 풀리는 듯하니, 고향 집 생각도 나고 누나 생각이 나며 마음이 울적해졌다.

아주머니들이 송별회를 하자며 부추겼다. 그렇잖아도 이렇게 마음이 울적할 때는 고향 그리는 노래라도 불러보면 마음이 풀리는데 얼큰한 술 기분에,

"그래요. 만났다 헤어질 때는 반드시 송별회가 있어야 오래오래 기억에 남습니다. 내가 노래 실력이 조금 있는데 먼저 한 곡 뽑아 보겠습니다."

내가 구성진 가락으로 고향 그리는 노래를 불렀더니, 두 분 아주머니께서는 박수를 치시며,

"가수야, 가수! 서울로 가서 가수나 하지, 왜 강원도로 와서 이 고생을 하셔? 재창이요, 재창!"

분산한 소리에 순자도 영이도, 공부하다 말고 건너왔다. 순자가 내 옆으로 와서 앉으며 재창을 하라며,

"막내 아저씨 멋져요! 또 해요."

하면서, 내 등을 두드리며 성화를 부렸다. 손뼉을 치고 판을 두드리는 바람에 이어서 아주 구성진 가락으로 몇 곡을 불렀다. 얼큰한 술기운에 얼마나 청승스럽게 불렀던가, 두 아주머니께서 그여사 눈물까지 닦으셨다.

이어서 돌아가면서 한 곡씩 불으면서 흥이 살아나자, 일어서서 춤을 추는 사람도 있고, 연이어 오고 가는 술잔에 아주머니들도 취기가 오르니 무척 재미있게 놀았다. 순자는 내내 내 팔을 끼고 앉아서, "막내 아저씨, 멋쟁이야. 정말 멋져!" 하면서 연신 손뼉을 치면서 무척 좋아했다. 오래오래 기억에 남을 추억이 되었다.

일찍 아침을 먹고 나서는데 식구들이 모두 나왔다. 순자가 남몰래 무엇을 내 주머니에 넣어 주며,

"막내 아저씨! 꼭 편지하세요! 보고 싶을 거예요!"

하며 올려다보는 순자 눈에 눈물이 글썽거렸다. 순자 어머니께서도,

"막내 아저씨는 참말로 보고 싶을 거야! 그물일 할 때마다 흥얼거리며 노래할 때 예사롭지 않다고 생각했는데, 어째 가족을 보내는 것처럼 눈물이 다 나네!"

하시며 눈물을 훔쳤다.

대진에 도착하여 선주 아들에게 대포 선주 처남에게 전화를 걸라고 하여 내가 받았다. 내가 이쪽 사정을 전하고 여기 어망상회 사장님과 통화를 시켰다.

통화를 길게 하고 나서 사장님께서 방에서 엔진 부품을 들고나와 기관장에게 건네주며, 가라고 했다. 우리는 임검소에 출항신고를 하고, 서둘러 출항을 했다.

대포항에 도착하니, 작업 나갔던 배들이 한 척씩 들어오고 있었다. 날이 어두워지면서 들어오는 배들은 명태를 많이들 싣고 왔다. 작업에서 돌아오는 배들마다, 명태를 많이 잡아서 들어오는 것을 보니 마음에 용기가 생기는 것 같았다.

다음날부터 삼 일 동안 열심히 출어 준비를 했다. 내일 새벽 출어 준비를 마치고 저녁에 선원들과 상견례를 하는 자리에서 선주 처남이 선원들을 한 사람씩 소계를 했다. 선원은 모두 여섯 명이었다.

선장은 선주 처남이 직접 한다고 하고, 기관장도 함께 간 사람 그대로 쓰기로 했다. 낚시 사공이란 직책이 따로 있었다. 한 번도 해 보지 못한 명태 주낙 작업이라 생소하니 조금은 걱정이 되었다. 모두 돌아간 후 선장님의 고향은 우리 마을에서 3㎞ 정도 떨어진 구만리라고 했다. 나의 큰형님과도 대보(지금의 호미곶) 고등공민학교 동기라고 했다.

나는 그 자리에서 형님이라고 호칭을 바꾸고, 형수님과도 인사를 했다. 그리고 득만이 형님과 있을 하숙집으로 갔다. 집은 뱃머리에서 약간 거리가 있었으나 조용하고 주인아주머니도 좋아 보였다. 같이 간 선장님 형수님과도 친한 사이라고 했다.

새벽 일찍 출어를 하니 아침밥과 점심밥은 도시락으로 싸야 하고, 저녁은 사정에 따라 늦은 시간에 차려야 하니 힘들지 않겠느냐 하니, 이곳 사정을 잘 알고 있으니 걱정을 말라고 하셨다.

드디어 첫 출항을 하고 작업 바쇼(현장)에 도착하여 투낚이 시작되었다. 투낚을 할 때는 위험하니 초보자들은 뒤로 물러나 있으라고 했다. 낚시를 바다에 뿌리는 일은 보기만 해도 위험해 보였다.

명태 줄낚시란, 말기라는 줄에다 일 미터 간격으로 매달린 낚싯바늘에 미끼를 꽂아 바다에다 깔아서 명태를 낚아 올린다. 작업이 시작되면 선장은 가장 먼저 그날의 바닷속에서 회유하는 명태의 수심을 판단해야 한다. 명태가 회유하고 있는 수심을 가늠하여 낚시를 명태가 노는 수심에다 넣어야 한다.

그것이 선장들의 개인 실력이다. 작업을 계속하던 선장들은 전날 작업 성적으로 수심을 가늠하지만, 첫 출어 하는 선장에게는 전날 작업한 친한 선장으로부터 정보를 얻어야 한다. 되도록 정확한 정보를 얻는 것이 그날 작업의 포인트가 된다. 그것은 완전히 선장의 어느 정도라는 가상이지만, 그것이 오늘 하루의 운수와 연결이 된다.

명태가 놀고 있는 수심을 맞추는 것이 가장 중요한 포인트다. 선장이 원하는 수심을 맞추기 위해서는 낚시 사공의 책임이 크다. 선장의 지시에 돌의 간격을 맞춰야 하는 것이다. 낚시가 몇 발 정도 나갔을 때 돌을 낚시에 찍어서 던져야 한다는 계산은 낚시 사공의 머릿속에서 나와야 한다. 다음은 돌이 몇 개가 나간 다음 팻줄(낚시줄을 차고 수심 조절을 하는 부자줄)이 들어가야 한다는 계산은 선장 몫이다.

낚싯줄의 전체 길이는 말할 수 없이 길어서 얼마인지 가늠도 할 수가 없다. 낚시 사공은 낚싯줄을 허공에 뿌리듯 날리면서 한 번 뿌리는 데 대충 몇 발이 나간다는 계산을 해서 돌을 찍어 넣어야 하고, 어느 정도 거리를 두고 팻줄을 내려야 한다. 그 간격이 잘 맞지 않으면 고기가 잡히는 양에 큰 차이가 생긴다. 어디까지나 정확한 수치는 아니고 대충으로 맞춰 가는 것이니, 그날의 운에도 많은 영향이 있다.

투낚이 끝나자 갑판 위에 둘러앉아 아침 식사를 하고, 담배 한 대씩 피우는 시간이 유일한 휴식 시간이었다. 그리고 돌아서서 첫 낚시를 놓은 자리로 돌아가서 낚시를 걷어 올리는데, 첫 낚시부터 명태가 달려 올라왔다. 선원들이 함성을 지르며 일손이 빨라졌다.

제일 처음 올라온 명태를 선주에게 매달고 선주에게 만선을 빌라고, 선장님이 나에게 지시를 했다. 내가 나이가 제일 적으니 사소한 작은 일들은 대부분 내가 해야 했다. 선주에 명태를 매어놓고 나는 마음속으로 빌었다. 만선을 하여 고향에 갈 때는 주머니에 돈을 두둑하게 넣고 가게 해 달라고!

명태가 낚시마다 딸려 올라오자 선원들이 기분이 좋아서 소리를 지르며 몸놀림이 더욱 빨라졌다. 명태가 많이 올라오니 낚싯줄을 걷어 올리는 데 무척 힘이 드는 것 같았다. 선원들이 교대로 바꿔 가면서 올리는데 초보자들은 잘못하면 낚싯줄이 끊어진다며 뒷일만 시켰다. 선원으로는 초보가 아닌데, 한번 보면 다 할 수 있는 일인데도 시켜주지를 않았다. 첫 출어에 어획량이 좋아 기분 좋게 입항을 했다. 다음 날도 똑같은 작업이 시작되었고 어획량도 비슷했다.

작업 삼 일째 되는 날 선주가 돌아왔다. 작업을 마치고 고기를 어판장에 내리고 나면 굵은 명태를 골라서(대 태라함) 20마리씩 꿰어서 선원들 반찬태라는 이름으로 나누어 준다. 그러면 각자가 제 몫으로 들고 가서 팔 그나 말리거나 하는데, 그것이 선원들 부수입이다. 그러고 나면 선장집으로 가서 소주 댓 병 한 병으로 그날 회식을 하고 헤어진다. 그러고 다음 날 새벽 네 시경이면 배에 나온다.

작업 도중에는 쉬는 시간은 없다. 돌아가면서 일을 하는데, 낚싯줄을 걷어 올리던 사람이 교체되면, 뒤로 물러나 다른 일을 하고 그렇게 빙글빙글 돌아가면서 작업이 끝날 때까지 반복한다. 힘이 들기는 해도 올라오는 고기양이 많을 수로 선원들은 신나는 일이다. 점심때가 되면 교대로 물러난 사람이 명태 큰 놈으로 몇 마리를 골라 국을 끓인다.

아무것도 넣는 것이 없다. 물과 고기만 넣어서 끓인 다음 먹을 때가 되면 집에서 준비해온 고춧가루와 소금을 섞어 간을 하는데, 양념이라고는 소금과 고춧가루뿐 인데, 그 맛은 이루 말할 수 없다. 갓 잡아 올린 명태 뱃속에 꽉 차 있는 명란의 맛은 세상 일품이다. 내일부터는 선주가 배에 오르니 선원이 일곱 명이 된다.

다음 날도 일찍 출근을 했다. 선원들이 다른 날보다 일찍 나와서 불을 피워놓고 둘러앉아 이야기하다, 우리가 배에 오르자 하던 말을 중단했다.

그런데 선주도 나와 있고 선원들이 다 나와 있는데도, 선장이 출항할 생각을 하지 않고 있었다. 어째 좀 이상한 생각이 들었다. 출항하는 배들의 엔진 소리에 항구는 잠에서 깨어난다. 배들이 다 출항을 하고 나면 항구는 다시 조용하게 숙면에 들어간다. 그런데 우리만 빈 항구에 덜렁 남아 있었다. 가라앉은 분위기 속에 모두가 침묵하고 있었다.

한참 후에야 선주가 우리 두 사람을 어판장으로 데리고 가더니 다짜고짜,

"어떻게 하면 좋겠노?"

하고 우리에게 물었다. 나는 언뜻 감이 왔다. 선원들이 지금 우리 두 사람을 하선시키기 위해 시위를 하는 중이었다. 울컥 화가 치밀어 오른다고 생각했는데, 화가 아니라 객지에서 느끼는 설움이었다. 엉엉 울어 버리고 싶도록 서러움이 치밀어 올라왔다.

선주가 가까운 해장국 집으로 데리고 갔다. 선주는 아이들 말대로 이젠 아무 끗발이 없다고 했다. 대진에 어망 대금도 처남이 해결을 해주었다. 뿐만 아니고, 지금까지 고향에서 돈을 마련하지 못해, 결국 처남이 여기서 해주기로 하고 올라온 것이라 했다.

선원들의 이유는 우리 두 사람이 초보자라 자기들이 너무 힘이 들어서 작업을 할 수가 없다고 했다. 한참 성어기에 작업을 포기하면서까지 이렇게 하는 것은 다른 뜻이 있을 것 같아 선주에게 다그쳐 물으니, 선장에게는 선원이 항상 팀을 만들어 따라다닌다. 지금 그 맨바 중에 우리 두 사람 때문에 떨어져 있는 두 사람을 배에 태우기 위한 작전이었다. 순간 나는 사흘 동안 우리에게 낚시를 걷어 올리는 일을 시키지 않은 이유를 알았다. 우리에게 일을 시켜보지도 않았으면서 아예 일을 못 하는 바보로 만든 것이다.

선주가 우리에게 내 형편을 봐서, 양보해 달라고 애원했다. 그 말은 우리가 하선하여 고향으로 돌아가라는 말이었다. 나는 아무 말도 하지 않고 득만이 형님과 배에 가서 짐을 챙겨 하숙으로 돌아왔다.

며칠 동안 열심히 작업 준비를 하고, 사흘 동안 작업을 하면서 자신감도 가지고 마음속으로 기대를 하고 있었는데! 꿈에서 깨어나는 것

같았다.

하숙집 주인아주머니에게 상세하게 설명하고, 내일 새벽에 떠나겠다고 하고, 대폿집으로 가서 술로 울분을 풀었다. 오후가 되자 선장 형수님과 선주가 와서, 내려갈 차비를 주고 하숙비는 선장이 책임지기로 하고 돌아갔다. 다음날 일찍 주인아주머니가 해주는 아침을 먹고 포항행 첫차를 탔다.

오늘이 섣달그믐 하루 전날이었다. 고향 집은 여전했다. 혼자서 설 준비를 하던 어머니는 걱정스러운 얼굴로 나를 지켜보시며,

"아픈 데는 없나? 죽을 고비를 넘겼다며! 어디 어디 해도 내 고향이 좋고 내 집이 좋은기다. 인자는 어디 나가지 마라. 니가 살 곳은 여거, 여거다. 니 고향이다."

버스를 타고 내려오는 동안 많은 생각을 했다. 마차진 앞바다 밀려드는 파도 속에서 선주가 배를 포기하자고 했을 때, 나는 마음속으로 크게 외쳤다.

"안 된다. 자칫 죽을 수도 있다. 얼마 살아보지도 못한 나는 어쩌라고!"

하며 몸서리를 치면서 외쳤다. 그것은 나 자신이 아니었다.

그 외침은 연일 들판에서 소리치고 울면서 버리고 온 내 어린 영혼의 소리였다. 아이의 영혼이 내 가슴속에서 울부짖는 통곡의 소리였다.

나는 외로움이 가져오는 그리움 때문에 도피하고 다니는 나 자신이 아이의 영혼 앞에 한없이 부끄러웠다.

배움은 포기했어도 내게는 아직은 한 가지, 돈을 벌어 부자가 되는 꿈이 남아 있다는 큰 기대를 하면서 그 길을 열심히 가리라는 결심으로 살았다. 구룡포에서 만났던, 가난뱅이 같은 철학자의 말대로 남은 세월은 길다는 말을 농담으로 흘려 버리지는 않았다.

십 관이나 되는 닻도 닻이지만 물에 불은 마닐라 로프의 무게를 육지에서도 아닌 바다, 흔들리는 배 위에서 다리도 성치 못한 내가 끌어 올리는 것은 나로서는 엄두도 못 낼 일이었다.

그런데 그 무거운 것을 내가 해냈다. 그것도 한두 번이 아니고 여러 차례 올리고 내리기를 반복했다. 마지막에는 앞으로 쓰러질 것 같은 현기증을 느끼면서 이를 악물고 있는 힘을 다했다. 만약 마지막이라 생각한 일에도 실패를 했으면 나는 포기하고 스러졌을 것이다.

마지막 닻 한 개가 못쓰게 되었을 때, 나는 눈앞이 캄캄하면서 힘이 빠져 주저앉았다. 그러나 나는 순간적으로 튕겨 일어났다. 어머니께 그날 밤 이야기해 드렸더니,

"용왕님이 도왔다. 용왕님이 도와주셨다!"

어머니는 두 손을 모아 합장하며 용왕님께 고맙다는 인사를 올렸다. 그날 밤 어머니는 촛불을 켜고, 죽었던 자식이 돌아온 것처럼 슬프게 우시면서 또 한바탕 아버지 원망의 넋두리를 풀어내셨다. 내가 잠이 들 때도 어머니는 기도와 아버지 원망과 자식들의 안녕을 비는 기도를 드리고 있었다.

내가 잠에서 깼을 때는 어머니는, 벽에 기댄 채 잠이 들어있었다. 뺨 위에는 흘러내리다 말은 눈물 자국이 남아 있었고, 촛불은 문풍지 바람에 흔들리면서 자신의 몸을 태우며 눈물을 흘리고 있었다. 나는 머리맡에 노인 노트를 펼치고 시를 적어 내렸다.

그제도 / 까만 밤을 지키며 / 촛불은 눈물을 흘린다 // 촛불은 / 살아서 춤을 춘다 / 촛불은 / 살아서 눈물을 흘린다 // 지를 그리다 / 초

조 속에 / 자신도 모르게 / 제 몸을 잃고 // 시간의 언덕을 헤매며 /
촛불은 / 춤을 추고 / 그리움은 탄다 // 바람이여 / 불어라 / 강아지도
운다 / 파도도 운다 // 바람이여 / 불어라/ 그리움이 날린다 / 시간이
날린다 // 촛불은 안타까워 / 눈물을 / 흘리다 / 지를 잃고 // 마지막
/ 숨찬 / 가슴을 안으며 / 어둠에 빛을 묻고 // 바람이 불어도 / 모른
다 / 강아지가 울어도 / 모른다 // 그리움은 / 눈물 나는 / 안타까움이
라고 // 까아만 / 옛일처럼 / 다시는 그리움으로 태운 / 지를 잊는다

－「촛불」전문

(김근이 제1시집 『찔레꽃 피는 날과 바람 부는 날』에 수록)

용왕의 아들

작은형은 그믐날에야 왔다. 작은형도 멀미를 많이 해서 바다 생활이 좋은 것은 아니지만, 달리 직장 구하기도 어렵고, 무엇보다 이곳에서는 바다가 가까우니 바다를 쉽게 떠나는 것은 어려운 일이었다.

모처럼 형과 둘이서 집 청소도 하고, 어머니가 못하고 벼려둔 일들을 말끔히 치웠다. 마을에서 내 소식을 들은 사람들이 집으로 와서 한마디씩 고생했다는 인사를 했다.

구정을 보내고 날씨가 풀리면서 여기저기서 배에 오라고 하였으나, 어머니가 한사코 말려서 여름이나 되면 가겠다고 했다. 쉬는 동안 땔감 나무나 부지런히 하면서, 밤이 되면 책도 읽고, 글을 쓰면서 마음의 여유를 가지고 안정을 취했다.

사실은 마차진에서 파도 속에서 지낸 하룻밤이 마음속에 남아, 바다에 대한 두려움이 마음을 불편하게 했다.

정월 보름날 밤이 되자 휘영청 달이 밝았다. 날씨도 포근하여 나는 조용히 바닷가로 내려갔다. 바다 위에 내리는 달빛을 이렇게 고요한 마음으로 바라보는 것이 무척 오래된 것 같았다. 내가 앉아 있는 발 앞으로 잔잔한 파도가 자갈들과 정답게 이야기를 소곤거리며 밀려들었다.

멀리 아득한 수평까지 달려가 내려앉는 달빛이 숨이 차서 허덕이고 있었다. 달빛을 가득 실은 배들이 작은 불빛으로 길을 찾으며 수평선을 향해 숨가쁜 항해를 한다.

뱃고동 소리라도 울어 주었으면 하고 생각하는데, 내 어깨에 손을 올리고 옆에 앉는 사람이 누나라는 것을 금방 알 수가 있었다.

따스한 입김이 내 목덜미에 감겨 왔다. 나는 가만히 어깨 위로 누나의 손을 꼭 잡았다. 그리고 우리는 말없이 먼 바다만 하염없이 바라보고 있었다.

"달빛 바다를 오래 보고 있으면 무슨 생각이 들어?"

달빛에 비친 누나 얼굴이 고와 보였다.

"가슴이 터질 것 같아! 얼굴이 고와졌네!"

"너는 이번에 좀 야윈 것 같다. 죽을 고비를 넘겼다며? 내가 너 인생을 망치는 것 같아 많이 괴로웠어!"

"매형은 편지 자주 와?"

느닷없이 내가 말을 돌렸다.

"글을 알아야 편지를 하지."

하며 한숨을 쉬었다. 어릴 적부터 혼자 돌아다니면서 살았기 때문이라 했다.

"밥하는 취사반에 있는데. 배고픈 일은 없겠지?"

"훈련도 안 하고 좋겠다."

누나의 어두워진 얼굴이 달빛 속에서도 보였다.

"안 추워?"

누나가 물었다.

"춥다. 가자."

내가 누나 손을 잡고 일으켜 집으로 왔다.

어머니가 누웠다 일어나면서,

"득이 왔느냐?"

"네 어무이, 주무셨는죠?"

"아이다, 허리가 좀…….."

"누우세요, 내가 좀 주물러 드릴게."

누나가 어머니 허리 안마를 하면서, 밤이 이슥도록 놀다가 갔다.

보름 명절이라 시골에는 옛날부터 며칠씩 일을 하지 않는다.

다음 날은 친구들이 모여서 명절이라고, 여자 동창들까지 불러서 술 도 한잔씩 하면서 늦도록 놀았다.

산에서는 꽃들이 피고 잎이 피었다. 형이 쉬는 날 들어와서, 내가 나 무하러 다니는 것을 보고는 연탄 부엌으로 고치자고 했다. 의논 끝에 그 러기로 하고, 다음날 마을에 있는 기술자를 불러 일을 시키고, 당장 연 탄도 불러들였다.

내가 집을 비울 때마다 제일 걱정 되는 일이 땔감 걱정이었다. 어머니 가 산으로 가는 것이 걱정되어, 나는 어릴 때부터 어머니가 산에 갈 때 는 꼭꼭 따라다녔다. 부엌이 둘 이어서 하나는 연탄 부엌으로 개조하고, 하나는 나무를 때도록 했다. 옆 방에는 군불을 때야 불이 건너가게 되 어있다.

여름이 올 때쯤이면 배마다 여름 유자망 작업 준비를 한다.

누나의 의붓아버지 사공 어른이 저녁에 나를 집으로 오라고 했다. 무 슨 일인가 싶었는데 선원들 두 사람과 나까지 네 사람이 어울려서 배를 임대하여 작업을 해보자고 했다. 사공 어른과는 한철 같이 일한 적이 있 었고, 이번에도 같이 있게 되면, 배울 것이 많아 생각이 있었으나 어머 니와 의논해 보겠다고 하고, 돌아와 어머니께 말씀드리니, 하려면 어른 과 같이하라고 하셨다.

다음날 나는 어른께 하겠다고 하고 준비를 했다. 배는 이웃 마을에 있는 배라 쉽게 계약을 했다. 선원 두 사람은 형님 벌 되는 분들이고 서로 친한 사이라 좋았다. 며칠 사이 배를 우리 마을로 옮겨 작업 준비를 했다.

사공들은 그동안 해온 경험으로 이때쯤이면 무슨 고기가 영일만으로 들어온다는 이력을 가지고 있다.

첫 작업을 시작할 때는 첫 낙망이라 하여 좋은 날을 골라 술도 한잔씩 나누고, 출어를 한다. 첫 작업 날은 배마다 비슷비슷하게 시작을 하게 되는데, 바다 사정을 모르고 가는 날이라, 사공들은 모두가 자기 경험에 따라 작업 장소를 찾아. 작업 방향을 결정한다.

바다만 바라보고 사는 선원들에게는 여름 한 철 작업이 중요 하니 모두가 신경들을 많이 쓴다. 여름 한 철 작업이 잘되어야 한해를 잘 넘길 수 있다. 여름 한 철 작업이 저조하면 선원들은 대부분 가을 오징어잡이로, 강원도로 떠나기 때문에 배들은 대부분 작업을 포기하게 된다.

그런데 그해에는 공교롭게도 작업이 저조하고 장마도 길어서 우리 팀은 현상 유지도 어려웠다. 그래도 사공들은 좀처럼 작업을 포기하는 일이 없다.

여름 더위가 한풀 꺾여 갈 때쯤, 그날도 예전대로 작업을 나가 투망을 하고, 저녁을 먹고 각자가 자리를 깔고 일찍 잠을 청한다.

저녁 열 시가 넘으면 투망을 해 놓은 그물을 일차 걷어 올리고 고기의 양에 따라 이동을 하든지 그 자리에서 재 투망을 하든지, 다른 곳으로 이동을 할 것인지는 전적으로 사공의 재량에 있으니, 선원들은 초저녁에 잠을 자는 것이 습관이 되어있어 일찍 잠을 잔다.

나는 작업 중에도 언제나 책을 가져가서 작은 초롱불을 켜서 그 시간에는 책도 읽고, 좋은 구상이 떠오르면 글도 썼다. 그러다 잠이 오면 옆

드린 채 잠을 잤다.

그날도 나는 책을 읽다가 엎드린 채 잠이 들었다. 살포시 잠이 들었는데 어디선가 고운 새소리가 들려 왔다. 나는 깜짝 놀라 고개를 들고 두리번거리며 돌아보았으나 새는 보이지 않았고 소리도 들리지 않았다. 나는 다시 엎드려 잠이 들었는데, 조금 전에 울던 새소리가 또 들렸다. 나는 이번에는 벌떡 일어났다.

"와 일라노?"

사공은 뱃전에다 담뱃대를 두드리며 물었다. 배 위에는 어디에도 새는 보이지 않았다.

"새소리가 났으요."

"새소리라니?"

사공이 벌떡 일어서며,

"새소리가 났다고?"

하시며 다그쳐 물었다.

"예, 아주 고운 새소리요!"

"봐라, 봐라, 일라그라. 어서어서 일라그라."

하시며 호통을 쳤다. 선원들이 놀라서 일어나니,

"싸게 싸게 준비해라."

하며 소리치니 모두 빠른 속도로 그물 걷어 올릴 준비를 하고 나섰다.

사공이 노를 저으며 다짜고짜로 빨리하라고 고함을 질렀다.

선원들은 영문도 무르고 땀을 뻘뻘 흘리며 그물을 걷어 올린다. 그물 길이가 긴 만큼, 시간도 오래 걸려야 한다. 그물에는 오늘도 걸려 올라오는 고기가 없었다.

그물 작업이 거의 끝나갈 때쯤, 우 하는 소리와 함께 바람과 파도가 한꺼번에 몰아닥쳤다. 그물을 올리고 돛을 올리는데, 사공이 돛을 접으라고 한다. 바람이 세게 불어오니 돛을 줄여서 올리라고 한다. 비가 강하게 내려치니 눈을 뜰 수가 없었다.

배가 앞으로 질주를 하며 배 옆으로는 물이 철철 넘쳐 들었다. 배 위에 올라오는 물은 계속 퍼내어 줘야 한다.

내가 다리를 뻗어 뱃전에 고인 물을 퍼내기 시작했다. 바람에 배가 기울어지면서 물은 계속 넘쳐 올랐다. 사방은 천지 적막하다. 어디가 육지고 어디가 바다 쪽인지 분간할 수도 없다. 사공은 바람과 파도가 몰려오는 것을 응용하여 직감으로 배를 운전한다. 바람이 방향이 우리 마을 포구에 가기는 어려운 배질이 될 것 같았다. 배는 바람을 치고 역방향으로 올라가야 한다. 배는 어둠 속으로 계속 앞으로 질주하고 있었다. 초조하게 시간의 흐름은 심장을 조인다. 사공 어른의 기침 소리가 잦아진다. 다급해질수록 사공 어른의 기침 소리는 크고 무겁게 들린다. 하룻밤이 지난 것 같은 초조한 시간이었다.

나는 온몸이 공포에 짓눌려 후들후들 떨면서도 계속 쉬지 않고 배 안으로 넘쳐 들어오는 물을 퍼냈다. 내 머릿속에는 몇 년 전 우리 마을 배가 며칠 일찍 고등어잡이에 나갔다 갑자기 불어닥친 바람에 민가가 없는 험한 해안에 밀려 선원 네 명이 죽은 사고를 생각하며, 살아야 한다는 생각으로 있는 힘을 다해 물을 퍼냈다.

물을 퍼내면서도 나는 혹시라도 배가 육지 가까이 밀리게 되면 갯바위에 부디 쳐 파산될 수 있다는 생각 때문에 시선은 어둠 속으로 산 그림자를 주시하고 있었다. 그러나 칠흑 같은 어둠 속에서, 눈을 뜰 수 없을 만큼 쏟아지는 빗줄기로 사방은 아무것도 보이지 않았다.

몇 년 전 있었던 그 사고도 칠흑 같은 어둠 속에서 배가 해안에 가까이 다가가는 것을 알지 못해 일어난 사고라고 했다. 그 일을 생각하니 자꾸만 온몸이 오그라들면서 두 다리에 쥐가 날 지경이었으나, 나는 온 신경을 다하여 어둠 속을 노려보면서 쉴새 없이 물을 퍼냈다.

시간이 얼마가 지났는지 비가 조금 잦아들면서 어둠 속으로 시커먼 산 그림자가 보이는 듯했다. 쳐다보이는 것을 봐서는 배가 육지 가까이 온 듯했다. 내가 사공에게,

"뭍이 가까워진 듯합니다."

"그래! 산이 많이 높아 보인다. 자자자! 돛을 내린다."

사공은 나보다 먼저 산을 본듯했다. 사공이 고함을 질렀다. 선원들이 익숙한 솜씨로 돛을 내리고 노를 젓기 시작했다.

자칫 육지 가까이 다가갔다가는 바위에 부디 쳐 배가 깨지는 날에는 칠흑 같은 어둠 속에서 살아날 장고리는 없다. 돛대를 뽑아 눕히고 노를 젓기 시작했다. 바람과 파도에 밀려 배가 좀처럼 앞으로 나아가지를 못하는 것 같았으나, 사공은 놋소리를 하며 저으라고 다그쳤다. 사공은 힘이 좋고 노련하니 힘을 내어 노를 저을 때는 배가 앞으로 성큼성큼 나간다.

얼마를 지났을까, 땀과 비에 젖은 몸이 배와 함께 바닷속으로 내려앉을 것 같다. 그 순간 어렴풋이 보이는 산 그림자가 눈에 익었다. 우리 마을 구룡소 산인 듯싶었다. 사공이,

"다 왔다. 자! 저어라! 힘을 내라. 여어! 여어!"

놋소리를 큰 소리로 외쳤다. 선원들도 마지막 남은 힘을 다해 사공의 놋소리에 맞추어 큰 소리로 외치니, 배는 성큼성큼 앞으로 나아가는 듯했다.

마을에 도착했을 때는 마을은 뒤집혀 있었다. 선주네와 선원들 할 것

없이 온 마을 사람들이 밖으로 나와 어두운 바다만 바라보고 있었다.

전기가 없던 그 시절, 이럴 때는 온 마을이 암흑천지가 된다.

우리가 제일 먼저 들어왔다. 배를 끌어 올려놓고, 모두 자갈밭에 주저 앉아 기진맥진했다. 비에 젖고 땀에 젖어 식구들이 가져온 냉수를 마시고 한숨 돌린 사공이 선원들을 모아 놓고, 나를 옆으로 불러 앉히고는 내 어깨를 두드리며,

"니가 요왕님(용왕님) 아들이다. 니가 아니었으면 큰 고생을 할 뻔 안 했나. 오늘은 우리 배가 제일 먼 바다에 있었는데, 이 바람이 거기서 여 거까지 오기는 어려운기라."

언제나 바람을 이용하여 움직이는 만큼, 바람의 방향과 맞지 않을 경우가 가장 위험할 수 있다. 사공은 오늘 밤, 바람은 을진풍(정동풍)이라 우리가 있었던 바다에서 우리 마을로 오기는 어려운 바람이라 했다.

그리고 우리가 일찍 들어올 수 있었던 것은 내가 들은 새 소리였다고 했다. 내가 들은 새 소리는 꿈속에서 들은 소리이며, 그 소리는 선주(배 를 지키는 신神)의 소리라 했다. 배가 바다에서 갑작스럽게 불어오는 바 람을 만나 위험에 처할 급한 경우가 되면, 선주가 알려 주는 신호 같은 것인데, 그 소리를 누구나 듣는 것이 아니고, 옛날부터 용왕님 아들 많 이 들을 수 있는 영적인 소리라고 했다.

나는 그 후에도 바다 생활을 오랫동안 하면서 새소리를 두 번 더 들었 는데 그로 인해 어려움을 피할 수 있었다.

그날 새벽에도 어머니는 촛불을 켜고 기도를 올렸다.

그날 밤, 마을의 배 중에는 사고는 없었으나, 모두 엄청 혼이 났고 엉 엉 우는 사람도 있었다고 했다. 그날 이후로 작업을 포기하는 배들이 있 었고, 일부 선원들은 강원도로 오징어잡이 갈 준비에 들어갔다.

작업이 저조하여지자 너도나도 오징어잡이 준비를 하고 대기를 하고 있을 때, 군에서 결혼도 하고 제대를 하여 서울에서 살던 큰형님에게서 편지가 왔다.

서울에서 내가 국민학교 육학년 때 담임선생님이셨던 차 선생님을 만났는데, 그분이 지금 서울에서 영화 제작을 하고 있으며, 네 이야기를 하고 집에서 고기 잡는 어부 일을 하면서 무척 힘들어한다고 하니, 당장 불러올리라고 하니 올라왔으면 좋겠다고 했다.

그때는 누구라도 젊은이들은 영화배우나 가수가 되는 것이 꿈이었던 시대였으니, 내가 마다할 리는 없었다. 형님이 근이가 가수가 되기를 원한다고 하니, 그쪽으로도 아는 사람이 많으니 일단 올라오기나 하라고 했다.

나는 무엇보다, 당분간 누나의 그늘에서 벗어나고 싶었고, 누나를 향한 내 그리움이 자칫 내 인생을 망칠지도 모른다는 생각이 나를 무척 초조하게 했다. 하루빨리 누나의 환상 속에서 풀려나기 위해 노력했다. 누나를 떠나있으면 마음은 언제나 외로웠고, 외로움 뒤에는 그리움으로 힘이 들었지만, 하루빨리 그 그늘에서 벗어나야 한다는 생각은 내 단호한 결심이었다.

나는 급히 오징어잡이가 끝나는 대로 간다는 답장을 보냈다.

오징어잡이가 끝날 무렵 나는 양복점에서 난생처음으로 양복을 맞추어놓고, 집에 도착 즉시, 어머니께 말씀드리니 깜짝 놀라시며,

"나 혼자 두고 또 갈 끼가?"

하며, 눈물까지 흘리시는 어머니를 두고, 성공하면 어머니는 제가 평생 모시겠다고 약속을 남겨놓고 서울로 떠났다.

그러나 내 꿈은 일장춘몽처럼 끝이 났다. 내가 서울에 도착했을 때는

선생님께서는 이미 촬영 중 부도로 감옥에 가 계셨다.

그 소리를 듣는 순간, 나의 눈앞에는 눈물을 흘리면서 까지 못 간다 하시며, 팔자대로 살자고 하시던 어머니 얼굴이 크게 다가왔다. 나는 서둘러 집으로 돌아왔다.

어머니는 어느 때 내가 나무 공장서 돌아왔을 때처럼 얼굴에 엷은 미소를 짓고,

"팔자대로 살아라고 했재! 인자노 마 팔자대로 살자."

하시며 부엌으로 들어가셨다.

나는 이제부터는 다른 생각은 않기로 하고, 외로움과 그리움은 시간 속에 담아내기로 하고 생업에 열중하기로 했다.

나는 이듬해에도 오징어잡이에 나섰다.

나는 예년처럼 강원도 주문진으로 올라가, 옛날 우리 앞집에서 살다가 주문진으로 이사를 한 고향 사람 집에 하숙을 정하고 친구 형님 배에 자리를 잡았다. 집주인들과는 앞뒷집에서 살았고, 내게는 매형 벌이 되고 누님이라고 하던 사이며, 무척 친한 사이였다. 매형은 친구 형님 배에 선장 이어서 뱃 자리는 쉽게 잡았다. 나보다 두 살이 많은 아들은 그때 시절에 고등학교를 졸업하고 곧장 아버지를 따라 주문진으로 이사를 했다. 군에 입대해서 그 당시 큰형님이 배출 대에 있을 때라, 훈련소 조교로 복무를 하고 오징어 철에 맞추어 재 대를 하고 오면서 군 동기와 함께 왔다.

영주에서 온 그 친구는 당장 집으로 돌아가도 들어갈 직장이 없어, 동기를 따라 오징어를 잡겠다고 왔다고 했다. 우리는 세 사람이 한방을 쓰면서 친해졌다. 영주 친구는 성씨가 현 씨여서 내가 부를 때는 그냥 현이라고 불렀다. 이야기 중에 그가 시를 좋아하는 것을 알아서, 우리는

잠자리에 들면 잠들 때까지 자기가 아는 시를 교대로 외우다 잠이 들곤 하면서 친해졌다.

그리고 가까운 거리에 고향에서 이웃에 살던 이웃사촌이 살고 있었는데, 역시 오징어 배를 가진 선주였다. 나와 동갑내기 여동생이 올케언니 출산에 와서 집안일을 하고 있어서 나는 고향에 온 것처럼 마음이 편했다. 작업을 쉬는 날에는 고향 사람들 여럿이 모여, 극장 구경도 가고 빵집에 가서 고향 이야기도 하면서 재미있게 보냈다. 그해에는 오징어가 많이 잡히고 작업 기간이 길어 날씨가 추워질 때까지 오랫동안 작업이 이어져서 벌이가 좋았다.

작업은 추석이 한참 지난 후 날씨가 추워지면서야 끝이 났다.

어머니는 내가 없는 동안은 간간이 누나가 와서 도와줄 것으로 믿었고 어머니 속앓이 병도 아편을 복용하고부터 서서히 좋아져서 원만한 편이라, 별걱정 없이 보냈다. 돌아올 때는 누나에게 작은 선물도 사서 누나에게 어머니를 보살펴준 고마움을 표했다.

누나의 신랑은 군에 입대하고 없어서 밤이 되자 누나가 집으로 와서 어머니와 오랫동안 이야기를 하다, 누나와 모처럼 바닷가로 나왔다. 바닷가에 앉아서, 그동안 그리웠던 회포를 풀었다.

누나는 많은 이야기를 했고, 결혼한 것을 무척 후회하고 있었다. 매형은 의외로 일자무식이었으며 성품이 괴팍하여, 앞으로 살아갈 것을 걱정하며, 내 가슴에 얼굴을 묻고 오랫동안 펑펑 울었다. 나는 너무 가슴이 아파 어떻게 누나를 달래야 할지를 몰라 당황했다. 어쩌다 누나를 볼때면 언제나 누나의 얼굴에 근심이 쓰려 있는 듯 활기가 없다고 느끼면서도, 조용히 만날 수 없으니 물어볼 수도 없었다.

겨울이 가고 봄이 오면서, 어머니는 출타가 잦았고 나 혼자 집에 있는 날이 많아지면서, 누나는 예전처럼 내 밥도, 집 청소도 챙겨 주며 함께 있는 시간이 많아졌다.

누나가 후회하고 괴로워하는 마음을 알면서도 누나를 어떻게 달랠 길이 없었다. 누나의 활기 없는 얼굴에 근심이 서려 있는 모습을 볼 때면, 나의 마음은 괴로웠다.

어머니는 자식들 생계를 위해 식량 벌이로 몸을 가눌 수 없을 만큼 바쁘게 돌아다니셨다. 나는 언제나 외로웠고, 나는 언제나 혼자였다. 혼자서 가슴속에 새겨온 외로움을 그동안 전적으로 누나에게 의지해 온 나에게는 가슴이 무너질 것 같은, 안타까운 마음은 말을 할 수가 없었다.

누나가 결혼을 한다는 그날부터 나는 그동안 잊고 있었던, 외로움으로 방황하기 시작했고, 누나의 그림자에서 벗어나기 위해, 누나를 멀리하고자 노력하였으나, 그럴수록 외로움은 더해가기만 했다.

그래도 누나는 매형이 군에 있는 동안은 마음이 편해 보였다. 누나 역시 두 모녀가 가난을 벗어나기 위해 엄청난 노력과 알뜰한 생활로 경제적으로도 많이 좋아지고 있었다.

나는 다시 겨울 작업에 들어갔다.

작은형은 작업선에 오른 지 얼마 되지 않은 26세에 화장에서 갑판장으로 바로 승진을 하고, 27세에 결혼을 했다. 어머니가 보고 택한 며느리인데, 어머니는 시간이 지나면서 형수님이 못마땅하여 마음이 불편해 보였다.

내가 23세 되던 해, 수협에서 배를 만들 사람은 수협에 목재를 신청하라는 공문을 받았다. 그때 배를 만드는 목제는 전량 외국으로부터 들어왔는데, 일본에서 목제를 차관으로 들여온다고 했다.

나는 선착순으로 신청을 했다. 나는 일찍 어린 나이로 구룡포 협동조

합이 만들어지던 해에 조합원 가입이 되어있어 지난번 어망을 신청할 때도 별문제 없이 쉽게 신청을 했다,

그때부터 나는 선주가 되기 위한 자질을 습득하면서, 어깨너머로 사공기술을 배우고 익혔다.

비가 내리는 어느 오후, 나는 그간 써 놓은 시들을 찾아 모으고 정리를 하면서 수첩을 조사하다가 곱게 접은 종이쪽지를 발견하고, 시를 적어놓은 쪽지인 줄 알고 펴 보고 깜짝 놀랐다. 그것은 마차진에서 순자가 주머니 속에 넣어 준 주소가 적힌 것이었다.

"막내 아저씨, 꼭 편지 해 주세요, 기다릴게요!"

하고 적어놓았다. 나는 정신이 번쩍 들었다. 얼마나 기다렸을까! 나는 가슴이 뭉클했다. 너무 오랜 세월을 잊고 있었다.

돌아앉아 편지를 쓰기 시작했다. 그리고 우체부를 기다렸다가 부쳤다. 그리고 며칠 후, 일을 마치고 돌아오니 내 책상 위에 편지가 놓여 있었다. 강원도 편지였다. 얼른 집어 들고 편지를 열었다. 반듯반듯한 글씨로 적어놓은 순자의 편지였다. 한참 읽어가던 나는 부끄럽고 죄송한 마음이 들었다.

"경상도 편지요!"

하는 우체부 소리에 책상 앞에 앉아 학교 숙제를 하던 순자는, 자신도 모르게 후닥닥 밖으로 뛰쳐나갔다. 우체부 아저씨 손에서 빼앗듯 편지를 낚아채어 제자리에 선체로 편지를 열고 읽어 가는데, 같이 뛰쳐나온 엄마도, 앞에 있던 우체부 아저씨도, 배꼽을 쥐고 웃고 있었다.

편지를 한달음에 읽고 난 순자가 내려다보니 방에서 공부하면서 치마끈을 풀고 있다가, 경상도 편지요 하는 바람에 급히 나오느라 치마는 벗겨지고 속옷 바람으로 마당 한가운데 서 있었다고 했다. 나는 너무 황당

하고 미안한 그날의 기억이 뭉클하게 가슴을 헤치고 밖으로 튀어나오는 것 같았다.

편지가 오고 가는 횟수가 많아지면서, 오랫동안 편지가 오고 갔다. 내 기억에는 순자가 중학교를 졸업 할 시기에는 진학 문제로도 많은 이야기를 했던 기억이 나고, 고등학교에도 무사하게 입학했다는 소식도 알려 주었다. 그런데 편지가 끊어진 시기와 원인은 아무리 생각을 해도 기억에 뜨지를 않았다.

그때가 언제이며 왜 그렇게 되었는지도 모른 채 기억이 지워졌다. 어쩌면 내가 기억상실증에 걸린 것 같았다. 아마 내가 배를 만들어 첫 사공으로 바다에 나서면서 불안한 마음과 두려운 마음으로 잔뜩 예민해 있을 때, 순자의 편지 독촉도 여러 번 받은 기억이 있었다.

그 후 내가 순자를 기억한 것은 몇 년이나 흐른 뒤, 어머니께서 내 결혼 문제로 신경을 쓰기 시작하면서 내가 짝을 찾지 못해 혼기를 넘길 형편이 되었을 때, 우연히 기억하게 되었지만, 그때는 이미 그 흔적들은 말끔히 사라진 뒤였다.

아마도 이듬해 봄이 오면서 신청해 놓은 목재가 나오고, 배를 만들어 작업을 시작하면서, 숨 가쁜 일정과 초보 사공으로 베를 운전하면서 지나친 신경을 쓰다 보니 서서히 잊게 된 듯했다.

배를 만드는 과정은 모든 일을 목수 형님께 물어 가면서 한 가지씩 준비해 나갔다. 전문적으로 배를 만드는 목수도 형님께 소개를 받아 미리 계약도 했다.

목재는 네다섯 달을 말려야 한다고 해서, 목재 말리는 일을 게을리하지 않고 비가 오면 목재를 덮었다 해가 나면 다시 늘어서 말리면서 정성을 들였다.

집에 새 형수님이 들어오면서 처음에는 집안이 훈기가 도는 듯했는데, 시간이 지나면서 어머니는 형수님의 느린 일손과 성격이 맞지 않아 답답해하셨는데, 급기야는 다투는 일이 생기면서 고부간에 갈등으로 번져 서로 힘들어했다. 그러나 서로 자제하며 가정을 위해 애를 쓰시는 모습이 역력했다.

그 와중에 더위가 한풀 꺾이면서 나는 배 만드는 일을 시작했고, 형수님이 목수 뒷바라지를 하면서 힘들어하는 것을 보면서, 어머니 마음이 조금은 풀리는 듯했다.

뱃일이 끝나갈 때쯤 누나 양동생 두 자매가 누나 집으로 놀러 왔다. 두 자매가 인사차 집에 와서 배 만드는 것을 보고는, 대견해하면서도, 표정은 별로라는 표정이었다.

그날 본 윤은 얼굴이 화사해 보이며 미녀의 티가 역력하여 나를 감동시켰다. 어머니께서 윤을 보시고는 나 몰래 누나에게 말을 걸어 보았으나, 누나에서부터 아니라는 답이 나왔다고 했다.

어머니께서는 내 혼처를 수소문하고 다니면서 여기저기 중매를 넣으셨다. 그러나 그때는 바닷가로 시집오겠다는 아가씨는, 도시락을 매고 다니면서 일 년을 찾아도 못 찾을 수 없다며, 어촌 총각들은 스스로 결혼을 포기하는 경우도 있었다.

뱃일이 끝나갈 때쯤 나는 선원들을 모으기 위해 여기저기 찾아다녔으나 모두 내가 사공을 한다고 하니 꺼렸다.

나는 어쩔 수 없이, 수고를 갓 졸업한 먼 친척 벌인 동생과 친한 친구에게 도움을 청하고, 우리 마을에 이사를 와서 내가 관리하는 집에 들어사는 사람을 잡고, 또 한 사람을 잡아들여 다섯 명을 채웠다. 그러나 마을에서는 풋 사공이란 말이 나돌아 선원들을 불안하게 했으나, 어머니는 어설픈 포수가 범 잡는다며 내게 용기를 주었다.

내 마음속에는 그동안 작업선에 다닌 지는 사 년이란 짧은 경험이지만 예리한 내 성품 속에 착실하게 그려 놓은 사공술을 보이는 날에는 모두가 깜짝 놀랄 것이라고 자신하고 있었다.

드디어 배가 완공되고. 우선 어망은 잡어잡이부터 시작하여, 대구잡이까지 이어 가기로 하고, 어망을 준비했다. 그때는 어망을 개인이 준비하고 잡히는 고기는 각자가 가져가는 방식이었다. 대신 선주는 선원들보다 그물을 두 배로 가지고 다녔다. 그러나 나는 그물은 선원 개인이 준비하되, 잡은 고기는 공동으로 팔고 공동으로 분배를 하는 새로운 방법을 만들어 선원들이 공평하게 나누어 갖는 방법을 처음으로 내가 만들었다. 훗날 서서히 선주들이 그 법을 따라 했으며, 좋은 방법이라고 했다.

마을에서 약간 멀리 떨어져 있는 고래성(바닷속에 퍼져있는 바위)이라는 성애에 잡어잡이부터 시작했다. 고래성은 육지에서 상당한 거리 떨어져 있는 보이지 않는 바닷속에 숨은 성애이니 당연, 장비가 없던 그때 시대에는 바다 한복판에서 사방에 둘러있는 산을 이용하여, 세 꼭지를 정하고 삼각형 위치를 잡아야 한다.

아무나 쉽게 접근하기 어려워 오랜 경험과 눈이 밝아야 하니, 그곳을 찾는 사공들은 대부분 경험이 많고 이름있는 사공들이다. 거리가 멀어 노를 저어서 가기는 어렵고 바람을 이용하는 데는 사공술이 능숙해야 하고, 바닷속 바위 돌이 산처럼 높은 곳도 있으니 잘못 투망했다가는 그물 손실을 봐야 하니, 모두 작업을 꺼리는 곳이다. 그러다 보니 고기는 많다.

철 따라 산란을 위해 모여드는 고기와. 터줏대감처럼 서식하고 있는 어종들이 많아 잘만 하면 많이 잡아낼 수가 있는 보물단지 같은 곳이다. 그래서 내가 욕심내는 곳이기도 하다. 대구라는 어종도 산란 시기에는 성해 부근에 많이 몰려드는 습성이 있어 좋은 어장이다.

그뿐이 아니다. 운수가 좋아, 대구가 몰린 장소에 그물이 빠지는 날은 대박이 터지는 날도 있다. 내가 이웃 형님 배에 선원으로 있을 때, 사공 형님은 고래성 작업을 좋아했다. 사공은 고래성의 위치를 상당히 세밀하게 알고 있었다. 성애 투망하면 별로 실수가 없었다. 나는 고기가 올라오는 지점을 삼각형으로 잡아 머릿속에 익혔다. 이웃 형님 배에 두 해를 따라다니면서 나는 사공술과 작업 방법과 해안 가까운 곳에 있는 작은 성애들까지 빼놓지 않고 암기했다.

그 시대에는 새로 만든 배를 진수할 때는 크게 잔치를 벌여 마을 사람들을 대접하고, 풍물을 울리며 온 마을이 하루를 즐기며 승승장구하기를 축원한다.

그렇게 나의 삶이 한 단계 상승하게 되는 것이다.

좋은 날을 택하여 첫 작업을 하는 날 또한 주위 분들을 불러 술대접을 하는데, 뱃머리로 오는 사람들은 빈손으로 오는 사람은 없다. 모두가 술을 들고 오는데 그 술들은 두고두고 작업 시, 선원들의 참으로 먹고 술꾼들은 며칠 동안 집으로 찾아와 먹기도 한다.

첫 출어를 하는 날은 출발과 동시에 조를 틀고 난 집단에 불을 붙여 횃불을 친다. 잡귀신을 물리치는 행사다. 그리고 바가지에 소금과 향과 팥을 섞어서 배 위에 뿌려 잡귀신을 물리치고 고기를 많이 잡게 해 달라는 기원도 올린다.

바다 날씨는 바람도 적당하게 불었고 맑아 현장에 도착했을 때, 사방 산들이 잘 보여 성애가 있는 지점을 찾기에 아주 수월했다. 바다 밑에 있으니 그 크기나 바위의 높이를 정확하게 알 수도 없지만, 바위가 늘려 있는 범위를 정확하게 아는 사공도 없다.

오래 작업을 해온 사공들도 어림잡은 느낌으로 지점을 택하고 투망을 하게 된다. 잘못 투망하면 허탕을 칠 때도 있다. 사공의 지시에 선원들은 각자 자기 분야를 지키며 그물이 헝클리지 않게 바다에 던져넣는다. 마지막 깃발을 던지는 사람이,

"용왕님, 만선이요!"

하면서 마지막 깃발을 던진다. 어부들은 바다에서는 용왕님을 철저하게 신봉한다. 바다 밑에는 산처럼 높이 솟은 곳이 있는가 하면 부분부분 모래밭도 있고 자갈밭도 있다. 산 같이 솟아있는 바위에 그물이 오르게 되면 고기는 많이 잡을 수는 있으나, 그물은 못 쓰게 된다.

투망이 끝나고 돌아오면 오늘 하루 일은 끝이 난다. 그러면 또 술이다. 이른 날은 선원들은 너나없이 취해서야 집으로 돌아간다.

다음날은 첫 작업이니 선원들은 잔뜩 기대에 부풀어 날이 밝기도 전에 뱃머리로 모인다. 나 역시도 처음이니 그물이 제자리에 투망이 되었는지, 신경이 쓰여 잠을 제대로 못 잔 것 같아 머리가 맑지 않았다.

현장에 도착하여 첫 그물이 올라오는 순간 선원들의 함성이 터졌다. 고기들이 그물을 뒤집어쓰고 올라오기 시작한 것이다. 바다 밑을 내려다보니, 그물에 고기들이 보기 좋게 달려 올라오고 있었다.

첫날 작업은 대성공이었다. 다음날도 그다음 날도 소문이 퍼지면서, 풋사공의 이름이 우리 마을에뿐만 아니고 이웃 마을까지 퍼져나갔다. 그렇게 되면 우리 작업에 지장이 온다. 배들이 우리를 따라다니게 되기 때문이다. 그래서 옛날부터 선원들에게 타선원들에게는 절대로 그날그날 작업 실황을 이야기하지 못하게 단속을 한다.

그렇게 내 처음 시작은 내 머릿속에 그려온 그림과 비슷하게 맞아 들어갔다. 출발이 좋으니 그해 대구 작업도, 배들이 복잡하게 아우성치는 산란 장소를 피하여 외곽지로 돌면서 투망을 해도 꾸준하게 생산을 올렸다.

어머니께서는 한결같이 아침저녁으로 바다에 나가는 형과 나의 무사를 비는 기도를 올렸고, 조금에는 잊지 않고 바닷가로 나가 용왕 기도를 올렸다. 언제나 어머니의 한결같은 기도는 바다에 나가는 자식들의 마음을 안정시켜주었다.

구정을 보내고 대구잡이가 끝 무렵이 되어갈 때, 친구는 부산에 취직이 되어 떠났다. 떠나면서 친구 대신 아버지를 보냈다. 아버지는 마을에서 사공으로 이인자다. 얼마 전까지만 해도 자기 배를 가지고 활발하게 작업을 했으나, 자식들의 성화에 배를 팔고 바다 일을 끝을 냈다.

친구가 있을 때는 내가 친구의 도움을 많이 받았다.

아버지가 와서도 작업은 한동안 계속되었고, 늦게는 다시 성애 쪽으로 이동을 해서 마지막 떠나는 대구를 다소 잡으면서, 산란차 바다에서 들어오는 잡어들을 잡아 재미를 보았다.

봄이 되면 먼 바다에서 곤쟁이들이 산란을 위해 연안으로 들어오는데, 이 또한 좋은 수입원이다. 곤쟁이는 말리면 과수원이나 논밭에 좋은 비료가 된다. 그 당시는 비료가 귀해 돈을 들고도 비료 구하기 어려웠던 때라 비싼 값으로 팔려나갔다.

옛날 어른들은 곤쟁이가 많이 오는 해에는 반드시 풍어가 온다고 했다. 곤쟁이 뒤에는 멸치가 따르고, 멸치 뒤에는 고등어 방어가 따르고, 방어 뒤에는 고래가 따른다고 했다. 고기도 자기가 좋아하는 먹이를 따라 하룻밤 사이 만 리를 간다고 했다. 곤쟁이 먹이는 바닷속에 사는 고기라면 다 좋아했다. 곤쟁이는 단연 바닷속 일등 먹이다.

곤쟁이 작업이 끝나면 여름 작업이 시작된다. 집안 동생도 수고 출신이니, 원양 선으로 가고 친구 아버지도 내리시고, 다른 한 명도 어망이 없어 포기했다. 겨울 작업을 지켜본 마을 선원들이 서로 오겠다고 해서 실한 선원으로 골라서 잡을 수가 있었다. 그해 여름 작업도 현황이 좋아 늦은 가을까지 이어 지면서 예년에 없는 수익을 올렸다.

내 어선 어업은 순조롭게 이어지면서, 선주로서의 면목을 새우며 초보 사공이란 허울을 완전히 벗었다.

인연

작은형은 가을 꽁치잡이에 선장으로 이동을 했고, 다음 해 오징어잡이에는 구룡포에서 배가 많은 큰 회사 신조선 선장으로 뽑혀 사람들을 놀라게 했다.

아직은 초보 선장 임에도, 큰 회사 선장으로 스카우트 되기는 무척 어려운 일이라, 주위 사람들을 놀라게 했다. 그것도 막 진수하는 신선에 스카우트는 형에게는 큰 부담이 되었지만, 형은 원체 건실하고 열심히 하는 인간성이라 어느 배에 가도 작업 성적보다는 인성 면으로 더 많은 호평을 받고 있었다. 구룡포 사회에서는 한동안 형의 일이 화제가 되면서 김 선장의 출세 가도가 열렸다고, 형과 친한 사람들의 많은 응원을 받았다.

내가 스물다섯 살 되던 겨울, 날씨가 몹시 추워지면서 며칠 동안 작업을 포기하고 쉬고 있을 때, 나는 시내 볼일이 있어 나갔다 돌아오는 길에 버스 안에서 윤의 제일 작은 오빠를 만나 집으로 끌려갔다.

문간방에서 윤이 동생과 함께 나오면서 반갑게 인사를 했다.

큰 채에서 아버님과 어머님도 반가워하며 나를 불러들였다. 방으로 들어가 큰절을 올리고, 다소곳이 앉으니, "배를 만들어 작업을 잘했다고 소문이 나던구나! 반갑다."하시며, 누나 내 안부를 묻고 형편도 물어보셨다.

형님들이 있는 방으로 가라고 하셔서 옆방으로 건너왔다.

저녁을 먹으면서 시작된 술이 늦도록 이어지면서 모두 거나하게 취하여 한방에서 자고 났다.

너무 많이 마셔서 자고 나도 얼큰하게 취기가 있었다. 모두 다 취기가 남아 아침을 먹고 제자리에 이리저리 누워서 잠자기 시작했다. 나도 형들 사이에 비집고 누웠으나 잠이 오지 않아서, 바람이 불고 파도가 심하여 집에 가도 할 일도 없으니 놀다가 천천히 갈 양으로, 윤이 동생과 함께 거처하는 방으로 내려갔다.

예로부터 처녀가 시집갈 때가 되면 손수 준비해야 하는 것 중에 제일 중요하게 생각하는 것이, 그때 세월에는 보자기마다 수를 놓는 일이다. 양복 거리 하며 벽걸이에도 예쁘게 수를 놓는 것은, 곧 그때 처녀들의 신부 수업이었으며, 훗날 시집갔을 때 그것이 시집온 신부의 인격이자 자질이 된다.

"너무 많이 마셔서 속이 쓰리지요? 앉아 계세요 커피 타다 드릴게요."

나는 그냥 자리에 반듯이 누웠다.

윤이 가지고 온 커피를 마시고 다시 누웠다. 윤이 베개를 내려주고는 다시 수 놓는 일을 계속했다. 나는 윤의 가까이에 누워 수를 놓는 윤의 얼굴을 가만히 지켜 보고만 있었다.

윤은 무릎 위에 올려놓은 수틀에 모든 신경을 집중하는 듯했다. 그 모습을 바라보던 나는 윤의 모습에서 순간적인 황홀감에 빠져들었다.

어쩌면 저렇게 예쁠까! 처녀들이 결혼 준비로 하는 수놓는 모습이야말로 전형적인 처녀의 자태다. 그 모습이 너무나 아름답고 황홀하게 느껴져, 나는 마음속으로 감탄하며 한참을 바라보고 있는데, 윤이 앉은 자세를 고쳐 앉으며,

"오빠, 왜요?"

하면서 내 시선을 의식한 듯 얼굴을 살짝 붉히면서 자세를 고쳐 앉았다.

"아니야, 수놓는 네 모습이 처녀들의 가장 표준적인 아름다움의 상징 같아서!"

"내 모습은 어때서요? 내 표정은 보통에 들 수는 있겠어요?"

"아니야."

"아니라고! 그럼 뭐야?"

윤이 놀란 표정으로 수를 놓던 손을 멈추고 나를 내려다보며 당황한 표정을 지었다. 나는 잠시 멈춰있는 윤의 손을 가만히 잡으며,

"내가 지금까지 보아온 처녀들의 어떤 모습과도 비교할 수 없을 만큼 아름다운 표정!"

"뭐야!"

윤의 표정이 환하게 미소를 띠면서 정색을 하고 나를 빤히 내려다보았다. 나는 그런 윤의 미속에 깊이 빠져들면서 내가 잡고 있던 손을 가만히 당겨 또 한 손을 윤의 손위에 포개면서,

"윤아! 나와 결혼 하면 안 되겠니?"

내 입에서 생각지도 않았던 말이 불쑥 튀어나왔다.

윤의 얼굴이 더욱 붉어졌다. 나도 모르게 불쑥 튀어나온 말에 당황하면서도 나는 수틀을 잡고 있던 윤의 손에 가만히 힘을 주었다. 윤이 많이 당황해하면서도 뿌리치지는 않았다.

나는 아직도 남아 있는 취기를 느끼면서,

"나하고 결혼하면 안 되겠니?"

나는 재차 또 한 번 더 물었다.

윤이 한참 동안 지켜보던 내 시선을 피하며, 작게 한숨을 쉬었다. 언뜻 윤의 한숨에서 갈등을 보았다. 윤이 내가 배를 만들고 있을 때 집에

와서 보고는 바다가 무섭지 않으냐고 물었었다. 나는 그 순간 그 말이 지금 윤이 내게 하고 싶은 대답이라는 것을 순간적으로 느꼈다.

나는 가슴이 철렁 내려앉았다. 해서는 안 될 말을 했다는 생각이 들어 무척 당황했다.

윤이 나직한 목소리로,

"나는 오빠가 바닷일 하는 것이 두려워요."

하면서 내가 잡고 있던 손을 가만히 빼내며 시선을 돌렸다. 나는 눈을 감고 마음속으로 내가 지금 한 말에 상당히 당황해하면서, 후회하고 있었다.

한동안 무거운 침묵이 흘렀다. 나는 윤을 보기 부끄러워 어떻게 해야 할지, 가슴이 답답해 오는데, 윤은 수틀을 잡고 수 놓기 시작했다. 그러는 윤의 손이 긴장한 듯 가늘게 떨리고 있는 것을 나는 느낄 수 있었다.

윤의 입가에서 형용할 수 없는 여러 감정이 표출되면서, 내게 질타를 하는 것 같았다.

윤의 동생 민이가 들어왔다. 민이가 내 곁에 앉으며,

"오빠 밤에 술을 너무 많이 마셨나! 이불이라도 덮어 드릴까?"

하며 일어나려는 것을 잡고 내가 벌떡 일어나며

"아니야, 나 지금 갈 거야."

하고는 밖으로 나와 아버님 어머님께 인사를 드리고, 형들에게도 인사를 하고 대문을 나섰다. 윤도 민이도 따라 나왔으나 윤은 고개로만 인사를 하고 방으로 들어갔다. 대문을 나서며 돌아보니 민이가 손을 흔들며 서 있었다.

인연이란 아무렇게나 이루어지는 것이 아니란 것을 알면서, 어쩌자고 이런 실수를 했는지 나 자신이 이해되지도 않고 이해를 할 수도 없었다.

나는 차 시간도 아닌 줄 알면서도 엉겁결에 뛰쳐나와 추운 날씨임에도 집에까지 이십 리 길을 걸어서 왔다.

날씨가 너무 추워서 며칠째 쉬고 있었는데, 다음날 날씨가 좋아져서 작업을 시작했다. 머릿속에는 윤의 화사한 모습이 지워지지가 않았다. 화장도 하지 않은 얼굴이 그렇게 곱고 화사하게 보일 수가 있을까!

윤을 처음 만났을 때도 그런 모습이었는데, 그때는 누나가 옆에 있으니 별로 감동을 주거나 마음을 끌지는 않았는데, 분명 내 마음이 외로움을 느끼고 있는 것이란 생각이 들었다.

한 번 더 윤을 찾아가 오빠들과 앉아 심각하게 이야기를 하고 싶었으나, 그간 그들 두 자매가 내게 가지고 있던, 나에 대한 이미지가 땅에 떨어지는 느낌이 들어, 나는 마음이 안정되면 윤에게 편지를 써야겠다는 생각을 하고 마음을 접었다.

며칠 동안 바쁜 일정 때문에 그나마 마음이 약간은 안정되었다. 기상이 나빠 작업을 쉬는 날밤, 오랜만에 책상 앞에 앉아 윤에게 편지를 썼다.

처음부터 너에게 가지고 있었던 내 마음이 그날 형님들과 마신 술기운으로, 수를 놓고 있는 네 모습에서 너에게 가지고 있던 내 마음의 연모가 나도 모르게 솟구쳐 올라 잠시 의성을 읽은 것이라고 솔직히 고백했다.

그러나 나는 너를 처음 본 그때부터 지금까지, 내 마음속에 깊이 간직하고 연모해왔던 것은 사실이라고 고백했다. 그날, 수를 놓고 있는 너의 모습이야말로 나를 황홀하게 했고, 지금까지 품고 있었던 너에 대한 내 연모의 마음이 너를 놓칠 것 같은 다급한 마음으로 순간적인 실수를 했지만, 나는 지금도, 아니 더 오랜 세월을 두고 너를 연모할지 모른다고 고백했다. 그리고 너의 솔직한 마음을 전해 주기를 기다리겠다고 했다.

그러나 윤은 끝내 아무 답이 없었다.

내 마음속이 너무 복잡했다. 누나의 그리움에서도 벗어나지 못했는데, 윤의 환상까지 겹치면서 마음의 갈등이 나를 힘들게 했다.

돛을 달고 작업한 지 사 년째 되는 해, 어머니가 사놓은 우리 논이 제철 공장에 부지로 들어가면서 정부로부터 보상을 받았다. 23만 원이라는 금액은 그 당시는 꽤 많은 돈이었다. 나는 형과 의논하여 그 돈으로 지금 타고 있는 돛단배를 개조하여 엔진을 올리겠다고 했다. 형이 쉽게 승낙했으나, 어머니는 다시 논으로 대치할 것을 제안했다. 형과 내가 어머니를 설득하여 허락을 받았다.

나는 서둘렀다. 엔진을 계약하고 봄이 되면 산란을 위해 영일만 강 안으로 몰려드는 전어가 오기 전에 서둘러 목수 일을 시작했다. 그때는 봄이 되어 곤쟁이가 몰려올 때면 곤쟁이 먹이에 따라온 전어 떼가 수없이 몰려다녔다. 그것을 알고 남해에서 전어 선망 배들이 올라와 말할 수 없이 많은 전어를 잡아가는 것을 구경만 하고 있던 영일만 선주들이, 처음 시도한 것은 선망으로 전어를 둘러싸서 그물에 걸어서 잡는 방법으로 전어를 잡기 시작했다.

나는 그 작업을 조직했다. 먼저 시작한 선주들은 그 당시는 배들이 적으니, 두 척씩 짝을 이루어 그물 높이를 바다 수심과 맞추고, 길이를 전어 떼를 충분히 둘러 살 수 있는 길이로 하여 많은 전어를 잡아냈다.

나는 그뿐만 아니라도, 유자망작업에도 엔진이 있으면 새벽에 일찍 양망하여 바다에서 바로 포항 위판소로 간다면, 고기를 싱싱할 때 비싼 값으로 팔 수 있고, 식구들이 아침마다 복잡한 버스에 잡아 온 고기를 위판하러 다니며 시달리지 않아도 된다.

바람이 없는 야간에는 움직일 수가 없으니, 고기를 찾아다니기에는 좋을 것 같아 마음속으로 계획을 하고 있었다. 바람이 불지 않는 밤에는 노를 저어서 이동해야 하는 풍력 선으로는 작업을 포기하고 닻을 내리고 잠을 자는 경우도 더러는 있으니, 사 년 동안 내 배를 내 손으로 운행하면서 머릿속에 담아 놓은 계획들을, 형편이 돌아가는 대로 진행하기 위해 노력을 했다.

형도 내 뜻을 알기에 쉽게 승낙해주었다. 나는 고생스러워도 뱃일을 추운 겨울에 시작하여 내년 봄에는 전어를 잡아볼 욕심을 낸 것이다.

뱃일을 하면서 어장 조직을 해야 하는데, 그물값이 너무 많이 들어 개인적으로 돈을 모으기란 어려운 일이라 도중으로 돈을 빌려서 하기로 하고 조직을 구성했다.

우선은 배가 두 척이 있어야 하고 사람이 11명 내지는 12명이 있어야 하니까 조직부터가 어렵다. 작은 어촌 마을에서 이 정도 조직을 움직이기란 쉬운 일이 아니다. 그러나 작은 사업일수록 형편을 따라가야 한다. 바다 일이란 항상 남들 앞에 서야지 남의 뒤를 따라가서는 안 된다.

겨울이 가기 전에 뱃일도 끝이 났고 자금도 준비가 되어서 어망을 주문해놓았다. 어망은 공장에서 어려운 부분은 조립하여 오지만, 작업 할 수 있도록 하려면 할 일이 많다. 나는 작업에 밝은 사람들과 의논을 하면서 차근차근 추진해 나갔다.

우리가 처음 낙망을 하는 날에는, 다른 마을에서도 벌써 어망 준비를 하여 작업에 나온 배들이 있었는데, 우리가 작업 장소에 도착했을 때는 투망한 배 중에는 만선을 하여 깃발을 달고 귀항하는 배도 있었다.

배 앞부분, 높은 곳에 앉아서 바닷속을 내려다보며 전어 떼를 찾아야 하는데, 처음이라 그것이 여간 어려운 일이 아니었다. 오후가 되면서 모두가 지쳐갈 때쯤 전어 떼가 몰려 노는 것을 발견하고 첫 투망을 했는데 다행히 만선을 시켰다. 만선 깃발을 달고 마을로 들어가니 온 마을 사람들이 나와 손을 흔들며 자기들 일처럼 좋아하는 것을 보니 가슴이 터질 듯 뿌듯했다. 다음 날도 그다음 날도 계속해서 만선기를 올렸다.

그해에는 작업 일정도 짧았고 일이 늦어 작업 시작도 늦어서 많은 생산은 올리지 못했으나 어망 대금을 정산하고, 선원들은 약간의 생활비 정도만 가지고 갈 수 있었다.

그런데, 정산하는 날 배당 문제로 의론이 생겨 어려움이 있었다, 서로 간에 욕심 때문에 본 사업을 포기하기로 했다. 다름 아닌 배가 가져가는 목을, 다른 마을의 배들보다 적게 주겠다는 것이다. 이유는 배도 다른 배들보다는 조금 적고 엔지도 힘이 약해서 무동력선을 끌고 다니는 데 경쟁에서 뒤지니 작업에 지장이 있었다고 했다.

지금까지 그런 이유로 뱃몫을 깎아내리는 예는 어느 마을에서도 없던 일이라, 이 법이 생겨나면 마을마다 시빗거리가 될 우려가 있어 그렇게 되면 선주들에게 큰 욕을 먹게 되니, 나는 한사코 반대했다.

강력하게 우기는 몇 사람은 그렇게 못하겠다면 자기 몫의 그물을 달라고 했다. 내가 몇몇 사람을 만나 본 결과 목적은 다른 데 있었다.

나는 어쩔 수 없이 파산 선언을 하고 해산 결정을 내려, 그물을 해체하여 각자에게 돌려준 뒤 정산을 마치고 해산을 했다. 억울하고 아쉬웠지만, 후일을 생각해 어려운 결정을 내린 것이다.

우리가 처음 작업에 만선기를 올리고 오는 것을 보고, 포항항에 정박하여 두었던 의사 아저씨네 발동선(야끼다마엔진)으로 어장 조작을 하였다가, 몇 번 작업을 해보고는 포기한 팀도 있었는데, 우리는 다행히 빚은 지지 않아서 여간 다행한 일이 아니었다면서, 어머니께서는 안도의 한숨을 쉬셨다. 만약에 적자로 빚이 남기라도 했다면 온전히 내 부담으로 남을 뻔했다.

이듬해 봄이 되면서, 내 마음은 편치가 못했으나, 그해에는 전어가 유독 많이 잡혀, 바다에 나가면 여기저기서 만선 깃발을 올리고 귀항하는 배들을 수없이 볼 수 있었다. 그것을 보는 물러 나간 선원들끼리 옥신각신 시비가 생겼다는 소문이 내 귀에 들렸다. 다른 조직을 만들려고 하였던 계획이 신조선 엔진 배를 만들겠다는 꾐에 넘어간 것이라는 소문도 내 귀에 들어왔으나, 그 소문은 내가 이미 예측한 것이었다.

그해 나는 남몰래 의사 아저씨를 찾아가 아저씨에게 어망을 인수하기로 했다. 그리고 아저씨와 동업으로 시작했던 뒷배 선주에게, 내가 배를 다시 수리하여 엔진을 십이 마력으로 대체한다는 계획도 말씀드리고 동업할 것을 권했다.

아저씨는 어머니와 평소에 누님 동생 하는 사이였고, 오랫동안 자기 배에 자기 사공으로 바다에는 오랜 경험을 쌓은 일등 선원이다. 아저씨는 두말없이, 자네라면 운영을 전적으로 자네에게 넘기겠다고 하시며, 이쪽 선원은 몇 명이 필요한지만 알려 주면 전적으로 내가 책임을 지고 준비할 테니, 걱정을 말고 조직을 하라고 했다.

그래서 나는 처음부터 확실하게 해야 한다는 생각으로 그쪽에서 만든 어망을 내가 많이 고쳐야 할 것 같다고 하니, 어떻게 하던 자네가 하겠다는 것은 오직 전어를 많이 잡겠다는 계획이니, 그런 문제는 묻지 말고 자네 마음대로 하라고 했다.

현재 내 배에 선원으로 있는 선원이 나까지 다섯 명과 이웃집 형님을 몰래 들였다. 여름 작업이 끝나고 추위가 오기 전에 그물 일을 해야 하는데 가을 작업이 늦도록 이어 지면서, 그물 일도 배 수선일도 늦게야 시작되었다.

엔진은 기계상에 기사로 있는 친한 친구에게 일찍 부탁해서 한일 협상으로 들어온 엔진 중고품을 계약했다. 그 당시 일본에서 들어온 엔진이 인기가 좋았다. 고장이 없고 성능이 좋아 말썽이 전혀 없는 엔진이라 중고가 나올 수가 없었는데, 본 주인이 큰 배에다 마력수가 약한 마력을 올려 인진 교체를 다시 하면서 빠져나오는 것을 기계상회에 기사로 있는 친구 소개로 요행이 계약할 수 있었다. 어렵게 계약을 한 터라 빠르게 대금도 치르고 엔진도 기계상회로 옮겨 놓았다.

구정을 보내고 봄이 오면서 이래저래 일손이 바빠 젖고, 적기 출어를 하기 위해 최선을 다했다. 두 가지 작업이 시기에 맞춰 함께 끝나 무난하게 남들보다 앞서 출어를 해서 약간의 생산을 올렸다. 다음날 배들이 일제히 출어 준비를 하고 대기했는데, 주의보가 떨어져 출어를 못 해 이틀 후에는 나가는 순서대로 만선 깃발을 올렸다.

그해 작업은 어느 해보다 성적이 좋았고 우리 배가 영일만 전어잡이 오 십여 척 중에 등수에 오르면서, 용진호란 내 배 이름이 퍼지기 시작했다. 마지막 결산하던 날은 국수와 술에, 마을에 잔치하듯했다. 윷놀이 판이 벌어져 늦도록 온 마을이 흥청거렸다.

그해 한창 바쁘던 때, 포항에서 철학관을 하시던 외삼촌이 선을 보러 나오라는 연락이 왔다. 어머니께서는 무엇보다 바쁜 것이 결혼이라며 잠시 갔다 오라는 성화에 어쩔 수 없이 나가 아가씨에게 얼굴만 보이고 돌아왔다.

그러고는 잊고 있었는데, 그해 가을이 되면서야 삼촌의 나오라는 연락을 받고 나가서 아가씨를 다시 한번 만나, 이야기도 하고 식사도 하면서 시간을 보내다 돌아왔다.

아가씨는 죽도 시장에서, 집안 언니뻘 되는 분이 경영하는 포목 상회에서 비단을 파는 일을 하고 있었고, 나이는 나보다 네 살이 아래였다. 애당초 인물 같은 것은 보지 않는다고 했는데 아가씨 인물이 선뜻 눈에 들었다. 그런데, 어느 날 아가씨가 저녁 막차로 우리 집으로 왔다. 나는 물론이고 어머니도 형수님도 깜짝 놀라며 나를 쳐다보았다.

집은 옛날 초가를 새마을 사업이 한창일 때 함석집으로 개조하면서 내부 수리도 좀 하여, 시골집으로는 그다지 누추하지는 않으니 하룻밤은 쉬어갈 수 있다고, 하니 힐끗 웃으며 어머니 방에서 하룻밤을 자고 갔다. 아마도 이곳 현실을 보려 한 것 같았다. 나는 아가씨가 수지는 아니라는 생각이 들어 더욱 마음이 끌렸다.

그러나 여기까지 오는 동안 차 안에서 내다보이는 풍경만 보고도 실망했을 것이라는 생각이 들어 별로 기대하지는 않았다. 그 후 내가 주의보가 내리는 날을 이용해 나가서 만나자고 전화를 했더니, 서슴없이 나왔다.

상회 일을 끝내고 내일 장기 집으로 간다며 장기 집으로 한번 오라고 했다. 아버지는 계시지 않아도 어머니가 계시고 오빠가 두 분에 남자 동생들이 둘에, 위로 언니가 두 분이 있으나 결혼했다고 했다. 현재 집에는 막내 남동생과 엄마가 있고, 바로 아래 동생은 부산에서 양장점 재단사로 있다고 했다. 집에 계시는 어머께서 총각을 한번 보기를 원한다고 했다.

나는 이제야 내 인연을 찾으려나 싶어 좋기는 했으나, 어쩐지 슬픈 마음이 들었다. 아직도 내 마음속에 지워지지 않은 두 여인의 영상이 번갈아 가며 머릿속을 어지럽게 했다.

어머니는 벌써 우리 집에 오는 그날이 결정이 난 것이라고 하시며, 뜸들이지 말고 어서 장기로 가라고 하셨다.

농촌 사람들은 어촌 사람들을 물가 사람이라며 별로 좋아하지 않는다. 아가씨 집안에서도, 특히 어머님이 반대하신다고 했다. 내 눈치로는 아가씨 자신은 내 생활력과 내 방에 있는, 내가 읽던 책들과 바다 일을 하는 사람이 다른 사람들에 비해 말게 생겨, 해부 사람 표가 나지 않은 외모와 외삼촌께서 내린 두 사람의 사주와 궁합도 한몫한 것 같았다.

십이월 초순에 나는 장기로 갔다. 검정색 양복에 넥타이까지 매고, 그 당시 유행하던 검은색 빠이루 외투를 입고 나서니, 완전한 신사라며 어머니께서 환하게 웃으시며 보기 좋다고 하셨다.

어머님은 막내아들과 큰집에서 두 식구가 살고 있었다. 사는 집은 기와집으로 엄청 큰 집이었다. 바로 옆에는 극장이 있어 초저녁부터 시끄러웠으며, 앞에는 아주 넓은 천이 있었으며, 양쪽으로 둑이 높고 길게 쌓고 있었다. 천의 넓이가 언뜻 보았을 때, 약 50m는 넘을 것 같았고, 물이 말은 상태라 군인들이 여러 대 트럭과 탱크까지 와서 훈련 중인 것 같았다.

어머님은 저녁을 드시며 여러 가지를 물어보시고는 작은아들 집에 가신다며 나가셨다. 아가씨 표정으로는 기분이 좋아 보였다. 동생도 극장 구경 간다며 나가고 둘이 남았다. 아가씨가 과일을 내어와서 둘이서 먹으며 이야기를 했다.

"나는 별 기대를 하지 않았는데, 지역도 그렇고 내 직업도 그렇고, 마음에 드는 구석이 한 곳도 없었을 텐데?"

넌지시 아가씨를 쳐다보았다.

아가씨는 웃으며,

"눈에 콩깍지가 씌었지요, 나도 생각할수록 내가 이해가 안 되네요."

146

"우리가 운명적인 인연이었나!"

"그런가 봐요! 내 눈을 내가 찔렀는지도 몰라요!"

"길고 짧은 것은 맞춰 봐야 알아요. 살다 보면 답이 나오겠지요."

"그때는 이미 늦잖아요?"

"그런 걸 운명이라 합니다."

"그러면 억울하잖아요?"

"그때는 운명을 원망하면 됩니다."

아가씨가 손으로 내 무릎을 세게 쳤다.

다음 날 나는 둘째 오빠와 앉아서 금연 연말 안으로 날을 잡기로 하고 돌아왔다. 작은오빠는 어촌 생활에 대한 질문을 많이 하시고는,

"아무 곳이든 다 사람 사는 곳이니 내 노력하기 나름이지요!"

"열심히 살고 있습니다. 지켜봐 주십시오."

이야기를 마치고 나는 서둘러 일어났다. 항상 마음은 바쁘니, 어디에 가도 편히 쉴 수 없는 것은 어쩌면 내 성격 탓이라고 생각하면서도 고쳐지지 않았다.

결혼 날짜도 그렇게 빠르게 잡은 것도 앞으로 다가오는, 큰 기대를 걸고 있는 전어잡이와 내 건강 문제가 혹시라도 드러나게 되는 것이 불안하기도 해서였다. 그러나 내 건강 문제는 외삼촌이 미리 이야기했으며 지금은 내가 걸을 때 조금만 주의를 하면 언뜻 보아서는 모를 상태였다.

서둘러 결혼도 하고 신혼 생활에 작업에 푹 빠져 세월 가는 줄도 모르고 지냈는데, 내가 어느덧 아빠가 되어있었다. 그간에 조카도 생기고 아들도 생겨 집 안에는 아기 울음소리에 활기가 돌았다.

구정을 보내고 모처럼 처가에 갈 기회가 생겨 처가에 갔더니, 외할머니께서 외손주가 보고 싶었다며 그렇게 좋아하셨다. 처가에서는 살림은

안 나느냐고 물었으나, 나는 대답을 하지 않았다. 모처럼 왔는데 며칠 쉬었다 가라고 했으나 작업 일정이 있으니 그렇게 할 수가 없어 이틀 밤을 자고, 아쉬워하는 아내를 데리고 집으로 왔다.

그동안 아내는 이곳 생활에 익숙해지려고 애를 쓰고, 도시에서 갑자기 부딪힌 시골 환경과 내가 작업에 나간 후, 집에서 어머니랑 동서의 눈치를 봐야 하는 것에 힘들어하는 것 같았다. 그러나 매일 들어오는 어대금이 있으니 감동하며 거기에 신경을 많이 쓰는 것 같았다. 아마도 우리가 독립하여 나갔을 때, 자신이 해야 할 생활 설계 같은 것에 대한 계획을 짜고 있을지도 모를 일이었다.

그런 아내에게 청천벽력 같은 일이 벌어졌다. 우리가 친정 처가에 간 사이, 어머니가 형수님과 형님을 구룡포로 살림을 내보낸 것이다. 아내는 말은 하지 않아서도, 결혼 조건으로 막내니까 시집살이는 하지 않는다는 기대가 제일 큰 이유였다. 그러던 아내가 갑작스럽게 벌어진 사건에 너무 당황하고, 황당한 마음은 이루 말할 수도 없겠지만, 자기하고는 의논 한마디 없이 벌어진 이 사건을 어떻게 해야 할지 막막했을 것이다.

우리 신혼 방도 아래채 좁은 방에다 차려 두 사람 겨우 생활하면서도, 곧 나갈 것이란 기대로 참고 견딘 것인데, 아내는 방에 들어가 펑펑 울고 있었다. 어머니가 아내를 달래 보았지만, 소용이 없었다.

나는 아예 아내에게 아무 말도 할 말이 없어 묵묵부답으로 마루에 걸터앉아 먼 산만 바라보고 있었다. 이 상황을 어떻게 벗어나야 할지 대책이 서지 않았다. 그렇다고 어머니를 원망할 수 없는 일이다. 나는 일찍이 어머니를 평생을 모시고 살겠다는 결심이 서 있었다.

그러면서도 앞으로 아내에게 어떤 식으로 이해를 시킬지 곰곰이 생각해 보지를 않았다. 아내는 그래도 저녁을 지어 차려만 주고는 밥도 먹지 않고 방으로 들어갔다.

밤이 되어 나는 우선 아내에게 나 자신도 이 일을 사전에 알지 못했다는 사실을 말해야 하는데, 그 말을 아내가 믿어줄 리가 없다는 것을 나는 알고 있었다.

나는 아무 말도 하지 않고 아내 옆에 누워 등 뒤로 아내를 꼭 안아 주었다. 아내는 한동안 가만히 있더니 내게로 돌아누우면서, "도대체 내가 이 집에 식모로 들어왔나요?"하면서 벌떡 일어나 앉았다. 나도 따라 일어났다. 그리고 아무 말도 없이 아내를 꼭 안았다. 그렇게 한참을 그러고 있었다.

아내의 흥분된 숨결이 잦아지는 것을 보고, 나는 처음부터 하나도 꾸미거나 거짓 없이 아내에게 내 마음을 털어놓았다. 어릴 적부터 어머니가 내 아픈 발목에 바쳐온 정성과 그로 인해 오늘날 이만큼 건강을 유지하면서 살 수 있었던 어머니에 대한 내 결심을 말해주었다. 그리고 앞으로도 다른 사람들보다 더 열심히 하여, 어린 날 학교 교문을 나오면서 결심한 각오를 반드시 이루어 내고, 우리 가족을 누구보다 행복하게 할 것이라고 다짐도 했다.

나는 아내의 손을 잡고, 당신이 불쌍한 인간을 살렸다고 생각해달라고 했다. 장시간을 내 이야기를 듣고 난 아내는 내 얼굴을 한동안 지켜보았다. 내 얼굴에서 진심을 느끼려는 것 같았다.

아내의 눈에서 눈물이 흘러내렸다. 아내는 내 진심 어린 고백을 믿는다는 표정이었다. 나는 아내를 와락 힘차게 끌어안았다.

"고마워 너무 너무 고마워 그리고 미안해! 어떤 일이 있어도 내 가족들이 불행해지는 일이 없도록 할 거야! 믿어. 나를 믿어! 나를 믿어주어서 고마워! 나에게는 어업이 천직이야, 내 모든 꿈은 오직 바다에 있어.

바다가 위험하고 두렵지만 나는 용왕의 아들이란 말이야! 꼭 성공할 거야, 어릴 때 격은 그 가난의 설움을 우리 아이들에게는 절대로 물려주진 않을 거야! 나는 어릴 때, 중학교 교문을 세 곳을 들락거렸어도 졸업장은커녕 이학년 교실에도 들어가 보지 못했어!"

나를 바라보는 아내의 얼굴에 흘러내리는 눈물을 닦아주며, 아내의 두 손을 꼭 잡아주었다.

"각시야, 미안해. 그리고 고마워! 내가 평생을 지금 이 마음으로 살게, 진심이야!"

나는 아내를 꼭 껴안으며,

"사랑해, 우리 각시. 예뻐 너무 예뻐! 내가 우리 각시 정말 잘 찾았어! 하늘이 내려주신 내 인연이야! 잘할게. 정말 잘해줄게. 약속해!"

연신 아내의 볼과 입술에 뽀뽀를 해주며 아내를 안고 이불 속으로 들어갔다.

다음날 우리는 형님네가 거처하던 방으로 옮겼다. 어머니도 무척 반가워하는 표정이었다. 아내는 기분이 좋은 편은 아니지만, 겉으로 불평을 하지는 않았다. 그러나 나는 앞으로 일이 걱정되어 마음은 늘 불안했다.

무엇보다 어머니가 한 달에 한 번씩 올리는 법당 기도에 아내가 뒷일들을 해야 하는데, 사실은 어머니가 법당 기도 올리는 일에 형수님이 못마땅하게 생각하여 어머니와 불편해졌다. 그동안 아내도 형수님이 하는 일을 도와주면서 약간은 알았겠지만 갑작스럽게 자신에게 넘어온 어려운 일에 무척 당황해했다.

그도 그럴 것이 날씨가 추운 날은 어두운 이른 새벽에 거리가 먼 우물에서 물동이에 물을 이고 와야 하는 고충을 내가 잘 알고 있고, 포항 시장에 가서 장을 봐와야 하는 일도 형수님이 다 하셨으니, 나는 형수님을 뭐라 할 수가 없었다.

그러기에 나는 아내가 걱정스러워, 처음 어머니의 기도 날에는 내가 아내를 따라 시장도 보고, 새벽에 우물까지도 동행했다. 추운 겨울 날씨라 나는 아내에게 장갑도 끼워주고 두꺼운 잠바도 입혀, 춥지 않게 했다. 두세 시간 걸리는 행사라 춥고 지루할 텐데, 아내는 불평 없이 잘 견뎌 주었다.

그래도 내가 집에 있는 날이면 내가 도와줄 수 있었지만, 내가 새벽 작업을 나가는 날은 아내 혼자서 다 해야 하니, 내 걱정은 끝이 없었다. 나는 만약 새벽 작업이 있는 날이면 누나에게 몰래 부탁해야겠다는 생각을 하고 있었다.

구정을 보내고 나면 전어잡이 준비로 선원들은 바빠진다. 지난해 작업 후, 다음 작업 때문에 그물 보수할 시간이 없어 그냥 배에서 내려 저장만 해 두기 때문에, 구정 후부터 그물 보수 일을 시작해야 한다.

그러면 선원 열두 명의 오후 참 준비를 아내가 해야 한다. 오후 참이래야 쉬는 시간에 술 한잔씩 하는 것뿐이니 간단한 안주 준비만 하면 되지만, 때로는 점심시간에 각자 집으로 갔다 왔다 하는 시간을 줄이려고 국수라도 삶는 날은 아내 혼자서는 할 수 없으니, 가까이 있는 선원 식구들을 동원해야 하는 번거로움도 있다.

그럴 때면 언제나 가까이에 있는 이웃사촌 형수님이 있어 든든했다. 그리고 형님이 내가 채용한 특별 선원이니 형수님은 언제나 솔선수범으로 도와주었다. 아내에게는 처음 하는 일이니 힘이 들겠지만, 내색하지 않고 잘해주고 있어 선원들에게 좋은 평을 받았다.

그해도 작업은 예년처럼 순조롭게 진행이 되었다. 바다에 나가면 언제나 만선 깃발은 선착순이 아니면 두 번째로 완전 상류 그룹에 올라 있었다. 다른 배들이 우리 배와 만나면, 우리 배에 올라와 그물 구조를 들여다보고는 조립된 구조를 물어본다. 내가 상세하게 설명을 해주면 알기는 하는데 작업 도중에는 시간이 너무 많이 걸리기 때문에 아예 시작을 못 한다고 포기를 한다.

전어 모리(당시 전어를 잡던 선망 그물) 그물은 양지쪽 사람들이 만들었다. 그들은 처음 만들면서 수심 높이를 자기들 앞바다에 맞춰서 했다. 우리 앞바다와는 수심의 차가 많다. 그래서 영일만 하동으로 내려오면 수심보다 그물 높이가 짧아 많은 숫자를 잡지 못했다.

나는 우리 바다 수심에 맞추어 그물 높이를 키우고 그물이 물속으로 내려가는 속도와 전어가 그물에 걸리는 부분을 점검하여 그물 구조를 만들었다. 내 생각이 적중하여 확실한 결과를 얻었다.

그물이 빠른 속도로 물 밑으로 내려가면서 고기의 길을 빠르게 차단하니 고기가 그물에 걸려드는 속도가 빨라져, 더 많은 고기를 잡을 수 있었다. 특히 수심이 깊은 바다 쪽으로 나오게 되면 고기를 잡는 양은 배로 차이가 났다. 그랬더니 투망하면 실수가 없었다. 그리고 잡는 양도 많았다.

무엇보다 남보다 일찍 위판장에 가는 고기는 항상 고깃값을 높게 받는다. 우리 배가 아침 일찍부터 만선 깃발을 올리는 것도 실패가 없기 때문이었다. 아침 일찍 만선기를 올리고 들어오는 날은 아내는, 힘이 나서 펄펄 날아다닌다. 어쩌면 용왕님이 내 짝으로 보내 주신 인연이란 생각이 들 때가 있다.

아내는 배가 들어오면 뱃머리로 내려와 사람들 속에 끼어 앉아서 서툰 솜씨나마 전어를 그물에서 따내는 일을 열심히 도왔다. 그리고 고기를 차편으로 위판장에 갈 때도 선원 가족 한 사람과 같이 위판에서 어 대금 찾아오는 일까지도 능숙하게 했다. 고기를 많이 잡는 날은 음청 좋 아해서, 힘이 나는 듯 잘도 움직였다.

오늘 잡은 어 대금은 어머니께 꼭꼭 드렸고, 어머니는 그 돈을 쌀독에 다 묻었다. 아내가 빠르게 적응하고 있음을 느끼며, 나는 서서히 마음을 안정시켰다.

그해 전어잡이 작업도 뒤지지 않은 좋은 성적으로 끝이 나고, 돌아서서 오징어잡이와 여름 유자망작업에 쉴 틈 없이 돌아가는 현실에도 아내는 잘 적응해 주었다. 그러니 마을에서는 그 신랑에 그 각시라고 소문이 나기 시작했다.

꽁치잡이가 끝난 형은 동건호 회사 소속 신조선으로 옮겨 가서 오징어잡이 준비를 마치고 속초로 떠났다. 오징어가 남하 하면서 오징어를 따라 내려온 형은 주문진에서 연락이 왔다.

이곳 작업도 추석을 앞두고 한창 바쁠 때라, 정신없이 며칠을 지났는지도 모르고 있는데, 어느 날 저녁 시간에 형이 갑작스럽게 연락도 없이 집으로 왔다.

놀란 어머니가 형을 방으로 끌어들이면서 "무슨 일 있으려나? 했는데! 와 왔노, 사고 났나?"하면서 형을 앉히고 다가앉으며 물었다. 어머니는 근간에 좋지 못한 일이 생길 것을 예감하고 있었다. 나는 정신없이 선 채로 형을 내려다보고 있었다.

"배에 불이 났어요."

"머라고? 그래서 어쨌노? 니노 마 다친데노 없나?"

어머니 음성이 떨리고 있었다.

"사람이 죽었심니더."

"몇 치나?"

"한 사람요, 기관장이 죽었심더."

"휴! 나무관세음보살! 그래서 어쨌노?"

선원들이 모두 자는 사이 기관장이 기관실에 혼자서 기관 수리를 하다가 불이 났다고 했다. 빨리 소방차가 와서 조기에 제압했으나, 기관장은 이미 불에 타 숨진 뒤였다. 형은 회사에서 뒤처리할 테니, 피신하라고 해서 집으로 왔다고 했다. 배는 기관 실과 조타실만 탔다고 했다.

형은 회사와 연락을 하면서 집에서 머물렀다. 며칠 후 회사에서 연락이 왔다. 배는 조선소에 올려서 수리에 들어갔고, 유족들과는 해결을 보았으니 선장은 구룡포로 나와서 회사 배에 올라 오징어를 잡으라고 했다.

형은 곧바로 구룡포로 떠나며, 아내에게 미안한 마음을 전하며 훗날 보답하겠다고 했다. 구룡포에서 배가 밤에 입항하게 되면 집에 올 수가 없으니, 선원들이 집으로 간 빈 배에서 혼자 자는 것은 너무 어려웠다고 했다.

아내는 처음에는 많이 당황하고 원망스러웠는데, 이제는 잘 적응하고 있다며 마음 쓰지 말라고 했다. 형이 돌아간 뒤, 내가 부엌에서 일하고 있는 아내에게 몰래 들어가 뒤에서 아내를 안아 주며

"각시야 고맙고 미안해."

하며 볼에다 뽀뽀를 해주고, 등도 두들겨 주었다.

오징어잡이가 끝날 무렵 형이 집으로 왔다. 저녁을 먹는 자리에서 형이 심각한 얘기를 했다.

불이 났던 배가 수리가 다 되어 며칠 있으면 구룡포로 온다고 했다. 그러면 다시 그 배에 갈 수 있느냐고 내가 물었다. 형은 심각한 표정을

지으며 회사 사장이 형을 불러 수리한 배가 내려오면 김 선장이 배를 인수하여 사업을 한번 해 보라고 했다. 가격은 비싸지 않게 해 줄 테니 겁먹지 말고 시작하라고 권했다며, 내게 뜻을 물었다.

실상은 그때까지도 우리는 형제간에 네것 내것 없이 지금까지 해 온 데로 작은돈은 어머니에게 드리고, 큰돈은 모두 내가 관리 하고 있었다. 형의 말을 듣는 순간 나는 정신이 번뜩했다.

나도 형도 우리의 가장 큰 꿈은, 구룡포에서 어선 사업가로 일어서는 것이었다. 언제부터인가 우리 형제는 서로 간 말은 없어도, 그 꿈을 서로의 가슴속에 품고 그 꿈을 위해 열심히 해온 것을 마음속으로 절실히 느끼고 있었다.

"가격은 어느 정도인데?"

내가 묻자, 형은 얼굴에 환한 웃음을 띠며, 사장님이 우리를 어떤 이유에선지 지극히 신경을 써주시며 사업을 도와주려 한다고 했다. 그래서 신조선을 만드는데 드는 반값만 준비하라고 하고, 돈은 어려우면 한번에 달라는 것은 아니니 작업을 하면서 천천히 줘도 된다고 했다.

"그런데 배를 만드는 반값이 얼마인데?"

"삼백 오십 정도."

새 배를 만드는데 드는 비용 삼분지 일밖에 되지 않는다고 했다.

형은 이미 마음에 결정은 한듯했다. 바쁘지 않으니 제수씨와 천천히 의논을 해보라고 했다. 그러면서 배를 인수하게 되면, 딸린 어망과 모든 작업 장비 일체를 준다고 했다.

다음날 형이 돌아간 후 아내와 의논을 했다. 아내는 불안해하며 하지 않으면 안되느냐고 했다. 나는 열심히 아내를 설득시켜야 했다.

만약 아내 말대로 그렇게 되면 형이 혼자서는 안 될 수밖에 없는 것이, 집에 있는 현금 중에서 우리 몫을 빼고 나면 혼자서는 도저히 안되는 일이라고 설득을 했지만, 아내의 흔쾌한 답변이 나오지를 않았다. 그렇다고 우리 돈을 우리 몫으로 돌려놓을 형편도 아니니, 어차피 하지 않을 수는 없는 일이라고 설득을 시켰다.

그보다 동건호 사장이 형을 얼마나 믿는지는 모르지만, 이것은 완전 특혜다. 그렇지 않고는 누구나 자력으로 혼자 자본으로 하려면 엄두를 내지 못한다.

아내에게 고민할 시간을 주고 기다리다가 틈을 내어, 보충 설명을 했다. 어업이 직업인 사람들에게는 누구나 구룡포에서 오징어꽁치잡이 배 선주가 되는 것이 꿈이요, 선주가 되면 남보다 월등하게 보이게 된다. 강 안에서 작업하는 우리 배와는 배 자체가 다르다. 내가 타고 다니는 작은 2톤짜리 배가 아니고 사오십 톤, 큰 배로 먼바다에 나가서, 오징어 잡고 꽁치 잡는 큰 배 선주가 되는 것이다.

그런 배를 한 척 새로 만들고 완전 잡업 준비를 하려면, 최소한 삼사천만 원 이상의 투자금이 있어야 한다. 구룡포에는 그런 배를 두 세척은 보통이고 십여 척씩 가진 대 선주들이 몇 명이나 된다고 했다. 지금 형이 있는 회사가 구룡포에서 두 번째인가, 세 번째인가 그렇다고 하니, 아내의 눈이 번쩍 뜨이는 듯했다.

그리고 완전 배를 인수하여 작업이 시작되면 형이 직접 선장으로 작업할 것이며, 사무장도 두어야 하기 때문에 나는 여기서 내가 하는 전어잡이도 하고 여름 작업도 하던 대로 할 것이라며 설득하여 어렵게 아내의 허락을 받아냈다.

형과 다시 의논하여 배가 내려오는 대로 인수하기로 하고, 나는 다음 날부터 돈을 모으기 위해, 배는 당분간 선원들에게 맡기로 했다.

한 달여 만에 배를 인수하고 선원들을 모으고 꽁치 조업 첫 출항을 했다. 첫 출어를 하는 날 배가 우리 마을에 인사차 입항해 집 앞 가까이 정박을 하니, 아내가 처음 보는 큰 배를 보고 좋아해서 나 역시도 기분이 매우 좋았다.

배는 바다로 바로 작업에 나갔다. 밤이 되어 내가 아내에게 말했다.

"어때, 아직도 걱정이 돼? 지금부터 우리의 꿈이 시작이야!"

어머니는 그날 밤늦도록 법당에서 축원을 올리시며, 우리 무이(문이) 우리 그이(근이) 이름을 수없이 올리며, 어린 우리 형제를 옆에 끼고 눈물 마를 날 없이 추우나 더우나 밤마다 법당에 들어 울면서 기도하시던 어머니의 꿈이 이루어지는 첫 조업에, 나서는 배를 바라보며 연신 눈물을 닦으셨다.

다음날부터 나는 다시 내 배로 돌아와 작업을 시작했다. 아내는 역시 우리가 하던 일에 더 신경을 쓰는 것 같았다.

음력 팔월에 접어들어서 우리 하는 작업이 한창 바빠질 때, 형이 연락이 왔다. 배는 오징어를 따라 죽변까지 내려왔는데, 작업 성적이 좋지 못하다며, 나를 올라오라고 했다. 나는 또 선원들에게 작업을 맡겨 놓고 죽변으로 갔다. 내가 하는 작업도 한창 성어기인데, 아내가 걱정스러운 얼굴이었으나, 우리의 큰 사업이라 생각하고 떠났다.

죽변에 도착하여 내가 배에 오르니 우리 마을 사람들이 반가워했다. 그날 밤 작업에서, 올라온 이후 최고의 성적을 올렸다며 선원들이,

"역시 형님 손이 다릅니다."

하며 나를 추켜올렸다. 나는 마음속으로,

"내가 용왕님의 아들이다!"

삼일 작업에 상당한 어획을 올렸다. 형에게 연락했더니 형이 그다음

날 올라왔다. 사 일간 어 대금을 찾아 나를 내려가라고 했다. 나는 죽변 수협에 들러 구룡포로 송금을 시키고, 포항행 버스를 탔는데, 오는 도중, 비가 억수로 내렸다. 포항에 도착하니, 이미 사방 차들이 다닐 수가 없어 우리 마을 사람들과 어울려 구룡포 가는 차를 간신히 타고 와 사십 여 리나 되는 길을 비를 맞고 걸었다.

집에 돌아오니, 빗속에 어머니 혼자 집에 계셨다. 아내는 내가 없을 때 친정에 보냈다고 했다. 밤이 되자 TV에서는 지행면이(지금의 장기면) 물바다가 되었다고 방송을 하는데, 전화도 불통이라 아내와 아들의 생사를 알 길이 없어, 어머니도 나도 뜬눈으로 새웠다.

다행히 다음날 비가 그쳐 부분부분 막혀있던 차들이 중간중간 연결을 시켜 주고 차가 없는 곳에서는 걸어서 겨우 장기에 도착했다. 읍내 전체가 모두 쓸려나가고, 사람들은 흙이 묻은 옷들을 그대로 입고 자기 집들을 찾아 넋 읽은 사람들처럼 무너진 집을 바라보며 한숨만 쉬고 있었다.

처갓집은 바로 둑 옆에 있었는데 둑 옆에는 남아있는 집이 한 채도 보이지 않았다. 나는 살아 있을 것을 기대하지 않은 채 처가 집터로 가까이 갔다. 그렇게 큰 기와집이 납작하게 땅 위에 보자기를 펼쳐 놓은 것처럼 주저앉아 있었다.

눈앞이 캄캄하여 제대로 보이지도 않아 멍하니 서 있는데, 으름한 시야 속에 무엇이 다가오는 것 같아 눈을 닦고, 내려다보니 주저앉은 집 앞에서 누군가 내가 있는 쪽으로 걸어오며 손짓을 하고 있었다. 나는 가슴이 철렁 내려앉는 것 같았다. 아기를 업은 여자였다.

나는 무엇에 놀란 것처럼 뛰어 내려가며 그 사람이 아내인 것을 금방 알았다.

"섭아!"

아이가 나면서 나는 아내 호칭을 아들 이름으로 바꿔 불렀다.

"섭아!"

소리쳐 부르면서 달려가 아내를 꼭 안았다. 엄마 등에 업혀 잠을 자던 아이가 놀라 으아! 하고 울었다.

아내는 공포에 질렸다 깨어난 사람처럼 눈을 크게 뜨고 나를 보더니 아이처럼 으아하고 내 가슴에 얼굴을 비비며 울기 시작했다.

"살아 있었네, 살아 있었어! 아이구, 살아 있었어!"

나는 아기의 등을 두드려 주며,

"경섭아, 아빠가 왔어! 살아 있어 고마워! 관세음보살, 고맙습니다!"

나도 모르게 나는 관세음보살을 찾으며 두 손을 모으고 합장을 했다.

언제 오셨는지 장모님이 옆에서 지켜보고 계셨다. 마을 방송으로 빨리 집에서 나와 높은 곳으로 피신하라는 방송 소리를 듣고 아이만 업고 나왔는데, 아내가 패물을 손가방에 넣어 벽에다 걸어놓고 그냥 나와 돌아서 들어가 가지고 나오는데, 그사이 물이 허리까지 찼다고 했다. 간신히 둑 위에 올라서서 돌아보니 집이 서서히 내려앉고 있었다고 했다. 그 자리에 주저앉아 엉엉 울었다고 했다.

두 모녀가 서로 손을 잡고 둑 위를 걸어 나오는데, 뛰어온 처남과 예비군들의 도움으로 간신히 높은 곳으로 피신했다며, 장모님이 그때를 환상했는지 벌벌 떨면서 간신히 말을 했다.

그 난리에 처남네 집은 그래도 사람이 들어앉을 자리가 있어 방으로 들어가 내가 아이를 받아 안고, 아내는 부엌으로 들어가 밥을 차려 왔다. 밤새 잠도 못 자고 아침도 못 먹은 터라 그제야 허기증이 났다.

밥을 먹고 우리는 바쁘게 나섰다. 추석이 내일모레니 포항에 가서 추석 장을 보아서 가기로 했다. 다행히 오후부터 버스가 오기 시작하면서 쉽게 나와 시장을 봐서, 마을로 가는 버스가 없으니 택시를 타고 갈 수 있는 곳까지 와서, 짐을 이고 지고 십리 길을 걸었다. 마을로 넘어오는 길은 완전히 도랑이 되어 한동안은 차가 들어오지 못할 것 같았다.

집에 돌아온 아내는 어머니에게 살아온 것이 꿈만 같다며 울음을 참지를 못했다. 내가 어머니께 자세하게 설명을 해드리니, 어머니는 며느리의 등을 손으로 쓸어주며, 부처님이 살렸다며 아내를 달랬다. 추석을 보내고 한참 후에야 배가 구룡포에 왔다고 연락이 왔다.

다음날, 대보리까지 걸어서 구룡포에 갔다. 내가 내려온 후에도 계속 작업이 잘되었다고 했다. 그 후 꽁치잡이도 작업이 계속하여 순조로워 일 년 후에는 뱃값 정산도 하고 배서류도 이전 했다.

형이 정리된 선박서류를 들고 집으로 와, "동생 앞으로 이전했다." 하며 서류를 내게 주며 보라고 했다. 형은 배 명의도 내 앞으로 하고 어 대금이 들어오는 통장도 내 이름으로 거래를 했다. 그리고 나는 틈틈이 시간을 봐서 배가 작업에서 돌아오는 날에만 한 번씩 나가 도와주고는 내 작업을 열심히 했다.

그리고 이 년이 지날 때, 형이 배를 한 척 사려고 흥정을 한다고 했다. 자금이 되느냐고 물으니 수협에서 대출을 받으면 돌아갈 것이고 앞으로 두 척이 작업하면 여유 있게 돌아간다고 했다.

형의 말대로 형편은 쉽게 풀려나갔다. 배가 두 척이 되면서 형도 선장을 들이고, 새로 산 배에도 선장을 들이면서 이제는 쉬겠다고 했다. 나도 그리하라고 했다. 지금까지 오직 그 꿈 하나를 걸고 숱한 고생을 했으니 이제는 쉬어도 된다고 했다.

다음 해에는 구룡포에 집도 사서 새로운 살림을 차렸다. 그동안 작은 셋방에서 고생하던 형수님이 이 층 넓은 집으로 이사를 했다. 집은 옛날 일본인들이 살던 집이라 허술했지만 수리하면 넓었고, 이 층이 있어 어망 보수작업 하는 창고를 지금까지는 세를 얻어 사용했는데, 위층으로 옮기면 일하는 사람들 관리하기도 좋아졌다.

형의 사업은 순조롭게 이어져 배를 산 이 년 후에는 드디어 신조선을 계약했다.

사업이 급성장하자 형의 이름이 구룡포 선주 사회에서 오르내리기 시작하면서, 동건호 사장님이 선주 협회 회장이 되면서, 그 그늘에서 선주 협회 부회장직에까지 올랐다. 그리고 수협 대의원 선거에서도 당선이 되었다.

그쯤 되니 아는 사람들은 김문이 뒤에는 김근이가 있었다는 말이 퍼지면서, 자연스럽게 형제간 분배 문제가 퍼지면서 형이 내게 신조선 공사가 끝이 나고 조업에 들게 되면, 배를 한 척 이양해 줄 테니 준비를 하라고 했다.

나와 아내는 기대에 차 있었다. 준비하라는 것은 돈을 준비하라는 뜻인 듯한데, 내게는 이미 남은 돈이 하나도 없었다. 사업 시작부터 지금까지 있는 그대로 다 밀어 넣었으니 있을 리가 없었다.

물론 새로 시작하려면 돈이 들어야 한다. 사무장을 들여야 하고, 어망 저장하고 보수하는 창고가 있어야 하고, 어 상자도 별도로 맞춰야 한다. 그리고 소소한 준비에 돈이 들어야 하는데, 고민이 생겼다.

무엇보다 오징어잡이 준비로는 꽤 많은 돈이 들어야 한다. 돈이 있어봐야 이 년간 작업한 돈뿐인데……. 어쩌거나 배를 넘겨준다니 마음의 준비라도 해야 했다.

형이 오라는 날짜에 구룡포로 나갔다. 형은 두 번째 사들인 동강 2호를 주겠으니, 돈을 팔백만 원을 해 오라고 했다. 동강 2호가 지금 가격으로 천육백만 원은 가고 있으니 배 반값을 달라는 것이다.

자칫 형제간에 돈으로 갈등이 생기는 상황이 되고 있었다. 그동안 공동으로 모은 재산으로 한쪽만 채워간다면 한쪽은 그동안 머슴살이를 한 셈이 되는 것이다. 아내가 처음부터 걱정한 일이다.

아내는 친정에서 아버지 재산을 모두 맏이에게 빼앗기고도 형제들이 아무도 불평 한마디 못 했다고 하면서, 돈 앞에는 어떤 사람도 흔들린다고 했었다. 아내의 말대로 나는 아무 말도 못 하고 집으로 돌아왔다.

저녁에 아내와 어머니와 앉아서 사정 이야기를 하며 방법을 찾았지만, 아내는 불만만 하고 우리 방으로 건너가 버렸다. 그렇다고 어머니를 원망할 수도 없는 일이니 나도 건너와서, 아내에게 포기하자고 했다. 포기하고 차라리 형에게 돈을 얼마를 달라고 해보자고 했다. 아내는 버럭 화를 내면서 잠자리에서 일어나 내 앞에 마주 앉으며, 당신은 밸도 없느냐고 하면서 우리도 해 보자고 했다. 불꽃같이 일어나는 형의 사업을 보고 자신감을 얻은 듯했다.

"돈이 있어야 어떻게 해보지 않겠나?"

어떻게든 내가 할 테니 준비를 하라고 했다.

그러면서 돈은 자기가 구하겠다고 했다. 아내가 털어놓고 이야기를 했다. 현재 자기에게 현금이 사백만 원이 있다고 했다. 결혼 전 모아 놓은 돈이 있는데 결혼 준비로 좀 쓰고 남은 돈과 지난번 물난리에 잃어버릴뻔했던 폐물을 팔아 모아두었다고 했다. 흥해 언니가 관리하고 있으니 언제라도 가져오면 된다고 했다. 그리고 사백만 원짜리 계를 넣었는데, 삼 개월 후에는 우리 차례라 했다.

나는 어이가 없다는 듯 아내를 멀거니 보고만 있었다.

"내가 뭐라 했어요? 형제간이라도 돈 앞에는 인정이 없다고 했지요?"

나는 마음속으로 아내가 나 모르게 패물을 파는 것에는 기분이 좋지 않았지만, 그만한 생활 설계를 한다는 것이 대견하고 믿음이 갔다. 계모임에 드는 것은 언젠가 이야기를 해서 내가 승낙을 했는데 그동안 잊고 있었던 터라 잘했다고 칭찬을 해주었다.

아내가 언니에게 돈 준비를 연락하고 며칠 뒤, 처형이 돈을 해 왔다. 나는 형 통장으로 넣어 주었다. 그리고 전화로 나머지는 삼 개월 후라야 된다고 했다. 형은 며칠 후 배가 입항하면 연락할 테니 그때 나와서 배를 인수하라고 했다.

며칠 후 전화를 받고 나가 배를 인수하고, 창고를 수소문해서 세를 얻었다. 선장과 기관장은 있는 사람 그대로 쓰도록 하고 선원은 전적으로 선장이 할 일이니 신경 쓸 일 없다고 했다.

선원들이 배에서 그물을 내려 말리고 배를 비우게 되면 도킹과 배에 페인트칠은 형이 해 주겠다고 했다. 나는 아직은 그쪽 일은 상세히 알지 못하니, 사무장은 형의 집에서 일하는 사람을 우선 쓰도록 하고, 사무장도 불러서 잘 아는 사이이니 한 회사 배라고 생각하고 뒤를 봐 달라고 부탁을 하고 돌아왔다.

그런데 돌아오면서도 마음이 자꾸만 가라앉았다. 새로운 시작이니 힘이 불끈 나야 할 텐데, 어쩐지 자꾸만 후회되는 것 같은 그런 기분이 들었다. 처음 형과 함께 시작할 때와는 전혀 다른 감정이었다.

썩 내키지도 않은 기분으로 먼 길을 떠나는 기분이랄까?

며칠 후 형이 나오라는 전화를 받고 나갔더니, 선장이 선원을 구하는데 선수금이 필요하다고 했다. 얼마를 원하느냐 했더니 본 선원까지 이십여 명을 잡으려면 최소한 삼사백은 있어야 한다고 했다. 듣고 있던 형도 그렇게 해야 한다고 했다. 갈수록 선원이 귀하게 된다며 형도 걱정했다.

돌아오는 차 안에서 머리가 어지러워졌다.

지금부터는 사채가 들어가야 한다는 생각을 하니 가슴이 답답했다. 그러나 이제는 돌이킬 수 없다. 내 생각으로는 배를 그대로 공으로 넘겨주고 첫 출어에 드는 경비도 지원해주리라 믿었다. 그렇게 되면 있는 자금으로 어려움 없이 준비될 줄 알았다.

만약 이쯤에서 내가 실패를 한다면 우리 가족은 불행의 구덩이로 빠져들 것이다. 그리고 지금까지 열심히 해온 나의 인생은? 저렇게 예민하고 알뜰한 아내의 꿈은! 소름이 끼칠 것 같은 두려움이 심장을 방망이질했다.

언제부터인가 내 귀에서는 매미 우는 소리가 들리기 시작했고, 내 심장에서는 작은 충격에도, 먼 거리를 달려온 사람처럼 심장이 뛰면서 서숨이 가빠졌다.

병원에서 심장 검사를 했더니, 내 심장 크기가 정상적인 사람보다 작고, 심부전증과 혈관 협착증도 약간 보이니 평소에 조심하면서 일을 해야 한다고 했다. 그리고 심장으로 인해 혈압도 높으니 약은 잘 챙겨 먹어야 하고 그동안 복용하고 있는 신경성 위장약도 잘 챙겨 먹어야 한다며, 과한 노동도 자제하라고 했다.

배를 괜히 시작한 것 같아 후해가 됐지만, 지금은 어쩔 수 없이 밀고 나가야만 하려니 자꾸만 마음에 부담이 왔다.

집에 돌아와 아내에게 이야기하고, 삼백만 원을 빚으로 얻어 보라고 했다. 며칠 후 돈을 구해서 선장에게 건네주고, 선수금을 건네주는 사람에게는 반드시 차용증을 받아서 잘 보관하라고 했다.

며칠 후 작업을 갔다가 오는데 형의 전화가 왔다. 내일 구룡포로 오라고 했다. 제주도에서 오징어가 잡히기 시작했는데, 그 양이 많다며 다른 배들이 많이 간다고 하니, 형의 배 신조선 동강 3호와 내 배를 가지고 나를 제주도로 따라가라고 했다. 제주도에서 오징어가 나는 것은 처음이라 호기심에 배들이 다들 간다고 하지만 반신반의했다.

배들이 내일모레 떠난다고 하니 오늘내일 준비해서 같이 출발하라고 했다. 선장이 선원 몇 명과 벌써 나와서 준비를 하고 있었다. 발등에 불이 떨어졌다. 당장 기름을 실어야 하는데 돈이 문제다. 집으로 와서 급하게 생활비로 비축해 놓은 비상금까지 털어서 다음날 가까스로 준비를 마쳤다. 며칠 걸리지는 않을 거라 생각하고 대충 준비도 했다.

아내는 덕분에 제주도 구경하겠다며 억지 춘향으로 웃긴 했지만, 얼굴에는 걱정하는 표가 역력해 보였다.

다음날, 구룡포에 도착하여 뱃머리에 가서 선원들을 점검하는데, 나는 그 자리에 주저앉을 뻔했다. 최소한으로 이십 명은 되어야 하는데, 선원은 고작 십이 명이었다. 선장이 얼굴이 벌겋게 상기되어 뛰어다니면서 연락을 취해 보는데, 오는 사람은 한 사람도 없었다.

형이 대노하여 선장을 몰아쳤으나, 선장은 고개를 숙인 채 말을 못 했다. 배들은 하나둘 출항을 시작했다. 형이 선장을 불러 출항하라고 지시하며 제주도에 가서 현지 선원을 몇 명 동원해 보라고 지시했다.

배가 출항하여 제주도 가기까지 나는 아무 말도 하지 않았다. 선장과 대화가 되면 말보다 먼저 주먹이 날아갈 것 같아 참고 또 참았다. 형의 말대로 현지 선원들을 몇 사람이라도 동원할 수 있기만을 바랐다.

제주도 앞바다에 도착하니 저녁 작업선들이 나올 시간이라 기다렸다가, 제주항에서 나오는 배들을 따라 잡업 바쇼에 도착하여 자리를 잡고 작업 준비를 하고 선원들 저녁 식사도 하고 대기했다.

사방에서 하나둘씩 불을 밝히면서 작업이 시작되었다.

한참 후 누군가가, "익까야!(오징어의 지역 명칭)"하고 외쳤다.

그러자 여기저기서 이까야! 하는 소리가 들리며 오징어가 물을 뿜어 내는 소리가 들려 오는데, 그 순간 발전기 불이 갑자기 나가버렸다.

여기저기서 "뭐야!? 왜 이래?"하는 고함과 심지어는 기관실 문을 두드리며 기관장에게 항의하는 소리가 들렸다.

내가 조타실에서 내려오는데, 기관장도 기관실에서 나오며 알렸다.

"발전기가 고장입니더."

"뭐요? 어떻게 고장입니까?"

"네! 발전기 축이 나간 것 같심니더."

또 가슴이 철렁 내려앉았다. 아무 대책이 있을 수 없는 큰 사고다. 나는 먼저 눈앞이 캄캄했다. 낯선 항구에서 큰 고장을 수리하기는 어려운 일인데, 그렇다고 구룡포로 돌아갈 수도 없고, 한숨이 저절로 나왔다.

낯선 항구에 밤에 입항하는 것이 어려우니 내일 날이 밝아서 입항하기로 하고 제자리에서 밤을 새우기로 했다.

다음날 입항을 했다. 공장에서 나온 기사가 보더니 발전기 축이 부러졌다고 했다. 부품이 없으니 직접 가공을 해서 교체를 해야 하는데, 그렇게 하면 시간이 걸린다고 했다. 사장과 이야기가 되어 작업에 들어갔는데, 야간 작업을 하면 시간을 단축할 수 있다 하여 그렇게 하기로 하고 인건비도 특별히 더 주기로 했다.

일을 시작하는 것을 보고 구룡포 선주들이 있는 여관을 찾아갔다. 마침 형의 앞집에 사는 친구를 만나 대포집으로 갔다.

"아침은 먹었나?"

하고 묻길래 배에서 먹었다고 했다. 사실은 밥 생각도 없고 그냥 소주

나 한잔하고 싶었다. 이 친구는 구룡포에서 만난 친구인데, 나처럼 술을 좋아하여 자주 만나서 한잔씩 하는 사이로 친해졌다. 친구는 선주들과 오징어 회로 이미 해장을 했다고 했다. 둘이서 소주 두 병을 먹고 나니 빈속이라 얼얼하게 취기가 돌았다. 여관에 가서 대충 씻고 오전 내내 자고 났다.

갑갑한 마음에 부두로 내려가 배에 가니 선원들이 늦은 점심을 먹으며 권하여 나도 앉아서 몇 술을 뜨고 일어나는데, 선원 한 사람이 내게 눈짓을 하며 보자고 했다. 내가 따라가니 한적한 곳으로 가, 선장이 선수금으로 선원을 챙기지 않고 술집에 앉아서 선원들을 한두 사람씩 불러내어 술로 포섭을 했다고 했다.

사람들이 오징어잡이를 나갈 때는 식구들이 먹고살도록 선수금을 받아 주고 오는데, 그런 식으로 한 약속을 누가 지키겠느냐고 했다. 자기도 사실은 돈은 한 푼도 못 받고 하룻밤 술만 얻어먹었는데, 약속은 약속이라 어쩔 수 없이 왔다고 했다. 지금 온 선원들은 대다수가 그런 사람들이라 했다. 갑판장과 두 사람이 어울려 술집에다 돈을 퍼 주었는데, 내가 듣기로는 선장이 그 술집 주인과 그렇고 그런 사이였으며, 술이 많이 취한 날은 그 집에서 자고 다녔다는 이야기를 들었다고 했다.

나는 가슴이 터질 것 같았다. 어떻게 해야 좋을지 도무지 내 머릿속에서는 대책이 서지를 않았다.

여관에 돌아오니 맥없이 들어오는 나를 보더니 친구가 끌다시피 대포집으로 데리고 갔다. 술을 마시면서 내가 친구에게 선장 이야기를 했더니, 친구는 자신도 선장 하면서 수없이 당했다고 했다. 두 명씩, 세 명씩 어울려 와서는 선원을 몇 명 데리고 올 테니, 선수금으로 얼마를 달라고 해서 주면 그런 식으로 술집에 가서 다 날리고는, 출항하는 날 자기들만

나와서는 잡아 온다며 가고는 자기들도 오지를 않는다고 했다.

그다음 강원도에서 만났는데, 자기들은 뿔뿔이 흩어져 다른 배에 왔더라고 했다. 친구 역시 올해 시작한 신선주라, 해보니 선장 경험과 또 다른 데가 있더라고 하면서, 그렇게 서서히 배워 가야 한다고 했다. 구룡포에 그런 조직들이 몇 명이 있는데, 그들은 깡패들이라 어떻게 할 수가 없으며, 잘못하다간 피를 보게 된다고 했다.

술이 얼큰해 여관에 와서 그냥 푹 자고 일어나니 밤이 되어있었다.

다음 날 하루는 너무 지루했다. 식당을 몇 군데를 가 보아도 음식이 입에 맞는 곳이 없어 중국집에서 짜장면 한 그릇에 소주 몇 잔을 걸치고 여관으로 돌아와 세상 모른채 자 버렸다.

다음날은 공장일이 끝나 조립을 하여 시운전을 해보고는 작업을 나갔다.

다음날 들어오는 배들마다 많은 양은 없고, 경비정도 될 만큼씩 잡아왔다. 그러나 인원수가 적은 우리 배는 경비조차도 못 하고 들어왔다. 어쩐지 집 걱정도 되고, 마음이 불안하여, 나 자신을 가눌 수가 없었다. 배가 출항하는 것을 보고, 친구와 다방에 들러 커피 한잔을 하면서, 친구가 내일 동원 수산 사장님이 차를 내서 제주도 구경을 시켜 준다고 했다며 내일은 구경이라도 하면서 마음을 가라앉히라고 했다.

"그래, 제주도는 처음인데 언제 또 올 수 있겠나, 구경이나 하고 가세."

다음날은 폭포랑 서귀포 항구도 가 보고, 동원호 사장님께 점심도 소갈비 집에서 푸짐하게 얻어먹고, 오후 늦도록 둘러보고 돌아와서는 몇 사람 어울려 한라산 밑에 산천장 술집에도 가 봤다.

며칠 작업한 어 대금으로 배 기름 보충과 부식 준비를 겨우 했다. 오징어 성적을 보고 며칠 후에는 구룡포로 간다는 말이 들려 왔다. 나는 하루빨리 그랬으면 좋을 것 같았다.

작은 사업이라도 내가 하는 사업은 바다에 나가면 자신감이 생기고, 무엇을 해도 내가 시작하는 것은 별 실수가 없이 순조롭게 진행이 되는데, 처음부터 어긋나고 있으면 내 살아온 경험으로는 중단하던가, 미루어 두었다가 다음 기회를 보아 다시 시작해야 한다.

며칠 후 배가 구룡포에 도착하여 하룻밤을 자고 다음 날 울릉도로 출항하기로 하고 나는 집으로 왔다. 아내를 바라보기도 어려웠다.

집에 오니 작은 배도 작업이 신통치 못해 더욱 속이 상했다.

며칠 후 울릉도에 갔으나, 선원이 작으니 잡아 오는 양도 적어 기대도 아예 버리고 구룡포 친구와 며칠 동안 술만 마시다가 돌아왔다.

오징어잡이를 조기에 끝내고 꽁치 작업 준비를 하기 위해 선장도 세 사람으로 교체를 하고, 선원 준비를 했다. 오징어잡이 선장을 불러 돈에 대한 행방을 알아보니, 구룡포 친구의 말대로였다. 언제까지 갚겠다는 각서를 받고 보냈지만, 아예 받는다는 생각은 하지도 않았다.

꽁치잡이도 남보다 먼저 시작했으나, 도무지 작업이 풀리지 않았다. 거기에다, 그간에 일본 수출로 값이라도 잘나가던 꽁치가 수출이 끊어지면서 반값으로 내려앉았다. 아이들 말대로 과히 울고 싶은 마음이었다.

그런데, 작업 나간 배가 그물을 양망하다 같은 구룡포 작업선에서 양망하던 그물도 다른 배에 넘겨주고 빈 배로 긴급 입항을 했다고 연락이 와서 나가보니, 배는 앞부분 위쪽만 날아가서, 배에 물이 들어오거나 해서 작업을 못 할 사정은 전혀 아니었다.

나는 정신 나간 사람처럼 멍하니 하늘만 바라보고 서 있었다. 이번 선장은 나이도 지긋하고 형과도 잘 아는 사이며 선장 경험이 많은 사람이라 했는데, 상황 판단도 할 줄 모르는 멍청이라고 혼자서만 중얼거렸다.

배를 공장에 올려 견적을 내고 수리를 하는데, 수리비는 사고 선박 회사에서 부담한다며 형이 나는 집으로 가서 기다리라고 했다.

수리비도 수리비지만 작업 못 하는 손해는 어떻게 하느냐고 하니, 회사가 구룡포에서 세 번째 가는 회사니 기다려 봐야 한다고 했다.

집에 돌아온 나는 아내에게 하루라도 빨리 배를 청산하자고 사정했다. 아내도 우리와는 전혀 인연이 없는 배라며 그렇게 하라고 했다. 나는 며칠 후 구룡포로 가서, 형에게 사고 회사에서는 말이 없느냐고 했더니, 쉽게 물어줄 회사가 아니라고 하면서, 기대를 접으라고 했다.

이 사회 자체가 완전 무법천지라고 하며 내가 분통을 터트리니, 그렇다고 소송이라도 걸어서 몇 푼 받아내면, 앞으로 구룡포에서 사업하는 데 상당한 지장을 받는다고 했다. 그 회사 배가 십여 척이 되는데, 상대가 되지를 않는다며, 나를 집으로 가라고 했다.

집에 돌아온 나는 다시 내 배에 올라 작업을 시작했다. 아내와는 구룡포 사업을 완전 포기를 하는 것으로 했다. 오랫동안 마음속에 담아왔던 꿈이 이렇게 허무하게 끝이 났다. 나는 형에게 전화하여 꽁치잡이가 끝나는 대로 배를 팔아달라고 했다.

영혼으로 사는 아이

꽁치잡이가 끝나자 배가 팔렸다는 연락을 받고 구룡포로 가서 형과 마주 앉아 형의 결단을 기다리는데, 형이 배는 일천육백만 원에 팔렸다며, 내게 팔백만 원을 주었다. 집에서 나올 때 아내는 형이 주는대로 아무 말 하지 말고 받아오라고 하면서, 형제간에 돈을 앞에 놓고 싸우는 일이 있어서는 안되다며 내 손을 잡고 부탁을 했다.

소문은 구룡포 사회에 급속히 퍼져갔다. 버스 주차장으로 가는 길에서 구룡포 친구를 만나 이런저런 위로의 말을 들으며 마신 술에 취해서 버스를 탔다.

집에 돌아와 방에 들어가 이불을 뒤집어쓰고 펑펑 울기 시작했다. 한참을 울고 난 뒤, 아내에게 술을 달라고 했다. 아내는 두말없이 됫병을 들고 와 머리맡에 놓고 나갔다. 나는 대접에 술을 따라 마시고는 세상모르고 잠을 자기 시작했다. 다음 날도 또 다음 날도, 사흘 동안 술을 마시고 잠만 잤다.

사흘 동안 아무 말이 없던 아내가 깨워서 일어나 보니, 아이들 셋을 내 머리맡에 앉혀놓고, 아이들을 한번 보라고 했다. 오늘은 아이들이 학교에 가지 않았다고 했다. 정신이 번쩍 들어 아이들을 바라보니 똘망똘망한 눈에 눈물을 뚝뚝 떨구면서 아빠를 내려다보고 있었다.

내 심장 속에서는 들판에 버리고 온 어린 영혼의 울음소리와 함께, 들판을 헤매고 있는 초라한 아이의 환상이 세 아이 얼굴과 함께 엉키면서,

내 가슴을 찢어 놓았다. 너무 일찍 놓아버린 그 어린 영혼은 한사코 내 심장에 매달려 내게 채찍을 가한다.

"이것들을 어떻게 하려 하느냐? 또 내다 버리겠느냐?"

내 심장 속에서 아이가 나를 꾸짖었다. 그리고 큰 소리가 나도록 내 심장을 두들겼다.

"살아온 지난날이 편안하더냐? 아이들의 울음소리가 노래하는 소리로 들리느냐? 살아오면서 느껴본 적이 있느냐? 어떤 힘이 드는 일보다도 소리치고 울어야 하는 일만큼 힘이 드는 일은 없는 것이다. 지금까지 그것을 한 번도 느껴보지 못했더냐?"

나는 벌떡 일어나면서 세 아이를 가슴에 끌어안았다.

"내일부터는 아빠가 일하러 나갈 테니, 너희들도 학교에 가야 한다."

아이들이 고개를 끄덕이면서 울음을 그쳤다.

나는 가슴을 쓸어 내리며 밖으로 나와 먼바다를 바라보면서, 쿵쾅거리며 뛰는 심장을 안정시켰다. 다시는 저 아이들을 들판에 팽개치는 일이 있어서는 안될 것이다. 나는 내가 팽개친 어린 영혼은 영원히 내 심장에 매달려 나와 영원히 함께할 것이라는 것을 잊은 적이 없었다.

어려운 고비마다 내 심장에 매달려 내게 채찍질하는 아이들에게 다짐을 했다. 내가 부자가 되는 날이 온다면 나는 그 부를 너의 꿈을 위해 쓸 것이다. 그러나 지금 당장은 아무것도 할 수가 없으므로, 어머니 말씀대로 세월 따라가다 보면 어느 세월에는 내게 주어진 나의 세월을 만나게 될 것이란 신의 가호를 기다리는 착실한 삶을 살아야 할 것이다.

어머니께서는 굴러온 복이라도 내 것이 아니면 욕심내지 말아야 한다고 했다. 우리 돈이 아니면 일찌감치 내보내야지. 예전 사람들은 돈이 나갈 때는 꼭, 사람을 해코지하고 나간다고 했다. 그래서,

"이놈의 돈아 나가더라도 사람 해치지 말고 고이 나가거라!" 했다.

"너 그들 몸만 편하게 남아 있으면 되는 기다. 돈은 또 벌면 된다. 아직 너 그들 앞에 내린 복이 다하지 않았다. 마음을 다잡고 살면 언젠가는 너 그들이 타고난 복이 찾아올 끼다. 이 어린 것들을 용왕님이 그냥 버리겠나? 힘내라. 힘내서 밖에 나가 바람도 쐬고 내일부터 작업할 준비를 해라. 용왕님도 열심히 하는 자를 버리지 않을 것이다. 이것이 니 팔자라면 피해가려고만 하지 말고 니가 끌어안고 가야 한다. 사람은 팔자를 거꾸로 살지는 못한다."

그날부터 어머니의 기도는 하늘에 닿을 듯했다.

그리고 저녁에는 선원들을 집으로 오라고 전화를 해, 내일부터 작업을 해보자고 해놓고, 그제야 주머니 수첩 속에 넣어둔 팔백만 원짜리 수표를 아내에게 내주며 어머니 드리라고 했다. 저녁을 먹고, 아내와 머리를 맞대고 지금까지 빌려온 남의 돈을 공책에 정리했다. 오징어잡이 때도 그렇고, 꽁치잡이 때도 계속해서 돈이 들어갔다. 모두 사채로 해서 이자가 숨 가쁘게 불어날 것이다.

갚을 계산을 해보는데, 최소한 사오 년은 걸릴 것으로 생각되었다. 그리고 언젠가는 형에게 한번은 제대로 이야기를 해야 한다고 했다. 아내도 잔뜩 화가 나 있었다.

올해에는 조금씩 잡히던 대구도 전혀 없어 고래성 작업도 선원 중에는 밝은 사람이 없으니, 일을 하지 못해 그냥 며칠째 놀고 있었다고 했다. 이제는 내가 형편이 어렵게 되었으니 무엇이든 해야 한다고 했다.

다음 날 아침부터 삼중자망을 실어 고래성에다 투망을 했다. 얼마 남지 않은 설 명절을 보내기 위해서가 아니고, 옛날부터 명절이 다가올 때면, 명절을 보내기 위해서 어물 준비도 하고 자식들 세뱃돈도 주고, 하는 핑계로 작업도 좀 더 열심히 하라는 식구들의 성화로, 선원들은 좀 더 열심히 하게 되고 조금은 넉넉한 명절을 보내게 되는 것이다.

구정을 보내고 봄이 오면서 아내도 나도 마음이 초조해진다. 빚을 갚을 길은 오직 전어잡이에 달려 있기에 밤잠을 자지 못할 정도로 신경이 쓰였다. 구정이 지나자, 나는 전어잡이 선원들을 동원하여 그물 일을 시작했다.

삼 일간 술에 절었어도 많은 생각과 지난 역사를 머릿속에서 들추어 내서 돌아보는 시간을 가졌다. 전어잡이도 내가 끌고 다니던 선주와 동업이 올해가 마지막일 것이란 결론을 내렸다.

그동안 많은 변화가 있었다. 동업하는 선주도 무동력선으로 우리 배에 달려 다니며 작업을 했는데, 몇 년 돈을 벌더니, 동력선으로 교체를 했고, 또 몇 년 후에는 삼 톤짜리 신조선 영일호로 대체했다. 그 시기가 삼 년 전쯤 일인데, 그때부터 전어 작업을 두 척씩 하던 배들이 각자 독립하여 큰 배로 교체하고 독선으로 작업을 시작한 때다. 선주 자신도 연안에서는 내로라하는 사공이요 경력이 풍부한 어부다.

독립하고 싶은 마음으로 배는 만들었는데, 자기가 독립을 하면 내가 배가 적어서 전어 작업을 포기해야 하는 상황이 되니, 어쩔 수 없이 몇 년 동안 머뭇거린 터다. 그런 중에 내가 구룡포 사업을 시작하니 근간에는 내가 스스로 포기하는 줄 알고 기다렸을 것이다.

내 형편이 이렇게 되니 올해야 말로 결단을 내릴 것이다. 그러니 어쩌면 올해가 내게는 전어잡이 마지막 해가 될 것이다.

시일이 넉넉해야 그물보망(떨어진 그물을 보수하는 작업)을 좀 더 확실하게 할 수 있으니 올해는 어느 해보다 구멍 난 그물이 보이지 않도록 철저하게 해 달라고 선원들에게 부탁했다.

해마다 음력으로 하루를 넘겨도 이 월이 되어야 낙망을 했지만, 나는 자꾸만 마음이 급해졌다. 그때 시절에 사채는 이자가 한 달에 2부에서, 1.5부라 무섭게 돈이 불어난다. 그 불어나는 이자를 생각하면 밤에도 편히 잠을 잘 수 없을 지경이다.

나보다 아내는 두 배는 더할 것이라 되도록이면 아내의 신경을 건들지 않도록 내가 조심을 많이 해야 했다. 내 생각으로는 구룡포에서 가지고 온 돈으로 남의 돈부터 갚아야 하는데, 아내는 부동산에 마음을 두고 있으니 내가 우길 수가 없었다.

나는 아내가 마음이 풀릴 때까지 기다리기로 하고, 그물 일에 열중하여 일찍 그물 일을 마치고, 배에다 그물도 실어놓고 선원들과 앉아서 정월 그믐날 낙망하기로 했다. 예년에는 마을에 택일을 하는 지인이 낙망날을 잡아주셨지만, 올해는 어머니가 직접 날을 잡았다.

그믐날 잠에서 깨어나, 간밤에 꿈을 기억해 보니 기분이 좋은듯하여, 어머니가 새벽 기도를 드리고 있는 법당으로 들어가 신에게 인사를 올리고, 바로 뱃머리로 가서 준비한 소금과 팥을 배에다 뿌리고 두 손을 모아 용왕님께 마음속으로 기도를 드렸다. 평소에는 어머니가 하고 계시니 나는 소홀했으나 올해는 내가 꼭 하고 싶었다.

첫날이라 선원들도 일찍 나왔다. 출어 준비가 완벽한지 다시 한번 점검을 하고 출항했다. 바람이 불어 작업에는 무리가 있었지만, 바다에서 시간을 보내다 보니 바람이 자면서 바다가 고요해졌다.

전어는 해마다 남해에서 올라온다고 나는 믿고 있었다. 마중을 나간다는 기분으로, 바다 쪽으로 배질을 했다.

배 앞머리에는 젊은 선원들이 여럿이 앉아서 열심히 물속을 내려다보고 있었다. 나는 기분이 좋았다. 그것은 선원들이 다 같이 힘을 모으고 있다는 것이다. 선장이 키를 잡고 아무리 열심히 바다를 헤매고 다녀도, 선원들이 모여 앉아 잡담이나 하고 앉았으면 그날 작업은 공치는 날이다. 선원들이 저렇게 열심히 내려다봐 주면, 선장은 더욱 힘이 생기고 용기를 내게 된다.

장비가 없던 때이니 눈으로 바닷속에서 노는 전어를 찾아야 한다. 전어는 언제나 떼를 지어서 놀기 때문에 물속에 모여 있을 때는 물속에서 전어들이 뿜어내는 물방울들이 수없이 물 위로 솟아오른다. 그때는 그것이 전어를 찾아내는 가장 유일한 방법이었다.

한참을 헤매고 있는데, 누군가 손으로 가리키며,

"갈매기가 몰렸다."하며 소리쳤다.

내가 손짓하는 쪽으로 배를 돌리며 내다보니 그리 먼 곳은 아니었다. 배를 전속으로 몰아, 무조건 투망을 지시했다.

곤쟁이가 오게 되면 전어는 곤쟁이 먹이를 먹기 위해 일시에 몰려온다. 그렇게 되면 갈매기가 모이게 되니 가장 쉽게 전어를 찾을 수 있다. 그럴 때는 가장 빠른 속도로 그물을 투망해야 한다.

내 신호가 떨어지면 그물을 빠른 속도로 내리고 두 배가 바다 한복판에 원을 그리고 마주 만나면서 마지막 문을 막는다. 그물에 갇힌 전어는 빠른 속도로 그물을 한 바퀴 돌아 그물에 갇힌 것을 확인하게 되면 사정없이 그물에 밀어붙인다.

"전어다!"

선원들은 누구 먼저도 없이 일제히 소리쳤다. 동작이 빨라지며, 모두 일어서서 고함을 치고 삿대로 바다를 두들기며 최대한 빨리 전어를 그물로 몰아붙인다. 전어는 그물을 타고 돌면서 빠른 속도로 그물에 걸리고 있었다. 그물 안으로 들어가니 전어가 엄청 많은 것 같았다. 배가 전속으로 그물을 타고 돌면서 삿대로 바닷물 위를 두들기고 배를 두들기며 전어를 후렸다. 일시에 그물에는 전어가, 하얗게 걸렸다.

수심이 깊은 곳이라 시간이 지나면 전어가 잠수하여 그물을 벗어나기 때문에, 수심이 깊은 곳에서는 일시에 전어를 후려쳐서 그물에 몰아붙여야 한다. 한참 후리고 나니 그물 안에서 돌고 있던 전어는 대부분 빠져 나간듯하여, 그물을 올리라고 지시했다.

서둘러 양망을 하고 만선 깃발을 삿대 끝에 매고 바닷물에 적셔서, 배 임 물에 높이 세웠다. 그리고 나는 순간적으로 두 손을 합장했다.

"용왕님 감사합니다."

하면서 배를 출발시키며,

"간다!"

소리를 치니 선원들이 일제히 우와! 하고 함성을 질렀다.

배가 마을 어귀에 들어오는 것을 본 마을 사람들이 모두 밖으로 나와 손을 흔들고 반갑게 맞아 주었다. 그간에 마을에서도 두 척의 전어 배가 생겼는데, 비상이 걸렸다. 작년에 그대로 내려놓은 그물을 보망도 하지 않은 상태로 실어서 작업을 나갔다. 우리 마을뿐만 아니라 이웃 마을에서도 배들이 나오고 갑자기 바다에는 작업선들이 어우러졌다.

그날 잡은 전어는 1톤 차로 네 차를 실어 냈다.

그날은 과연 내 어업 역사에 기록될 날이라고 생각하면서 집으로 돌아와서, 세수를 하고 어머니 법당에 들어가서 고맙습니다. 하면서 감사의 절을 올렸다.

저녁 늦게 위판하고 돌아오는 아내의 얼굴이 환하게 웃으며 들어왔다. 처음으로 잡은 전어니 당연히 비싸리라고 생각은 했지만 놀랄 만큼 비싼 값으로 팔렸다. 아내가 싱글벙글 웃으며 내게 전표를 들고 와서

보이며,

"처음에는 긴가민가해서 믿기지 않았는데 전표를 받아보고 놀랐어요."

아내가 돈을 어머니에게 드리니,

"아이구, 이렇게나 많아! 오늘 날짜가 좋았네!" 하셨다.

저녁에 잠자리에 들어서 아내는 말했다.

"당신은 이제부터는 절대로 남을 믿지도 말고 남의 득을 바라지도 마시오. 아버지 복도 못 타고난 양반이 어떻게 형제 덕을 보겠다고!"

아내의 그 말에 울컥 눈물이 나려 했다.

"그래! 내 힘으로 이 고비를 넘어 반드시 회복할 거야!"

나는 아내의 손을 꼭 잡았다.

다음날부터 전어는 바다 쪽에서부터 서서히 강 안으로 들어오면서 원만하게 나오고 있었다. 그러더니 갑자기 어느 날 전어가 뚝 끊어졌다.

다음 날은 아침부터 배들이 사방으로 흩어져 고기를 찾는데, 전어는 자취를 감추었다.

점심때가 되면서, 만 안에 바다 복판에 띄워놓은 항로 표시 등에 누군가 배를 매달고 점심을 먹으니, 일시에 배들이 모두 모여들어 한 덩어리가 되어 놀기 시작했다.

나는 그 자라에서 빠져나와 천천히 바다 쪽으로 배질을 했다. 한참을 가다가 망원경을 꺼내어 바다 쪽을 살피는데 갈매기 떼가 몰려서 나는 것이 보였다. 나는 속력을 내어 다가가면서 망원경으로 주시하는데, 가까워질수록 갈매기 떼가 여기저기 몰려 있었다.

선원들은 자는 사람은 자고 바다 밑을 보는 사람은 열심히 보고 있고 나이 많은 어른들은 시간만 나면 그물 한 코라도 꿰매느라 열심이다.

"준비!"하고 소리치니 모두 멍하게 나를 쳐다보고 있어 내가 손짓을 해주니 그때야 갈매기 떼를 보고 일어나 투망 준비를 완료하고 내 지시를 기다리고 있었다. 내 머릿속에는 첫날 작업 기억이 떠오르며 나도 모르게 환하게 미소를 짓고 있었다. 언뜻 나를 쳐다본 선원이 나를 따라 웃으며, 음지 손가락을 치켜세우며 오늘도 만선은 굳었다는 것이다.

"놓고!"

내 신호가 떨어지자 투망이 시작되고 두 척의 배가 문을 막는데 전어가 그물에 밀었다. 선원들의 함성이 울리고 삿대와 배에 실려있던 돌로 팔매질을 하면서, 단시간에 전어를 후렸다.

바다로 제법 멀리 나온듯하다. 서둘러 양망을 하여 귀항하면서, 만선기를 올리지 말라고 했다. 배들이 일부는 아직도 그 자리에 매달려 있었다. 그제야 만선기를 올리니, 배들이 놀라, 일제히 바다 쪽으로 내달렸다.

들어오니 마을 배 두 척은 들어와서 선원들이 해산하고 없었다. 날씨가 더워지니 용달차에 얼음을 싣고, 차를 두 대를 불렀다. 고기를 가구에 담고 차가 도착하면 바로 차에 실어서 빨리 보내야 한다. 지금 그 장소에서는 도착하는 순서대로 만선을 할 것이니 늦으면 고깃값이 떨어진다.

용달차 두 대가 번갈아 가며 실어 내는 동안 내가 첫차로 어판장에 나가 있었다. 첫 입찰을 하면서 중매원들은, 아직 집에 있는 양까지 한 번에 하자고 했다. 내게 경매사가 어떠냐고 물어 좋다고 했다.

인부들이 작업하는 동안, 시간에 맞게 차가 들어와 작업이 일찍 끝이 났다. 마지막 차로 아내가 나와 어 대금을 찾아 사무실을 나오는데, 갑자기 바람이 몰아치기 시작했다. 나는 순간적으로 바다에 있는 배들이 걱정되었다. 투망을 일찍 한 배는 들어올 시간이 되었는데, 만약 만선을 했다면 사고 나는 것은 시간문제라는 생각이 들었다.

서둘러 택시를 잡아 돌아오면서 아내에게 이야기하니 아내는, 우리는 괜찮으냐고 걱정스러운 얼굴로 나를 쳐다보고 있었다.

"우리가 왜?"

우리가 배들을 그쪽으로 보낸 것 아니냐고 했다. 내가 웃으며 아니라고 했더니 자기도 우스운지 소리 내어 웃었다.

돌아오니 바람과 파도가 정신없이 몰아치고 있었다. 선원들이 그물도 다 배에 실어 올려놓고, 모여 앉아 술을 마시면서, 바다 배들을 걱정하고 있었다. 나도 그사이에 앉아, 지금 바다 상황 이야기를 하며 함께 걱정하다가 집으로 돌아왔다.

밤이 되어 TV에서는 뉴스로 오늘 사고 소식을 내보내고 있었다. 전어잡이 배가 침몰했는데 같은 작업선이 선원들을 구조했으나 원체 파도가 높아 선원이 두 사람이나 사망했다고 했다. 어머니 역시 걱정이 가득한 표정으로,

"물에 가서 너무 욕심을 내지 말아라."

하셨다.

"저런 것을 보고도 바다에 나가고 싶어?"

하면서 아내는 눈을 똥그랗게 뜨고 나를 쳐다보고 있었다.

나는 용왕의 아들이야 하고 말을 하려다,

"사람은 다 팔자대로 살다가 가는 거야! 그 누구도 막을 수 없는 것이 자신의 운명이지, 우리가 아무리 활기차게 현재를 살고 있어도 내가 죽는 날은 나도 모르고 산단 말이지."라고만 했다.

"우리에게는 저런 불행은 오지 않았으면 좋겠다."

"그래야지! 그래서 어머니가 밤마다 기도를 드리지 않느냐!"

"오늘은 너나없이 뱃사람들은 모두 다 술집에 모여 밤을 새우겠네!"

잠자리에 들면서 아내가 문득 생각이 난 듯 이야기했다.

"우리 막내가 태어나던 날 밤에도 꼭 이렇게 바람이 불어서 그날 밤내가 얼마나 걱정을 했는지 몰라, 자기 얼굴이 눈앞에 어른거려서 아기 얼굴도 볼 수가 없더라구요!"

"그랬어?"

하면서 내가 아내를 꼭 안아 주니 불안한 마음이 가시는지, 아내는 내 손을 꼭 잡고 잠이 들었다.

나는 아내가 말하던 막내가 태어나던 그날 기억이 떠올랐다.

막내는 가을이 한창일 때 아내는 만삭이어서, 어머니가 흥해에 있는 언니네 집으로 보냈다. 처형은 육이오 사변 때 경찰관이었던 남편이 포항 전투에 참여하여 전사하고 혼자서 두 아들을 키우며 어렵게 살고 있었다.

그날은 가을 날씨답게 화창하여, 바다 날씨도 고요하니 좋은 날씨였다. 계속 야간작업에 시달린 내가, 감기몸살로 작업에 나가는 것은 무리였으나, 원체 작업선들이 많아서 투망하기가 어렵고, 성어기라 선원들에게 맡겨 두기는 마음이 놓이지 않아서 내가 지시만 해줘도 선원들이 쉽게 할 것 같아 약을 먹고 나갔다.

투망을 하고 좁은 기관실 안에서 누웠더니 약 기운에 잠이 들었는데, 귀에 새 소리를 들은 것 같았으나, 약에 취해 정신이 몽롱해져 긴가민가 잠 속으로 빠져들었다. 그런데 가슴에 심장이 무섭게 뛰면서 새소리가 내 턱밑에서 들리는 것 같아 놀라 일어나서 밖으로 나와 사방을 살펴보니 움직이는 배들의 불빛이 분산해 보였다.

심장이 온통 몸부림을 치면서, 무엇이 나를 잽싸게 기관실에서 밖으로 힘차게 밀어 올렸다.

북쪽 하늘을 보니 검은 구름이 올라오는 형태가 이상하게 생각이 되면서, 방금 꿈속에서 들은 새소리가 번뜩 기억이 났다. 나는 가슴을 쓸어내려 알았다는 신호를 보냈다. 바다는 이미 너울이 일기 시작하면서 이상 기후를 알리고 있었다.

나는 놀란 노루처럼 발로 갑판을 두드렸다. 선원들도 놀라서 일어나자마자 장화를 신고 갑바를 입고 준비하는 동안, 나는 시동을 걸고 불을 밝혀 양망을 시작했다.

있는 힘을 다해 그물을 올리라고 닦달을 하니 선원들도 덩달아 당황해하면서도 이유를 묻지도 않고 열심히 그물을 올렸다. 나는 오늘 일이 예사롭지 않겠다는 예감이 들어, 마음이 불안해졌다. 두 번이나 나를 깨워 준 새소리도 그렇고, 북쪽 하늘에 검은 구름 속에서는 번갯불이 진하게 후려치고 있었다.

그물이 반 이상 올라온 것 같은데, 우- 하는 바람 소리와 함께 파도가 닥쳤다. 유자망 그물은 옛날과는 달리 키 높이를 많이 높여서, 올리는 데 힘이 많이 든다. 선원들이 땀을 뻘뻘 흘리며 그물을 올리니 점차로 힘이 빠지는 듯했다.

"힘을 내라! 얼마 남지 않았다."

그물 한 폭을 걷어 올리는데, 몇 시간이 걸리는 것 같이 길게 느껴졌다. 그래도 많은 비가 오지 않은 것은 큰 다행이었다. 우리 그물 끝에 매달아 놓은 깜빡이 불빛이 가까이 보였다.

큰 파도가 올 때마다 선원들은, "우와!" 하면서 소리를 친다. 그것은 파도의 기를 죽이겠다는 용기를 보이는 것이다. 그럴 때마다, 선원들은 작업을 멈추고 배를 잡고 안전 자세를 취한다, 파도가 지나가면 재빨리 다시 시작하여야 한다. 파도는 배 위를 덮치고 지나가면서 배 안에는 물바다가 되어 버린다.

1.77톤짜리 작은 선박에 그런 파도가 여러 번 반복하여 덮치면 배는 미련 없이 바닷속으로 내려앉을 것이지만, 한두 번 스치고 가면 한동안 여유를 준다. 그 순간을 이용하여 한 사람은 배 안에 올라온 물을 퍼내고 남은 사람들은 죽기를 다 하는 힘으로 그물을 올린다.

그런 식으로 반복하면서, 미련하게 계속하는 것은, 미련해서가 아니다. 어느 정도 파도를 알고, 어망 자체에 생계가 달렸기 때문이다. 슬픈 이야기 같지만, 어민들의 생계는 오직 고기 잡는 일에 매여있고 그 자체가 어망이기 때문이다.

드디어 마지막 그물이 올라오고, 항해를 시작해야 한다. 작은 선박들은 이 순간이 제일 위험하다. 배를 돌리다 파도에 휩쓸리면 사정이 없다.

선원들은 모두가 파도에 신경을 쓴다. 잘 보고 있다가 파도가 낮아지는 순간을 이용, 배를 돌려야 하니까.

"자- 자자자!"

파도가 낮아졌다는 선원들의 신호다. 신호에 맞추어 배를 돌려 코스를 잡는다. 포항 항구는 멀다. 파도 속에서는 더 멀리 보인다. 방파제 가로 등불을 보고 천천히 움직여야 한다.

오백 촉짜리 불을 켜놓고 주위에 파도를 보면서, 적당한 속도를 유지해야 한다. 뒤를 돌아보면 파도가 밀려올 때는, 도저히 견디지 못할 것 같아도 배가 파도 위에 올라갔다 내려올 때는 가슴이 스르르 내려앉으며, 순간적으로 살았다! 하고 마음속으로 나도 모르게 외친다. 그래서 일등 사공들은 뒤를 돌아보지 말라고 한다.

수없이 많은 파도를 타고 넘을 때마다 다리는 남의 다리처럼 후들후들 떨린다. 한참도 제자리에 서 있지를 못한다. 배는 파도에 떠밀리면서도, 제 방향으로 가고 있는데, 도무지 방파제 불빛은 멀리 보이기만 했다.

주위를 돌아보니 우리 주변에 불을 밝히고 들어오는 배들이 여러 척 있었다. 서로 어깨동무하듯 그렇게 거리를 두고 들어가면 서로가 의지가 된다. 만약 사고라도 당하게 되면 옆에 배들이 사람은 구할 수 있다는 믿음이다.

시간이 죽음을 재촉하는 것 같이 심장이 오그라든다. 다리에 힘을 줘보지만 소용이 없다. 오직 살아 돌아가야 한다는 생각만으로 치에 매달려 버티고 서있는 것이다.

그 지루한 시간이 지난 것 같을 때는 등 뒤에서 식은땀이 주르르 흘러내렸다. 방파제 불빛이 가까워지면서 파도의 높이도 낮아졌다. 허리를 펴고 앞에 있는 선원들을 보니 파도가 퍼 올린 배 안의 물을 교대로 쉴 새 없이 퍼내고 있다.

"이제 좀 쉬어라. 상완아, 이리 좀 오너라!"

다리에 장시간으로 힘을 주고 있어서, 쥐가 내릴 것 같아 내가 없을 때마다, 나 대신 선장으로 다니던 상완이를 불렀다. 상완이는 먼바다 작업선에도 많이 다녀 어떤 일에도 익숙하게 해낸다.

내가 치를 넘겨주며,

"내 다리에 쥐가 내릴 것 같다. 이쯤 들어오니 파도가 많이 낮아졌다. 저기 방파제 끝 깜빡이 불을 보고 들어가자."

나는 주저앉으며,

"용왕님, 고맙습니다!"

하며 마음속으로 무사히 돌아오게 해줘서 고맙다는 인사를 올렸다.

다리가 몹시 아팠다. 아픈 발목은 땅을 밟지도 못할 만큼 결려서, 서 있기조차 힘이 들었다. 이 상태로 장시간을 버틴 것은 역시 나 혼자의 힘이 아니라는 생각을 하면서, 내 가슴 속에서 살아 있는 어린 영혼에 마음속으로 고맙다며 가슴을 쓸어주었다. 나는 주저앉아 아픈 다리를 주무르며, 파도를 주시하고 있었다.

항구에 들어오니, 우리 마을 배들이 일찍 들어와 모두 한곳에 모여 있었다. 우리 배가 접안 하자 모두 몰려와 어떻게 된 거냐고 하면서, 모두가 걱정하고 있었다며 반가워해 주었다.

"집에 전화들은 했는가?"

부근에 공중전화가 없어 못 했다고 했다.

배를 안전하게 접안을 시키니 선원들이 너나없이 이 구석 저 구석 누워 일어날 생각을 하지 않고 있다. 배에 감춰놓은 장작을 찾으니 다행히 젖지는 않았다.

나는 화답에 불을 붙이고 고기를 내 손으로 장만하여 국을 끓이고 밥 먹을 준비를 했다. 국이 끓는 냄새에 선원들이 입맛을 다시며 일어나 앉았다. 기관실 안에 감추어둔 소주병을 내고 둘러앉았다. 소주를 한 잔씩 하고는 모두가 빙긋이 웃고 있었다.

"죽을 고비를 당하고도 웃음이 나오냐?"

"참 인생살이 재밌심더." 하니 모두가 또 한바탕 웃었다.

소주 됫병을 다 마시고 더운 국물에 밥도 말아서 먹었으니 서로서로 이리저리 잠자리를 잡고 누웠다.

나는 일어나 공중전화 통을 찾아가려고 했는데, 걸음을 걸을 수가 없었다.

"모두 살아있으면 됐습니다." 하면서 그냥 잠이나 조금이라도 자자고 했다.

누웠어도 잠이 오지를 않았다. 지금쯤 아내가 출산할 때가 된 것 같은데, 순산하기를 마음속으로 바라며 잠을 청했다.

그러나 꿈속에서 들은 새소리와 아이의 울음소리가 귓가에서 들리는 것만 같아 잠이 오질 않았다.

오늘 밤은 내 가슴속에서 지금까지 나와 함께 살아온 내 어린 영혼이 한없이 고맙고 가엽게 되살아나면서, 나를 울리려 했다. 아련하게 들리는 어린 울음소리가 하염없이 내 목을 끌어안고 매달려 온다. 내가 어려울 때마다 나를 깨워 주었고, 어느 때는 절벽 앞에 부딪혀 주저앉았을 때, 내 심장에 큰 충격을 주면서 나를 불구덩이에 주저앉은 듯 튕겨 일어나게 해 주었다.

내가 버린 어린 영혼이 지금까지 내 가슴 속 심장에 매달려 나를 지켜주는 버팀목이 되어 나와 함께 살아오고 있다는 것이, 나에게는 큰 힘이 되어 주었다.

한 많았던 어린 시절 가난에 짓눌려 버렸던 어린 시절의 그 절규!

남들은 일직선으로 포장된 길을 가고 있는데, 나는 험난한 산길을 돌아오며 세월 속에 뿌려놓은 눈물을 가슴에 쓸어 담았다. 눈물 자국을 남기지 말자고 다짐을 해오던 그 세월을 지켜준 내 어린 영혼이기에, 나는 훗날 부자가 되면 가엾은 내 영혼을 내 시(詩)비에 담아 세상에 내놓을 것을 마음속에 간직하고 있다.

바다 생활을 하면서 세 번의 위험한 고비를 넘길 때마다, 여기서 죽을 수도 있겠구나, 하는 생각으로 두렵고 원망에 찬 분노로 살아왔다.

오늘 밤만 하더라도, 내가 그 순간에 깨어나지 않았으면, 조금만 더 시간이 지난 후에 깨어났으면 어떤 일이 벌어졌을지 모르는 상황이었다. 그 순간을 생각하면 소름이 끼치는 일이다.

나는 벌떡 일어났다. 깊은 밤 도시의 밤은 음산했다. 가로등에 비친 불 꺼진 건물들이 음산해 보였다. 이따금 지나가는 자동차 불빛이 북쪽 하늘에서 번득이던 번갯불처럼 마음을 섬짓하게 한다.

날씨가 쌀쌀하니 추울 것 같은데, 선원들은 그래도 담요 한 장으로 머리 위까지 올려 쓰고 잘도 자고 있다.

지금 집에서 자고 있는 사람들은 따뜻한 이불 속에서 가족과 함께 자고 있을 것을 생각하니, 밤마다 바다 위에서 바다를 베고 누워 하늘을 이불 삼아 새우잠을 자는 어부들의 인생들이 측은하기까지 없다는 생각이 들어, 잠든 선원들을 내려다보는 마음에 울컥 서러움이 솟아올랐다.

수협 어판장에서 아침 입찰을 알리는 사이렌 소리에 잠을 깼다.

서둘러 잡은 고기를 입찰에 넘기고 배를 안전한 곳에 접안 해놓고, 택시를 타고 곧장 집으로 왔다. 마을에는 집집마다 연락을 받지 못해 걱정들을 하고 있었다.

파도가 집 앞까지 올라와 쓸어 갔다. 아직도 바람과 파도는 그 세력이 많이 살아 있었다.

집에 들어오니 어머니가 뛰쳐나오시면서,

"우쨌노, 우쨌노? 그 바람 속에 우째 살아 왔노? 뱃사람들은 다 괜찮으냐?"

숨이 차도록 물으시며, 나를 쳐다보는 얼굴이 아직까지도, 파랗게 질려 있었다. 밤새도록 잠도 못 주무시고 밤을 새우신 것 같았다.

아내가 출산하러 가면서, 어머니와 아이들 때문에 구룡포에 있는 외

사촌 형수님 딸을 불러다 놀았는데, 조카가 부엌에서 나오며,

"삼촌, 축하드려요! 숙모님이 아들을 낳았대요! 빨리 전화 드려요. 밤새도록 여러 번 전화가 왔어요. 삼촌 연락이 왔느냐고요. 아마 잠도 못 잤을 거예요. 아기 예쁘냐고 물어보니, 삼촌 걱정 때문에 아기 얼굴도 제대로 못 보았다고 하더라고요. 그리고 오늘 아침 뉴스에 간밤 폭풍으로 사망이 오 명에 선박이 네 척 파손되었다고 했어요."

전화를 받는 아내의 목소리가 울상이 되어 금방 울음을 터트릴 것같은 목소리로 원망을 쏟아 냈다.

"아이구! 사람 간장 다 놓았다. 포항에 들어왔으면, 집에 전화부터 해야지, 뭐 하느라고 전화도 못 해. 뉴스나 들어봤어요?"

"고생했다! 아들 낳아줘서 고마워! 우리 아들 태어난 날 잊지는 못 할끼다. 내가 밥 먹고 갈 테니 기다려."

흥해에 도착하니, 아내가 아기 젖을 먹이고 있었다.

"우리 아들, 어디 한번 보자."

"이제 이 아들을 막내로 하자! 어디 당신 얼굴도 한번 보자. 영영 못보면 어쩌나 싶어 얼마나 용을 썼는지, 왜 그렇게 당신 얼굴이 눈앞에 가려서 아기 얼굴도 볼 수가 없었어."

나를 쳐다보는 아내의 눈 속에 눈물이 고여 있었다. 내가 눈물을 닦아주자, 아내는 내 목을 끌어안으며 울음을 터뜨렸다. 옆에서 보고 있던 처형도 덩달아 눈물을 훔쳤다.

"밤새 한잠도 못 자고 울면서, 바람 소리가 한 번씩 우당탕탕할 때마다 깜짝깜짝 놀라서 벌떡 일어나곤 했어요. 그래서 나도 무슨 일이 일어나는 줄만 알고 얼마나 조마조마했는지!"

"우리 마을 배들은 다 무사한가요? 그 바람 속에 살아오겠다고 믿은

가족들은 아무도 없었을 끼다. 집이 날아갈 것 같았는데!"

아내는 잠들어 있는 아기를 내려다보며, "이제야 가만 보니 아빠 닮은 것 같지?" 하고 언니를 보며 그제야 웃음기를 띠며 물었다.

마음을 놓으니 잠이 쏟아졌다. 아기 옆에 누워 자고 났더니 벌써 저녁 시간이 다 되었다.

그날 밤 나는 아내 옆에서 아내의 손을 꼭 잡고 잠이 들었다. 오랜 야간작업에 잠 같은 잠을 자지 못한 터라, 모처럼 따뜻한 방에서 그것도 아내 옆에서 깊은 잠을 자고 나니 몸이 한결 편안해졌다. 파도가 이틀 동안 밀려와서 선원들이 잘 쉬었다.

오후에 선원들과 어울려 작업 이야기를 하며 술을 한잔 씩 하고, 내일은 작업이 되겠다며 술자리를 일찍 파하고 돌아와 잠이 들었는데, 내 책상 위에 큰 암탉이 알을 품고 누워 있었다. 내가 펼쳐 놓은 책 위에다 노란 알들을 모아놓고 두 날개를 펴고 품고 있었다.

잠을 깨니 꿈이었다.

파도 뒤에는 선원들은 언제나 바쁘게 서두른다. 바다로 나가니, 벌써 투망한 배들도 있었지만, 양이 그다지 많지가 않았다. 이동하는데 앞에서 손을 들어 신호를 보낸다. 양팔을 벌려 원을 그리며 많다는 신호를 했다. 일시에 선원들이 각자 자리에 배치가 되고 내 신호를 기다린다. 앞에서는 계속 많다는 신호를 보냈다.

내가 놓고! 하며 소리를 치자 투망이 시작되어 그물이 바다에 내려가는데, 뒤를 돌아보니 막 내려간 그물에 전어가 걸려들고 있었다. 투망이 끝나고 그물 안으로 들어가니, 그물 안에는 완전히 물 반 고기 반이었다. 선원들의 아우성 소리에 전어들이 그물에 몰려들면서 그물이 물밑으로 내려가기도 전에 그물을 덮어쓰고 있었다.

그물 안으로 들어가니, 그물 안에는 완전히 전어로 꽉 차 있었다. 지금까지 한 번도 보지 못한 일이 지금 그물 안에서 벌어지고 있었다. 선원들은 만선기를 삿대에 매달아 들고 휘저으며 배 바닥이 꺼지도록 배를 굴리며 뛰고 있었다. 전어들이 너무 많이 걸리니 그물이 물 위로 떠올랐다.

만선도 이른 만선은 내 어부 생활에 처음이었다. 그날 잡은 전어는 십만 미가 넘었다. 신기록이었다. 종일 일을 하고도 다음 날 아침에야 끝이 났다. 고기는 전량 구룡포 수협 중매인이 현장에 들어와서 바로 실어 갔다. 하루 작업 어획고가, 못하는 배들의 한철 잡은 어획금보다 많았다.

용진호란 이름이 또 한 번 영일만에 뜨는 날이었다.

지금까지도 그해의 작업이 내 생애 최고의 날로 기록되고 있다.

작업이 끝이 나고, 마지막 결산하는 날 결산을 마치고, 영일호 선주가 내년에는 독립하겠다는 선언을 했다. 그물은 자기 선원이 결정되면, 내년 보망일 할 때 그때 가지고 가기로 하고, 그때까지 같이 두기로 했다.

나는 전 선원들에게 십 년이 넘도록 오랫동안 함께 해 주셔서 고맙다고 하고, 마지막 해에 지금까지 작업한 것 중에 제일 많은 생산을 올렸다고 했다. 앞으로 나의 계획은 아직은 미지수라 어떤 결론이 나면 이야기해드리겠다고 했다.

밤이 되어 아내와 앞으로의 계획을 의논했다.

아내는 구룡포에서 가지고 온 돈으로는 부동산에 투자할 테니 자기에게 달라고 했다. 이자 나가는 돈은 어떻게 하느냐고 하니, 전어잡이 번 돈으로 순서대로 갚아 나가자고 했다.

그 와중에 서울 큰형님이 내려와 돈을 요구했다. 구룡포 형도 동강7호선을 또 만들어 집앞 부두에 정박해 놓고, 내부 시설 중이라 돈이 있을 리가 없다.

선주들이 신조선을 새로 만들 때는 전적으로 자기 자본으로 하는 사람은 없다. 공사 기간이 오래 걸리니까 자기 자본의 삼분지 일만 있으면 시작을 해놓고 작업하는 자기 배에서 나오는 수입과 수협은행 대출로 완공을 시킨다.

그래서 배를 여러 척 가진 선주들이 쉽게 시작하게 되는데 그것은 공사가 시작되면 자기 배들이 작업을 예외로 잘해온다는 미신을 믿기 때문이다. 그런 형편인 형에게 돈을 달라는 것은 바람에 부치는 편지 같은 소리가 된다.

더구나 그동안 수차례 돈을 뜯어가고도 엉뚱한 소리만 하니 형이 더 줄 리가 없다. 형님이 내려올 때마다 어머니 고통이 말할 수 없다. 마을에 나가서 술만 먹으면 싸움판을 벌이고, 그럴 때마다 어머니는 벌벌 떨면서 고역을 치를 때면 형이나 내가 어머니 때문에 어쩔 수 없이 돈을 마련해 준 것이 습관이 되어, 시도 때도 없이 내려와서는 어머니를 괴롭혔다.

둘째 딸 기업이 대학 마지막 등록금이 없어 형수님이 내려왔을 때도 생활비에 끙끙거리는 아내를 내보내 빚을 얻어 보냈었다. 그러나 당사자인 조카 기업이로부터 고맙다는 전화 한 통화도 받지 못했다.

내가 첫 시집을 내었을 때, 어느 날 밤 전화가 왔다. 어떻게 내 시집을 보았는지, "삼촌, 존경합니다!" 하는 말을 여러 번 반복 하면서 우느라고 다른 말을 하지도 못한 채 전화를 끊은 후로는 더는 전화 받은 일도 만난 일도 없었다. 삼촌 덕분에 무사히 대학을 졸업했다는 말 한마디 들어 보지 못했다. 아마도 기업이에게는 돈의 출처도 이야기를 해주지 않은 듯했다. 기업이 아래로 아들이 한 명 더 있었으나, 해가 바뀌고 명절이

다가와도 인사 전화 한번 한 적이 없는 아이들이다.

　내가 참다못해 형에게 전화해서, 형이 들어와 결국은 대판으로 싸움이 벌어졌다.

　술에 취하여 갈 곳이 만만찮으니 윗집 누나네 어머니 방을 차지하고, 억지를 부리며, 우리가 사는 집을 비워 달라고 했다. 왜 그래야 하냐고 하니 그 집은 아버지 집이니 맏이인 내가 차지해야 한단다.

　그러면 지금까지 가지고 간 돈은 누구 돈이었냐고 하니, 언제 돈을 줬느냐며 억지를 부렸다.

　결국은 당장은 형도 큰일을 시작했고 나는 파산을 한 상태니, 돈의 여유가 있을 리가 없다. 의논 끝에 몇 년 전에 산 700평 논문서를 던져 주며 팔아서 가져가라고 했더니, 헐값에 팔아서 가지고 갔다. 가는 뒤통수에 대고 내가 한마디 했다.

　"이제는 아버지 재산도 없으니 고향에는 발걸음도 하지 말고 살아라!"

　했더니 그길로 돌아간 후 소식도 없더니, 어머니 돌아가시기 전에, 그래도 맏이이니 얼굴이라도 보고 싶다기에 연락하여, 어머니 임종은 하게 해주었다.

　형수님이 시집온 후 형님이 한 번씩 내려올 때마다, 형수님은 큰 고역을 치러야 했다. 아내 역시 처음 당할 때는 겁에 질려 친정으로 도망가기도 했다. 아내는 전부터 부동산에 신경을 많이 썼지만, 내가 들어 주지를 않아서, 부동산이 올랐다고 하면 나를 원망했었다. 처음부터 아내 말대로 부동산에 투자했으면 지금쯤 상당한 재산을 모았을 것이라, 생각하며 스스로 후회도 했다.

　"지금은 부동산 장사도 한물갔다고 하는데?"

　"그래도 처음 같지는 않지만, 손해 볼 일은 없다고 했다. 그러면서 내

일이라도 포항에 나가서 알아보자."라고 떼를 썼다.

나는 아내 마음을 달래는 심정으로 그렇게 하자고 하고, 남의 갚을 돈은 전적으로 아내에게 맡겼다.

다음날 아내는 한 집씩 다니면서 돈을 갚아 나갔다. 생활비만 조금 남기고, 갚아주고 빈손으로 돌아오는 아내의 표정이 측은하게 느껴졌다. 그러나 아내는 보란 듯이 용기를 내고 있었다.

다음날 포항으로 나가려고 준비를 하고 있는데, 구룡포 부식집에서 밀린 부식비를 받으러 왔다. 부식집 주인은 옛날 우리 이웃에서 살았다고 하여 내가 구룡포 있을 때는 누님이라고 불렀고, 형과 배를 시작할 때부터 단골로 부식을 대고 있다.

마당으로 들어오면서 다짜고짜 부식비를 달라고 했다. 아마도 우리 배가 전어를 많이 잡았다는 소문을 들은 것 같았다.

나는 아내에게 생활비로 남겨놓은 십만 원 중에서 이만 원을 드리고, 다음에 조금씩 갚겠다고 했다.

많이 벌었다는 소문을 들었다며 떼를 썼다. 내가 전어잡이는 내 단독 사업이 아니기 때문에 내가 가져오는 돈은 얼마 되지 않으니 다음 차차 갚아드리겠다고 사정을 했다. 그래도 막무가내 돈만 내라고 하다가는 나가면서 못할 소리로 악을 피우며 천 원권 스무 장을 마당에다 뿌리고 가 버렸다. 나는 마당에 흩어진 돈을 주워 모으며 마음속으로는, 계산은 끝났다고 판단을 내렸다.

아내와 약속을 하루 미루어 포항으로 나가서 어느 소개소에 들렀다가 송도동 어느 곳에 주택을 소개받았다. 대지가 구십 평에 집이 두 채가 서 있고 살림하는 가구가 다섯 가구나 되었다.

아내가 마음에 들어 했지만, 전세 보증금은 짜내고 짜낸다 해도 또 남의 빚을 져야만 했다. 집에 돌아와, 아무리 연구를 해도 무리하는 것 같았지만, 아내는 한사코 미련을 버리지 않았다.

아내가 용기를 내고 있을 때, 혹시 재를 뿌리는 일이 될까 봐, 다음날 나는 수협에 들러 영어 자금 대출을 알아보았다. 내 명의로는 구룡포 형이 대출을 많이 받고 있어 안 될 줄 알았는데, 다행히 내 작은 배 앞으로 얼마간은 이용할 수 있어, 아내와 의논하여 송도 물건을 계약했다.

내 생각으로는 맞지 않는 일이 분명 하나, 아내가 원하는 일이니 따르기로 했다.

결국은 그 일이 내가 염려했던 대로 부동산 막차를 타는 일이 되어 그 후 마음고생을 많이 하면서, 그동안 한 번도 없었던 아내와 말다툼도 있었다.

그 와중에 수협에서 선박 대체 사업으로 선박용 엔진 구매 사업을, 장기저리사업으로 신청하라는 공문이 왔다. 내가 지금 가장 바쁜 일이 선박 대체 사업이다. 선박 대체를 하지 않으면 전어잡이도 할 수 없게 되니 빚을 갚아 나가기는 어려움이 있기 때문이다. 아내도 그것은 잘 알고 있으니, 할 거면 서둘러 하라 했다.

다음날 나는 수협으로 가서 엔진부터 신청하고 오는 길에 목수를 만나 의논했다. 아는 사이였는데, 이야기하다 보니 형수님과 집안이라 사형 간이었다. 이야기하기가 편해지자, 나는 단도직입으로 말을 했다.

내 형편을 말하고, 배를 만드는 인건비는 배가 완공되어 내가 작업하고 있는 배를 팔아서 정산하도록 해 달라고 하니, 그렇게 하자고 했다. 내가 돈이 준비되는 대로 목재공장 나무를 캐러 가자고 약속을 했다.

돌아와 아내에게 이야기하고 사방으로 배를 팔겠다고 연락을 해 놓고 기다렸다. 아내는 배를 판다고 하니 아깝다며 아쉬워했다. 그 아쉬움이야 아내에 비할 바 없이 내 마음은 자식을 멀리 보내는 것과 같은 마음이니, 아내의 마음 또한 좋을 리 없을 것이다.

배를 건조한 지 사오 년 되었는데, 배를 만들어 온 그날부터 작업에 실수가 없었고, 해마다 마을에서는 생산이 최상위였으니 아쉬움은 이루 말할 수 없었다.

내가 생각하기로는 형이 선장을 들이고 쉬게 되면서, 나를 집으로 들여보내려는 작전이었음을 예측을 했으나, 1.77톤짜리 작은 배 한 척으로는 내 몫이 터무니없이 적다는 생각이었다.

구룡포 사회에서는 처음부터 김문이 뒤에는 김근이라는 은행이 있다고 했다. 그렇게 속성으로 사업을 키워 내기란 어려운 일이니, 같은 선주들 사회에서는 동생인 나의 존재가 큰 힘이 된 것이라는 소문이 퍼져 있던 것이다.

그래서 형으로서는 그렇게 내보내면 구룡포 사회여론이 좋지 못하리라는 것을 알고, 자신이 배를 한 척 준다고 한 말의 책임을 생각해서, 한 척이 아닌 반 척을 내게 준 것인데, 결과적으로는 반 척 주었던 배마저도 도로 가지고 가는 결과가 되었다.

처음 내가 배를 받아올 때는 분명 한 척을 주겠다고 했다. 그런데 막상 그냥 주기 아까웠을까? 반 척 값을 달라고 했다. 천육백만 원이란 가격도 형이 마음대로 결정한 가격이었다. 그 가격에서 반 척 값으로 팔백만 원을 달라고 했다.

그러면 나는 형에게 전혀 얻은 것이 없어진다. 매사에 경우가 있고 판단력이 좋기로 소문난 사람이 그 당시는 왜 그런 계산을 했을까. 배를 건네줄 때는 한 척을 준다고 했는데 반 척으로 줄여서 주었으면 배는 지금은 온전히 내 명의의 배인데 팔았을 때는 완전 내가 뱃값을 다 받아야 하는데, 배를 판 돈에서 처음 내게 배를 주면서 반 척 주었던 뱃값을 다시 받아 가는 결과가 되는데, 도무지 이른 계산을 하고 나온 것은 국민학교 일학년 계산으로도 맞지 않는 계산이라는 것을 형이 착각할 일이 없을 일이다.

마음속으로는 울분이 터지는데 아내는 말을 못 하게 했다. 이 계산을 한 것은 나보다 아내가 먼저 하고는 내게는 말을 하지 않았다. 아내는 오직 형제간에 지금까지 효자에 의리의 형제로 살아온 명승에 상처가 된다는 것이 두려워 내게는 말을 하지 않고 있었다고 했다.

어느 선주가,

"그렇게 경우가 바르기로 소문난 김 사장이 왜 그런 계산을 했을까?"

혼잣말처럼 했으나, 그 말은 이미 구룡포 사회에서 널리 퍼졌다는 이야기라는 것이다. 나는 마음이 무척 안타까웠다.

아내는 물론, 우리가 지금까지 금지옥엽으로 생각하고 지켜온 배를 팔기는 나 자신도 아까웠다.

그동안 많이 벌어준 배다. 소중했던 내 보배였다해도 헛말은 아닐 것이다. 용진호라면 소문난 배였다.

마음이 조급한데, 배를 사겠다는 사람이 나타나지 않아 다급해지는데 연락이 왔다. 배를 둘러보고 난 사람이 언제 어느때 바다에서 만난 적이 있다고 했다.

작은 배로 조롱바리문어를 잡는 사람인데, 어느 날 내가 걷어 올리는 그물에 조류에 떠내려가던 낚시가 우리 그물에 몰려왔다. 그물에 올라온 낚시를 다치지 않고 골라서 돌려주었더니, 그때 선명과 머리가 하얀 노인을 기억했다고 했다.

그러면서 내 손을 덥석 잡으며 "형님!"이라고 불렀다.

내가 빙긋이 웃으며 손을 잡고 "집으로 들어와." 하며 흥정을 하는데, 의외로 잘 될 것 같아 내 조건을 제시했다.

내게도 선원이 있어 지금도 작업 중인데 계약금을 주고 배는 조금 여유를 주고 가져가면 안 되느냐고 했더니, 자기도 타는 배를 아직 가지고 있다며 쉽게 그렇게 하기로 했다. 또 한 가지, 계약금을 많이 주면 안 되겠느냐고 하니, 형님이 필요한 만큼 드릴 테니 말만 하라고 하여 내가 어려운 내 형편을 이야기하니 주머니에서 돈을 내어 뱃값을 완불로 주고 갔다.

나도 배를 가지고 가기 전에 명의 변경부터 하라고 구비서류를 하여 보냈다. 생각 외로 쉽게 해결이 되어, 다음날 목수와 부산으로 가서 목재를 사 왔다.

일은 순조롭게 추진이 되었다. 두어 달 후 뱃일을 시작하게 되면서, 목수 뒷일은 전적으로 내가 하기로 하고, 대신 목수는 조수를 두지 않기로 했다. 배 내부에 들어가는 나무는 내 산에서 몰래 베어다 목수가 자가 제재기로 제재를 하여 사용하여 비용을 많이 절약했다.

공사는 순조롭게 진행이 되었고 엔진도 도착해 배에 올렸다. 배가 완공 날짜가 다가오면서 목수 인건비 문제가 걱정되어 고민하고 있는데, 옛날 거진으로 마차진으로 함께 다녔던 대광호 선주 아저씨가 찾아와, 배가 완공되면 차다(임대)를 놓지 않겠느냐고 했다.

나는 귀가 번쩍 띄었다. 이야기 끝에 한 달 임차료로 오십만 원씩에 삼 개월 임대 계약을 하고, 돈은 출발 전에 완불할 것을 요구했다.

한 가지 마음에 걸리는 것이 있었다. 차다주가 대포에 있는 대광호 선주 처남이라, 오래전에 대광호에서 마차진을 거쳐 대포에서 시작된 명태잡이에서 밀려 나온 일이 찜찜했지만, 지금 내 형편에서는 맵고 짠 것을 가릴 일이 아니라 진수식과 동시에 목수에게 줘야 할 수고비 백만 원 문제가 코앞에 다가서 있다.

어머니는 구룡포 형에게 말을 해보라고 했으나, 아내가 원치 않을 뿐 아니라 나 역시도 그럴 생각은 추호도 없었다. 구두로 한 계약인데 며칠 후 돈이 와서 마음을 놓았다.

백만 원은 목수 수공으로 드리고 오십만 원은 생활비로 아내에게 맡겼다. 진수식을 하고 출발 날짜를 강원도에 전했다. 이번에도 대광호 아저씨와 동행했다. 아저씨는 대포 명태잡이를 끝으로 대광호를 헐값으로 처리하고 큰아들이 군에서 제대하면서, 남의 배에 선원으로 몇 년 다니면서 결혼도 하고, 포항서 일본으로 다니는 선어 무역선 선원으로 몇 년 하다가 삼 톤 되는 배를 신조선으로 건조했다.

아들이 오 형제나 되니 선원 문제는 걱정할 일이 없이 순조로웠으나, 별 경험도 없는 큰아들이 배를 몰고 다니며 작업은 열심히 하고 있었으나 신통치 않아 고전했다.

그러니 아저씨도 이참에 대포로 가서 명태잡이 선원으로 다니겠다며 따라나섰다.

출발하는 날, 자꾸만 눈물이 나려 했다. 어렵게 새 배를 만들어 기대에 차서 좋아하는 가족들을 남겨놓고, 남의 집 머슴살이로 간다는 나 자신이 가족들에게 한없이 미안한 생각이 들어 멀어지는 고향을 돌아보며 울었다.

그때를 생각하면 남자의 비통한 눈물이 아니었을까!

연일 들판에서 목이 터지도록 울던 때 다음으로 비통한, 내 생에 두 번째 날이었던 것 같다.

서쪽으로 넘어가는 해는 미련 없이 서산에 걸터앉아 내 몰골을 내려다보는 것 같았다.

아저씨가 후포항에 들어가 자고 가자고 했다.

후포항에 입항하여 어느 식당에서 저녁을 먹으면서, 얼큰하게 마신 술기운으로, 소주 세 병과 안주를 사서 배로 돌아와, 아저씨와 마주 앉아 주거니 받거니 하면서 옛날 거진 이야기와 마찬가진 추억담을 나누며 소주 세 병을 다 비웠다.

취기에 잠이 올듯 한데, 지금 잠자리에 들어서도 잠이 들지 못하고 울고 있을 아내 생각에 잠이 오지를 않았다.

대포에 도착하니 아저씨 처남 내외가 반갑게 맞아 주었다.

작업에서 돌아오는 배들이 명태를 많이들 잡아 들어오고 있었다.

다음날 일찍부터 출어 준비를 하고, 선원들과 모여 앉아 상견례를 하면서, 술도 한잔씩 나누고 헤어졌다.

아저씨와 나는 차다 선주 집에 묵기로 하여, 잠잘 방까지도 준비가 되어있었다. 우리가 잠자는 방은 큰 채와는 다른 채였고 밤에 화장실에 갈 때는, 큰 채에 붙여 만들어진 상점을 거쳐 가게 되어있었다.

그리고 우리가 거처하는 방 부엌에 문을 열면 말리는 명태를 많이 걸어놓았다. 잠자리에 들었던 아저씨가 화장실 간다면서 나가시더니, 그때 당시 잠시 나왔던 백주 사십도 짜리 술을 들고 들어왔다. 술잔까지 챙겨 들고 들어와 부엌문을 열고 널려 있는 명태도 한 마리 걷어 방바닥에 펼쳐 놓으셨다.

그 후부터는 술과 안주는 걱정할 일이 없어졌다. 조달은 항상 아저씨가 했고 나는 앉아서 먹기만 했다.

다음날, 첫 작업 나가는 날이다. 나는 일찌감치 나가서 엔진 시동을 걸어놓고, 화덕에 불도 피워놓았다. 첫 작업 날 날씨는 아주 좋았다.

차다 선주 겸 선장이, 배에 올라오며 향을 달인 물과 소금으로 배 앞에서부터 뒤까지 씻어내고는 출항을 했다.

작업장에 도착하자. 선장은 처음 나온 작업이니, 옆에 배들의 행동을 유심히 보면서, 작업 지시를 했다. 가장 중요한 것은 명태가 회유하는 수심이다. 물론 선장도 친한 친구들에게 대충 조언을 받았겠지만, 어떤 선장이라도 첫 작업에 많은 고기를 잡기는 어렵다.

선장 지시를 따라, 뗏줄(낚시의 수심을 조종하는 줄) 길이와 낚싯줄에 달아 내리는 돌의 간격을 지시하며 거리를 잘 맞추어 낚시를 던져야 한다. 그것은 낚시 사공의 실력이다. 모든 것이 정확한 박자대로 흘러가야 하는데, 낚시 사공이 서툴러 그 규격이 맞지를 않으면 작업에 차질이 생긴다.

그리고 낚시 사공이 서툴러 낚시를 제대로 못 뿌리면, 양옆에서 같은 방향으로 나가는 배들이 빠르게 되면 앞을 막아서 길이 막히게 된다.

그런데 낚시 사공의 손질이 아주 초보자 같아서 불안불안했다.

선장이 못마땅해 몇 번이나 혀를 차며, 발을 꿀리고 지시를 하는데도, 영 마음에 들지 않아서 짜증을 내며 칸이 막힌다고 아우성을 치는데, 갑자기 사공이 비명을 지르며 배가 급정지를 했다. 낚시가 사공의 손바닥을 걸어서 사람을 끌고 가려고 하자, 뒤에서 도와주던 사람들이 낚싯줄을 잡고 아우성을 질렀다.

선장이 발을 동동 굴리며 야단을 치고 사람들은 낚싯줄을 끊고 사공을 옆으로 물렸다. 보고 있던 내가 낚시 함지 앞으로 다가서며 작업을 시작했다. 몇 년 전에, 사흘 동안 보기만 했던 일이지만 자신감이 있었다.

"야! 기관장이 한다고?"

나는 말 대신 팔을 휘저어 배가 앞으로 나가자고 했다. 낚시가 하늘을 날아가듯 펼쳐지며 나갔다. 선장은,

"야! 네가 어찌!"

하면서 배를 몰았다. 낚시가 나가는 속도에 따라, 배의 속도도 높아진다.

배가 앞으로 쭉쭉 빠져나가며 양옆으로 나가는 배들을 제치고 앞질러 투 낙이 끝이 났다. 배를 돌려세워 놓고, 선장이 놀란 눈으로 나를 보며,

"야! 야! 어떻게 된 기야?"

하면서 못내 믿기지 않는다는 표정이다.

"역시! 영일만 선장 무시 못 하겠네!"

하면서 고개를 기웃거리며 감탄사를 연발하고 있었다.

아침밥을 먹고 낚시를 올리는 것 보고, 나는 기관실로 내려가 엔진 점검을 하고 있는데 밖에서, 이야! 와! 하는 소리에 놀라서 올라와 보니, 낚시를 올리던 사람이 들어 보이는 줄에는 명태가 낚시마다 달려 올라왔다. 첫 작업에 양이 좋으니 선원들이 모두 기분이 좋았다. 첫 작업에 많은 양을 잡았다. 항구로 돌아가는 선장의 입이 연신 싱글벙글했다.

고기를 어판장에 내리고, 배 정리를 한 뒤 각자 몫으로 나누어 놓은 명태를 들고 선장 집으로 가서 술을 마시며 또 한 번 감탄사들을 한마디씩 하면서,

"앞으로 기관장이 낚시 사공을 하시요."

하면서 이구동성으로 추겨 올리니 선장이,

"그렇지 않아도 내가 그렇게 하려고 했다. 낚시 사공 자네는 어때?"

"저야 고맙지요. 사실은 저가 경험은 없고 선원으로만 다니면서 나도 할 수 있을 것 같아 자리를 말했는데, 정말 면목 없고 죄송합니다. 그냥

선원으로 있게 해 주십시오."

모두 다 같이 그렇게 하라고 하고 선장도 앞으로 더 배우라고 했다.

고기 잡는 재미에 푹 빠져 세월 가는 줄 모르고 한 달이 갔다.

어느 날 입항 후 뒷정리를 하고 있는데, 어판장 안에서 "아빠!"하고 부르는 소리에 아저씨가 놀라면서,

"기관장 막내 소리 아이가?"

얼핏 들은 소리가 꼭 막내 소리 같다는 생각에, 배에서 뛰어내려 찾아보았으나, 엄마 손을 잡고 작업에서 돌아오는 아빠를 마중 나온 어린애가 배에서 뛰어내리는 아빠를 보고 반갑게 아빠를 부르고 있었다.

문득 생각해 보니, 집을 떠나온 지가 한 달이 넘은 것 같다. 뱃사람들은 고기 잡는 데 정신이 팔리면 세월 가는 것을 잊고 산다. 순간 그리움이 머릿속을 헤집어 놓았다. 어판장 불빛 아래 희미하게 보이는 사람들 속에 엄마의 손을 잡고 서 있는 아이들이 모두 막내 같았다. 나는 한참 동안 멍하니 서서 아내의 팔에 매달려 있는 막내의 그림을 머릿속에 그려 보며 배로 돌아왔다.

그날 밤은 가족들 생각에 잠을 설쳤다. 며칠이 지난 어느 날 작업에서 돌아와 어판장 앞에 배를 접안 하는데, 뱃머리로 다가오는 아내와 막내를 보고 재빨리 뛰어내려 막내와 아내를 꼭 껴안았다. 눈에서 눈물이 핑돌았다. 아내가 내 모습을 찬찬히 훑어보며,

"야위지는 않았네!"

하면서 아내 역시 눈에 눈물이 글썽이고 있었다.

그날 밤 아내는 느닷없이 화를 내면서, 성급히 떠나는 바람에 손해를 많이 본다고 했다.

내가 떠난 얼마 후, 영일만에 난데없이 가을 전어가 몰려들어, 새로운

어장이 형성되어 많은 생산을 내었는데, 우리 팀들은 동성호 선원들과 조작이 되어, 그물을 배에 싣던 날 어머니가 선원들이 술을 달라고 해서, 진수식 날 들어온 댓병 소주를 주었는데, 그것이 소주가 아닌 배터리에 넣는 액인 것을 모르고 선원이 그것도 누나 신랑이, 나 대신 일을 하러 나가서 남 먼저 마시고 한 달째 병원에 입원해 있다고 했다.

그때까지 병원비는 구룡포 큰아버지가 내고 있다고 했다. 그동안 들어간 병원비가 이백만 원이 넘었고, 앞으로 얼마가 들지 모른다고, 누나가 어머니에게 와서 엄살을 부리고 간다면서, 어머니가 오래 몸져누웠다가 겨우 일어났는데 속상하다며 또 눈물을 흘렸다.

나는 눈앞이 캄캄했다. 매형은 군에서 제대한 후로는 술을 마시면 습관적으로 나쁜 버릇이 있어서, 누나와 다투는 일이 많아지니 어머니께서는 마음이 편치가 못해 언제나 침울한 표정이었다.

한번은 칼로 손목 혈관을 찔러 쏟아지는 피를 감당을 못해, 119를 불러 병원에까지 간 일이 있었고, 어느 해 여름에는 술 때문에 누나와 다투다가, 취한 상태에서 농약을 마셔 119로 내가 병원까지 따라가 치료실에서 위 속에 독극물을 빼내는 차가운 병실에서, 낡은 담요 한 장으로 추위에 떨면서 한없이 울고 있는 누나와 같이 창문에 흘러내리는 빗물을 바라보며 밤을 새웠다.

아내는 그동안 내가 속상해할까 봐 전화할 때마다 말을 할 수가 없었다고 했다. 모처럼 만난 세 가족 상봉이 기쁨보다 우울한 밤이 되었다.

아내는 이틀 밤을 자고 돌아갔다. 온 김에 내가 하루 쉬면서 설악산 구경도 하고 며칠 쉬었다 가라고 했다. 주의보가 내리는 날마다, 혼자서 자주 찾아갔던 낙산사 관세음 보살상도 만나보고 가라고 했으나, 아내는 어머니가 걱정된다고 하더니 작업에서 돌아오니 가고 없었다.

아내도 마을 사람들과 관광버스로 여행 와서 보기는 했지만, 여러 명이 모여 그냥 지나쳐간 곳에 불과하니, 내가 보살상 앞에 서서 상세한 설명을 곁들여 가면서 제대로 된 관광을 시켜 주고 싶었는데 가고 없으니, 눈에서 눈물이 쏟아져 흘렀다.

그러나 한편으로는, 편치 않은 마음으로 끙끙거리고 혼자서 앓고 있을 어머니를 걱정해서, 남편의 마음도 잘 알면서 떠난 아내의 마음이 기특하게 느껴져 고맙다는 생각이 들었다.

그리운 마음과 야속한 마음으로 허전하여 밖으로 나와 대포에 와서 처음으로 다방에 들어가 커피를 시켜놓고, 창밖으로 하루의 일과를 마치고 닻을 내린 어선들을 내려다보면서 하염없이 그리움에 젖어 있었다.

"슬픈 이별을 하고 온 사람 같네요!"

나이가 들어 보이는 아가씨가 내 옆으로 와서 앉으며,

"소주라도 한잔하실래요?"

하며 내 눈치를 본다.

"소주 좋아해요?"

"한 병쯤은 마셔요."

하면서 가자고 재촉을 한다. 다방도 거의 파할 시간이라 손님도 없고, 울적한 기분으로 들어가도 쉽게 잠이 올 것 같지가 않아 따라나섰다.

아무도 없는 작은 대포 집에서 아가씨의 가슴 아픈 이야기를 안주 삼아, 소주 두 병을 먹고 일어나 나오는데, 아가씨가 내일 저녁에는 자기가 살 테니 오늘처럼 그 시간으로 나오라고 했다.

나는 고개만 끄덕여 보이고는 돌아와 방으로 들어가니, 아저씨는 내가 없이도 혼자서 소주 한 병을 마시고 잠들어 있었다. 무엇보다 낙산사 관세음 보살상은 아내에게 꼭 다시 보여주고 싶었던 아쉬운 마음으로 잠을 청했다.

낙산사 관세음보살 법당에 무릎 꿇고 앉아, 유리 벽 너머로 쳐다보이는 관세음보살상의 그윽한 미소를 바라보면, 그 미소에 젖어 나도 모르게 그 자애 서린 품에 안겨보고 싶은 충동을 느낀다.

머리를 숙여 관세음보살을 외워보면 보살님의 은은한 미소가 내 어깨 위에 내려앉아 상념에 빠져 있는 내 마음을 어루만져 주는 것 같다.

내가 보살님께 드리는 기도가 어쩌면 다시 내게로 돌아와, 보살님의 미소와 마음속에 내려앉아 내 마음을 깨워 주는 것만 같아진다.

나는 짧은 시간 동안 많은 기도를 드렸다. 고뇌에 차 있는 나 자신을 하루라도 빨리 회복하고, 가족들과 함께 걱정 근심 없는 편안한 마음으로 살아가는 행복한 삶을 가질 수 있도록 해 달라고 기도를 드렸다.

내가 나를 믿게 하고 흐트러지는 마음을 바로잡을 수 있도록 해 달라고 간절한 마음을 기도에 담아 올렸다. 나는 어쩌면 나의 기도가 보살님의 은총을 받아 다시 내 마음으로 돌아와 나를 일으켜 주리라 믿어졌다.

시간이 갈수록 부드럽게 느껴지는 보살님의 미소에 젖으며,

"내가 나와 내 가족을 굳게 지킬 수 있도록 내 마음을 잡아주십시오!"

하면서 고개를 들어 유리 벽을 바라보니, 근엄하게 서 계시는 보살님의 어깨너머로 보이는 파란 하늘에서, 한가롭게 흘러가는 작은 구름 조각이 보였다.

나는 조용히 법당을 나와 관세음보살상 앞으로 다가가, 하늘 한복판에 근엄한 표정으로 걸려 있는 보살님의 미소를 바라보며 다시 한번,

"나무아미타불 관세음보살!"

두 손을 모아 합장을 하고 돌아서서 편안한 마음으로, 하염없이 관세

음보살을 외우며 내려왔다.

일상으로 돌아와 현실에 임하면서 순간순간 가슴에 젖어 오는 보살님의 미소가 내 가슴에 그리움의 영상으로 자리를 잡아가고 있음을 느꼈다. 내 마음속에 무겁게 내려앉아 있는 상념도, 하늘을 흘러가는 구름조각들이 서서히 사라져 가듯 지워지기를 마음속으로 빌고 또 빌었다.

종교란 나를 위해 있는 것이다. 예수님을 믿는 사람은 십자가 앞에서 기도를 드리고, 불교를 믿는 사람은 부처님 앞에서 기도를 올린다. 기도를 올리는 목표는 다 같은 복을 받자는 것과 뜻을 이루게 해달라는 것이다. 어디서 기도를 하던 그 기도로 복을 받고 뜻을 이룰 수 있다는 것에는 그 누구도 자신하는 사람은 없다. 하느님이, 부처님이, 복을 내려주시는 것은 아니다. 우리들의 기도는 결국으로는 우리 마음으로 돌아와, 나 자신을 다스릴 수 있도록 깨워주고 지켜주며, 나 자신이 부처님의 참된 뜻을 마음으로 받아들여 따를 것을 다짐하고 또 다짐하는 약속을 하게 하는 것이다.

아내가 돌아간 다음 날, 형수님이 아내에게 돈을 오십만 원을 줘서 보냈다고 했다.

"여기까지 와서 낙산사 관세음보살상도 한번 보고, 설악산에 가서 케이블카를 타고, 권금성에도 올라보고 갈 것이지, 왜 그렇게 서둘러 가려고 하냐?"

고 하니 어머니 걱정 때문에 가야 한다고 했단다.

"효부(孝婦)야 효부! 요즘은 사람이 아니야! 삼촌 장가는 잘 들었네!"

"내가 사람 볼 줄을 알아요."

형수님이 싱긋 웃었다. 마음 한 곳에는 그리움이 산처럼 무너져 내렸다.

아내가 다녀간 후로는 그동안 작업에 몰두하느라 잊고 있었던 고향도 어머니도 아내도, 아이들도 가슴이 터지게 그리웠다.

며칠 후 아저씨 부인이 올라왔다. 형제가 만났다고 밤이 늦도록 놀다 왔다. 나는 잠든 듯이 있었으나 부부는 역시 늙어서도 부부였다.

내가 소변이 마려워 일어나니, 칠십을 바라보는 나이에도 늙은 부부는 꼭 끌어안고 잠들어 있었다.

하루가 지루하게 느껴졌다. 그래도 시간은 흐른다.

집으로 돌아갈 날이 가까워지던 어느 날, 바다에서 해적을 만났다. 바다에서는 자주 있는 일인데, 저이들 낚시가 우리 낚시에 걸려 우리 배에 올라왔다고 무조건 배에 올라와 선장 멱살을 잡고 엄포를 놓으며, 말리려 드는 선원들을 배 위에다 내치고 우리 배에 있던 칼을 들고 휘두르며 난장판을 질렀다.

낚시 사공으로 오른 선원이 내게 기관실 안으로 들어가라고 눈짓 손짓으로 알려 주어서 나는 기관실로 내려가 기관 점검을 하고 있는데, 갑자기 쾅! 하는 소리와 함께 배가 심하게 흔들렸다. 깜짝 놀라서 올라가 보니 저들의 배 선장이 고의로 배를 들이받아 뒷부분 위쪽이 왕창 나가 버렸다. 그렇게 해 놓고 다시 후진하더니, 또 한 번 들이받았다. 만든 지 얼마 되지도 않은 신조선이 흉하게 부서진 것을 보고 있으니, 내 육체 어느 부분이 부서진 것처럼 온몸에 통증이 왔다.

그러자 싸움이 중단되고, 육지에 가서 해결하자고 하며, 선장 전화번호와 대포항 출항증을 확인하고는 도망가듯 달아났다. 나도 저들의 선명을 기록해 두었다.

하던 작업을 마치고 돌아와 일을 끝내고 선장 집에 돌아와, 술을 들면서 사공으로 온 선원이,

"저들은 해적들입니다. 지난해 내가 있던 배도 저놈들한테 걸려 많은 돈을 물어 주었습니다."

속초 어느 지역 깡패들이라고 했다. 그러자 선장이 전화를 들고 어딘가 전화를 걸었다. 전화를 끊고, 속초 HID 모 지구대 대장이 자기 조카라고 했다. 조금 있으니 군용 지프차가 집 앞에 도착하고, 군복차림의 지구대 대장이 들어왔다. 삼촌 숙모님께 인사를 하고, 우리가 있는 방으로 들어와 자초지종을 듣고는 선명을 적어 같이 온 아랫사람을 불러 빨리 가서 다섯 놈들을 다 잡아오라고 시켰다. 그러고는 항으로 가서 우리 배를 둘러보고 와서 연거푸 술을 몇 잔을 들고 있는 동안, 이번에는 군용 트럭으로, 다섯 놈을 잡아 데리고 왔다.

대원들이 보고하자 마시던 술잔을 비우고 일어나 나가면서 뒷주머니에서 가죽 장갑을 내어 끼며 군화를 졸라매는 손놀림이 예사롭지 않아 보여서, 내가 덜컥 겁이 났다. 대장이,

"일렬횡대로 세워!"

다섯 명이 겁먹은 표정으로 양팔을 벌리고 간격을 맞추며 일렬횡대로 줄을 맞추어 섰다. 대장이 앞으로 나서며,

"이 해적 놈의 세끼들, 열중쉬어! 차렷!"

하는 동시에 퍼벅 퍼벅 하는 소리와 함께, 해적들이 한 놈씩 나가떨어졌다.

"일어나, 새끼들아!"

이번에는 발길질로 사정없이 후려 찼다. 한 놈씩 엉금엉금 기어서 무릎을 꿇고 열을 맞추어 앉아 고개를 푹 숙이고,

"잘못했습니다!"

대장이 한발 물러서니 다음은 다른 대원이 나서며,

"무엇을 잘못한 거야! 잘못한 것은 알긴 알아, 이 해적 새끼들아!"

눈 깜빡하는 사이에 해적들이 이리저리 나가 뒹굴었다. 보고만 있던 선장과 우리 선원들이 대원들을 잡고 말리며, 선장이 말로 하자며 대원을 끌어냈다.

자기 조카에게 무어라 귓속말로 이야기를 하니, 대원들을 물리고 해적들을 데리고 배에 가서 부서진 배를 확인시키고 돌아와, 배를 받은 선장을 세워 놓고,

"네 놈의 다리도 배처럼 부숴놓을까?"

하는 순간 저만치 나가 뒹굴며 일어나지를 못했다. 선장님이 나서서 이상 더 폭행을 못 하게 막으며, 방으로 몰고 들어갔다.

배를 수리하는 수리비+선체 감가삼각비+작업 못 하는 변상+선원들의 심적 피해+낚시 분실비+기타 경비, 육계 항목을 놓고 산정한 금액 삼백만 원이 넘었다. 내일 오전까지 완불해야만 배 수리가 시작되고, 배 수리가 일찍 시작되어야 작업 날짜를 당길 수 있으니 알아서 할 것을 약속받고, 보냈다.

나는 일찍 일어나 배에 가서 다시 배를 돌아보았다.

아직도 나라 안에서 깡패 해적들이 활개를 치고 살고 있다니! 인간들 자체도 불쌍하지만, 나라를 다스리는 정치인들도 어쩌지 못하는 것을 나 같은 미약한 인간이 어떻게 하랴! 선주신에게 미안하다고 하고는 집으로 돌아오니 어제 배를 들이받은 선장이 와 있었다.

내 손을 덥석 잡으면서 미안하다고 히죽거리는 상판에다 침을 뱉어 주고 싶었지만, 이미 내 눈에는 사람으로 보이지 않았다. 잠시 본 그자의 얼굴이 오랫동안 잊히지 않았다. 사람 상대라면 살인을 한 것이다. 다행히 그날부터 배를 선가하여 일을 시작했다.

사흘 만에 배가 완공되어 다시 작업이 시작되고, 삼 개월 계약 날짜가 다가오면서, 명태가 잡히고 안 잡히고는 관심이 없었다. 날짜가 되어 하루라도 빨리 집으로 돌아가고 싶은 마음뿐이었다. 배의 상처 부분을 볼 때마다 내 몸에서 통증이 느껴졌다. 어쩌면 이 배의 선주가 이 배에서 떠났을 것 같은 생각이 들어 마음이 불안했다.

명태는 처음보다는 양이 적어졌지만, 그래도 아직은 할만했다. 선장이 며칠이라도 작업을 하자고 했지만 나도 지금 바쁘다고 했다. 대구잡이 선원들을 잡아놓고 왔기 때문에 여기서 머뭇거릴 여유가 없다고 했다. 내가 내려가야 어망 준비를 하고, 혹시라도 선원 변동이 있으면 내가 가야 모든 준비가 원만하게 된다고 했다. 무엇보다 선장은 해적들에게 받은 보상비 중에 선박 감가삼각비는 선주인 내게 주어야 하는데 한마디 말도 없었다.

계약이 끝난 다음 날 떠나기로 하고, 작업 마지막 계산도 마쳤다. 그간 식대는 아저씨도 나도 선원들에게 준 반찬(부식) 명태로 정리를 했다고 했다. 따지면 그것은 우리가 큰 손해를 보는 일이지만 말을 하지 않았다.

마지막 회계라 선원들과 간단하게 한잔씩 하고 헤어졌다. 헤어지면서 처음 사공으로 온 사람이 내 손을 잡고 고맙다는 말을 여러 번 했다. 만약 내가 아니었으면 자기는 스스로 하선해야 했으며, 그렇게 되면 그때는 이미 다른 배에 선원으로도 가기가 어려운 시기라 집에서 놀고 있었을지도 모른다면서 연거푸 고맙다고 했다.

다음날 출발할 때도 사공은 술과 먹을 음식을 싸 들고 뱃머리까지 나와 전송을 해주었다.

새로운 도전

고향에 도착하니 마음이 바빠졌다. 입원하고 있다는 매형은 아직도 퇴원하지 않고 병원에서 버티고 있다고 했다.

어떤 사람의 말로는, 지금은 다 나아서 출입도 한다고 했다. 지금까지 들어간 입원비가 사백만 원이 넘었는데, 밀린 입원비가 백만 원이 없어 퇴원을 못 한다고, 이웃사촌 형수님이 중계해 주었다.

나는 가방 속에 넣어온 돈을 꺼내, 백만 원을 누나 소식을 전해 준 윗집 형수님 편으로 보냈다. 다음 날 누나는 매형과 함께 집으로 왔다. 문밖 출입도 못 한다던 사람이 택시에서 내려 걸어서 집으로 들어갔다고 했다.

돈 앞에는 어느 누구도 앞을 바라보는 사람이 없다. 이것은 이미 우리가 내 형제로부터 터득한 일이니 두말이 필요하지 않은 일이라 마음 상할 필요는 없고, 지금부터 누나와의 인간관계를 어떻게 정리하느냐가 남아 있을 뿐이다.

나는 내 마음을 냉정하게 정비하기로 했다. 아내는 아무 말도 하지 않았고, 어머니는,

"저것들이 어떻게 그럴 수가 있나! 잊고 살아라! 누구도 믿지 말고 내 맘만 믿고 살아라! 돈 앞에는 내 형제도 마음을 바꾸는데, 무슨 말을 하겠노! 그저 니 몸 편하게 지내고 온 것으로 다행으로 생각해라!"

그날 밤은 어머니께서 무척 마음이 불편해하시면서 법당에 들어가셔

서 오래 기도를 하셨다.

　속상한 표정이었지만, 잠자리에 들어서도 아내는 아무 말도 하지 않았다.

　다음날 나는 아내와 같이 포항 어망상회로 나가서, 평소에 형님 동생으로 친하던 어망공장 대리점에 들러 대구망을 외상으로 해달라고 주문을 했다.

　저녁에 집으로 돌아와, 잠자리에 들면서 아내는 걱정하는 표정으로,

　"당신 석 달 동안 번 돈이 다인가요?"

　하고 물었다. 나는 자리에서 일어나 가방에 남은 돈을 내어 아내에게 주었다.

　"저번에 가지고 온 돈은?"

　하고 아내에게 물었다.

　"어머니 드리고, 내가 어머니께 이십만 원 정도 받아서 썼어요."

　"이 돈은 네가 맡아놓고 어머니께 돈 달라고 하지 말고 쓰도록 해."

　"이걸 다요?"

　"그래! 그래야 마음도 좀 넉넉해지지."

　"백오십만 원이나 되는데, 그물값을 백만 원 갚아요."

　"아니야. 그걸로 올겨울 살도록 해."

　아내가 입을 히죽히죽하며 좋아했다.

　"좋아?"

　하고 물으니,

　"그럼 돈 보고 싫다는 사람 봤어요? 내가 좀 써도 돼?"

　"그래! 조금이 아니라 많이라도 써. 넌 도대체 돈을 전혀 쓰지 않는 것 같아. 사람은 너무 궁색을 떨면 안 돼. 쓸 때는 써야지. 지금부터 우리

는 새로운 도전을 할 거야. 오뚝이처럼 다시 일어나서 시작하는 새로운 도전!"

그러나 내 마음속으로는 걱정이 있었다. 옛날 어르신들은, 신조선 때 남의 배에 받혀서 상처를 입으면 그 배는 작업이 안된다고, 팔아 버린다고 했다.

그 생각만 하면, 주먹이 불끈 쥐어지며 당장이라도 속초로 달려가서 내 배가 부서진 만큼 다리 몽둥이를 부서트리고 싶은 마음이 불끈 솟아 올랐다. 내 가족 전체의 삶이 매달려 있는 배를 파산시켜버린 것 같은 분노가 가슴 속에서 치밀어 올랐다.

대구잡이 그물을 배에 실어놓고, 어머니께 그 사실을 이야기했더니, 낙망 날짜를 다시 잡아놓고, 아내를 시장에 보내 장을 보게 하고, 낙망 전날 밤 큰 솥에다 물을 끓여 배를 씻어내고, 선주에게 사죄의 기도를 올리고 새로운 선주를 모셨다.

작업이 시작되면서 내 신경은 예민해졌다. 장비도 정부 보조 사업으로 수협을 통해 나오는 어군 탐지기를 올리고 무선기도 소형으로 실었다.

대보항에서 작업하는 대구잡이 밭쇼(장소)는 집에서 가깝게는 사십 분에서 멀게는 한 시간 걸린다.

지금까지 강 안(영일만)에서만 작업을 하던 나에게는 생소하게 낯선 곳이니, 여간 신경이 쓰이지 않는다. 먼바다 한복판에 퍼져 있는 성애를 찾아 그물을 치고 대구를 잡아야 하는 것은 경험도 경험이지만, 하로의 운이라 하는 것에 더 많은 기대를 한다.

잘못 투망하여 높은 바위산 위에 그물이 빠지면 어망 손실이 있고 남의 그물과 엉키게 되면 그 손실 또한 많아 자리를 잘 잡아야 하는데, 그

것이 선장의 경험과 판단에 따르는 실력이다. 가까운 고래성에서 하던 작업의 확대판이라 할 수 있다.

그물은 투망 후 최소한 이틀이 지난 후 양망을 하는데, 일기에 따라서 때로는 삼사일씩 오래 둘 때도 있다. 그러니 그물도 최소한 두 틀은 가지고 해야 한다. 다른 배들은 세 틀, 네 틀까지 하는 배들이 있는데 그런 배들은 생산을 많이 낸다.

다행히 첫해에는 별 사고 없이 평균 작업을 해 오다가, 어느 날 생각지 않았던, 많은 대구를 잡아 그동안 곤두서도록 예민했던 신경이, 한 번에 풀어지면서 내 인지(認知)가 바로 잡히는 듯했다.

욕심 없이 어군 탐지기로 떨어진 성애를 찾아 성애와 성애 사이에 투망한 것이 제대로 맞추어졌다. 대구가 줄줄이 달려 올라오는 것을 주위에 있는 배들이 보고, 여러 척이 한꺼번에 몰려 투망을 하고, 나도 피할 자리가 아니어서 재투망을 했다.

그런데 다음날 일기가 나빠지면서 며칠 후에야 작업을 나갈 수가 있었는데, 그날 한자리에 배가 몇 척이나 몰려 투망한 그물들이, 전체가 한 덩어리로 뭉쳐져서 우리가 현장에 도착했을 때는 배들이 그물을 올리지를 못하고 있었다.

나는 배들을 모두 옆으로 물리고 제일 실한 줄을 내가 받아, 우리 배에 설치된 오 톤짜리 동기로 감아올렸다. 장시간이 걸려 물 위로 올라온 그물은 완전히 한 덩어리가 되어 여러 척의 배들이 가닥 가닥으로 잡아 올려서 대보항으로 들어가고 우리는 마을로 돌아왔다.

다음 날 아침을 먹고 서원들을 데리고 대보에 넘어가니, 그물을 모두 골라서 우리 그물을 따로 챙겨 놓았다. 모두 수고했습니다, 고맙다고 했더니, 오히려 우리 보고 고맙다며, 우리 배가 아니었으면 그물은 포기해야 했다고 하면서, 고맙다는 인사와 전심과 술대접을 착실하게 받고, 그물도 어느 선주가 자기 차로 우리 뱃머리까지 실어다 주었다.

다행히 그물을 펴 보니 한 덩어리로 엉키는 바람에 피해도 없었고 깨끗하게 정리가 되어있어 다음날 바로 작업이 되었다.

대구잡이는 선주가 완전히 그물을 준비하고, 선원들과는 40:60이라는 규정에 따라 분배하게 되어있어, 작업이 잘 안되면 선주는 적자를 면하기 어렵게 된다. 그런데 그해 대구잡이에서 좋은 결과가 나와 사채를 줄이는 데 큰 힘이 되었다.

전어잡이가 다가오면서, 아내는 새삼스럽게 지난가을에 있었던 어머니 사고 이야기를 하면서 전어잡이를 포기하자고 했다.

"아무리 돈에 사람이 끌려다닌다고 해도, 어머니가 계획적으로 술을 억지로 먹인 것도 아닌데, 전어잡이가 끝이 났으면 마지막 회계 시에는 분명히 어머니 이야기가 나와야 하고, 병원비가 사백오십만 원이나 들었는데도 말도 한마디 없이 넘어간 것은 어디까지나 우리를 무시하는 것이니, 그런 사람들과는 다시는 어울리지 않았으면 좋겠어요."

아내의 말이 백번 맞는 말이다.

그러나 내가 생각하는 것은 아직은 사업이 걸려 있고, 선원들이 있어야 돈을 벌 수가 있으니, 우리가 사채를 갚을 때까지는 선원들과 함께해야지, 우리 혼자서는 아무것도 할 수 없다는 것을 알아야 한다고 했다.

아내도 내 말뜻을 알아들었다고 했다.

어렵게 시작된 그해 전어잡이는 겨우 현상 유지로 끝이 났다. 전어잡이가 후포항에서부터 시작되면서 후포에서 여관 생활을 하면서 작업을 했으나, 동해안 배들이 전체가 후포항에 몰려들어, 투망 한번 못해 보고 돌아왔고, 구룡포에서 며칠 동안 작업을 하여 다행히 경비는 건졌지만,

산란지 영일만으로 전어가 들어오지 않아 그대로 끝이 났다.

무엇보다 봄이면 영일만이 터지도록 몰려오던 곤쟁이가 들어오지 않았고, 종합 제철 공장이 준공되고 큰 상선들이 들어오면서 만 안에는 상선들의 묘박지로 인한 단속이 시작되어 조업 구역이 좁아지고, 행정 당국에서도 상선 선로로 인한 작업제재로 단속에까지 나서니, 앞으로는 아무 곳에서나 투망하던 것은 옛날 일이 되었다.

아마도 이제는 전어잡이도 한물이 간듯하다며 선주들은 걱정들을 하기 시작했다.

여름이 다가오면서 어촌계가 뒤숭숭해졌다. 이 년에 한 번씩 하는 수협 총대 선거가 다가오고 있었다. 그동안 젊은 층에서 수차에 거쳐 내게 도전을 권했으나, 삼백육십 날 작업에 바쁘니 매번 거절했다가, 이 년 전에는 지금 총대로 있는 분이 두 임기 사 년을 하였으니 지금이 찬스라며, 젊은 친구들이 이번에도 거절하시면 다음에는 젊은 사람 중에서 추천하겠다고 했다.

나 자신도 올해는 뜻을 내고 있었던 터라 젊은 사람들과 약속을 하고, 날짜에 맞추어 등록을 했다.

장마가 오면서 집에서 쉬고 있는데, 대동배 상회에서 군(郡)에서 손님이 와서 찾는다고 했다.

급하게 갔더니, 홀에 있는 신발을 보니 사람이 많은 것 같아 머뭇거리고 있는데, 문이 열리며 현 총대가 나와서 나를 끌다시피 안으로 들어갔다.

언뜻 둘러보니 마을에 나이 든 유지분들은 다 모인 것 같았다. 내 머릿속에서는 벌써 감이 잡혔다. 내가 싱긋이 웃으며 자리에 앉자, 총대분이 내 앞에서 엎드려 큰절을 했다.

내가 놀라 일어서자 모두가 나를 붙들어 억지로 자리에 앉게 했다. 방 안에는 맥주 상자가 들어와 있고, 근사하게 차린 안주상이 들어왔다.

현재 총대분은 우리 큰형님과 친구요, 누나의 의붓아버지 아들이다.

어머니와는 오래전부터 친한 사이였고 총대분은 어머니에게 평소에도 어무이!라고 부르는 사이다.

물론 나와도 형님 동생으로 술친구로까지 좋은 사이었다. 나는 마을에서는 술친구가 따로 없었다. 어느 자리에서도 서슴없이 끼어 앉아 술잔을 주고받는 친분을 가지고 있었다. 나는 웃으며 무슨 일인지 알고 있으니,

"술이나 한잔 주시오."

했더니, 모두 한바탕 크게 웃으며, 역시 다르다며 내 손을 잡고 악수를 하는 사람, 내 등을 두드리는 사람, 방 안이 화기애애했다. 나는 분위기를 잡으며,

"내게도 계획이 있으니 한 가지 약속을 해 주시요."

"그래! 동생 고맙다. 우리 사이가 어디 어설픈 사이더냐! 이 년 후에는 누구라도 동생에게 도전 못 하도록 내가 막아 줄게! 약속한다! 사나이 약속이다!"

모두 박수를 치며,

"우리가 증인이다. 이 년 후에 딴소리하면 안 된다."

모두 한마디씩 했다. 그런 약속이 있었기에 이번에는 별일이 없을 것으로 믿고 일찍 등록했다. 그런데 현재 어촌계장 하는 분이 내가 등록을 했다 하니, 어촌계장 사표를 내고 총대 선거 출마등록을 했다고 한다.

살아오면서 인간관계는 아주 소중하다고 느끼며 살았다.

어촌계장은 나와 친한 친구의 형님이다. 그래서 나 또한 형님으로 깍

듯이 모시는 사람이다. 그러나 겉으로는 아주 친한 척하면서도 속으로는 상당한 악의를 가지고 있는 사이다. 성격 또한 나와는 정반대 성격이라 상대하기가 편하지 않다.

나는 항상 피해 의식으로 살아온 사이다. 나는 그와 나의 관계는 가장 친하면서 가장 악연이라고 결론을 내리고 마주할 때마다 언제나 경계심을 놓지를 않는다. 어머니께서도 항상 내게 경계심을 가지고 상대를 하라고 하셨다.

질투심이 많은 사람은 마을 사람들에게 손가락질을 받으면서도, 노골적으로 행동하는 사람이 있는데, 이런 사람을 곁에 두어야 하는 것은 불행한 일이라 해야 할 것이다.

그뿐만 아니고, 술에 취하면 친구 형이라고 자기 동생에게 하는 것처럼 욕설은 보통이라 고성이 오고 가기도 할 때가 많다. 무엇보다 심각한 것은 이 위인이 어촌계장으로 있으면서 어촌계 일을 자기 집 일처럼 유도해 나가고 있으면서, 계원들의 면책을 받아도 아랑곳하지 않았다.

성격이 포악하여 아무도 대항할 사람이 없으니, 어촌계 일을 자기 집 일처럼 자기 마음대로 할 때가 많았다. 나 역시도 친구의 형이라 언제나 뒤에 서 있을 수밖에 없었다. 그런 사람에게 빌붙어 다니는 사람들이 있어 더욱 기세를 부린다.

지역적으로 수협 관내 전 어촌계가 일종 공동 어장을 일 년 단위 생산권을 파는 것이 예로 되어, 어촌계 총대들을 불러 모아 팔아 버린다.

그래서 돈을 어촌계원들에게 조금씩 나누어 주는데, 그 속에 숨어 있는 과정들을 정확하게 아는 사람은 아무도 없다.

그 해도 일종어장의 생산권을 계장 자신이 인수했다. 가격도 어촌계 총대들 말과 어촌계장 말이 달랐지만, 아무도 말하는 사람은 없었다. 어촌계마다 연초가 되면 고소 사건이 심심찮게 일어나고 있으나, 대부분 흐지부지 잊혔다.

일종 공동 어장을 잘만 운영하면 상당한 수익을 올릴 수 있고, 어촌계 발전을 이루어 나갈 수 있는데, 수협에서도 연초마다 문서로만 지시할 뿐 실질적인 감독은 하지 않고 있으니, 어촌계는 매년 그 자리에 머물러 있다. 수협에서 주는 수당도 얼마 되지도 않으며 어촌계에서 주는 보수도 얼마 되지 않아도, 마을 이장은 할 사람이 없어도 어촌계장은 임기가 가까워지면 임명권자인 수협장에게 다리를 놓는다.

그런 자리를, 내가 총대로 출마를 한다니, 떡 보따리를 팽개치고 나에게 도전장을 내밀었다.

한참 선거 운동이 불이 붙으니, 어설픈 조합원들 집에는 어촌계 바다에서 나오는 조개가 배달되고, 돈 봉투가 건너다니고 한다는 별 소문이 다 들렸다.

그러니 자연 마을 인심이 흉흉해지면서 살벌한 기운까지 들었다. 보다 못한 마을을 걱정하는 사람들 간에 의논한 끝에 나를 찾아와, 이 차제에 내가 양보를 하고 대신 어촌계장을 맡는 것이 어떠냐고 했다.

마을 젊은 층에서는 처음부터 어촌계장 해임을 원하였으나, 장본인이 쉽게 놓을 것 같지 않으니 총대 쪽으로 밀었던 것인데, 나도 한편으로는 그런 생각을 하는 중이라 선뜻 받아들이고, 상대가 상대인만큼 완벽하게 약속하라고 했다.

선거를 해봐야 질 것이 명확하니 어촌계장이 마다할 일이 아니었다. 마을 유지들이 십여 명이나 앉은 자리에서 한 약속이니 모두가 지킬 것이라 믿었지만, 나는 아니었다.

자기가 원하는 일은 어떤 방법으로라도 남에게 빼앗기는 위인이 아니다. 남들이 흉을 보든 손가락질을 하든, 양심이라는 것을 소중하게 생각하는 사람이 아니라는 것을 확실히 아는 나로서는, 차후 대비에 신경을 서야 했다.

돈으로 양심을 팔고 사는 사람들이 많은 세상이니 그런 문제는 생각지를 않고 사는 삶들이 세상에서는 많다.

쉽게 양보를 해주어서 고맙다며 술상을 차려서 마을 어른들께 대접도 착실히 했다. 일차 술잔이 돌고 현 어촌계장이 일서서

"그동안 동생도 경비가 제법 쓴 것 같으니 이 자리에서 내가 동생에게 지금까지 들어간 경비를 변상할 것을 약속하겠습니다."

하고 선언을 했다. 그 말을 되받아,

"아닙니다. 오해가 있는 것 같은데, 저는 경비라고 쓴 돈이 없습니다. 그러니 사양하겠습니다."

하고 확실하게 결론을 내렸다. 이다음 또 무슨 일이 생길지 모르니 후일에 발등을 찍을 일을 미리 방지하는 차원에서 나는 단호하게 거절했다.

마을 사람들이 돌아가고 두 사람이 남자, 또 한 번 그 이야기를 꺼내는 것을 내가 자리를 차고 일어나니, 취소한다며 술이나 한잔 더하자며 잡고 늘어졌다. 평소에도 둘이 술자리에서 만나면 자기 자랑을 하고 싶어 술을 자주 사는 편이다. 그렇게 잡히는 날은 언제나 술을 많이 먹게 되고, 술에 취하면 자기 동생에게 하듯 해서 피하는 편인데, 그날은 그럴 수도 없는 형편이라 어떤 말도 다 받아 주었다.

다만 내가 걱정하는 것은 임명 과정이었다, 어촌계장 자리를 쉽게 내게 넘겨줄 위인이 아니라는 것을 나는 잘 알고 있기 때문이다. 다음날 수협에서 와서 어촌계 사정 일을 상세히 알고, 총대는 무투표 당선으로

결정을 내리고, 차기 어촌계장은 김근이로 어촌계에서 결정이 난 것으로 결론을 내리고 돌아갔다.

다음날부터 수협에서 오는 공문도 내 앞으로 배달이 되고, 정식으로 임명장은 받지 않았지만, 어촌계 인수인계도 하고, 어촌계 업무를 시작했다.

인수인계는 했지만, 어촌계 관련 아무런 장부도 넘겨받지 못했다. 아무것도 없다고 했다. 이 사실은 다음에 동료 계장들에게 듣기로, 대부분 어촌계가 다 같은 형편이라 했다. 웃지 못할 어촌계 실정이었다.

그럴 수밖에 없는 것이 수입은 일종 공동 어장에서 나오는 것뿐인데 어장은 남의 손에 있었고, 연초에 어장 판돈으로 계원들 입막음으로 배당이라는 명목으로 다 지출이 되었으니, 어촌계장 회의 시 출장 경비와 소소한 접대비 외에는 경비 날 일도 없다.

초등학생들이 쓰는 공책 한 권 접어서 뒷주머니에 꽂고 다니며, 술집에서 손님 접대경비라 적고 술값 지출이나 적어놓는 정도라는 말이, 우스개처럼 어촌계장들 사이에 퍼져 있었다.

나 역시도 말은 어촌계장이었지만 아무것도 할 것이 없었다. 연말까지는 수협 회의 참석이나 하고, 실무 교육이나 기술 교육이 있을 때 차출되는 일이 있는데, 할 일 없는 계장들 사이에 지원자가 많아 신경 쓸 일도 없었으나, 기술 교육은 내가 받고 싶어서 사전에 지도과에다 지원을 해 두었다.

그 당시 남해지역이나 서해지역에서는 양식업이 성행하면서, 상당한 소득을 올리고 있다는 기사들이 신문이나 새어민잡지에 자주 올라오고 있는 시기라 내가 관심을 두고 있었다.

앞으로는 어선 작업보다는 양식 쪽으로 변화되는 시기라는 것을 알고는 있었으나, 동해안은 파도가 심하니 성공할 확률이 낮아 도전했던 사람들이 대부분 실패를 하면서, 동해는 서서히 양식 불모지로 낙인되어 갔다. 그러던 중 수협에서 기술 교육이 있다는 공문을 받고 참석하기로 했다.

교육 기간은 일주일이었고 장소는 멀지도 않은 곳이었다. 교육 과목은 멍게 양식과 포자 배양과 전복 종묘 배양기술 교육이었다. 내가 원하던 과목이라 마음에 들었다. 지역적인 교육이라 참석 인원이 많아 우리 면 지역 계장들을 내가 선동하여 네 사람이나 참석했다.

다른 계장들은 시간만 때우는 사람들이 많았지만 나는 필기를 하면서 열심히 교육을 받았다.

내가 얼마 전부터 전복 양식에 관심을 갖고 실질적으로 경험을 해보기도 했다.

멍게와 전복 두 가지 교육 종목 중에 멍게는 배양과 양식 과정이 파도를 견딜 것 같은 생각이 들어, 돌아오는 즉시로 멍게 포자를 배양하는 배양장 공사부터 시작했다.

아내는 말없이 지켜만 보면서 묵묵히 후원만 해 주었다. 그리고 친구가 어떻게 구했는지 쓰고 남은 멍게 포자가 50m가 있는데, 십만 원을 달란다고 소계를 했다. 그 당시 포자 가격이 100m당 삼십만 원씩 하던 때라, 붙은 숫자도 얼마 되지 않았고, 시기적으로 늦어 망설이다, 돈을 벌기 위한 투자가 아니라 이 지역에서 성장하느냐? 하는 실험이니 상관없이 포자를 사서 바다에 줄을 치고 몇 가닥을 달아 놓았다.

그리고 당시 지행면 관내 계원리에 양식 멍게를 키우고 있다는 정보를 얻어 현장에 가서 멍게 구경도 하고 시설 견학도 할 겸 현장 방문을 했다.

그곳에서도 양식업에 실패한 사람도 있어, 그분들의 이야기도 놓치지 않고 들었다.

그 당시만 해도 멍게 포자 배양은 전적으로 남해 쪽에서 가능한 사업으로만 알고 있고, 어미 멍게를 자연산으로 시작할 때여서 어미 멍게 구하기가 어려운 시기였다.

그때는 어미 멍게를 잠수기 배를 통해 한 마리당 얼마씩에 비싼 값으로 팔고 있어, 달라는 것이 값이라 했다. 포자를 넣은 지 일 년이 되었다는 멍게가 아기 주먹만큼 한 것을 한 마리당 삼천 원씩 달라고 했다.

나는 망설이지 않고 주머니에 있는 돈만큼 70마리를 샀다.

그런 경우에는 나는 꼭 한 번씩 가난이라는 단어를 머릿속에서 끄집어내어 세금질을 했다.

어쩐지 이일에는 처음부터 자신감이 생겼다. 투자를 더 하고 싶은 마음이 꿀떡 같으나 당장 가진 돈이 없으니 안타까워하면서, 어미 멍게를 수조 통에 넣고, 그날부터 우리 식구는 온통 배양장에 교대로 드나들었다. 아내도 돈이 들어가는 것을 보면서 처음에는 불안해 하드니, 투자금이 들어가는 만큼 신경을 쓰는 것 같았다.

장난 같은 사업이었지만 나로서는 배양장 시설과 포자 생산에서 팜사 구입차 부산까지 오고 가는 경비가, 내 현 형편에서 부담이 될 만큼 큰 투자금과 내 인생을 건 투기였다. 날씨가 추워지면서 어려움이 하나둘 나타나기 시작했다.

대구잡이가 시작되면서 배양장 일을 아내가 많이 했다. 강추위가 한 번씩 지나가면, 수조에 바닷물을 올리는 호수가 얼어 종일 물을 올릴 수가 없어, 처음에는 무척 당황했지만, 계속 날씨 추울 때, 며칠을 물을 오려주지 않아도 수조 속에 멍게는 이상이 없었다. 그러나 추워서 실내 공기가 차가워지면 물 온도가 너무 낮아져서 멍게가 정상적으로 산란을 못해 산란이 늦어진다고 했다. 그럴 때는 난로를 피워 실내 온도를 높여 주어야 한다.

수조에 들어간 지 두 달이 되었는데도 멍게가 산란을 하지 않아, 혹시라도 어미가 너무 어려 산란을 못 한다고 아내가 걱정하여,

"사람은 어린 여자도 아이를 낳고 나이가 많아도 아이를 낳는다."

고 했더니 아내도 웃으며, 그러면 기다려 보자고 하면서 웃었다. 아직은 지치지 않은 것 같아 다행스럽게 여겼다.

며칠째 날씨가 따뜻해지면서 잡히는 대구 성적도 좋아졌다. 아내에게 낮에도 난로에 불을 끄지 말라고 당부하고, 작업에서 돌아와 잠자리이 들려다, 배양장으로 가서 컵으로 물을 떠보니 멍게가 산란한 알이 컵 속에 떠 있었다.

나는 물이 내려가는 파이프에 알막이통을 끼우고 물을 올려 알세척을 해 주고 방에 돌아오니, 아내가 뭐 했느냐고 했다. 산란을 했다고 하니 잠자리에 누웠다 벌떡 일어나며,

"성공이야? 성공했어?"

하며 내 손을 잡고 어쩔 줄을 몰라 했다.

"아직은 아니야. 알을 두세 번 더 받아야 하고 부화 과정을 거쳐야 하고, 알이 부화하여 줄에 부착할 때까지 수조에서 잘 키워서 바다로 나가서 양성을 시켜야 하는 과정까지, 아직은 멀었어. 좋아하지 마."

"아니, 뭐가 그렇게 어려워?"

하면서 실망이라도 한 듯 이불 속으로 들어갔다.

다음날 산란 시간을 체크 하라고 일러 놓고 작업에서 돌아오니, 오늘은 엄청 많은 알을 샀다며 좋아했다.

224

나는 곧장 배양장으로 들어가 알 세척을 해 놓고 저녁을 먹으면서, 넌 오늘 고기도 다른 날보다 많이 잡아 왔는데, 정신은 온통 배양장에만 가 있다고 하며,

"선원들 술은 먹고 갔냐?"

하니, 염려 말라고 했다.

"오늘은 찌개까지 만들어 진수성찬으로 차려주고, 내일도 많이 잡아 오라고 했어요!"

"잘했어. 언제나 선원들 관리를 잘 해야 해. 선원들 덕으로 우리가 사는 거야!"

아내는 고개를 끄덕이며,

"그럼! 알지. 그걸 모르면 어떡해!"

다음 날도 정상적으로 산란을 하고 그다음날은 양이 적었다. 그만하면 된 것 같아 저녁을 먹고 배양장에 들어가 부화 과정을 보려고 컵으로 물을 떠서 불빛에 비춰보고 깜짝 놀랐다. 컵을 들고 방으로 들어가 아내에게 보여주며, 이제 삼 분의 일 성공이라고 하니 아내는 그 말은 들은 체도 않고 컵을 불빛으로 비춰보고, 올챙이처럼 컵 안에서 헤엄을 치고 다니는 유생이 신기하여 연방 감탄을 했다.

유생은 나흘 동안 보였다. 숫자상으로는 충분한 양인 것 같아 다음날부터는 알 받기를 중단하고 어미 멍게를 다른 수조로 옮겼다.

알들이 팜사에 붙어서 눈에 보이게 자라 나오고 그 색깔이 흰 색깔에서 가지색으로 변할 때까지 수조에서 키워야 한다. 어촌 지도소 직원들은 유생이 완전히 팜사에 자리 잡고 붙은 다음에는 수조에 오래 두지 말라고 했지만, 나는 날씨가 따뜻할 때까지 수조에서 키웠다.

나는 전어잡이가 한창일 때, 하루 동안 작업을 선원들에게 맡겨 주고,

미리 바다에 시설해 놓은 어장에 내다 달았다.

그때 당시 배는 구룡포에서 작업을 할 때였다.

그간에 진흥원 기사들이 기술 지도차 여러 번 와서 바다로 내보내라 하였으나, 추운 날씨에 어린 새끼들을 들고 나갔다가는 살리기 힘들 것 같아 기사들 말을 듣지를 않았다.

전어잡이는 아무 소득도 없이 끝이 났는데, 포자 사업은 100% 성공을 했다. 진흥원에서 보고는 지금까지 이렇게 숫자가 많이 달린 것은 처음 본다고 했다.

멍게에 정신이 팔려 어촌계 일이 밀리게 되자 계원들로부터 항의가 돌아왔다. 예년 같으면 기지(일종어장)를 팔 때가 지났다고 했다.

나는 이미 내가 어촌계장을 하는 동안은 일종 기지를 파는 일은 없다고 선언을 한 터다. 전체 계원도 아니고 전 계장을 따르는 몇 사람들의 작당임을 아는 계원들은 아무도 동조하는 사람이 없었다.

그러나 전적으로 내 개인의 고집으로 할 일이 아닐 것 같아, 나는 날을 잡아, 어촌계 총대 회의를 열고 작업 날짜를 잡아 작업을 시작했으나, 해녀들이 잡아 온 것은 치수 미달인 새끼전복뿐이었다.

나는 하루만에 작업을 중단하고, 총 회의를 열어서 금년에는 해녀 작업은 하지 않겠다고 했다. 그리고 일 년 동안 어장 관리를 해야 하니, 관리인 한 사람을 선출하고 관리비를 정해 달라고 하니, 한바탕 난리가 났다. 해결될 것 같지가 않아서 나는 회의를 종료하고 차후 총대들과 의논하여 결정하겠다고 하고 총대 회의 날짜를 정하고 해산을 했다.

그리고 회의 후 결과를 방송을 통해 공개했다.

결과는 해녀 작업을 포기하는 대신 나는 일 년간 어촌계장 보수는 받지 않겠다고 했다. 관리인은 누구든지 선착순으로 하고 보수는 월 십만 원이라고 했다.

구 어촌계장의 농간에 놀아나는 일부 사람들이 분탕을 치고 다녔으나 신경을 쓰지 않았다.

어촌계 일이 일단락되면서 나는 멍게 일에 몰두했다. 며칠 후 바다에 나가 지난해 넣은 멍게를 들어보고 깜짝 놀랐다. 자연산 멍게가 사라진 지가 까마득한데 아기 주먹 만큼씩 자란 멍게가 싱싱하게 줄에 매달려 잘 자라고 있었다.

나는 긴급회의를 열어 멍게에 대한 설명을 하고,

"어촌계가 자금이 없으니, 개인적으로 투자를 하여 멍게 양식을 하고자 하니, 희망하시는 분은 계장에게 신청해 주시기 바랍니다. 투자금은 처음이라 무리하지 않게, 한 사람당 십만 원 선으로 할 계획이니 일주일 내로 신청을 해 주시기 바랍니다."

보고만 하고 어촌계 작업 관계로 시끄러울 것 같아 급히 회의를 마치고 자리를 피해 버렸다.

그해 멍게 종패 가격은 일등 품이면 30만 원을 호가한다고 소문이 났다. 그러나 숫자상으로는 일등품이라는 물건의 숫자는 우리 것에 비하면 50%밖에 되지 않았다. 투자금이 없어 겨우 부산까지 가서 가지고 간 돈 중에 올라올 차비만 남기고 사온 팜사가 100m짜리 37개밖에 감지 못했다. 조금 싸게 팔아도 천만 원은 벌었다.

옛날부터 어장은 간이 큰 사람이 해야 한다고 했는데, 역시 나는 사업가 자질이 모자란다고 하자, 아내는 가슴을 주먹으로 여러 번 치며 크게 안타깝다며 허탈하게 웃었다.

30개는 교육장에서 만났던 정치망 어장을 한다는 사업가에게 팔았다. 그는 멍게 양식은 몇 년을 해도 한 번도 성공을 못 하고, 정치망에서 번 돈을 멍게 양식에 다 날렸다고 했다.

포자를 보더니 욕심을 내어 전체를 다 가지고 가려고 때를 섰지만, 내가 써야 한다고 일곱 개를 남겼다.

포자를 판 돈 900만 원이 천금 같은 기분이었다, 우선 돈이 바빠하는 사람들 돈부터 갚으라고 아내에게 넘겼다. 생활비는 배가 작업을 하고 있으니 걱정하지 않아도 되지만, 불어나는 이자가 만만치 않으니 매일 자고 나면 무거운 등짐을 지고 있는 것 같아 마음이 안정되질 않는다.

멍게 어장에 지원하는 계원이 한 사람도 없어, 저녁을 먹고 할만한 사람들 집을 직접 찾아 권하였으나 모두가 꿀 먹은 벙어리처럼 말이 없어, 우리 선원들 집을 찾아가, 억지로 십만 원씩을 빼앗다시피 하여 받아왔다. 다음날 젊은 사람들 네 사람을 설득하여 가입시키고 9명으로 조직을 하고 준비에 들어가려는데, 학교에 우리 아이 담임인 우 선생님이 퇴근 길에 들러 멍게 어장 주식은 어떻게 되었느냐고 물었다. 우 선생님은 시간이 날 때마다 자주 들르는 분이라 아주 가까운 사이다.

"왜, 우 선생도 한 주 들라고?"

하고 농담 삼아 했는데, 출자금은 얼마냐고 다잡아 물어서 십만 원이라 했더니, 지갑에서 십만 원을 내던져 놓고 갔다.

다음날 선원들에게 물어보니 돈이 적으면 받으라고 하여, 사람보다 돈이 필요한 처지라 받아 넣었다.

100만 원으로 시작한 멍게 사업에서 일인 투자금 십만 원으로, 일 년 만에 27만 원씩을 분배를 했다. 거기서 내가 얻은 것은, 여러 명이 어울려 하는 일은 더 좋은 성과를 낼 수가 없다는 결론이다. 사람은 십 명이 있었는데 일은 우리 선원들만 했다.

일손이 늦어지면서 홍합 속에 묻혀 폐사가 많이 생겨 수확이 50%는 줄어들었다. 홍합 제거 잡업만 제때에 한 번이라도 더해 주었으면 더 많은 생산을 낼 수 있었다. 나는 이번에는 나 혼자서 우리 선원 중에 한 사람을 일당을 주고 남겨놓은 내 포자로, 5m 천 줄에 포자를 충분히 감아 5백 봉을 넣었다.

그러자 마을에서는 무허가로 설치한 어장이라고 숙덕숙덕 말이 일고 있었다. 나는 누구에게 듣지 않아도 누구의 말인지 알고 있었다. 가만두었더니 얼마지 않아 잠잠해졌다.

그리고 포자 사업을 시작했다. 금년에는 일찍부터 준비를 했다. 그런데 온 마을에서 지금 포자 사업이 불처럼 일고 있었다. 일찍부터 어장 시설에 불이 붙었다. 무허가 고발 운운하던 사람은 완전 배양장도 크게 짓고, 진짜 사업적으로 벌려 놓았다. 온 바다를 차지하려고 하고 나서니 어쩔 수 없이 계원들이 나서서 어촌계서 해결해 달라고 건의를 했다.

어촌계에서는 계원들도 잘 알다시피 완전 불법이라, 그냥 넘어갈 일은 없을 것이니, 어촌계에서는 어떤 경우도 책임을 질 수 없다는 것을 확실히 하여 계획서를 꾸몄다.

어촌계는 불법인 만큼 빠지고, 조합을 만들어 시작하기로 하고 어장 설치에 필요한 자금 모금에 들어갔다. 상상 외로 자금이 많이 들어야 하니 포기하는 사람도 나오고, 배를 가진 선주를 대표로 하여 조를 만들어 그중에 대표를 선출하여 일을 추진하기로 했다.

나는 이래저래 앞이 캄캄할 만큼 바빠 정신을 차릴 수가 없을 지경이었다. 우선은 어촌계장 임명 기간이 지난 지가 한참 되는데도 수협에서는 아무런 말이 없었다. 해녀들은 작업시켜 달라고 아우성이고, 군 수산과에서는 정보를 듣고 계장을 호출하여 너무 광범위하게 벌리지 말라고 경고를 하고 나섰다.

그 와중에 수협에서 이상한 소문이 퍼져 나왔다. 누군가가 어촌계장 임명에 브레이크를 걸고 있다는 것이다. 다른 어촌계는 계장 임명이 나왔는데, 대동배 1, 2리만 빠졌다. 계장 임명 뒤에도 여러 말들이 퍼졌다. 어촌계장들 사이에는 진담 반 농담 반으로 이상한 이야기가 공공연하게 돌았으나, 그저 소문으로만 퍼졌다 지나갔다.

수협에서 내려온 공문이나 회의 통지는 내게로 배달이 되었다. 드디어 마을에서 들고 일어났다. 소문에 의하면 신임 총대가 어촌계장을 다른 사람으로 추천하여 밀어붙이니, 수협장이 이러지도 저러지도 못해 미뤄놓은 상태라 했다.

당시 내가 걱정하던 것이 이런 것이었다. 그는 언제나 자기 욕심대로 안되면 무슨 짓이든 할 사람이고, 애초에 양심 같은 것은 들고 다니지도 않는 사람이라는 것을 아는 사람들은 알고 있는 처지니, 마을 부녀회에서 단체로 수협장 면담을 요청하고 수협을 방문하여, 수협장에게 임명을 보류한 원인을 말해 달라고 성토를 했다. 몇 시간을 버티어 수협장의 답변을 듣고 돌아왔다.

마침내 수협지도과에서 임명장 수령 날짜를 공문으로 통보해 왔다. 어촌계장 문제가 해결되자 지금까지 계장 임명이 늦어진 원인이 공공연하게 마을에 퍼지면서 신입 총대와 계장 지원자 이름이 마을에 나 돌았고, 그로 인해 그동안 마을에 있었던 불안의 요소들이 서서히 사라졌다.

불같이 일어난 포자 사업이 진행되면서, 마을은 조용한 침묵 속으로 들었고, 모두 각자의 일에 열중하고 있었다. 돈이 투자된 만큼, 집중하지 않으면 돈이 날아가는 일이라는 것을 좋아할 사람은 없으니, 한동안은 마을이 조용해져야 포자 사업이 제대로 진행이 될 수 있다는 것을 모르는 사람은 없다.

누구도 마을 일로 불평하는 일은 없어지고 완전히 잠잠해졌다. 나도 마음 놓고 어촌계 작업을 추진하기 시작했다.

여름 성게 작업은 내가 직접 판매 유의서를 만들어 포항 시내에 있는 운단 무역 회사를 방문하여 판매 유의서를 돌리고 입찰 날짜도 공시했다.

입찰 날이 되자 생각 외로 여러 회사가 참여해서, 한자리에 앉아 회사 측 요구를 듣고 판매 유의서에 보충하고 입찰에 들어갔는데, 가격 또한 상상 외로 높게 나왔다.

작업이 시작되기 전에 해녀들과도 입어계약서를 쓰도록 하고, 어촌계와 생산비 분배 문제도 어촌계 총대들과 같이 앉아서 결정을 했다.

지금까지 연간 생산을 개인에게 팔았을 때와는 달리 해녀 생산 요금이 높아지면서, 해녀들부터 어촌계 직영사업에 큰 호응을 하고 나서니, 마을 분위기가 달라지기 시작했다.

어디서부터인지 우리 어촌계장! 우리 어촌계장! 이란 소리가 나오기 시작했고, 어촌계장 지시에 일사분란하게 따르기 시작했다.

작업을 일 년 동안 중단하고 양성시킨 결과가 운단 생산에서부터 완연히 달라졌다. 해녀들로부터 바다 실증이 암암리로 마을에 퍼져 나왔다.

그것은 현재 전복 상황에 대한 정보로, 전복이 엄청난 크기로 자랐으며 그 숫자 또한 엄청나다고 했다.

가을이 되어 일 년 육 개월이나 양성시킨 전복은 크기에서부터 양에까지 놀랄 만큼 달라져 온 마을 사람들이 해녀들이 나오는 시간에 구경하기 위해 현장에 모여들었다.

손뼉 같은 전복을 해녀들이 어깨에 메고 나왔다는 소문이 인근 어촌계마다 퍼져 나갔다. 만나는 사람마다 진심으로 감탄의 인사를 했다.

그해 결산에서 어촌계원 일인당 배당으로 역대에 없었던 90만 원씩을 배당하고, 수협 출자금으로 일인당 10만 원씩 저축했다. 그리고 마을에 거주하는 비계원들에게도 30만 원과 20만 원씩 차등 배당을 해주었다.

마을에는 쌀가마니를 실은 트럭이 몇 대나 들어왔다. 온 마을 사람들이 어촌계 배당금으로 일 년 먹을 식량을 들였다.

마을이 완전 달라졌다.

겨울이 되자 마을 멍게 배양장마다 불을 밝히고 배양에 열중하고 있었다. 나는 채란자세를 100미터 1,200개를 준비했다.

다음 해, 종패가 바다에 나가게 되면서 모두 큰 기대를 했다.

나는 남들이 포자를 바다로 내보낸 후, 포자가 가지색으로 완전히 성장할 때까지 키워서 천천히 냈다. 그래도 전어잡이는 실적이 좋지 않았다. 작업선들의 숫자도 많이 줄었다.

전어 어장이 사향길에 들면서 가을 오징어잡이에 많은 기대를 하고 있었다. 그동안 꾸준히 늘어나던 오징어 걸망 작업이 양이 늘어나면서, 서서히 우리 마을 대표 어업으로 탈바꿈하고 있었다.

오징어가 빠른 속도로 우리 지역의 주생산 어종이 되었다.

제철이 되면 연안 가까이 들어와 소형 어선들도 작업에 합세하면서이웃 마을까지 번져 나가 작업 범위가 넓어지면서 동해안 전 연안으로 퍼져갔다.

오징어를 그물로 잡는 것은 일찍이 우리 마을에서부터 시작이 되었다. 닻을 바다에 고정(固定)시켜서 그물을 매어, 어느 정도 길이로 펴놓고 다음 날 아침 일찍 나가서 걷어온다.

처음에는 닻이 없어 큼지막한 돌을 줄로 얽어 시작했는데, 조류가 심할 때는 그물을 통으로 끌고 가버려 재미를 보지 못하여 포기하기도 했는데, 조금씩 경제적인 여유가 생기면서 닻을 3, 4관짜리를 사용하면서 소득이 오르자 점차로 닻의 무게를 최대한 10관까지 하여 조금씩 바다 쪽으로 나가며 작업 범위를 넓혀갔다.

어선 세력도 점점 늘어나면서 작업선 크기도 삼 톤에서 크게는 사 톤까지 늘려 건조를 했다. 오징어잡이 수익이 일 년 중 최고의 종목으로 바뀌면서, 마을은 한층 더 활기를 띠기 시작했다.

오징어는 한 번에 잡히는 양이 많아 수입이 높아 어민들이 열을 내면서 빠른 속도로 발전했고, 지금은 동해안 전 연안에서 작업이 형성되고 있다. 강원도 지역에서는 오징어를 주로 채낚기로만 잡아 왔는데 근간에 그물로 잡는 작업이 형성되면서 상당한 어획을 올리고 있는 것을 TV 뉴스를 보면서, 내가 처음 어업을 시작하기도 전에, 작은 전마선으로 이웃 어른들과 돌을 매어 시작한 어업이 이제 완전 연안 어민들뿐만 아니라 근해 어업으로 발전하여 오징어 어망 작업 하는 배들이 늘고 있다 하니, 뉴스를 보는 동안 가슴이 뿌듯한 느낌이 들어 아내에게 오징어잡이 역사를 이야기해 주었다.

오징어는 옛날 일본 사람들이 돌아간 후, 청어가 일본 사람들을 따라 사라지자, 대체 어종으로 가을부터 겨울 연안으로 몰려오는 회유성 어종으로, 정치망 어장에서 많이 잡혀 옛날에는 오징어를 잡는 겨울 어장이 별도로 있었는데 겨울 한 철을 한다 하여 그 이름을 삼동(三冬) 어장이라 했다.

멍게로 인해 마을이 기대에 차 있었으나, 나는 어째 불안한 마음이었다. 멍게 포자가 서서히 성장 과정이 표면으로 드러나면서, 포자 사업 실패로 인한 전반적인 피해가 마을에 상당한 충격을 주었다.

그러나 나는 지난해와 같이 완전 성공을 했고, 그 반면 전년도에 비해 포자 가격은 한 조세 당 십만 원으로 대폭 내린 가격으로 형성되고 있었다. 내가 멍게 포자 배양에 대한 나만의 기술을 술자리에서 이야기한 적이 있었는데, 젊은 층에서는 전적으로 어촌 지도원 지시에 의존하면서, 내 이야기에 관심을 가지지를 않았다.

까다롭고 변덕스러운 배양기술은 섣불리 남에게 이래라저래라 할 수가 없다. 자칫 잘못하여 실패했을 때는 그 손해가 큰 만큼 조심하고 자제해야 할 부분이다.

일부 측에서 내 포자 실태를 알고, 나 몰래 어장에 가서 포자를 들어보고는 온 마을에 소문이 퍼졌다. 내가 어촌계장이 되기 전, 어느 날 청년들이 나를 초청했다. 내가 찾아간 곳은 옛날 일본인들이 살다 버리고 간 주택을 지금까지 동사무실이라 하고 사용하고 있었는데, 그곳에 마을 청년들이 전체가 모여 있었다.

모인 청년들 중에는 대부분 중학교는 물론, 고등학교와 높게는 전문대를 나온 청년들도 있었는데, 그중에는 내 배 선원도 두 사람이나 있었다. 그리고 평소에 술자리도 자주 하고 어려운 일도 서로 이야기하는 절친들이였지만, 우리 때와는 달리 중학교는 물론이고, 고등학교와 전문대를 나온 사람도 있으니, 무슨 일인지 감이 오질 않았다. 자리에 앉자 대표가 일어서더니, 오늘 이 자리는 마을 청년회를 조직하는 자리라고 설명했다. 그러면서 나에게 청년회 조직을 위해 응원해 주는 말씀을 해달라고 했다.

나는 언뜻 나보다 모두 더 배운 사람들인데 내가 이 사람들에게 할 수 있는 이야기가 있을까? 하는 생각부터 들었다.

나는 별로 내키지는 않았지만, 마을에 여러 사람 중에 그래도 나를 초청해준 것은 고마운 일이라고 생각하고, 준비도 없이 갑작스러운 일이지만 내가 평소에 바쁜 일상 중에도 머릿속에 담아놓고 생각해 오던, 고향이라는 제목을 가지고 이야기를 했다. 듣고 난 청년들이 모두 박수를 치면서 환대해 주어 기분이 나쁘지는 않았다.

그 자리에 앉아 술까지 대접을 받으며, 부칙으로 첫째로 자금이 없으니 자금 조성을 위해 앞으로 해야 할 사업에 대하여 설명을 했다. 첫 번째 사업으로 보리 철이 오면 보리 탈곡기를 사서 탈곡사업을 하겠다고 했다. 그러면서 나에게 탈곡기 살 자금을 조달해 주면 사업으로 나오는 수입으로 가장 먼저 갚아드리겠다고 했다.

대부분 내 형편을 잘 아는 사람들이 있어 내게 지원해 달라는 것이 아니라, 내가 어디서 차용을 해 달라는 부탁이었다. 나보고 지원해 달라는 소리가 아니어서 큰 다행이라고 생각하며 그렇게 해 주기로 약속을 했다.

그러나 내 힘으로 할 수 없는 일이라 나는 부인회 회장에게 부탁하고, 함께 지원을 해보자고 했다. 부녀회장도 지도자답게 마을 발전을 위해 많은 일을 하고 있었다. 처음 마을에 수도 사업을 할 때만 해도 부녀 회원들을 동원해, 바다에 자라고 있는 진저리를 베어 수도 사업에 많은 도움을 주었다.

그해 청년 탈곡사업은 동민들도 협조를 해주어 좋은 성과를 냈다.

나는 앞으로 마을 발전에 많은 기대를 하면서, 주머니를 틀어가며 음료수랑 물통을 들고 부녀회장과 마을을 위해 땀 흘리며 일하는 현장을 찾아다녔다.

사업이 끝나고, 보리 매상을 마친 청년회에서 결산에 좋은 소식이 마을에 퍼지면서 좋은 평가를 얻었는데, 더위가 한창이던 여름날에 내 등골이 서늘한 소식을 들었다.

청년 회원들이 탈곡사업으로 번 돈으로 가족 동반하여 관광버스로 여행을 떠났다고 했다. 놀란 내가 부녀회장에게 전화를 해보니 회장도 모르는 일이라 했다. 빌려준 돈은 받았느냐고 했더니, 다행히 돈은 받았다고 했다.

나는 그나마 다행이라며 한숨 놓았다. 아내가 가만있을 리 없었다.

한 말씀 듣고 살아가는데 교훈으로 삼겠다고 하니 이 이상 마을 청년들이 하는 일에는 관심을 끊고, 한마디 비판도 하지 말라는 당부를 했다.

잘못 말을 했다가는 테러를 당할 수 있다고 했다.

나는 그럴 수도 있겠다고 생각하면서, 멍게 양식 실험 사업과 어촌계 청년회 지원사업비 문제로 불만을 가지고 있을 수도 있겠다는 생각을 했다.

겨울이 가고 봄이 오면서 멍게 포자를 구입할 시기가 되니 너도나도 충무 쪽으로, 포자 구입 차 내려가기 시작했다. 그때 나는 포자를 육지 수조로 옮겨 청소 작업을 했는데, 하나둘 보고 간 사람들의 입으로 온통 우리 포자 소문이 퍼져나갔다.

마을에서 넙치 양식을 하는 후배가 와서 보고는, 얼마씩에 내겠느냐고 했으나 아직은 아는 게 없다고 하고, 가격이 형성되면 가격대로 할 것이라고만 했다. 그 사람도 젊은 사람인데, 군 수산과 지도선 직원으로 있는 고향 친구와 동업으로 어류 양식장을 시작하여 넙치를 양식, 출하를 앞두고 전기 차단기 고장으로 전폐하여 어려운 형편에 놓여 있는 시기였다.

며칠 후 그 후배가 다시 찾아와 나가는 가격대로 삼십 개를 주문했다.

협회를 만들어 시설한 어장을 개인적으로 나누어 포자를 달았는데, 그 어장에 멍게라도 달아야 손해를 본 자금을 찾으니 너도나도 다행이었다. 그동안 내가 친한 사람과 동업으로 군에 시청한 멍게 양식 면허 문제로, 여러 번 도에 방문하여 간신히 2헥타르를 얻었는데, 총대가 자기도 동업에 넣어 달라고 떼를 쓰고 달라붙어 어쩔 수 없이 2헥타르로 삼인 동업으로 하기로 했다. 면허에는 2헥타르이지만 3헥타르로 한 사람이 1헥타르씩 개인이 시설하기로 약속을 하여 시설이 시작되었다. 본 동업자와 나는 정확하지는 않아도 내가 그려준 약도대로 똑같은 크기로 시설을 했는데, 총대 어장은 자기 동생과 2헥타르를 시설했다.

나는 그 사람 욕심을 알기에 싫어했는데, 앞으로 마을에서 일어날 수 있는 좋지 못할 문제들이 생길 때, 우리 쪽으로 붙여 놓으면 유리하겠다 싶어 들인 것인데 역시나가 역시였다.

포자 가격이 형성되면서 충무 가격을 따라 십만 원씩에 팔려나갔다. 그런데 충무에서 올라온 포자는 우리 포자에 비해 좋다는 것이 50% 정도였다. 그제야 사람들은 후회했다. 서둘지 않은 사람들은 대부분 내 포자를 가지고 갔다.

포자로 번 돈이 8,000만 원, 마침내 빚에서 완전히 벗어날 수가 있었다. 그리고 내 어장에 5m짜리에 내가 생산한 일 등급 포자로 이천 봉을 넣었다.

이제는 날아가도 될 것 같은 심정이었다. 조금 남은 돈으로 아내가 원하는 대로, 포항 도시 계획 구역에 각지 땅 한 필지를 샀다.

어머니 살아 계실 때 집을 지으려 했으나, 어머니께서 한사코 못 하게 하셨다. 이제 겨우 빚에서 벗어났는데 좀 더 있으라고 했다. 이제 운을 찾아 일어나려고 하니 지금은 하지 말라고 했다. 어머니 말씀대로 집짓기를 포기하고 땅을 샀다.

드디어 내가 걱정하던 일이 터졌다. 마을 협회에서 시설한 멍게 어장을 위쪽 정치망에서 걸고 나섰다. 군 수산과에 고발장이 들어가 사건화가 되면서 큰 사건으로 번졌다. 멍게가 한창 자라고 있는 상태에 어장 철거 명령이 떨어진 것이다. 만약 어장이 철거되는 날에는 온 마을이 빚더미에 묻히게 되는 것이다.

일차 경고 날짜가 넘어가고 이차 경고장이 날아왔다. 여러 번에 걸쳐 회의하였으나 답이 나오지를 않았다. 문제는 초창기에 아래쪽 어장에서 걸고 나오는 것을 돈을 주고 무마한 것이 문제가 되었다. 그 사건을 위쪽 어장 사장이 알고 감정으로 시작한 사건이었다.

같은 액수의 돈을 마련해줘 봤지만 받지를 않았다. 오직 감정이었다.

위쪽에 있는 어장은 아버지 때부터 어장 자체를 우리 공동 어장을 침범하여 운영해오고 있었지만, 마을에서는 우리 마을 사람들이 고용되어 있다는 것으로 지금까지 아무런 제재도 하지 않았다.

현실적으로는 위쪽 어장에는 아무 지장이 없는 실태인데도, 마을 사람들이 아무리 사정을 해도, 막무가내였다. 마을 전체가 넘어지는 판이라 지금 자라고 있는 멍게를 생산하면 바로 철거하겠다고 해도, 아예 말을 듣지도 상대도 하지 않으려고 했다.

의논 끝에 면(面) 지역 여당 활동장을 대동하고 국회로 찾아가, 이 지역 국회의원을 만나 의논을 해보기로 하고, 다음날 비행기 왕복표를 예약했다.

국회 사무실에 도착했을 때, 의원님께서는 집안 초상에 참석하여 묘지 현장 산에 있다고 했다. 사무실에서 지역에서 주민들이 민원 사항을 가지고 왔다고 하니, 바로 출발하여 늦지 않게 사무실로 왔다.

사정 이야기를 듣고는 내일 일찍 포항으로 와서 군 직원들과 현장으로 오겠다고 했다.

국회의원 한번 걸음에 한 마을의 존폐가 풀렸다. 멍게가 자라서 출하를 하고 나면 바로 어장도 철거하기로 했다. 어려운 일 한가지가 풀렸다.

앞으로 기대하는 것은 멍게가 잘 자라서, 정상적인 출하로 모두가 빚에서 벗어나도록 마음으로 기도하는 일밖에 없다.

그런데, 멍게가 예전에는 일 년이면 출하를 하였는데 갈수록 성장이 늦어지면서 군에서는 재촉했다.

자기들이 현장에 와서 보고는 안타깝다며 오히려 걱정만 하고 갔다. 이 년 이란 세월이 참으로 지루하고, 고통스러웠다. 그러나 한 가지는 잘 풀려나가고 있었다.

어촌계 일은 성게 작업도 좋은 결과를 내고 끝이 나고, 가을 전복도 작년만은 못해도 예년에 없던 품질에, 양 또한 만족할 만큼 좋았다. 전복은 생산 자체에서 치수 미달은 아예 잡지 못하게 하면서 선별하여 골라낸 작은 전복들은 해녀들이 직접 다시 바다에 넣어 주도록 하여 철저한 감시를 했다.

이런 식으로만 간다면 앞으로도 해마다 평균적인 수확을 볼 수 있을 것이나, 다음 사람이 들어와 계원들에게 인기를 얻으려고 배당에만 치중하여 어린 전복을 대중없이 잡아내게 되면, 얼마 못 가서 어장은 다시 황폐해질 것이다.

연말 결산 시기가 되면서 계원들은 배당에 잔뜩 기대하고 있었다.

총회 날짜가 잡히자 젊은 측 청년회에서 하룻저녁 집으로 찾아와 자금 지원을 요청했다.

"이번에는 무슨 사업을 하느냐?"

하고 물으니 답변을 하지 못했다.

"내가 총회가 아니라 총대 회의에 올려 볼 테니 사업 계획서를 만들어 나에게 가져오라."

했더니, 그렇게 하겠다고 해 놓고는 총대 회의와 총회가 다 지나가도 아무 말이 없었다.

그런데, 그때 있었던 일이 감정으로 번지고 있다는, 좋지 못한 소문이 내 귀에까지 들어왔다. 나는 대응을 하지 않고 그냥 두었다.

회관건립 문제가 총대 회의에서 통과되었는데, 총회에서는 몇 사람이 반대 의견을 냈다. 처음부터 내가 마을이 어려움에 처해 있어, 한 사람이라도 반대하는 사람이 있으면 취소하겠다고 한 터라, 나는 안건을 취소하고 본건만 의결했다.

다음날 밤 반대한 사람들을 한 집에 불러 놓고 반대하는 이유를 물어 보았다. 한참을 머뭇거리고 시간을 보내더니, 내가 쉽게 물러서지 않을 것이라는 예감이 들었는지 입을 열었다.

"사실은 반대하고 싶어 반대한 것이 아니고."

말을 못 하고 뜸을 들이고 있었다. 내가 사정을 알고 있는 듯이 말을 하니,

"사실은 누구 돈을 빌려 이번에 양식 어장에 넣었는데, 반대하라고 해서 뜻도 모르고."

"돈을 빌렸으면 갚으면 되지, 돈에 양심을 담보로 하지는 않았을 것 아닙니까?"

"그럼! 그럼! 수고스럽지만, 총회를 한 번 더 열어주게. 마을 재산을

만드는데, 내 자식들에게까지 부끄러운 일이 될 수는 없지 않겠나?"

하며 단호하게 말했다.

다음날 재소집한 회의에서 어촌계 회관건립 문제를 만장일치로 통과시켰다.

마을회관 건립은 총회에서 통과되면서 빠른 속도로 진행되었다. 회관 건립 자금을 남기고도 계원들에게 조금씩 배당도 할 수 있었다.

결산 총회가 끝이 나자 연말쯤에 준공을 목표로 일을 추진했다.

수협에서 약간의 보조를 받고, 면사무소에서도 보조를 받았다. 나는 설계에 들어가기 전에 동해안 어촌계 회관을 여러 곳을 답사했다. 강원도 어느 어촌계 사무실에 들어갔을 때, 여러 곳을 본 중에 가장 마음에 들었던 곳이 있었다. 무엇보다 회의실에 들어섰을 때 회의실 안에는 책상들이 열을 지어 놓여 있고 책상 위에는 방학을 맞아 공부하던 학생들의 책들이 펼쳐져 있었다. 공부하다가 더우니 바다에 간듯했다.

어촌계에서 학생들에게 공부방으로 회의실을 개방하고 있었다. 구조보다 그 내용이 한결 마음에 들었다. 돌아와 그 내용을 설명하고 그에 맞게 설계했다.

겉으로는 마을이 편안한 듯 보였지만 안으로는 무거운 고민에 싸여 있었다. 군청에서 정해준 멍게 어장 철거 기한이 다가오고 있는데, 멍게 성장은 더디기만 하여 속을 태우고 있었다. 군청에서는 여러 번 마을에 와서 멍게 실태를 보고 도청에 보고했지만, 도에서는 연말까지 철거하라는 지시를 군청으로 내려보냈다.

그 와중에 마을 한구석에서는 암암리에 어촌계장 교체 바람이 서서히 일고 있다는 소문이 내 귀에 들어왔다. 장본인은 두말할 것 없이, 현 총대의 밀실 쿠데타가 서서히 밖으로 새어 나오면서 회오리바람이 일기 시작했다. 나는 그 세력 속에는 청년회 일부도 가담되어 있을 것으로 예측했다.

회관건립을 반대할 때부터 나는 그 공작을 짐작했다. 내가 회관건립을 추진하는 것을 어촌계장을 오래 할 목적이라고 생각한 것이다. 일이 추진되면 도중에 나를 몰아내기는 힘이 던다는 것을 생각한 것 같았다.

그러나 나는 저들은 내가 멍게 양식 면허를 어촌계 명의로 내지 않고, 개인 명의로 한 것에 대한 불만 세력도 포함되어 있었다. 멍게를 처음 시작했을 때 일이다.

어느 날 수협에 갔더니 지도과에서 오라고 했다. 내가 면허를 신청하기 전에 어촌계원들이 삼삼오오로 조직을 하여, 어촌계장도 몰래 정치망 어로 구역 안에다 양식 어장 면허 신청을 하나도 아닌 많은 헥타르를 그려 여러 개를 신청하는 웃지 못할 사건이 벌어졌다.

나는 마을에 와서도 할 말이 없었다. 수협에서 군으로 보낸 면허 신청은 한바탕 난리가 나면서 웃지 못할 사안으로 끝이 났다.

우리 앞바다에 면허를 낼 수 있는 구역은, 정치망 어로 구역과 어촌계 구역 사이에 2헥타르밖에는 없었다. 처음에는 나도 어촌계 명의로 하려고 하였으나 2헥타르로는 마을에 분쟁만 날 것 같아 결국 세 사람 이름으로 할 수밖에 없었다.

나는 내 생활에는 도움도 되지 않은 일을 하면서 내 앞날을 희생할 수 없는 것은 내게도 가족이 있고, 한창 자라고 있는 아이들이 셋이나 있으니, 지금 내가 마을 일에 매달려 어영부영 세월을 보내게 된다면 그것은 훗날 크나큰 후회를 남길 것이니, 나는 애초에 시작할 때 오랫동안 마을 일에 매달리지는 않겠다는 결심이 서 있었다.

어촌계에서도 어촌계 직영사업을 믿지 못해 만약 직영사업이 실패했을 때는 계장 보수는 무보수를 하고 성공했을 때는 일 년에 백만 원을 주겠다고 했다. 나는 삼 년 임기 동안 회관건립만 되면 물러난다는 계획이었다.

그러나 지금 작당을 하고 있는 사람들은 오래전부터 어촌계 일종어장을 동업으로 사서 돈을 벌던 사람들이니, 그 속내가 내 눈에는 환히 보이는데, 계원 중에는 술에 팔리고 돈에 조이면서 따르는 사람들이 어쩌지 못해 동조하는 사람들을 등에 업고 일을 꾸미고 있다.

여기서 내가 중단하면 볼 것 없이 또 마을은 그들의 손에 들어가고, 그렇게 되어도 누가 나서서 바로 잡으려고 힘쓸 사람이 없다는 것을 아는 나로서는, 그냥 물러나는 책임 없는 행동은 마을을 배신하는 배신자가 되는 일이라 고민하지 않을 수가 없었다.

사실은 어촌계장에 들어서면서부터는 작업도 제대로 되지 않고, 계속해서 들려 오는 불미스러운 험담들을 듣고 참고 살려니 속이 상한다며 아내는 불만이 많았다.

어머니는 자식들이 밖에 나가서 남들에게 손가락질받는 것을 싫어해서 어촌계장 일도 여기서 끝내기를 바랐다.

"내 것이 아니면 아무리 좋은 것이라도 돌아보지 말아라. 특히 어른들에게 잘못하여 아비 없는 자식이라는 소리를 듣고 오는 날은 니는 내 자식이 아인기다."

하시며 나의 일거수일투족뿐 아니라 마음가짐에, 지나치게 관심을 가지고 계셨다. 그래서 나는 때로는 할 말도 참고 속을 끓이는 일이 많았다.

거기다 어촌계장을 하면서부터 술자리가 많아지고, 과음하는 날이 많아지면서 건강에 대한 문제로 남모르게 고민을 많이 했다.

나는 여름이 들면서 있는 배를 팔기로 결심하고 아내와 의논 끝에 배를 팔았다. 첫째로 양식 어장 일하기도 만만치가 않고, 작업도 순조롭지 않으니 선원들 보기도 미안한 마음이 들었다.

그 당시는 이미 전어잡이도 끝이란 결론이 내렸고, 남의 배에 다니던 선원 중에는 일찍부터 독립하여 작은 배를 사서 아내와 같이 작업을 시작해 상당한 재미를 보고 있었다.

배를 팔기 위해 선원들과 앉아서 의논해보니, 선원들이 오히려 더 좋아했다. 한 선원은 배를 팔자 바로 자기 배를 사서 아내와 같이 작업을 시작했다.

선원 한 명은 내게 남아 있기로 하고 다른 선원도 양식협회에 가입하고 있어 어차피 나가야 할 형편이니 좋아했다.

배를 팔고 나는 그동안 단골로 가던 목수 공장으로 가서 양식 어장에도 타고 연안에서 자 망 작업도 할 수 있게 알맞은 배를 계약했다. 내가 이 공장에 배를 네 척 째 만들어 사장과는 친한 사이가 됐다.

공장에 주문한 배가 오는 날부터 남은 선원과 자망을 실어서 작업을 하면서, 시간이 날 때마다 멍게 어장 일을 했다. 남은 선원에게는 내년 멍게 출하를 마칠 때까지만 약속했다.

어촌계장 임기 칠월이 되었는데 수협에서는 연락이 없었다. 그때는 이미 총대가 얼마 전 이사 선거에서 당선이 되어 이사가 되어 어촌계장 임명 문제가 더욱 어려워졌다.

수협에서는 계장 임명이 잘못된다면, 마을에서 그냥 넘어가지는 않을 것이라는 탄원서가 들어와 있다고 했다. 내가 깜짝 놀라서 지도과장과 밖으로 나가 상세하게 물어보니, 그뿐만 아니고 마을을 떠나 사는 사람 중에서, 누군가가 포항 정부 안전기획부 파견소에 투서를 넣어 수협에 의견 문의가 와 있다고 했다.

당시 지도과장은 나와는 사형 간이었고 대보 지점에 지점장으로 있을 때, 아주 가깝게 지내던 사이라 상세하게 내게 알려 주었다. 그러면서 만약 앞으로 유임이 결정되면 지도 감사 청구가 들어와 있다고 했다. 역시 김 이사가 다른 사람을 시켜서 한 것이라고 했다.

그리고 더 할 말이 있는 듯하여 자제하기에 내가 다그쳐 물으니, 사실은 이번 연말에 중앙으로 표창장을 신청하려고 계획을 하고 있었는데 못할 것 같다고 아쉬워했다.

마을은 뒤숭숭하면서 아무도 나서지 못하고 서로 속만 끓이고 있는 상황이 되었다. 그런 상황에서도 이사 쪽에서는 내가 자의로 물러나기를 기대하고 있다고 했다.

이른 상황에서 내가 물러난다면, 밖에서 관심을 가지고 고향을 보고 있는 향우들께 너무 면목 없는 일이 아닐 수 없다.

안전기획부에 선을 연결한 사람도 마을 사람이 아니라 밖에서 바라보고 있는 향우라는 것을 알고 있기에 마음은 더욱 불편했다. 그 와중에 정부 안전기획부 포항지사에서 호출이 왔다. 어렵게 찾아간 곳은 민가 한복판에 있는 넓은 가정집이었다.

마을 실증과 앞으로의 계장이 해야 할 일들을 참고로 듣고는, 임명되면 마을을 위해 열심히 하라고 했다. 그리고 마을에 사는 사람들보다 밖에서 보고 있는 고향 사람들이 많은 응원을 보내고 있다는 것을 잊지 말라고 했다.

나는 관심을 가져주셔서 고맙다는 인사를 깍듯이 했다. 내가 임명에 밀려나는 것은 어쩔 수 없으나, 임명장이 내게로 떨어진다면, 고향 밖에 있는 향우들에게는 물러나겠다고 말을 할 형편이 못 되는 처지가 되었다.

수협에서도 오래 버티지 못하고 임명장을 주었다. 그러나 수협에서 계획한 표창장은 묻혀 버렸다.

회관이 준공되는 날, 마을에서는 큰 잔치를 벌였다. 어르신들이 더없이 좋아했다. 일평생에 이렇게 큰 마을 행사는 한 번도 없었으니, 어르신들께서는 음료수병을 들고, 우리 어촌계장을 찾으며, 음료수 잔을 들고 몰려왔다.

누군가 어르신들께 우리 어촌계장님께 음료수를 주면 어떻게 하느냐며 소주병을 가져다드리니, 우리 어촌계장이 술을 마시느냐고 했다.

"어촌계장님이 술은 못 마셔도 주기만 하면 지고 가든 안고 가든 할 것이니, 주기만 해보시오."

"그래! 나는 우리 어촌계장이 술을 자시고 마을에 다니는 것을 한 번도 본 적이 없는데, 그래 내 술 한 잔 받아보시게나."

"한 잔이 아니라 열 잔을 줘도 됩니다."

연거푸 들이미는 어르신들의 술에 취하고 말았다.

어두워지면서는 방송 시설을 실내로 돌려놓고 마을 부녀 회원들이 밤이 깊도록 놀았다. 참으로 좋은 날이었다. 어촌계가 생기고 어느 어촌계도 회관이 없는 어촌계가 없는데, 낡은 건물에서 그것도 일본인들이 버리고 간, 건물에서 오랜 세월을 지냈다. 내 목표는 어촌계장 한 임기만 하면서 회관건립이 꿈이었는데, 꿈을 달성한 것이다.

다음날부터 마을은 다시 일상으로 돌아가면서 협회 회의가 매일 열리다시피 해결책을 찾는데 머리를 짜고 있었다. 그러나 방법을 찾지 못해, 결국은 또 국회의원의 힘을 빌려 멍게가 완전히 성장할 때까지 연장하는 결론을 얻었다. 구정을 보내고 날씨가 풀리면서, 너도나도 어장에 매달려 멍게에 붙은 홍합과 오만둥이 제거 작업이 시작되면서, 모처럼 마을은 활기가 넘쳤다.

한창 바쁜 시기에 수협에서 지도 감사가 나왔다. 어촌계 수입 지출과 회관건립 결산까지, 과장과 직원이 꼬박 하루를 다해 감사를 마치고, 사무실을 나가면서, 상을 주려 했는데 벌을 주라고 하니 참으로 한심한 마을이라고 했다.

이 말을 들은 계원이 잽싸게 온 마을에다 소문을 퍼뜨려 온 마을 사람들 입에서 입으로 퍼져나갔다.

결국은 이사 귀에까지 들어갔고, 고민 끝에 나를 찾아와 어머니와 아내에게도 그동안의 잘못을 사과했다. 그날 밤 이사와 횟집에서 마주 앉아, 새벽 세 시까지 소주 아홉 병을 마셨다.

동생을 미끼로 내 허리춤을 잡고, 가장 친한 척하면서 가장 악연으로 다가와 나를 괴롭히던 그 심보를 벗어 던지고, 내 앞에 앉은 사람의 얼굴의 민낯을 쳐다보면서, 소주 아홉 병을 마셨다.

어머니

구룡포 사건 이후로 아내의 마음은 불편해 보였다. 말은 안 해도 구룡
포 형을 원망하는 마음속에 은근히 어머니에게로 향하는 마음도 약간은
있는듯했다. 아내의 마음속에는 평생을 불편한 다리로 살아오면서 오직
가난을 벗어나기 위해, 모든 꿈을 접어놓고 형을 믿고 살아왔는데, 그
결과로 모든 것을 형에게 양보하고, 태산 같은 빚까지 얻어 떨어져 나온
남편을 바라보는 마음은 얼마나 안타까웠을까!

그래도 그동안 열심히 하여 빚을 갚아 나가는 남편을, 측은한 마음으
로 바라보는 그 마음은 편안할 수가 없었을 것이다. 돌아서서 눈물을 흘
리는 모습을 내게 보일 때도 있었고, 때로는 어머니 마음까지도 불편하
게 할 때도 있어 나를 불안하게 하였다.

그러나 조금씩 줄어드는 빚에 용기를 내는 모습은 내게도 말할 수 없
는 용기를 주었다.

그런데 어느 날 내가 볼 일로 출타한 사이, 내가 걱정하던 일이 집에
서 벌어지고 말았다. 어머니는 이래저래 둘째 아들의 마음을 헤아리지
못한 자책감으로 우리와 함께 있는 것이 불편하였던지, 내 생각으로는
아내에게 불편한 소리를 들은 것 같았으나, 두 사람이 다 입을 다물고
있으니 알 수는 없었다.

나는 구태여 알려고 하지도 않았다. 설상 아내가 쌓인 감정 때문에 어
머니에게 불편한 소리를 했다 할지라도 아내를 원망하거나 질책하고 싶

은 마음은 없었다. 아내도 감정이 있는 사람이니, 언제나 마음속에만 두고 새길 수는 없었을 것이라는 생각은 하고 있었다.

어머니는 서울 큰아들 집으로 가셨다. 아무리 미워도 큰아들에 대한 부모의 마음은 어쩔 수 없는 것이 진정한 부모의 사랑이리라! 아내는 내게 미안한 표정이었지만 나는 아내의 등을 쓸어주며, 그동안 어머니에게 드린 효도를 조금도 의심하지는 않았다.

새롭게 도전한 멍게 사업에서 조금씩 희망이 보이자, 우리는 이것이 마지막이라는 각오로, 최선을 다하면서도, 욕심내지 않고 어렵게 마련한 작은 자본을 붙잡고 내 영역에 맞게 순리를 따라온 그 기특한 마음을, 용왕님이 도와주고 있다는 믿음으로 정성을 바친 결과에 눈물겹도록 감사를 했다.

어머니가 서울 가신 지 며칠 후 우리는 처음으로 어머니 이야기를 했다. 아내가,

"어머니, 서울서 살지는 않겠지?"

하며 내게 미안한 표정으로 물었다.

"오래 있으면 한 달은 있겠지!"

"그렇지! 얼마 못 있어 오시겠지?"

"왜 그랬어? 그동안 잘해놓고서?

"어머니가 언제나 아주버님 편으로 말씀을 하시니, 어머니가 원망스러웠나 봐!"

빚을 정산한 날밤은 아내는 잠을 자지 못했다. 그러나 새벽에 일어나는 아내의 얼굴에서는 새로운 빛이 보였다. 나는 아내를 와락 끌어안으며,

"고생했어. 나는 정녕 용왕의 아들로 태어났나 봐! 바다를 떠나서는

나는 아무것도 할 수 있는 것이 없어, 죽을 결심으로 바다에 매달렸어. 용왕님이 나를 일으켜 세운 것이야!"

어머니가 서울로 가신 지 한 달이 채 안 되었을 때, 내가 출타를 했다가 돌아오니 아내가 웃으며,

"어머니, 포항 형님네 집에 와 계신대요."

하면서 싱글벙글 웃고 있었다.

"그래서 좋아?"

"돌아오셨다니 반갑기는 한데, 형님네 집에서도 며칠 계시다 오실까?"

"거기서도 어머니 마음이 편치 않으면 오시겠지!"

"거기서 좀 계시다가 왔으면 좋겠다."

역시 마음은 불편한 표정이라 나는 아무 말도 하지 않았다.

삼월이 지나면서 멍게 상태는 꽃처럼 피어났다. 멍게가 크는 과정을 볼 때마다 힘이 불끈불끈 솟아났다.

어머니가 돌아오신 지 삼 일이 되자, 형수님 전화가 왔다.

"어머님이 삼촌을 기다리네요!"

안으로 기어드는 목소리로 말했다.

"지금 많이 바쁜데 알겠습니다."

하고는 수화기를 놓으며, 내 말투가 너무 퉁명스러웠나? 하고 마음속으로 자책을 하고 있었다. 그러면서도 그새 며칠을 못 모시고 보내려는 형수님의 마음이 야속하게 느껴졌다.

다음날 아내에게 어머니를 모시러 가자고 하니 아내는 하루쯤 더 있다가 가자고 했다. 나는 아내가 하자는 대로 하기로 하고, 아내가 멍게 상태를 보고 싶다기에 배에 데리고 나가 멍게도 보고 작업도 도와주었다.

아내가 바다 밑에서 꽃봉오리처럼 피어나는 멍게가 올라오는 것을 보면서, 아내의 얼굴도 꽃봉오리처럼 환하게 미소를 띠고 있었다. 지금부터는 매일 어장에 매달려야 한다.

사이사이 붙어 있는 홍합에 멍게가 상처를 받게 되면, 멍게가 죽게 되고, 죽어서 썩게 되면서 주위로 빠르게 전염이 된다. 달린 숫자가 많아 1m만 썩어도 그 양이 엄청난 것이다. 멍게 어장에 전적으로 집중했다.

다음 날 우리 차로 어머니를 모시러 갔다. 형은 작년부터 구룡포에 이층 주택을 지어놓고 얼마지 않아, 아이들 학교 때문에 포항에 아파트를 사서 살림을 옮기고, 구룡포 주택은 일 층은 월세를 놓고 이 층 주택은 형이 사무실처럼 사용하고 있었다.

우리가 아파트 문을 열고 들어가자 어머니는 반가워서 벌떡 일어나며, 머리맡에 싸놓은 보따리를 내게 밀어주며 어서 가자고 했다. 형수님이 숨이나 쉬시고 가야지 선걸음에 가려고 하느냐고 하면서, 억지로 우리를 앉혀서 커피 한 잔씩을 먹고 천천히 나왔다.

오월이 되면서 협회 쪽에서는 하나둘 출하를 시작했다. 협회 쪽 사람들은, 100m짜리 어장 줄 5줄에, 5m 오백 봉씩 넣었다. 배 한 척에 세 사람씩 조가 되어있어 일정하게 1,500봉씩이 어장에 있는 셈이다.

그러면 상인이 큰 상인이어야 하는데, 처음이라 아는 상인이 없으니, 상인을 서로 당기려고 시비가 붙기도 했다.

나는 지금까지 거래해온 친구가 있었는데, 충무에서 작업이 시작되어, 중단하고 올 수가 없어 어떻게 연결하다 보니 대구 칠성 시장 큰 상인을 잡아 작업을 시작했다.

온 마을이 멍게 출하 작업으로 옆에 사람을 쳐다볼 사이도 없었다. 여기저기서 불협화음이 일었지만, 남의 일에 관심을 가질 여유가 없으니 자기들끼리 옥신각신하며 싸움이 벌어지는 곳도 있었다.

멍게는 여름 해수욕장 개장 시기에 가장 많은 출하를 하게 되는데, 그 시기에 대부분 상인을 잘 만나 작업이 정상적으로 진행된 사람들은, 일부 출하가 끝나고 그 상인들이 다른 사람의 어장으로 건너가면서 출하가 잘되고 있었는데, 여름 휴가철이 지나면서 출하량이 줄게 되니 남은 멍게 작업을 못 하게 될까 봐 남이 하는 상인을 가격을 낮추어 주는 조건으로 뺏고 빼앗기는 시비가 벌어지기도 했다. 그로 인해 약간의 가격 하락은 있었으나 출하는 계속 이루어졌다.

나는 충무 쪽에서 작업하던 친구가 그쪽 작업을 마치고 올라오면서 많은 양을 출하하기 시작했다. 휴가철에는 하루에 큰 차로 두 차씩 실어 갔으나 휴가철이 끝나자 하루 한 차씩으로 줄여서 작업하고 있었는데, 그것도 옆에서 상인을 빼 가면서 가격까지도 하락시켜, 나는 그대로 상인을 보내 버렸다. 충무에 있던 친구가 그쪽 일을 마치고 때맞추어 올라와, 하루에 큰 차로 박스 작업으로 서울로 올리면서 작업 속도가 빨라졌다.

출하 작업은 추위가 날 때까지 계속되었고, 늦게는 품귀현상이 오면서 상인들이 몰려 가격도 올라갔다. 아마 그때처럼 우리 마을이 활기차고 소문이 넓게 퍼진 적은, 일제 후 청어 어장으로 유명세를 탄 후로는 처음 있는 일이었다고 어른들이 말했다.

마을에 있는 사람은 한 사람도 노는 사람이 없었다. 너도나도 일손이 모자라 이웃 마을 사람들까지 불러오기도 했다. 나 역시도 그때야말로 내 인생에 전승 시대였으며, 우리 가족들에게 내린 어머니의 기도가 헛되지 않고, 어머니의 정성이 용왕님을 감동시켰던가! 멍게 작황도 최고의 작황이었다. 마을에서 내 포자를 싼 사람들은 모두 최고의 품질의 멍게를 출하했다.

멍게 출하가 끝나고 마을이 조용했으나, 이제 어장이 철거되고 나면 마을 사람들은 한동안은 아쉬움과 미련으로 허탈감을 느낄 것이다. 어민들이 앞으로 잘 살아갈 수 있는 길이 이제야 열렸는데, 일개 정치망 하나에 그 꿈과 희망을 빼앗기고, 허탈해하는 어민들의 심정을 정부는 완전히 외면하고 있었다.

그러나 일부에서는 그나마 멍게를 잘 키워서 정상적으로 출하를 하여 빚을 갚을 수 있게 된 것만으로 다행이라는 사람도 있고, 일부 자기 자본으로만 한 사람들은 처음으로 잡아보는 큰 목돈에 회심에 젖어 있었다.

그러나 남의 돈으로 투자한 살들은 그동안 들어간 많은 경비와 빌린 돈의 이자 부담으로 큰 소득은 없었으나 빚은 완전히 정리할 수 있었으니 큰 다행이었다. 나는 가장 늦게 작업을 마쳤다.

어장에는 이백 봉을 남겨놓고 작업을 중단했다. 어장 철거는 겨울이 지나야 할 수 있으니, 그동안 남은 멍게를 잘 관리하여 어미 멍게로 비싼 값으로 팔아 상당한 수입을 얻었다.

날씨가 추워지자 이집 저집 모여 앉아, 멍게는 방 안에서 다시 한번 꽃으로 피어나고 있었다. 넉넉한 구정을 보내면서 마을은 오래간만에 훈기가 돌았다. 객지에서 고향으로 구정을 보내러 온 사람들도, 즐거운 마음으로 구정을 보내고, 한결 밝은 표정으로 다시 각자의 일터로 돌아갔다.

아내와 나는 그야말로 안정된 마음으로 포항으로 나가 우리 형편에 맞는 건물을 사기 위해 소개소를 뒤지고 다녔다. 그러던 중 우연히 지인을 만나 신축 상가를 소개받고, 일단은 마음을 어느 정도 결정한 후 공정을 보면서 결정을 하기로 했다.

마지막까지 남아 있던 선원도 일 년 동안 양식 어장에서 일한 보수를 받아 빠르게 작은 배를 사서 아내와 함께 작업을 시작했다. 그리고 집도 새로 사서 큰 집에서 분가했다.

이들 부부는 그 인연으로 오랫동안 쌓은 친분 관계를 유지했고, 작은 배로 벌어서 얼마 후에는 삼 톤짜리 신선을 건조했으나 남편이 위암으로 여러 해를 고생했다. 결국은 배를 팔아 병원비에 들이고, 아들딸 남매를 두고 남편은 세상을 떠났다.

짧은 시간에 마을에는 부부 작업선이 생겨나면서, 좁은 항 내에는 삼십 척의 어선들로 포화 상태를 이루었다. 좁은 항에서는 종일 드나드는 작업선들로 분주했고 마을 경제도 지금까지 어촌의 가난했던 생활에서 빠르게 벗어나고 있었다.

어선 숫자가 많아지면서 바다 작업 장소가 복잡해 조금씩 까다로워져 갔다. 바다에서 벌어지는 작은 사고로 피해를 보게 되면서 분쟁이 생기고 인심이 박박해져가는 것을 보면서, 나는 재빨리 어선 협회를 조직하고 작업 일상에 맞게 간단한 법안을 만들어 작은 다툼이라도 일어나지 않게 미리미리 협회에서 해결하는 방법을 취했다.

매월 일정 회비를 출연하여 회원들의 화합에 적극적으로 투자를 하면서 마을 인심을 바로잡았다. 바다에서 일어나는 작은 사고나, 어망을 분실했을 때도 전 회원들이 나와서 적극적으로 분실 어망을 찾는데 협조를 했다.

마을에는 일이 없어 놀고 있는 사람은 아무도 없었다. 나이가 많은 어른들도 뱃머리로 나와 그물 골리는 일을 하면서 용돈벌이했고, 때로는 일손이 모자라서 이웃 마을 사람들까지 동원할 때도 있었다.

포항에서 본 상가가 80% 정도 공사가 진행되었을 때, 혹시라도 다른 사람에게 넘어갈까 봐, 완공까지 원주인이 감독해주기로 하고 계약을 했다.

　상가 공사가 끝나고 이전까지 마치고 완벽하게 우리 재산을 만들어 세입자도 받아들였다. 그리고 우리도 이제부터 다시, 본 일상으로 돌아가, 선원을 한 사람을 데리고 작업을 시작하려는데, 아내가 한사코 자기가 하겠다고 나섰다.

　마을에 사는 선원 중에는 집에서 놀고 있는 부인은 한 사람도 없으니 아내가 놀고 싶어도 같이 놀 친구가 없었다. 그러니 자기도 바다에 따라다니겠다고 한사코 나서는 바람에 장난삼아 시작한 것이 돈이 들어오는 것이 장난 같지 않으니 아내가 나보다 한 발 더 열심히 작업에 몰두했다.

　선원들을 여러 명 데리고 작업을 할 때는 웬만큼 생산을 올려도 여러 명이 나누다 보면 아쉬울 정도로 개인 수입은 얼마 되지 않았다.

　가족과 함께하니 적어도 나가는 돈이 없으니 마음은 항상 푸짐한 느낌이었고, 작아도 많아도 모두가 우리 주머니에 들어오는 것이니 더욱 열심히 하게 되어 저절로 힘이 생긴다.

　바람이 불어 파도가 높은 날은, 멀미 때문에 작업을 중단하고 돌아오는 일도 있었지만, 아내는 절대로 포기를 하지 않았다.

　집안일과 바다 일과 그물 손질하는 일을 하기에는 힘이 드는 일이니, 때로는 몸이 피곤하여 힘들어하면서도, 온 마을 여선원들은 하루하루 들어오는 돈에 눈이 멀었다고나 할까! 삶의 경쟁을 하면서, 오히려 남자들을 힘들게 했다.

　아내는 처음부터 그물에 고기가 달려 올라오면 좋아서 어쩔 줄을 몰

라 했다. 멀미만 아니면 아내는 천상 뱃사람이 천직일 것 같다고 하니, 고개를 끄덕이며,

"재미있고 돈 버는 일이니 왜 좋지 않겠어?"

나는 앞으로 내가 아내에게 끌려다녀야 할 것 같아 겁이 났다.

어머니는 서울서 돌아온 후로는 예전보다 마음이 밝아졌다. 더구나 아내가 직접 바다에도 나가는 것을 보면서 아내 몰래 집안일도 조금씩 도와주시기도 하고, 마을에 마실도 나가시고 친하게 지내는 분들의 집에 가시면 하루씩 주무시고 오시는 날도 있었다.

어느 날 마을에 마실 간다며 마루에서 내려오시다가, 마루 끝에 세워 놓은 지팡이를 놓치면서, 마당으로 굴러 넘어져 얼굴을 마당에 있는 돌부리에 찧어 많은 피를 흘리고부터는, 방에 누워있는 날이 많아지면서 시름시름 앓기 시작했다.

병원에 모셨는데, 87세 고령이라 집에 가서 편히 쉬게 하시라고 하여 집으로 돌아와 석 달 동안 누워 계시다 돌아가셨다. 가시기 전 네 남매가 다 모인 자리에서, 큰누님이 어머니에게 돌아가시면 제사는 누가 모셔 주면 좋으시겠느냐고 물으니, 어머니는 주위를 돌아보시며, 아내를 유심히 건네 보면서 말을 하지 못했다. 누님이 알아차리고,

"막내가 지냈으면 좋겠어?"

하고 물어보니 간신히,

"그러면 좋겠지만!"

하면서 아내의 눈치를 보는 듯 시선을 아내에게서 떼지를 않았다.

"우리가 모실게요! 살아 계실 때도 우리가 모셨는데, 죽어서 어디로 가시게요!"

아내가 단호하게 말을 하니, 어머니는 아내의 손을 잡으며,

"고맙다!"

하시며 눈물을 지우셨다. 큰누님이 어머니 눈물을 닦아드리시며,

"그래. 그동안 고생도 많았는데, 우리 형제들이 체면이 아니다만, 엄마 성질에 어디 가겠니! 올케가 모시기로 해라. 올케에게는 너무너무 미안하다."

하시며 누님도 눈물을 흘리셨다. 큰형님도 둘째 형도 아무 말이 없었다.

다음날 큰누님이 아침을 먹고 우리 부부를 불러, 어머니가 아무래도 오래 못 갈 것 같으니 시장도 멀고 하니 오늘 미리 가서 장을 봐 오라고 하셨다. 그 말을 듣고 방에 들어가 어머니를 보니 아직은! 싶으나, 시장도 멀고 가까운 집안도 없어 우리가 직접 다 해야 하니, 미리 가자고 하며 아내와 우리 차를 가지고 포항으로 나갔다. 초상이 나면 전 마을이 다 회원이기 때문에 준비를 많이 해야 했다.

장을 보는 동안 어쩐지 자꾸만 마음이 불안해져서 아내를 독촉하며 서둘렀다. 그래도 집에 돌아오니 시간이 열두 시가 넘어있었다. 집 앞에 차를 세워놓고 집으로 들어오니, 이미 집안에서는 울음바다가 되어있었다. 나는 심장이 멈추는 것 같았다.

나는 아내의 손을 잡고 방으로 들어가 어머니 옆에 무릎을 꿇었다. 가슴 밑바닥에서 솟아올라오는 슬픔을 토해내면서,

"어무이요, 죄송합니다. 어무이요!"

60년을 함께 살아왔는데, 단 한두 시간을 맞추지 못해 임종을 못 하는 불효를 저질렀다니! 내 주먹으로 내 가슴을 치며 식어가고 있는 어머니 가슴 위에 엎드려 통곡했다. 큰누님이 내 등을 쓸어주시며,

"니들을 많이 기다렸다. 눈을 뜨고 방 안을 둘러보고는, 크게 숨을 들이쉬고 힘들게 시간을 붙잡고 기다렸단다. 지켜보는 우리도 마음

이 타는 것 같았다. 마지막 눈을 떴을 때는 입술을 깨물고 고통스러워했다.”

아내가 내 등에 엎드려 오열했다. 방 안이 울음바다가 되었다.

“고생했다, 막내야! 고맙다, 올케야!”

누님은 우리 두 부부를 양팔에 끌어안고 피라도 토할 것 같은 오열을 토해내셨다. 아마도 당신이 다리 불구가 되어 시집에서 돌아와 어머니의 가련한 간호로, 세상 밖을 보게 해 주신 그 은혜를 생각하시는 것 같았다.

큰누님도 어머니의 그 갸륵한 사랑을 이다음 돌아가시는 날까지 가슴 속에 품고 살아갈 것이다.

누님은 평소에 우리 형제에게 무안한 애착을 두셨다. 어머니가 돌아가시고 오천에서 한동안 혼자 사시던 누님을 나는 아내와 자주 찾아보았다. 어느 해 겨울, 누님이 좋아하시던 회를 하여 찾아갔을 때, 누님은 편치 못한 몸으로 차가운 방에 혼자 누워있었다.

아들이 둘이나 있었고 딸이 셋이나 있었는데, 이 겨울에 보일러도 꺼진 냉방에 작은 전기요 하나를 깔고, 누워계시는 누님을 보는 순간, 나는 숨이 콱 막혀 왔다. 우리 누님이 세상에서 제일 불쌍한 사람으로 보였다.

큰아들은 대기업 상무직으로 퇴직을 했고, 작은아들은 사업을 하다가 부도가 나면서 연락이 되지 않는 형편이었다. 그러나 큰딸은 포항에서 이름있는 부잣집으로 시집을 갔고, 사업이 잘못되어 약간의 어려움은 있었으나 근간에는 잘 풀리고 있다는 소문은 들었다.

그날 나는 평소에 누님이 내게 주던 사랑을 생각하며, 뛰쳐나와 한참을 울었다. 그날 우리 부부는 기름값과 용돈을 드리고, 자주 누님을 찾아오겠다고 하고 돌아왔다.

어느 해 섣달 그믐밤 내 꿈에, 내가 숟가락으로 밥을 떠서 입으로 가지고 가던 중 숟가락이 두 동강이가 나면서 밥상 위로 흘러내렸다.

그해 추석이 다가올 무렵 누님이 병원에서 퇴원하여 집에 와서 계신다고 작은 조커가 전화로 알려 주면서, 작은 조카가 어머님과 함께 있다고 했다. 나는 아차 하면서 먹던 밥을 물리고 아내에게 자초지종을 이야기해 주고는 빨리 준비하여 오천으로 가자고 했다.

도중에서 형을 만나 누님 집에 도착했을 때는 누님은 이미 인사불성이 되어있다가 우리가 들어가는 소리를 듣고는 두 눈을 크게 뜨고 우리를 바라보더니 금방 눈물을 흘리시며, 두 형제의 손을 더듬어 잡고 당신의 가슴 위에 포개어 놓고는 아무 말도 하시지 못하고 울고만 있었다.

"동생들을 기다리고 있었나 봐요. 어젯밤부터 어쩌다 눈을 뜰 때면 하염없이 문밖을 을 바라보면서 눈물을 지었어요."

이웃에 살면서 누님과는 친하게 지내며 같은 성당에 다니시는 친구분이 이야기해 주었다.

"평상시에도 동생들 이야기를 많이 하시고, 동생들 자랑도 많이 하셨어요."

누님은 그렇게 원하시던 동생들이 지켜보는 앞에서 조용히 눈을 감으셨다.

아내가 병중에 있을 때, 어느 식당에서 생질 조카들을 만나니, 조카가 우리 이야기를 엄마에게 들었다며,

"엄마는 평생 동생들 때문에 너무 많이 우셨어요."

가난한 친정 동생들을 가슴에 가시처럼 꽂아 놓고 사신 누님에게 우리는 너무 무심했던 것이 아니었을까? 내가 방황하고 있을 때, 누님께

한번씩 들리면, 누님은 몰래 모아 놓은 비상금을 꼭꼭 접어서 내 주머니에 넣어 주셨다.

고달프게 사시던 농촌 살림을 정리하시고 오천으로 옮겨 오신 후 편하게 사셨는데, 레슬링 선수 김일이 한창 날리고 전국을 돌아다닐 때, 김일 시합을 대구에까지 가서 구경하고 오다가 교통사고로 돌아가셨다.

그 후부터 집안이 몰락하면서, 누님의 고생은 거꾸로 내 가슴에 몰려와, 나는 누님 두 분의 인생을 끌어안고 많은 눈물을 흘리면서 살았다.

1991년 음력 9월 6일 11시 48분, 어머니는 그 한 많은 세상을 함께 해온 막내를 두고 떠나셨다. 어머니가 돌아가신 몇 년 후 누님이 돌아가시고 얼마 후 구룡포 형이 가시니, 내 인생에 너무 크나큰 공백이 생겼다.

나와 함께한 육십 년 세월! 추운 겨울밤, 문풍지 울음소리가 들리던 허술한 작은 초가에서 내 발목을 주물러 주시며, 그 긴 밤을 새우시던 어머니! 그 연으로 나의 일생을 당신 곁에다 붙잡아두신 어머니! 마지막 순간에도 막내 발목 걱정하시고 손이라도 한번 잡아보시려고 그렇게 용을 쓰셨다는 어머니! 어머니 그 한 시간을 견디지 못한 고통을 막내 가슴에다 남겨주시고 떠나셨다.

다음날 군에 있는 큰아들이 왔다. 아들은 저녁도 먹지 않고 할머니 빈소에 무릎을 꿇고 엎드려 밤을 꼬박 새웠다. 상문 오는 손님들도 많았다. 안에는 앉을 곳이 없어 모두 마당에 자리를 깔고 포장으로 바람을 가려서 모닥불을 피워 자리를 만들었다. 돌아가신 이틀이 되던 밤, 갑작스럽게 돌풍이 회오리바람으로 몰아치면서 우박이 쏟아지고, 집 안의 모든 불도 완전히 다 꺼지면서 천지적막한 세상을 만들어 놓았다.

무서운 공포의 밤이 한 시간이 넘도록 천지를 휘젓고 지나가는 듯했다. 집안은 아수라장이 되었다. 무엇 하나 제 자리에 그대로 남은 것이 없었다. 짧은 시간이었지만, 그 공포는 심장을 멈추게 했다.

어머니께서 한 많았던 세상에 마지막 한풀이를 하고 가신 것일까? 길고 두려웠던 공포의 밤이 지나고, 어머니의 장은 오일장으로 치러졌다.

큰형님의 큰딸 남희 말로는 아버지도 지금은 철학관을 해서 돈도 잘 벌어 집도 이 층으로 장만했다고 했다. 형님의 큰딸 남희는 어릴 때 아버지가 이혼하면서 갓난아기 때부터 할머니가 국민학교를 졸업할 때까지 키웠다. 중학교는 대보에까지 걸어서 다녀야 하는데, 옛날 내가 다녀 본 경험이 있어 아이가 너무 약해서 산을 넘어가는 가파른 고개를 겨울에는 도저히 다닐 수 없을 것 같아 미루고 있을 때, 아버지가 내려와 데리고 갔다.

남희는 어린 시절 아버지에 대한 원망과, 못마땅한 아버지 인생관에 회의를 느껴 불편하게 지내다, 일찍 짝을 만나 아버지와는 결별한 상태로 살았다. 그래서인지 남희는 우리 부부를 아버지 엄마로 생각하고, 아버지 엄마로 불러 우리도 조카가 아닌 친딸로 생각하고 깊은 사랑으로 보듬었다.

남희도 할머니의 키워주신 은혜를 생각하며 많이 울었다. 남희의 성장 과정은, 매일 바쁘게 살아가는 삼촌 숙모보다 할머니의 공이 크셨다. 훗날 내가 아내를 보내고 마음을 잡지 못해 실의에 빠져 눈물로 날을 보낼 때, 하루에도 두세 번씩 전화로 나를 걱정 해주고, 밤마다 장시간 전화 통화로 내 외로움을 달래 주며, 나와 같이 울어주던 남희의 도움으로 나는 조금은 빨리 마음을 추스를 수 있었다.

"아버지 아프지 마! 아프면 안 돼. 종일 아버지가 걱정되어 일을 못 하겠어."

매번 전화할 때마다 내게 하는 말이었다.

우리는 매번 전화를 들고 울면서 대화를 했다. 내가 생각했던 것보다 남희는 잘 자란 것 같아 무척 고마웠다. 전화로라도 대화 속에서 남희의 착하게 살아온 인성을 느낄 수 있었다. 남희와 통화를 하고 나면 마음이 안정되면서 쉽게 잠을 잘 수가 있었다.

생활이 어려워 하루도 쉬지 않고 여러 집을 다니며 하루 네 시간씩 청소일과 반찬을 준비해 주는 개인 요양사 일을 한다고 했다.

한때는 걱정하지 않아도 될 만큼 잘 살았다. 잘 되던 사업을 두고 부동산에 잘못 투자하여 부도가 났고, 끝내 부도를 해결하지 못해 모든 것을 잃고 어렵게 살고 있어 마음을 아프게 했다.

마지막에는 내가 오천만 원을 지원도 해주었지만, 결국은 부도를 막지 못하고 도산하면서 오랜 세월 어렵게 살고 있다.

어머니가 돌아가신 다음 해 우리는 그동안 마음속으로 원하던 우리 집을 지었다. 어머니 평소에 새집에서 모시고 싶었지만, 어머니는 끝까지 막내아들의 팔자에 관한 문제를 생각하여, 당신이 돌아가신 다음 해에 새집을 지으라고 하셨다. 그리고 다음 해에는, 나는 또 한 번 새로운 계획을 세웠다.

양식 어장에서 타던 1톤짜리 배로는 겨울 작업은 어려울 것 같아 2톤짜리로 교체하기로 하고 조선소와 계약을 했다. 새로 만드는 배에는 엔진도 60마력으로 올리고 어군 탐지기도 올렸다. 가을 오징어잡이가 상당한 비중을 차지하면서 배의 구조를 전적으로 오징어잡이에 맞춰서 만들었다. 큰 욕심 내지 않고 남들과는 조금 다른 생각으로 생활을 했다.

대보로 시집간 고인이 된 작은누님이 돌아가시고 상여가 나가던 날, 나는 대보 종로에 소문이 날 만큼 많이 울었다. 내 마음이 너무도 애달

팠다. 어머니가 없을 때는 언제나 나를 업고 다녔다고 했다.

가난 때문에 어머니가 너무 일찍 보낸 양자의 시집에서, 고된 시집살이와 그 많은 농사일에 찌들어, 자신의 세월 한번 돌아보지 못하고 살다 갔다. 집안일을 하다가 다리를 다쳐, 당뇨 때문에 발목을 잘라내면서 무진 고생하시다가 돌아가셨다. 우리 오 남매 중 세 사람이나 다리로 인한 고통을 받고 살았다는 것이 내 인생에 드리워진 그늘처럼 안고 살았다.

어머니상이 끝난 집안은 한동안 어수선했다. 그래도 어머니는 막내가 빚을 벗고 잘 사는 모습을 보고 가셔서 큰 다행이라 생각했다.

포항에 삼 층 건물을 사면서 삼 층 옆방에 살림을 차려서 아이들 셋을 보냈다. 어머니가 손주들 욕심을 내시며 당신이 손자들을 돌보겠다며 며칠 동안 포항에 나가 계셨으나, 건강이 따르지 않아서 장모님과 교대했다.

마을은 어느 때보다 평화스럽고 여유로워졌다. 김 이사와 내 관계가 풀어지면서 어촌계도 한결 조용해졌다.

매년 봄이 되면 일 년 동안 생활에 시달리던 마을 사람들이 단체를 만들어 일 년간 회비를 모아 이박삼일 동안 관광차로 봄놀이를 가는 여유도 생겨, 생활에 활력도 찾으면서 마을 화합에도 크게 이바지했다. 내가 어촌계장으로 재직하던 어느 해에는 새마을 지도자와 둘이서 마을 어르신들을 모시고 효도 관광도 시켜드렸다.

대동배 마을이 수협 관내 이름이 나면서, 그동안 일종어장을 팔기만 하던 어촌계들이 하나둘씩 직영사업으로 돌아오면서, 수협 관내에서 어촌계장들의 입지도 오르고, 해마다 어촌계에서 일던 고발 사건도 서서히 사라져 갔다.

우리 수협뿐 아니라 인근 포항수협 계장들도 개인적으로 나를 찾아와 자문을 받고, 내가 직접 만든 입찰 유의서나 해녀 입어 계약서를 복사도 해서 참고로 가지고 가는 사람도 있었다.

어느 날 일이 늦어져 날이 저물어 일을 마치고 집에 오니 이웃사촌 형수님이 낯선 사람들을 데리고 와서 회를 해서 저녁밥을 좀 해주라고 했다. 형수님은 이웃사촌이지만 친형제보다 낫다고 생각하면서 살아온 사이다. 어떤 어려운 일도 그냥 거절할 수 없는 사이이니 경우나 알자고 하니, 대구에서 놀러 온 사람들인데 마을 누구 집에 회와 식사를 예약하고 왔는데, 그 집에서 아무 준비를 해 놓지 않아 지금까지 점심도 못 먹고 있는 사정이었다.

오늘따라 일이 늦어져 우리 저녁도 저물었는데 손님이라니! 그것도 회까지 해 달라니, 형수님이 우리 집에는 언제나 잡아놓은 고기가 있다는 것을 알고 손님들을 데리고 온 것이다.

아내가 밥을 하는 동안 나는 회를 하고, 형수님도 도와주시어 다섯 분 손님과 늦은 저녁을 먹었다. 식사하는 동안 손님들은 회가 맛이 좋다고 하면서, 내가 회를 엄청 많이 해드렸는데 한 톨도 남기지 않고 먹었다. 돌아가면서 횟값을 많이 주고, 전화번호를 적어 가면서 다음에도 연락을 드리고 오겠다고 하고 갔다.

그 후 그 사람들로 인해 우리는 서서히 회장사까지 하게 되었고, 대구 칠성 시장 바닥에 소문이 퍼지면서, 시장 큰 횟집 사장이 직접 내려와 내가 하는 회 맛을 보고는 고개를 끄덕이고 갔다.

이웃사촌 덕분으로 우리는 졸지에 회 장사를 하게 되었고, 삼사 년간 물차게 돈을 벌었다. 연말에는 호미곶 해맞이가 소문이 나면서 손님이 몰려와 밤샘 장사를 해야 했고, 아내가 너무 힘들어해 이웃사촌 형수님을 도와 달라고 하여 일을 시켰다. IMF가 터지자 손님이 뜸해지면서 아내가 허리 통증으로 장사를 접었다.

새로 지은 집에서 살던 몇 년 동안은 어머니 생각을 많이 했다. 어머니께 잘못 한 일들이 머릿속에서 튀어나올 때마다, 며칠 밤을 잠을 설쳤다.

그중에도 학교를 포기하고 내 발로 집으로 돌아왔을 때, 부엌 맨바닥에 주저앉아, 통곡하시던 그때 생각이 날 때면, 내 심장 속에서 어린 영혼의 울음소리와 어머니의 통곡 소리가 엉키며 내 머리를 터지도록 쥐어짜고, 심장을 방망이로 두들겼다.

87년을 살아오신 중에 나와 함께한 세월이 60년이다. 내 아픈 발목을 만질 때마다,

"부모 잘못 만난 니 팔자다. 팔자라 생각하고 욕심내지 말고 세월 따라가며 팔자 대로 살아라!"

하시던 목멘 어머니의 말씀은, 내가 어려운 고비마다 내게 작은 길을 열어주었다. 바다에서 만난 여러 번의 어려운 고비마다 어떨 때는, 이것이 내 마지막 팔자인가? 아직은 안 되는데! 저 아이들은 어쩌는데? 나는 내 어린 영혼을 잡고, 아직은 아니라고 발악을 했다.

가장 가슴 아픈 것은 어머니가 살아계실 때, 새 집을 지어 편히 모시지 못한 것이 평생 한으로 남았고, 육십 년 세월을 함께 살아온 어머니 임종을 하지 못한 불효가 내 마음을 아프게 했다.

육 년 칠 개월의 어촌계장을 내려놓았을 때 수협장 권한으로 임명하던 어촌계장 선출 방식이 직선제로 바뀌면서, 계원들이 명예를 위해서도 선거에 한번 도전해 보라고 권했으나, 나는 다른 계획이 있으니 놓아 달라고 했다. 평생 가장 친한 척, 가장 악연으로 살아온 김 이사가 찾아와 한 임기만 더 하고 나가라고 사정을 했지만 아내가,

"그렇게 하시려면 우리 부부를 이혼을 시켜 주시오."

하니 더 말을 하지 않고 물러갔다. 김 이사가 물러간 뒤 아내가 내게
물었다.

"무슨 해코지를 하려고 저러나?"

내가 말했다.

"이번에는 진심일 거야! 다음 어촌계장으로 도전할 사람이 김 이사와
사이가 좋은 편은 아니었기 때문일 수도 있겠지만, 그동안 내가 재임 후
로는 어촌계 물량 입찰에 참여하여 전복을 싸서, 포항 상인에게 넘겨주
는 것 같아. 내가 벌이가 되도록 도와주었더니 저런다."

고 했더니 아내가,

"먹는 물에 떠나는 사람은 없다더니!"

하고 웃었다.

"세상 사람들은 너나없이 다 그렇게 사는가 봐!"

"그러니 당신도 이제부터는 좀 배워 가면서 살아요! 항상 외골수로만
살려고 하지 말고!"

"그래야 할까 봐!"

어촌계장이 내가 생각하고 있던 대로 되면서, 나는 속으로 걱정을 좀
했다. 역시 새 어촌계장은 나를 넘어서기 위해 작업도 매일 시키고 전복
도 치수를 줄여서 잡았다. 일부 계원들도 저러면 안 되는데! 하는 사람
도 있었지만, 계장과 가까운 집안에서 그것도 여자들이 나서, 계원들 배
당만 많이 해주면 된다고 계장을 추슬러 물건을 짜내고 있었다.

나는 내가 나온 곳이니 돌아보지 말아야 한다고 생각하며 한발 물러
나 있었다.

나는 다음 해 있을 총대 선거에 꿈을 가지고 있었다. 그러나 지금 하
는 사람이 대동배2리 사람이라 선거를 붙는 것은 사실인데, 지난번까지

2대를 한 우리 마을, 그도 나하고는 둘도 없는 술친구가 또, 도전장을 내고 나서니 어려워질 것 같았다.

투표권을 가진 조합원 숫자는 우리 마을 숫자가 많지만, 1:2가 되면, 이론적으로는 승산이 없다. 그러나 나는 자신감이 있었다. 그동안 내가 한 일과 그간 내가 얻은 인심으로도 그 누구에게도 지지 않을 것이란 자부심이 있었다.

그런데, 나는 아내의 말대로 너무 양심적으로만 살아왔다는 것을 절실히 느끼게 한 사건이었다. 투표 날이 다가오면서 마을 인심이 이상한 게 흐르고 있다고 내게 전해 주는 사람이 있었다. 투표 삼 일 전 김 이사가 나를 자기 집으로 오라고 전화가 왔다.

선거에 나온 친구가 나와는 술친구였지만, 김 이사와는 세상 살아가는 동지였다. 선거를 열 번을 해도 절대적으로 투표는 상대방에 찍을 사람이라는 것은, 뻔한 일이니 그냥 말이나 들어보자는 생각으로 김 이사 집으로 갔다.

그런데 왜 지금 시기에 나를 오라고 하는지 의아한 생각이 들었지만, 수수께끼를 푸는 심정으로 어두워져서 갔는데, 김 이사도 부인도 깜짝 놀랄 만큼 반가워하면서, 내게 마을 현재 사정을 낱낱이 일러 주었다.

"내가 답답해서 동생을 불렀는데, 동생은 언제나 그 자신감 때문에 한 번씩 실수한단 말이야! 지금 안 후보는 신랑 각시가 삼만 원이 든 봉투를 들고 다니는데, 이 싸움에 꼭 이기고 싶다면 동생은 오만 원씩 넣어서 다녀라. 당선은 어렵더라도 마을에서는 이겨야 하지 않겠나? 동생 명예가 따르는 일인데!"

나는 고맙다는 인사만 하고 나왔다. 집으로 오는 길에 우리 집과는 한 집 건너 있는, 나와는 동갑이고 학교는 일 년 후배인 친구 집에 들렀다.

혼자 있는 친구라, 그냥 방문을 열고 들어갔다. 의외로 2동에서 입후보한 서총대 아들이 와 있었다. 내가 들어가자 튕기듯 나가버렸다.

나는 얼른 친구의 앉아 있는 무릎을 들추니 돈이 2만 원이 나왔다. 친구가 어쩔 줄을 몰라 쩔쩔매는 것을 보고 나는 그냥 나왔다.

친구는 살인과 절도로 전과가 두 번이나 있는 친구다. 술에 빠져 타락하여 자식들도, 아내도 다 나가고 혼자 있다. 상점에서는 아예 외상 사절이라 술이 고플 때는 남의 집을 다니며 술 도둑질을 한다.

그럴 때마다 아내는 불러 술을 준다. 우리가 집을 비울 때는, 술을 부엌 한구석에 두면 찾아간다. 그런 친구지만 나는 내게 표를 주리라고는 믿지도 않았다. 양쪽으로 돈을 받았으니 오만 원이면 한참은 술배는 채울 수 있으니 우리가 신경을 안 써도 된다.

집 앞에서 바다를 바라보며 앉아, 오랜 시간을 보내면서 생각에 빠졌다. 그날 밤 내가 내린 결론은, 보잘것없는 작은 마을에서 별것도 아닌 명예를 위해 지금까지 보배처럼 지켜온 내 인생의 자존에 상처를 내지 말아야 한다는 결론을 내리고 집으로 들어갔다.

아내에게 이야기했더니, 아내는 알고 있었던 이야기라고 했다. 그러면서,

"당신에게는 아예 통하지 않을 일이라 말하지 않았지. 그렇지만 포기는 하지 않았으면 해요! 이참에 당신이 지금까지 살아오면서, 진실로 마을을 위해 해온 당신의 진심을 아는 사람이 몇이나 되는지 한번 봅시다."

"어떻게 그런 생각을 다 하고 있었어! 기특하게! 그래, 네 말대로 어디 한번 봅시다. 우리 마을에 진정 마음속으로라도 고향을 아끼는 사람이 얼마나 되는지 보자고. 아이구, 우리 각시가 참 기특하네!"

하면서 아내의 등을 두들겨 주었다.

김 이사는 명예라 했는데, 정녕 그는 지금까지 자신의 명예를 돈으로 사고 다닌 사람이다.

나는 다음날부터 선거 운동하러 간다고 나가서 대보 다방에서 시간을 보내거나, 술친구를 만나 술이나 마시고 다녔다.

선거 전날은 오후 일찍부터 다방에 들러 죽치고 앉았는데 장 마담이,

"내일이 선거 날인데 선거 운동은 안 하고, 왜 이렇게 풀이 죽어 앉아 있어요?"

하면서 옆에 와서 앉았다. 장 마담은 대보에 온 지가 몇 년이 되었다. 처음에는 주방으로 들어왔는데, 다방 주인이 바뀌면서 다방을 인수하여 주인 마담이 됐다.

작은 면 소재지로서는 다방이 많았는데, 그래도 장 마담은 나이가 지긋한 사람들로부터 인기가 좋았다.

내가 자주 가고, 우리 팀들이 단골로 다니니 우리와는 터놓고 가까운 사이라, 농담도 마음 놓고 하는 사이로, 모두가 허물없이 가깝게 지내는 사이다.

그런데 그날따라 괜히 내게 가까이 다가앉아 내 팔까지 끼면서,

"계장님, 가만 보면 정말 멋쟁이야! 한 번쯤 연애해 보고 싶은 사람!"

해놓고는 민망한 듯 도망을 갔다.

그날따라 다방 안이 조용하니 마담이 또 내 곁에 와서 치근거리더니,

"계장님! 오늘 나 술 한잔 사주시면 안 돼요?"

하고 내 팔을 끼고 나를 빤히 바라보고 있었다. 나도 가만히 바라보니, 평상시보다 어째, 마담 얼굴에 수심이 가득한 것 같이 보였다.

"그러고 보니 오늘 마담 얼굴이 좀 못나 보이네!"

하면서 내 팔을 끼고 있는 마담을 밀어내며 얼굴을 자세히 보니 마담이 얼굴을 숙이며,

"어젯밤 남편 제사 모시고 왔어요!"

하며 금방이라도 울어 버릴듯한 표정으로 일어나 다른 의자로 가서 울고 있었다. 그 모습을 보고 있노라니 옛날 어머니 생각이 나서 마음이 찡하며 가슴이 울컥했다. 나는 가만히 일어나 밖으로 나와 차에 올라앉아 전화를 했다.

"×자야! 밖으로 나와. 내 차에 있어."

하고 전화를 끊었다. 마담이 금방 뛰어나와 차에 올랐다. 차를 타고 가는 도중에도 마담은 내 팔을 끼고 놓지를 않았다.

마담은 술을 전혀 못 하는 것도 알고 있기에, 나는 조금 떨어진 곳에 있는 횟집으로 갔다. 회를 시켜놓고 마주 앉았는데, 마담이 또 일어나 내 곁으로 와, 팔을 끼고 늘어졌다. 회가 들어오니 소주도 달라고 마담이 불렀다.

"오늘은 한잔하고 싶어요."

하며 술이 들어오자 손수 술을 따라서 단숨에 마시고는 또 술을 따랐다.

내가 술병을 빼앗아 내가 마시며, 주지 않으니, 칭얼거리다가 술이 오르니 감당을 못하고 드러누워 버렸다.

나는 남은 술에 회로 혼자서 다 마시고, 마담이 정신을 차릴 때까지 기다렸다가 다방으로 데려다주고는 다른 친구를 만나 저녁까지 먹고 늦게야 집으로 들어갔다.

다음날 선거에서 지기는 했어도, 아주 실망할 상태는 아니었다. 돈을 뿌린 사람은 나보다 두 표가 많았다. 그런데, 한가지 마음을 아프게 한 것은 어떤 일이 있어도 나를 배신해서는 안댈 사람들이 나를 배신 한 것

이었다. 아마도 그런 사람을 포섭하기 위해서는 많은 돈을 주었을 것이라는 판단이 다른 사람들의 해석으로 나왔다.

작은 마을에서는 선거가 끝나면, 조합원 숫자가 얼마 되지 않으니 금방 표의 향방이 드러난다.

가장 마음 아파한 것은 누나가 나를 철저하게 배신한 것이다.

부부가 다 조합원이라 표가 두 표였는데, 앞집으로 얼마 전에 이사를 온 사람도 아랫마을에서 조합 원이었기에 투표권이 있었는데 그 표까지도 몰고 간 것이다.

그때 느꼈던 허탈감은 말로서는 표현할 수 없는, 처절한 배신감, 그것이었다.

누나는 그동안 우리 윗집에서 살면서 일찍부터 배 사업도 시작하고 멍게 어장에도 가입하여, 살던 집을 팔고 조금 떨어진 곳으로 옮겨 이층집을 새로 지었다. 액 기사건 이후부터 서서히 멀어지면서 때로는 불미스럽게 부딪히는 일이 있을 때면 은연중 악의적인 감정을 덜어낼 때도 있었지만, 이래저래 피하면서 살아왔다.

어머니의 배터리액 기사건으로 벌어진 감정을 선거에까지 끌고 왔다. 어머니의 삶은 오직 믿음이었다. 관세음보살을 입에 달고 사셨다. 하루에도 수없이 관세음보살을 찾았다. 그때 세월에 숱하게 다니던 보따리 행상들은 우리 마을에 들어오면 마을 사람들이 우리 집으로 보냈다.

어머니는 행상들이 오면 당신의 방에다 재우고 저녁은 물론, 아침까지도 먹여서 보냈다. 그러면 그분들은 다음에는 꼭꼭 그 보답으로 어머니에게 무엇이든 가져다주었다.

금산에 서 오시는 인삼 장수 아주머니는 십여 년을 다니셨다. 그것도 일 년에 한 번이 아니고 일 년에 두세 번씩 오시는데, 팔다 남은 인삼은 어머니에게 산값으로 넘기고 가기도 했다. 그로 인해 나는 어릴 때부터 인삼을 많이 먹었다. 골절된 발목으로 인해 몸이 아주 약했는데, 오랫동안 인삼을 복용하면서 많이 좋아졌다.

일 년에 한두 번씩 오는 행상들은, 올 때마다 그 지역의 특산품 같은 것을 가지고 와서 주고 갔다. 연례 오는 행상 중에는 어머니와 형님 동생 하는 사이로 지내는 사람들도 있었다.

마을에 사는 사람 중에는 명절 때는 어머니 법당에 와서 기도를 드리는 사람들이 여럿 있었으며, 어머니는 오랫동안 그들과 끈끈한 인연을 맺고 있었다.

이웃 아이들에게는 호랑이 할머니였고, 마을 부인들에게는 대장 형님으로 통했다. 집에 술을 드시러 오시는 마을 유지분들에게는 서산 밑에서 처자로 통했다.

살기는 막내아들과 살면서도 언제나 집 나간 자식들 걱정을 하셨다. 아내는 그런 어머니를 섭섭하게 생각하면서도, 돌아가신 후 제사도 기꺼이 맡겠다고 했다. 어머니 재산뿐만 아니라 아버지 할머니 제사까지, 자기가 죽을 때까지 모셨다.

어머니는 그 정을 못 잊어 그런 며느리를 음력 구월 초엿새, 당신이 가신 날에 데리고 갔다.

마흔여섯 젊은 나이에 혼자 되어서 남은 네 남매를 옆구리에 끼고, 모진 화병까지 앓으면서 사투를 했다. 어렵게 시집 보낸 큰딸이 시집가서 오래되지도 않아 어린아이들이나 앓던 소아마비로 친정으로 돌아왔을 때나, 막내인 내가 발목을 다쳐서 사 년 동안이나 방 안에서 앉은뱅이로 들어있을 때, 작은누님이 다리를 절단했을 때도, 작은형이 어려운 고비를 넘기고 다시 집으로 돌아왔을 때는, 어머니의 가슴속은 숯검정이 되었을 것이다. 아버지의 죽음은, 남은 자식들에 대한 책임감으로 당신의 마음은 숨 쉬는 목구멍만 살아 있다고 하셨다.

어머니의 삶은 삶이 아니라 몸부림이었다. 겨울 긴긴밤을 초저녁 짧은 잠을 깨시면, 다시 잠들지 못하시고 울면서 밤을 새우는 일이 다반사였다. 어머니의 그 모습은 그대로 내 어린 마음속에 쌓였다.

밤마다 어머니가 토해내시던 어머니의 기막힌 사연들은 나를 한없이 울렸다. 그럴 때마다 나는,

"어머니 제가 평생 어머니를 모시고 살겠습니다."

마음속으로 다짐하고 또 다짐했다.

찔레꽃 피는 날과 바람 부는 날

2002년 8월, 그동안 영의 기별이란 나의 시 노트 속에 모아 놓은, 시들을 읽을 기회가 있었다. 일차 내 손으로 만들었던 시 노트를 분실한 후로 쓴 시들은 대부분 술에 취한 상태에서 적은 시들이 많아, 별 관심을 갖지 않고 있던 것을, 오랜만에 읽어 보는 것이라 생소한 것도 있었지만, 애착을 가지고 쓴 시들 중에는, 그야말로 나의 영혼이 들어있는 시들도 있었다.

그날 밤 잠자리에 들어, 나의 영혼이 들어있는 이 시들을 어쩌나 하는 고민에 빠졌다. 아내에게 책으로 내겠다고 이야기하면 쓸데없는 짓이라고 할 것이 뻔한 일이니 혼자서 끙끙거리다가, 다음날 아내가 미장원에 간다고 해서 그 기회를 이용하여 포항에 있는 작은 인쇄소를 찾아가 출판에 대한 절차와 비용들을 알아서 돌아왔다.

다음날부터, 나는 여기저기 흩어져 있는 시들을 모았다. 스무 살 이전에 시들은 남은 것이라고는 일기장 속에 남아 있던 몇 편뿐이었다. 고르고 추려서 분량을 맞추고, 표지사진도 내가 찔레꽃이 필 때 찍어놓은 사진 중에서 골라놓았다. 조금은 아쉬운 작품들이 있었으나 미련 두지 않고 폐기해 버렸다. 원고를 모은 다음 사위에게 맡겨 원고 검토를 시켰다.

내가 보아도 맞춤법이 맞지 않은 부분이 많아, 내가 하기에는 어려울 것 같아 사위에게 맡겼다. 원고를 찾아 바로 인쇄소에 맡기고, 아내에게는 비밀로 했다.

책이 나와서야 아내에게 보였더니, 아내도 이제는 마음의 여유가 있어서인가, 빙긋이 웃기만 했다.

일단은 삼백 부만 하여 지인들에게만 보내려 했는데, 생각 외로 방송을 타면서 삼 쇄까지 찍고, 그래도 모자라 사위가 들고 가더니 많은 양을 찍어왔다.

책이 어떻게 시인 협회 영포(영덕 포항) 지회로 흘러 들어가, 협회에서 초대가 왔다. 어느 식당에서 오붓이 모인 회원은 열 명이 조금 넘는 듯했다. 내가 들어가자 정임현 회장님이 인사를 시켰고, 모두 박수로 환대를 해 주었다. 그리고 회장님께서 회원으로 가입해줄 것을 청했다.

내가 일어서서, 내가 들고 온 책 보따리를 풀어 나누어 드리고, 인사 겸 가입 요청에 답으로,

"본인은 아직 시인으로 등단을 못 했고, 학벌도 변변치 못해 등단하기도 어려운 것으로 알고 있습니다."

하니 회장님이,

"우리 협회는 등단도 학벌도 따지지 않습니다. 오직 시를 사랑하는 분들이 모여 시를 공부하는 곳이라 생각하시면 되겠습니다."

다음 차 회의에 참석했을 때는, 모두가 내 시에 대한 호평을 많이 해주시고 책 제목에 대해 질문을 많이 해주셨다.

나는 책 제목에 대해서는, 내가 어릴 때부터 찔레꽃을 좋아해서, 관심을 많이 가지고 있었는데, 바닷가 마을에서는 찔레꽃이 피는 오월이 오면, 셋 바람이 많이 불어서 연약한 찔레꽃이 피었다, 열매를 맺기도 전에 바람에 떨어져 날리는 것을 보면서, 아쉬워하던 내 마음을 표현한 것이라고 했다.

우리 인간들도 약자들은 어려움에 부딪히게 되면 힘없이 무너진다는

의미가 포함되어 있다고 하자. 모두 깊은 뜻을 이해하고 박수로 응원해주었다.

협회에서는 일 년에 한 번씩 회원들의 작품으로, 협회지를 만들어 전국으로 내보내고 있었다. 회원들의 작품을 열 편씩 달라기에 나는 『찔레꽃 피는 날과 바람 부는 날』 1집에 수록되어있는 시들 중에 내가 가장 아끼는 열 편을 보냈다. 협회에서 회원 개인에게 50권씩 나누어 준다기에 나가서 받아와 책을 열어보는 순간 머리가 곤두서는 것 같았다. 내 시집에 올라있는 작품이라고 말을 하고 보냈는데, 자기가 호평을 하던 작품들을 마구잡이로 수정하여 엉망으로 만들어 책에다 올려놓았다. 계획적이었다. 하도 화가 나서 회장님께 전화를 걸어, 내 책과 협회 책에 올린 내 시를 검토해 보시라고 했다. 회원들 사이에서도 야단이 났다. 여기저기서 전화가 걸려 왔다.

회장님께서는 어쩔 바를 몰라 쩔쩔매면서, 사무국장을 불러서 야단을 쳤으나, 이미 책들은 대부분 전국으로 배송이 끝난 뒤여서 어떻게 막아볼 수도 없다고 했다. 이미 배송된 책들을 환수해 달라고 했다. 같은 작가로서 어떻게 남의 작품에 시기하여 그런 짓을 할 수 있는지? 회원 중에도 그런 일이 있었다는 회원이 내게 전화가 왔었다. 회장님께서는 그것은 불가능하다고 했다. 다른 방법을 찾아보자고 했다.

그런데 다음날 사무국장이 집으로 왔다. 나보다 작가로도 나이에서도 선배이시고 시와 수필 평론에까지 등단하신 분이 내 앞에 장시간 무릎을 꿇고 용서를 비는 것이 너무 안쓰러워 자초지종 실토를 듣고 용서를 했다. 우리 협회 책이 나간 숫자만큼 내 책을 찍어서 재발송을 해주기로 하고, 그 비용도 사무국장 자비로 해야 한다고 했다.

집에까지 온 손님이라고, 횟집에 데리고 가서 술도 대접하여 보냈다.

내 첫 번째 시집에 올라있는 초창기 시들은 대부분 누나와 관련된 시들이었고, 누나가 내게 주는 사랑이 담겨있는 시들이었다. 결혼하게 되면서 내 곁에서 멀어져가는 그리운 마음을 달랠 길이 없어 시로 담아낸 작품들이라 내게는 소중한 작품들이었다.

　누나가 결혼한다는 이야기가 나오는 날부터, 내 삶은 온통 어둠 속에서 헤매고 다니는 것 같은 앞이 보이지 않는 삶이었다. 그 시기에 쓴 시들은 온통 그리움과 고독에 파묻혀, 전혀 앞을 볼 수 없는 어둠 속에서 살았던 내 심정을 적어낸 시들이었다. 찔레꽃은 내가 좋아하던 꽃이었다. 찔레꽃이 피는 오월이 되면서, 부는 샛바람은 찔레 꽃잎들을 떨구어 내고, 꽃이 떨어지면 가을에 빨갛게 익어야 할 열매가 열리지를 못하는 아쉬움이 내 마음을 안타깝게 했다.

　그 과정을 나는 누나와의 사랑을 찔레꽃에 비유 한 것이다. 봄이 짙어지면서 아카시아꽃이 피고, 아카시아꽃이 질 때쯤 하여 피는 찔레꽃은, 아이들이 좋아했다. 먹을 것이 귀하던 그 시절에 먹을 수 있는 꽃으로는 진달래꽃과 같이 찔레꽃도 먹을 수 있었기 때문에 아이들이 좋아하고, 서로 좋아하는 아이들끼리 사랑을 약속한다는 의미에서, 찔레꽃을 서로의 나이 숫자대로 따서 먹여 주며 장내를 언약한다고 했다.

　그러나 나는, 처음에는 하얀 빛에서 청렴한 자태에 끌렸던 것 같다.

　오월이 되면, 샛바람(북동풍)이 자주 분다. 특히 찔레꽃이 필 때면 샛바람이 불어 꽃이 하얗게 떨어져 내릴 때면, 내 마음을 아리게 했다.

　꽃이 필 때면, 쑥을 캐러 가는 누나를 따라 들에 가서 내 나이만큼 꽃을 따서 누나의 입에 넣어 주곤 했다. 그러면 누나도 꽃을 누나 나이만큼 따서 내 입에 넣어 주며, 우리는 마주 보며 꽃처럼 하얗게 웃었다.

　그러던 누나가 떠난 후부터는, 샛바람이 불어 꽃이 떨어져 바람에 날려 가면, 나는 찔레꽃 넝쿨 앞에서 하염없이 옛날 생각을 하며, 떨어져 날리는 꽃잎이 한없이 가여워 쓴 시가 「찔레꽃 피는 날과 바람 부는 날」 이다. 어쩌면 찔레꽃이, 떨어져 바람에 날리는 것을 보면서, 열매로 영글지 못한 채 떨어져 날려 가는 찔레꽃이 내 어린 마음에 처음으로 담았던 사랑이 바람에 떨어져 가는 찔레꽃과 같아, 어린 마음을 애처롭게 생각하며 더욱 깊은 애정을 느꼈다.

산울림 메아리치는 산야에 / 너와 나는 / 흩어진 세월을 밟고 간다 // 시뿌연 안개에 / 대지는 왠통 젖고 / 까치 까마귀 멧새도 / 숲속에서 오늘을 시름하는 / 꽃피는 오늘을 바람은 부는 날 // 인간의 삶을 / 권태로/항의할 수야 // 눈 감으면 / 하늘이 무너져 내리는 역겨움 / 누구의 말장난 같은 삶이라서 / 고독이 머무는 가슴에다 / 푸념 같은 사랑을 심어 놓았나 // 바람처럼 아귀 찬 생명이 / 숙제로 남은 삶이라서 / 인간은 그 무딘 입으로 / 만사를 운명이라 했지만 / 보라! / 하늘이 내려놓는 벌을 / 그리고 이 꽃을 // 어제를 / 울음으로 돌아간 사람들 / 모래알 같은 숱한 생명을 / 하필이면 / 꽃피는 오늘을 바람은 부는 날

　　-「찔레꽃 피는 날과 바람 부는 날」 전문

　누나가 결혼한 후, 나는 강원도 거진으로, 마차진으로, 이 년 간의 나의 방황은 자칫 생명을 잃을뻔했던 위험을 겪으면서도 깨어나지 못하

고, 몇 년 동안 어둠 속을 방황하는 삶을 살았다.

그 기간에 쓴 시들, 나의 많은 애착을 담고 있다. 누나가 그리워질 때마다 술을 마시고, 술에 취하면 누나의 그리움이 담긴 시들을 읽고 또 읽으면서 울었다. 아직은 어린 마음속에 잠겨 있는 사랑의 여운을 과감하게 떨쳐 낼 수 있는 용기가 내게는 없었다.

내가 결혼할 때까지 쓴 시들은 대부분 술에 취한 상태에서 쓰게 되고, 종이쪽지에 써서 아무 책 속에나 노트 속에 끼워놓았던 것들을 찾아서 책 속에 실을 수 있었던 것은 다행한 일이었다.

특히 63년도에 써서 수첩 속에 몇 년 동안 넣고 다닌 「삼월」이란 시는 뒷부분이 마무리되지 않은 상태로 있었는데, 찾아서도 삼 년 후 마무리를 했다.

비 오는 날도 서럽지 않아야 할 것을 / 돌아가면 메마른 흙의 터전에 / 아직도 슬픔이 남아 있을 그 길모퉁이 / 눈물로 젖어 있던 너의 모습을 / 보고 섰던 나의 가슴은 / 그냥 울 수도 없던 것을 // 엄마의 포동한 젖꼭지에 매달려 / 앙알대던 그때보다도 / 차마, 사랑을 돌아선 마음이야 / 너와 내가 모를 운명이었기에 / 여기 잠시 기대었다 돌아갈 영(影)이랄까 // 바램도 없는 / 어느 조용한 시간 위에 / 애틋한 이별을 새겨 놓고 / 그냥 돌아선 마음속에 / 한으로 찰 영이기에 / 정녕 오늘 에사 설움으로 돌아올 / 영의 기별인 것을

–「영(影)의 기별」 전문

나의 시노트에는 처음 써놓은 제목은 「영의 기별」이었다. 두 제목을 놓고 고민을 하던 중, 출판사에 가기 며칠 전에 「찔레꽃 피는 날과 바람 부는 날」로 바뀌었다. 어느 시 지망생이 내 시노트를 보고 극구 추천하여 주었다.

누나의 그리움이 내 머릿속에서 살아날 때마다, 그리움을 지우기 위해 술을 마시게 되고, 술을 마시고 바닷가를 헤맬 때면, 누나는 언제나 그림자처럼 내 옆에 있었다.

누나의 그리움의 영상 속에서 벗어나려고 애를 쓰면서도, 나는 어쩌면 그리운 누나의 영상이 내게로 돌아오는 기별을 기다리고 살고 있었다.

내 가슴속에 그림자처럼 잠들어 있는 영상을 지우기 위해, 지나친 폭주를 하다 보니, 위장이 탈이 나서 어머니가 흰죽을 끓여서 석 달 동안 먹였다. 그림자처럼 내 마음에 드리워져 있는 누나의 영상은, 쉽게 지워지지 않았다.

누나와 나무를 하러 자주 가는 길에 쉬어 오던 언덕에, 나 혼자 나무를 지고 오다 쉴 때면, 더없이 그리워지는 누나를 생각하며, 종이쪽지에 적어 주머니 속에 넣어 두었던 것을, 어머니가 빨래하던 중에 찾아주신 「언덕에」라는 시는, 누나와 같이 나무를 하러 다니면서 쉬어 오던 언덕 위에서, 내려다보이던 평화스럽게 펼쳐진 바다를 바라보며, 땀을 식히느라 작은 나무 짐 그늘에 마주 앉아 쉬어 오던 언덕을, 우리는 평화의 언덕이란 이름을 붙여 놓았다.

거리는 조용하고 / 거리는 적적하고 / 거리는 침묵으로 / 우리 가슴을 밀쳐온다. // 순아 / 우리 언덕으로 기지 않으련 // 비좁은 울타리 사이 / 그늘에 등을 붙이고 / 빤히 / 하늘만 쳐다보던 / 정아도 갔나 봐 // 순아 / 넌 이 거리가 싫지 않으냐 // 거리는 비좁고 / 거리는 음산하고 / 거리는 역정처럼 더웁다 // 칠월의 태양 마냥 / 들뜬 허영을 외면한 / 주름 잡힌 할머니 할아버지들은 / 다 어데 갔을까 // 언덕엔 파란 잔디 / 소복이 사랑을 속삭이고 / 끝없는 수평선을 바라보면 / 인간은 무상으로 / 우릴 바래다줄 게다 // 언제나 외롭게 / 냇가에 웅크리고 앉아 / 빤히 하늘만 쳐다보던 정아도 / 평화롭고 시원한 언덕으로 갔나봐 // 순아 / 우리 언덕으로 가지 않으련

-「언덕에」 전문

평화의 언덕 위에는 우리의 여리디여린 꿈이, 우리도 몰래 우리 가슴에 숨어들어 피고 있었다.

언덕에 봄이 오면, 부근 산에서 피어나는 참꽃과 오월이 접어들면서 언덕을 둘러 사고 있는 찔레꽃 넝쿨들이 꽃을 피우면서, 언덕은 자연의 무대가 된다. 수평선을 바라보면서 나는, 그 평화의 언덕에서 나의 꿈을 피우는 영양소를 마셨다.

찔레꽃 넝쿨 앞에서 꽃을 따 서로의 입에 넣어 주며, 활짝 웃던 추억을 가슴속에 오랫동안 품고 살았다.

입안에 퍼지는 꽃향기를 음미하면서 어려운 시대를 살아가는, 찌들은 마음에 영양소를 채우는 것 같은 황홀함에 빠지기도 했다.

그러던 언덕은 내게 많은 슬픔을 주었고, 그리움을 주었다.

해가 영일만을 내려다보는 형산 위에 걸려 있는 저녁 황혼이 영일만 바다 위에 비단 치마폭을 깔아주며 내리는 저녁이면, 나무짐을 내려놓고 그 황홀함에 젖어 어두운 줄도 모르고, 추억에 잠겨 있다가 어두워서야 비탈길을 나무 짐을 지고 내려오던 때가 한두 번이 아니었다.

그럴 때면 어머니는 걱정스럽게 집 앞에 나와 기다리기도 했다.

너를 잃어버린 / 까마득하게 먼 그날이 / 여뉘 가슴에 남아 / 너를 따라간다던 내가 / 그립다 못해 슬프다 // 아무런 말 없이 / 눈으로 인사하고 / 돌아서 하늘만 쳐다보던 / 소년은 언덕에 주저앉아 / 두 눈을 가렸었지 // 왜 한마디 말도 하지 못했던지 / 그때 소년은 // 비 개인 봄날/무지개 피던 언덕 위에 / 찔레꽃 따 모아 옷섶에 사주던 / 그때 소녀는 / 누나 같기만 했었는데 // 왜 그토록 철부지였던지 / 그때 소년은 // 눈 한번 깜빡이지 않고 / 웃음 짓던 / 소녀가 가 버린 언덕엔 / 봄도 더디 오더니 / 울상이 되어 돌아가던 소년도 / 꽃이 피면 언덕이 / 그립 기만했었지 // 왜 미련하기만 했던지 / 그때 소년은 // 꿈이 조금씩 언덕에 피다가 / 비바람에 짓밟혀 버린 뒤 / 너를 따라간다던 나는 / 가슴에 담아갈 꿈이 없었지 / 파란 하늘 마냥 / 창명(愴冥)한 소년의 가슴에

-「소년의 꿈」 전문

돌아보면 내가 정녕 그 시대를 어떻게 넘어왔는지 나 자신에 대한 의아심이 생긴다. 왜인지 모르게 나는 누나 앞에서는 언제나 어린 소년이었고, 누나의 팔에 매달려 칭얼거리는 철부지였다. 그것은 아마도 내가 일곱 살 어린 나이에 아버지를 잃고, 어리광 한번 부리지 못했던 마음의 빈곤 때문이 아니었을까?

내게는 한없이 너그러웠던 누나는 오히려 더 많은 것을 내게서 바라지 않았을까? 자기 자신을 온전히 기대고 싶은, 어쩌면 나를 완전히 자기의 것으로 만들어 버리고 싶은, 욕심 같은 것을 나는 때로는 보았던 것 같은 생각을 할 때도 있었다. 때로는 내 얼굴을 자신의 가슴에다 꼭 안아 줄 때는, 누나의 가슴에서 심하게 뛰는 심장 소리를 들은 적도 있었던 것 같다.

누나가 결혼식 전날 밤, 비를 맞으며 혼자서 바닷가를 헤매다 잠든 내 가슴 위에 엎드려 흐느낄 때, 나는 비로소 사랑이란 것을 느꼈고, 나는 누나가 떠난 후에야 그런 모든 누나의 표현이 애정적인 것이었으리라는 생각을 하게 되고, 나 자신이 누나에게 기댄 것도 남남으로 가졌던 남매의 정이 아닌, 연정이었다는 생각을 하게 되면서 누나에 대한 더 깊은 그리움을 느꼈다.

생각하면 / 순아 / 넌 내 사랑하는 사람 // 외로운 맘 / 네 웃음에 매달려 / 마음 놓고 / 저 하늘 날으며 / 한평생 / 고운 꿈 엮어 보자던 // 생각하면/ 안타까운 / 순아 / 넌 내 사랑하는 사람 // 우린 저 달처럼 / 외롭지 않고 / 우린 저 별처럼 / 정답던 사람이니 // 아직도 / 저 해와 달이 지고 / 아득히 안계속으로 / 사라지기까지는 // 너와 내가 /

거닐던 / 달뜨던 바닷가의 / 꿈많은 시간은 남았어라

-「첫사랑」 전문

내가 결혼하기 전까지는 문득문득 생각나는, 그림자같이 찾아오는 누나의 그리움 때문에 힘이 들 때도 많았지만, 그럴 때마다 나는 술을 마셨고 술에 의존하면서 시를 썼다. 그러면서도 나는 어릴 적 겪어온 가난의 아픔은 어떤 경우에도 마음에서 한순간도 내려놓지 않았다. 나의 지금의 아픔은 온통 가난에서 오는 저주라고 생각했다. 그 속에는 나의 가난뿐만 아닌 누나의 가난 역시 함께 엉켜있다고 생각했다. 내가 술을 마실 때마다 느끼게 하는 것은 가난의 저주에서 벗어나는 반항이었다.

꿈이 부서지는 소리다 / 사랑이 깨어지는 소리다 / 아니, 꿈이 통곡하는 소리다. / 사랑이 통곡하는 소리다 / 부서지고 또 부딪치고 / 이것은 바로 / 당신이 남기고 간 몸부림이 아닙니까 // 저기 하얗게 밀려와 / 부서지는 파도 / 그것은 당신이 오랜 날을 버리지 못한 / 그리움의 몸부림이 아닙니까 / 오랜 날을, 참아 그 오랜 날을 / 버릴 수 없었던 한 올 / 조용한 사랑이 노해버린 / 그 지친 피로 // 피로한 나와 당신의 환멸이 아닙니까 / 좀 더 조용한 대화를 / 좀 더 정겨운 대화를 / 담아 볼 수 없었던 우리 / 서로의 가슴에 / 녹슬은 권태를 씻어내는 / 파도가 밀립니다 // 저기 해변의 언덕에 / 시름없이 바람에 부대끼던

갈잎이 / 떨어져 날려와 / 파도에 밀려들고 밀려가듯 / 우린 세월에 밀려갔다 / 밀려 왔습니까 / 사랑을 / 꿈을, 모래성처럼 쌓아주던 / 파도가 밀립니다 // 조용한 대화를 / 정겨운 대화를 / 하이얀 깃 폭에 담아들고 / 파도가 밀립니다 / 사랑이 / 나와 당신의 가슴을 포개 줍니다

-「파도」 전문

내 가슴 깊이 쌓인 알뜰한 사랑을 떠나보내고, 먼발치에서 하염없이 바라보며, 십여 년의 세월을 온통 연모하는 감정에 묻 여 살았다.

나는 결혼을 하는 동시 지나온 세월을 깨끗이 지워내야 하는 아픔을 앓았다. 그러나 누군가 그랬다. 첫사랑은 죽을 때까지 지울 수 없다고 했다. 그랬다. 나는 어려운 일에 닥쳤을 때마다, 들판에 버리고 온 어린 영혼과, 뗏목에 매달린 어린 두 형제를 생각했고, 고달픈 삶에 시달리는 어린 나를 어루만져 주던 누나가 문득문득 생각이 나곤 했다.

구룡포 사건은 정말로 생각하고 싶지 않은 과거사다. 나는 내 인생의 실패가, 나보다 우리 자식들 앞에 내 어린 날처럼 돌아갈까 봐 몸서리를 쳤다. 나는 내 자식들이 나처럼 학교를 포기하고 돌아오는 환상에서 깨어날 수가 없었다.

나는 잠결에도

"어쩌나? 저 아이들을 어쩌나?"

하는 잠꼬대를 해야 했다.

구룡포 사건은 내 마음에 너무도 큰 충격이었다. 지금까지 마음속에 보배처럼 쌓아 놓았던, 욕망도 의욕도 산산조각으로 부서져 바람에 날

려 가는 것 같았다.

하루하루 시간은 내게는 지옥 같았다. 그러나 나는 지금 내 한걸음이 얼마나 소중한지를 절실히 느끼면서도, 용기를 낼 수가 없었다.

문풍지 바람에도 / 깜박거리던 호롱불 밑에서 / 밤새워 소월의 시를 외이며 / 시인이 되자던 / 까마득하게 먼 / 그때 섣달 그믐밤은 / 새로운 마음으로 시작해 보자던 / 작은 꿈들이 있었다. // 새로운 마음으로 다시 / 또 새로운 마음으로 다시 / 세 가지의 꿈이 두 가지로 / 두 가지의 꿈이 하나로 / 마지막 꿈을 잃어버린 / 그 어느 섣달 그믐밤은 / 마음 맞는 친구와 / 하늘거리는 호롱불 밑에서 / 주거니 받거니 술잔을 나누며 / 허무한 인생을 푸념했었다 // 그러던 세월이 / 꽤도 오랜 날을 잃어버린 / 오늘 섣달 그믐밤은 / 겹겹이 쌓인 걱정과 / 겹겹이 쌓인 회포에 목이 메어 / 술맛도 잃은 채 앓고 누웠다 / 생전 처음으로 신어보는 / 운동화 한 켤레를 사다 놓고 / 고사리 같은 손가락을 꼽아가며 / 기다리던 섣달 그믐밤은 / 길기만 하여 / 운동화를 신은 채 잠들어 버리던 / 그때 세월을 / 이젠 내 자식에게 빼앗겨 버린 / 이 무상(無常) // 무딘 면도날로 수염을 깎으며 / 거울에 비친 초췌한 얼굴을 보고 / 가엾은 마음으로 / 잠든 내 아가들의 얼굴을 보다가 / 비로소 느껴보는 / 잃어버린 세월의 허무를/거울 속에 비친 내 얼굴 주름살 / 속으로 접어 넣는다

−「섣달 그믐밤」 전문

내가 어려움에 처해 있을 때, 나는 시에 대한 애착으로 갈등할 때가 있었지만, 아이들을 보면서 우리 부부는 허리띠를 졸라매고 마지막 한 줌의 힘도 다 쏟아 냈다.

참으로 어린 날 내가 겪었던 현실이 우리 아이들 앞으로 돌아올까 봐, 밤마다 나는 가위에 눌렸다. 아이들도 그런 아빠의 마음을 아는지, 차분하게 지켜 보고 있었다.

엄마 아빠가 바쁘게 일을 할 때면 막내는 보채지 않고 혼자서 놀아 주었다. 장난감이라고는 구경하려야 구경할 수 없는 시골에서, 어린아이들의 놀이는 흙과 모래 아니면 작은 자갈돌들과 깨어진 세금 파리 조각들이 장난감이었다. 때로는 옷에 흙투성이가 될 때도 있지만, 그렇게라도 놀아 주는 것은 참으로 고마운 일이다.

때로는 혼자서 놀고 있는 아이가 고맙고 기특하여 안아 주고 싶을 때도 있지만, 그마저도 시간을 다투는 일에 쫓기는 현실에 눈물이 날 때도 있었다.

봄이 오면 / 막내야 / 우리 집 앞 빈 뜰에 / 조그맣게나마 / 꽃밭을 만들어 / 누나랑 엄마가 / 손톱에 물들일 봉선화도 심고 / 아빠의 머리만큼이나 / 하이얀 꽃을 피울 / 흰 국화도 심자 그리하여 // 봄이 오면 / 막내야 / 안마당 수돗가에 / 시멘트 벽돌로 / 자그맣게 연못을 만들고 / 바닷물 길어다 가득 채우고 / 아빠가 잡아 오는 / 숭어란 가자미도 / 헤엄치게 하고/문어랑 게도 작은놈으로 / 두어 마리 넣어서 / 절대로 / 따분하지 않은 너의 하루를 / 벗하게 하자 그리하여 / 봄이 오면 / 막내야 / 너는 외롭지 않고 / 따분한 여름 한낮을 / 골목 안 울타리 그늘에 / 쪼그리고 앉아 / 졸음이 쏟아지는 / 두 눈을 껌벅 그리며 / 멀건히 하늘을 쳐다보며 / 자라온 아빠를 닮지 말고 / 언제나 함 박 웃는 얼굴로 / 아빠의 꿈이 되어 자라거라 그리하여 // 봄이 오면 / 막 내야 / 너는 또 조금은 더 자라고 / 아빠는 네가 자라는 만큼 / 잃어가 는 세월이 서러워도 / 너의 웃는 얼굴에 마음을 주며 / 그렇게 조금씩 자라는 / 너에게 내 세월을 주마 / 아직도 먼 산엔 / 하얗게 눈이 쌓였 어도 / 봄이 오면 / 막내야

                                        –「봄이 오면 막내야」 전문

가난할수록 귀한 것이 가족이라 했다. 우리가 어렸을 때는, 흉년이 들 면 아이들은 배가 터져 죽고 어른들은 배가 고파 죽는다는 말이 있었다. 그런 세대를 살아온 우리에게는 자식에 대한 집념은 내 생명 보다 중한 것이었다.

내가 잊지 못하는 기억이 하나 있다. 아기가 없는 형님이 동생의 아들 코에서 누렇게 흘러나온 코를 입으로 빨아내는 장면을 본 적이 있다.

오래된 기억 중에 별것도 아닌 것 같은데 잊히지 않고 머릿속에 남아 있다. 나는 그 순간 무척 무거운 혈육의 의미를 느끼게 했다.

내가 겪어 온 그 어떤 아픔보다 자식의 아픔은 내 육신의 한 부분의 아픔이다. 혈육 관계란 인간의 가장 소중한 부분이다. 세월은 온통 세상 을 무엇이든 바꿔놓았지만, 혈육 관계 많은 바꿔놓을 수 없었다.

구룡포 형은 그동안 승승장구하여 목선들을 정리하여, 100톤급 철선 으로 대치하였다. 지금까지 목선으로 대화태 바다로 나가던 것을 이제

288

는 태풍이 아니면, 웬만한 날씨에는 작업이 가능한 철선으로 대치하고, 집도 이 층으로 다시 새웠으나, 아이들 학교 때문에 포항에 아파트를 분양받아 살림은 포항에서 했다. 구룡포 집은 형이 드나들면서 사무실 겸, 친구들과 어울려 노는 놀이방이 되었다.

내가 빚에 허덕이는 동안 형에게는 변화가 많았지만, 나는 그동안 외면하고 지냈다.

어머니께서 병환에 누워계시는 동안 자주 오셨지만, 형이 올 때마다 우리 부부는 마음이 편치가 못했다. 그러나 어쩌랴! 우리는 혈육이었다.

나는 때로는 형이 보고 싶을 때가 있었다. 나는 어려운 시기를 벗어나면서, 어린 시절 정말로 어려웠던 어린 시절을 떠올렸다. 어쩌면 그때 그 기억들이 내게 힘을 주었고, 형제란 의미를 내 마음속에 깊게 새겨 주었다.

영일 들판에 버리고 온 내 어린 영혼은 나를 그냥 두지 않았다. 항상 내 심장에 달라붙어 채찍을 가했다. 그리고 형과 뗏목 배를 타고 미역을 하러 다닐 때, 멀리 가는 날에, 바람을 만나면 돌아오는데 너무 많은 고생을 해야 했던 날들이, 나의 뒤통수를 목탁 소리가 나도록 두들겼다. 그럴 때면 형이 그렇게 그리울 때가 있었다.

뗏목은 바람이 조금만 불어도 바람을 차고 올라가는 것은 무척이나 힘이 들었다. 그럴 때면 우리는 교대를 하면서, 노를 저었고, 있는 힘을 다했다. 한 사람이 노를 저으면 한 사람은 삿대로 저었다.

어려운 시대를 살아올 때, 그 생각들은 내게 활력소였다. 한편으로는 마음속에서 받혀 올라오는 울분이었던지도 모른다.

한 번씩 돌아보게 되는 그 세월은, 오늘 나를 만들어낸 보약이었던 것 같은 생각을 해보기도 한다.

소주 한잔 / 앞에 놓고 / 북어 한 마리 / 세상 분풀이하듯 / 두들겨 / 신문지 위에 펼쳐 놓고 // 창틈으로 / 새어드는 달빛 벗하여 / 거칠은 내 인생도 / 한 잔 / 역겨운 세상살이도 / 한 잔 // 그리운 옛사랑도 / 한 잔 / 취하여 / 허전한 마음에 또 / 한 잔 // 뉘라서 / 인간의 귀천을 / 말할 것인가 / 세상은 온통 / 뒤죽박죽인 것을 // 비집고 들어설 자리 없어 / 밀리고 밀려온 / 지구 한 귀퉁이 / 달빛 벗하여 / 소주 한 잔이 있고 // 취하여 / 풍성한 내 / 세상이 있는 / 취중에서 / 하늘은 돈짝만큼으로 / 내 머리 위에 있누나

-「취중낙서(醉中洛書)」전문

형은 정부 구조조정 사업이 시작되었을 때, 구조조정으로 배 사업을 정리할 계획을 하고 있었다.

처음 구조조정에 신청했을 때, 나는 한사코 형을 말렸다. 아직은 들어앉아 문밖을 내다보며 세상 구경이나 하고 있을 나이는 아니라고 했다.

사람들은 어떤 모임도 비슷한 사람들끼리 모이게 된다. 사업가로서 나설 자리와 실업자로서 나설 자리는 다른 것이다. 오랜 세월을 해오던 일을 놓고 나면, 우선 마음부터 허해진다. 마음이 허하면 의욕이 없어지고, 의욕이 없어지면 눈앞에 보이는 세상이 달라진다.

자신의 능력을 놓아버리고 나면, 주위의 시선부터 달라진다. 아직은 내가 할 수 있는데, 하지 못하게 되는 실의(失意)에 빠지게 되고, 삶의 허무를 느끼게 된다. 형은 결국 생각 끝에 구조조정을 포기했다. 형은 내 끈질긴 설득으로 일차 구조조정을 포기하고, 그 후 두 해를 연이어, 작

업을 항 내에서 일등을 하여 수협에서 주는 상을 이 년 연거푸 받았다.

그런데 몇 년 후 결국은 6억 7천만 원이란 거금을 받고, 구조조정으로 사업을 정리했다. 그때 당시로는 꽤 큰 돈이었다. 어느 날 나를 구룡포로 나오라고 했다. 나는 나도 모르게 내 마음이 은근히 기대감에 젖어 있는 것을 느끼고 놀랐다. 이번에는 내 몫으로 얼마를 줄까? 아내는 나보다 한 단 높여, 확신을 가지고 있었다. 그런데 형이 내놓은 돈 봉투에는 오백만 원이 들어있었다. 아내의 실망감이 컸다. 아내를 달래는 것은 또 내 몫이었다.

형의 집에서 나오다가 수협장을 만났다. 수협장은 형과 의형제 간이다. 수협장이 처음 어렵게 시작하는 사업을 형이 도와주었다. 그런 인연으로, 나와도 좋은 사이였고 나이도 동갑내기였다.

"니는 이번에는 한 보따리 했재?"

나는 얼른 무슨 말인지 알고,

"조합장은 오백만 원이 한 보따리라고 하나?"

"뭐야? 그럼 형님이 오백만 원을 주었단 말이야? 아니 이 어른이 큰돈을 받더니 눈이 멀어 버렸나!"

하며 형님 집으로 가는 것을 보고,

"쓸데없는 소리 하지 말라. 나에게는 오백만 원도 거금이다."

다음날 형이 전화로 포항 집으로 오라고 해서 갔더니, 오백만 원을 더 주었다. 조합장이 형을 만나 한 소리 한 모양이다.

집에 돌아와서 아내에게 돈을 내어주며,

"나는 일 억쯤 주리라고 생각했는데!"

하며 아내를 보니 아내는,

"어쩌면 똑같은 꿈을 꿨을까?"

하면서 돈 봉투는 본 체도 않고 밖으로 나갔다.

사업을 정리하고 얼마지 않아서 형은 자전거를 타고 송도로 친구를 만나러 가다가 교통사고로 돌아가셨다.

생전에 내가 운전면허를 내어서 차를 타고 다니라고 수차 권하여 겨우 운전 학원에 등록하였는데 얼마 못하고 그만두었다. 운전에 전혀 흥미를 느끼지 못하고 운전석에 앉으면 두려움 때문에 할 수가 없다고 했다. 차 대신 즐겨 타던 자전거와 함께 세상을 하직했다.

상을 치르는 내내 나는 형과 함께 뗏목으로 미역을 하러 다니던 그때를 생각하면서 치솟는 울음을 참느라 꾹꾹 누질러 놓은 가슴이, 집에 돌아오니 어디서 걷어차인 것처럼 오랫동안 가슴이 아파, 아내 몰래 병원 치료까지 받았다.

형의 죽음은 생각할수록 화가 났다. 때로는 술에 취하여 울기도 많이 했다. 왜 그렇게 서둘러 사업을 접으려고 했는지? 일차 구조조정을 포기하고도 작업이 잘되었는데, 폐업을 서두를 아무런 이유가 없었는데, 삶에 권태를 느꼈을까? 가족들과도 아무 문제 없이 잘 지내고 있었고, 사업도 잘 풀렸고, 취미도 친구들과 어울려 고스톱 하면서 시간 보내기를 하는 것에 푹 빠져 있었는데, 왜 그렇게 빨리 사업을 서둘러 정리하려 했을까? 어쩌면 자신의 운명을 예측하여, 자식들의 앞길을 자기가 정리해 주고 떠나려고 했던 것일까?

그렇게 서두르지 않고 몇 년을 더 끌고 갔으면! 하는 생각을 할 때마다 형이 원망스럽고 화가 났다.

나 역시도 그때는 때로는 잠시라도 쉬어갔으면! 하는 생각을 할 때가 한 번씩 있었지만, 이틀 정도만 일을 놓고 있으면 마음이 불안해지고, 괜히 온몸이 아파 왔다. 그럴 때면 없는 일도 만들어서 하게 되고, 아니면 나가서 술이라도 마셔야 했다.

형이 돌아가시고 나니 오 남매 중 남은 것은 나 혼자뿐이었다. 서울에 큰형님이 계셨지만, 소식을 끊고 산 지가 오래되어 내 머릿속에는 없는 것으로 치부하고 있었다.

한동안은 세상이 허공 같아 허무하고 쓸쓸하게 느껴져, 자칫 나까지 삶의 의욕을 잃을 것 같았다. 술에 취할 때마다 원통하고 분한 마음에 울기도 많이 했다.

나는 어려서부터 성격이 모질고 고집스러웠다. 누구에게도 고개 숙이는 것을 싫어했다. 부잣집 아이들과는 같이 놀지를 않았다. 중학교에서 밀려나면서, 나는 온통 불만투성이가 되어있었다. 불행한 나 자신을 누군가의 탓으로만 생각하려고 했다. 안으로부터 마음은 한없이 꼬여 갔다. 그런 나 자신을 세상 탓으로 돌렸다. 세상이 나를 그렇게 만들었다고 생각했다.

그러던 내 마음이 서서히 풀리기 시작한 것은, 누나를 만나면서였다. 누나의 따뜻한 마음이 꼬여있는 내 마음을 풀어내기 시작했다. 그리고 시를 읽고 시를 쓰면서, 나는 내 마음에 젖어 드는 그 어떤 향기에 몰 입하게 되었다. 그 향기는 내 마음을 한없이 부드럽게 풀어주었다. 어느 날 나는 그 향기가 시(詩)라는 것을 깨우치면서, 나는 시의 세계로 깊이 몰입해 들었다.

"시는 내 마음을 정화시켜 주는 향기다!"

하는 것을 느끼기 시작하면서 내 마음은 시를 읽으며, 느껴보는 감성 속으로 빠져들면서 고삐 달린 소처럼 온순해져 갔다. 그러한 나를 가장 좋아하는 사람은 누나였다. 그때부터 누나는 내 가까이 더욱 다가와 둘만 있을 때는 언제나 나를 꼭 안아 주었고, 아무도 없는 곳에서 둘이서 길을 걸을 때도 내 손을 꼭 잡고 걸었다.

그렇게 움츠러들던 내 마음이 어느 날부터 세상이 넓게 보이기 시작했다. 연필만 들면 머릿속에서는 시가 줄줄 흘러나왔다.

십칠 세부터 이십 세까지가 내 시의 전성기라 해도 좋을 만큼 많은 시를 썼다. 그때 쓴 시들은 참으로 내게는 보배 같은 시들이었다. 그때 쓴 많은 시들 중에 120편을 골라 손수 노트에 옮겨 놓았다.

그것이 없어졌을 때 나는 완전히 자포자기했다. 미안해하는 어머니를 원망할 수도 없었다. 한동안은 시를 쓰지를 못했다.

어머니는 내가 그 당시 마카오지 종이를, 한쪽은 잉크가 번져서 두 겹으로 접어서 공책을 만들어 백이십여 편의 시를 옮겨 놓았는데, 그 공책을 펼쳐서 벽지로 사용해 버렸다. 다행히 일기장 속에 남아 있던 몇 편의 시들이 보배같이 귀하게 느껴졌다.

그때부터 나는 내가 운명처럼 지니고 태어난 나의 길을 찾아 스님의 법문 속으로 서서히 접어들며, 그 뜬금없는 상상의 날개를 잡고 하늘로 날아오르기 시작했다.

등단

2006년 6월에 월간 《문학공간》지에서 시로 등단을 했다. 물론 영포지회 회장님의 주선이었다. 내가 지회에 들어가면서 벌어진 그 사건으로 회원들이 하나둘씩 떨어져 나가면서 결국은 해체되었다. 나는 회장님 집으로 한 번씩 찾아뵈었는데, 어느 날 회장님이 오라고 해서 나갔더니 등단 준비를 해 오라고 했다. 준비로는 시 다섯 편을 가지고 오라고 했다.

약속한 날짜에 원고를 가져다드리고 작업에 바빠 잊고 있었는데, 어느 날 작업에서 돌아오니, 문학 공간이란 월간지에서 신인 작품 당선을 축하한다며, 당선 소감을 써 보내라고 편지가 와있었다.

회장님께 전화로 알려드리고, 감사합니다. 회장님! 하고 인사를 드렸다.

꿈같은 일이었다. 젊었을 때 그토록 원했던 등단이다. 그때 당시 현대 문학에 여러 번 원고를 보냈다. 이력란에 아무것도 쓸 것이 없어, 주소와 이름만 적어 보냈는데, 번번이 실패하여 등단을 포기했다.

책 100권과 함께 6월 6일 시상식에 참석하라는 통지문도 들어있었다. 남산에 있는 어느 호텔에서 이름있는 유명 시인 선생님들의 축사도 듣고, 등단패를 받았다. 밖으로 나오는데 난데없이 눈물이 흘러내렸다.

무학자 시인이라니? 회장님은 학벌이 문제가 될 수 없다고 하셨다. 그 당시 회장님도 불교 문학지에 시 추천심사 위원이셨는데, 어떻게 내게는 문학 공간으로 등단을 시켜 주셨다.

그때 보낸 시 중에서 「동행」이란 작품은 오랫동안 인생의 말로를 생각하면서 쓴 작품이었는데, 그 작품 속에 내가 빠져들었다.

아내를 만나 오십 년을 살아오면서 아내에게 언제나 고맙고 미안하다는 생각으로 살았다. 오래오래 함께 살면서 고맙고 미안한 마음을 다 풀고, 활짝 웃으며 손잡고 무덤 속에도 함께 갔으면 하는 것이 내 마지막 소망이었다.

아내는 건강한 편이었다. 친정집이 흥해에서도 농토를 많이 가진 부자였다. 일찍이 포항 죽도 시장 지인의 포목점에서 비단 옷감을 만지던 아가씨가, 눈에 콩깍지가 씌어서 바닷가 가난한 어부의 아내가 되어, 결혼한 지 일 년도 못 되어 임신한 상태로 산에 나무를 하러 다녀야 했다.

막내에게 시집오면 시집살이는 하지 않을 거라는 자기 꼼수에 넘어가, 막내에게 시집을 와서 홀어머니를 모시는 시집살이를 했다.

어려운 고비마다 나 몰래 울어온 세월이 얼마였을까? 아내의 고통을 어떻게 씻어 주어야 할까? 내가 마음속에 지고 있는 이 무거운 짐을 어떻게 내려놓을까? 고맙고 미안하다는 말로는 도저히 아내의 마음을 풀어 줄 수 없음을 고민하면서 「동행」이란 시를 구상하게 되었다.

오랫동안 머릿속에 잠재워 놓았던 씨앗이 어느 날 싹이 나오듯 솟아나는 시구를 붙잡아 써 내렸다. 어쩌면 내가 우리 부부의 앞날을 미리 짚어서 쓴 것 같아 마음이 아팠으나, 그래도 아내는 내 마음속에 채워져 있을 자기의 사랑이 영원히 내 마음속에서 살아가리라는 믿음으로 편히 잠들 수 있으리라 믿고 싶다.

앞서거니 / 뒤서거니 / 가는 동행 길에 / 이고 진 짐이 / 무거우면 어떠랴 // 시간 접어 / 허리춤에 매달고 / 한숨 접어 / 뒷짐에 꾀어 차고 // 뜨는 해 / 지는 해 바라보며 / 살아온 인생길에 / 마지막 가는 길도/동행이면 좋을 것을 // 어느 날 / 우연한 이별에 / 등짐이 무거워 / 맥 풀고 주저앉으면 // 떠나버린 / 동행의 허전한 / 아쉬움이 그리움 되어 / 돌아갈 길도 잊어지리

-「동행」전문
(문학공간 신인 추천 당선작)

부부가 살다가 떠나는 날을 동행할 수 있다면 얼마나 좋을까! 나는 아내를 두고 내가 훌렁 떠나게 되었을 때, 아내가 받을 충격을 걱정하기 시작했었다. 내가 두 번의 심장마비로 큰 충격을 받은 아내는, 내게 약간의 이상 정세만 보여도 신경을 곤두세웠다.

그동안 아내의 고생이 이제는 끝난 듯했다. 상가에서는 월 백오십만 원씩 세가 들어 왔고, 아이들 셋은 삼 층 주택에서 장모님과 함께 있어 걱정할 일이 전혀 없었다. 아내가 바다에 나가서 고기 잡는 일을 하는 것은 그때 당시 모든 어촌 사람들은 부부 어부가 대세였다. 부부가 바다에 나가는 것을 불행이라 생각하는 사람은 한 사람도 없었다.

무엇보다 부부가 함께하는 일이니, 부인들은 오히려 다른 일보다 즐거운 마음으로 하는 것 같았다. 여름 땡볕에 밭에 나가 땀을 흘리며 김 매는 농사일보다는 훨씬 쉽고 신나는 일이라 했다. 일 년 내내 밭에서 땀 흘리며 일을 해도 입에 풀칠하기 어렵던 때보다는, 부부가 함께해서

좋고, 고기 잡는 일이 신기하고 재미가 있어 좋고, 그날그날 들어오는 돈에 마음이 풍요로워지니 가정도 풍요로워져서 좋아했다.

어촌 마을에 그나마 산비탈과 산골짜기마다 조금씩 늘려 있던 밭들은 졸지에 모두 산으로 변해 갔다. 그동안 집에서 남편을 바다에 보내고 기상이 나빠지면 바다에 나가 있는 남편 걱정으로 마음이 불안했지만, 함께 바다에 나가 있으면 집에서 걱정하던 것과는 전혀 다른 상황이라, 믿음직한 바다 사나이 남편의 진짜 면목을 볼 수 있으니 든든하여 좋다고 했다.

얼마 전까지만 해도 생각도 못 해보던 가전제품들이 집집마다 들어오고, 누구 집에 뭐야 하면 서로 다투어 들이는 풍요로운 광경이 어촌에서 벌어지기 시작했다. 어느 여름에는 누구네 집에 에어컨이 들어왔다고 하니, 그해 여름이 가기 전에 대부분 에어컨을 설치했다. 얼마 전까지만 해도 상상도 못 할 일이 짧은 시간에 일어났다.

마을에서 모임을 만들어 봄이면 이박 삼일로 국내 방방곡곡 여행을 하고, 가을이면 산을 찾아 단풍놀이를 가는 것이 공식이 되었다. 몇 년이 지나고 나니 국내 여행은 더는 갈 곳이 없어 외국으로 나가기 시작했다.

우리 아버지 어머니들이 겪었던 보릿고개는 어떤 곳인지 까마득하게 먼 옛이야기가 되었다. 옛날 새마을 사업으로 초가를 슬레이트집으로 개량을 하였을 때, 그 감격은 어디로 가고 슬라브 시멘트 집을 짓고 이층집을 지었다.

그러나 한편으로는 시골 아낙들로부터 시작된 산아 제한은 우리 사회 민심을 서서히 냉각시켰다. 부모들의 알뜰한 삶의 득으로 자식들은 도시로 나가고, 이제는 선원 고갈로 외국인들이 작업선마다 자리를 잡고 있다. 농촌 역시 일손이 없어 농사를 포기하는 일이 머지않아 올 것이다.

어선 사업이 빈약한 마을들은 머지않아 유령 마을로 남을지도 모른다. 서로 자기 배를 가지고 고기를 잡으니, 몸이 아프거나 피곤하면 하루쯤 쉬는 것은 내 맘대로 결정할 수 있고, 돈이 없어 자식들 울리는 일이 없어 궁색하게 살던 지난 일들은 모두 잊고 살았다. 지금까지 살아오면서 느껴보지 못했던 안정된 생활의 행복감을 느꼈다.

그렇게 평화스럽던 어느 날, 내가 대보에서 친구들과 약간의 막걸리를 마시고 집에 돌아와 거실에서 텔레비전을 보고 있는데, 갑자기 가슴이 답답하여 현관 창문을 여는 순간, 내 몸이 빙글 돌아 벽에 부딪히며 심하게 넘어졌다.

그 순간 나는 의식을 잃었다. 그런데 내 귀에는 아내가 나를 흔들며 큰 소리로 나를 불렀으나 나는 움직일 수도 없고 말을 할 수도 없었다. 아내가 부르는 소리는 귀에 들리는데, 아내가 전화로 이웃에 사는 누나를 부르는 소리도 내 귀에는 훤히 들리는데, 몸을 움직일 수가 없었다.

얼마나 시간이 흘렀을까. 내가 의식을 찾아 깨어났을 때 내 머리를 잡고 흔들고 있는 아내의 얼굴이 온통 눈물범벅이 되어있는 것을 보았다. 내가 일으켜 달라는 시늉을 하자 나를 일으켜 앉히며,

"119 부를까?"

"이 사람아 이 얼굴에 땀 좀 봐라, 얼굴에 핏기가 없잖아!"

누나가 걱정스러운 듯,

"119 부르자."

하는 것을 내가 손을 흔들어 만류하자, 괜찮으냐고 다그쳐 물었다.

"물!"

물을 달라는 말이 처음으로 나왔다. 물을 마시고 나니, 정신이 드는
듯하여 일어나 앉을 수가 있었다. 나는 숨을 크게 내쉬고는 시계를 쳐다
보니 한 시간이 넘은 것 같았다.

"한 시간 반이 걸렸어. 어떻게 된 거야? 술은 얼마나 먹은 거야?"

온몸이 땀에 젖어 있었고, 목소리가 정상적으로 나오지를 않았다.

다음날 아내는 병원에 가자고 졸랐으나 나는 작업을 나갔다.

나는 오래전부터 심장 질환을 앓고 있었고, 그동안 의사의 지시
에 따라, 치료에 신경은 쓰면서도, 술과 담배는 의사의 지시를 따르지
못했다.

내 심장 담당은 원장님이신데, 그 시기에 원장님은 심장에는 권위자
라 했었다. 담배를 끊으면 혈압약은 먹지 않아도 된다고 당부를 하셨으
나, 나는 열 번을 시도했는데도 성공을 하지 못했다.

며칠 후 병원에 가서 이야기했더니, 당장 입원하여 검사해 보자고 했
다. 그동안 부정맥은 약으로 잘 다스려 왔다. 나흘 동안 입원을 하여
검사를 한 결과, 가슴에 심장 박동기를 시술해야 한다고 했다. 큰아들이
내려와 의사들과 합세하면서 권유했으나, 나는 고집을 부리고 퇴원을
해서 집으로 돌아왔다.

내가 들은 것은, 박동기를 시술하게 되면 심한 노동을 못 하게 되니
하던 일들을 접어야 한다고 했다. 아직은 내가 집에 앉아서 편안하게 쉬
고 있을 때가 아니라는 생각 때문에, 박동기 시술을 당장은 안 된다고
고집을 부렸다.

막내가 사업 실패로 어려움에 처해 있고, 큰아들도 회사를 나와, 혼자
서 중국 사람들을 상대로 시작한 사업이 잘되는가 싶었는데, 사드로 인
해 중국과의 관계가 나빠지면서 졸지에 주저앉게 되어 막막한 실정이

니, 나까지 손을 놓게 되면, 가족 전체가 어려워질 것 같아 한사코 박동기 시술을 거절했다.

자칫 잘못하면 큰일 난다고 야단을 치는 병원 당국의 말을 무시하고, 나는 내 고집대로 퇴원하여 집으로 돌아왔다.

며칠 안정을 취하고, 불안해하는 아내를 달래서 작업을 시작했다.

조심 또 조심하면서, 조금씩 작업량을 늘렸다. 일 년을 무사히 넘겨 이제는 마음을 놓고 두 아들의 회생을 위해 사업 자금도 일부 지원하면서 나처럼 하루빨리 회복하기를 바랐다.

일단 망하고 나면 회복되기란 어려운 일이다. 마음은 초조해지고 자칫 자포자기하는 일이 발생 하기도 한다.

그것이 두려워 나는 최대한 아들에게 응원을 보냈다.

온 가족이 외나무다리를 건너는 것 같은 불안 속에도 시간은 흘러, 이듬해 겨울 대한 소한 추위가 기성을 부릴 때, 딸 아이는 아침마다 날씨가 추우니 작업은 물론 밖에도 나가지 말라는 전화를 하고는 출근을 했다.

며칠을 방에만 앉았으니 갑갑했다.

오늘은 그렇게 불어대던 바람도 조금은 잦아드는 듯했고, 아침에 앞산 위로 올라오는 햇볕도 따뜻한 느낌이 들었다. 아침에 딸 전화를 받고 오냐 알았다, 했는데 오후가 되면서는 창밖으로 보이는 날씨가 좀 더 풀리는 것 같아 옷을 첩첩이 껴입고, 모자도 두꺼운 빵 모자에 파카 꼭지까지 뒤집어쓰고 밖으로 나왔다.

대문을 나서며 아내에게 말이라도 하고 나올걸, 하는 생각을 하면서 멀리 가지 않기로 마음먹은 터라, 그냥 나가 바로 집 앞 주차장 파도막이에 나가니 제법 날씨가 따뜻했다. 파도막이 높이가 내 어깨만큼 올라오니 파도만 막는 것이 아니라 바람도 막아 주는 좋은 시설이다. 파도막이 축대에 대한 한 전적으로 내 공이 들었다.

내가 어촌계장을 물러난 후에도, 나는 마을에서나 면 소재지에서도 인정을 받는 형편이었다.

어느 날 구룡포에 나갔다 오는 길에 면사무소에 들렀다가, 전 시의원과 현 시의원을 만났다. 두 분 다 형님 동생 하는 사이라 친한 사이다. 두 분은 휴게실에 나를 데리고 가서,

"지금 동생 마을에 들렀다 오는 길인데 동생 집 앞에, 구룡소 들어가는 길목에 주차장을 만들려고 갔더니 현 어촌계장과 김 이사가 못 하게 해서 그냥 오는 길이다."

"아니, 왜 못 하게 해요?"

"글쎄다. 파도막이도 되고 구룡소 가는 새로운 길도 날 수 있는데, 혹시 그 두 사람이 동생과 안 좋은 사이인가?"

"그야 남이 잘되는 것 같으니 배가 아픈 게지요. 바로 시작하세요. 내가 마을에 가서 이장과 계발 의원들에게 이야기해 둘 테니 염려 마시고 추진해 주세요. 그리고 언제 한번 마을에 들러주세요. 무엇보다 그곳에 사는 사람들의 의견이 중요하지, 멀리 있는 사람들 이야기는 들을 필요도 없습니다."

"역시 동생이 있어야 하는데!"

"연락하고 오시지요. 다음부터는 연락하고 오세요. 다음에 오시면 집에서 소주 한잔합시다."

"좋지! 동생 집에 가면 언제나 횟감은 있는 거지?"

"그럼요!"

집 앞은 바다와는 거리가 좀 있었지만, 태풍 때마다 파도가 집 안까지

밀려 들어왔고, 옛날 나무로 울타리를 하고 살 때는 일 년에 한두 번씩은 태풍이 올 때면 울타리가 파도에 쓸려 넘어지는 일이 반복되는, 큰일을 겪어야 했다.

특히 작업하는 배는 기상이 나빠지면 집 앞에다 일일이 끌어올려야 되는 형편이니, 방파제 안에서 작업하는 배들의 몇 배로 힘이 들었다. 그러나 방파제와 집 거리가 멀어 쉽게 방파제로 옮기지를 못하고 있었다.

마을 방파제는 내가 어촌계장일 때 시작된 방파제 공사가 순조롭게 진행되어 바다 쪽으로 뻗어 나오면서, 완벽하지는 못했지만 웬만한 파도에는 견딜 수 있었다. 큰 배들은 태풍이 올 때만 포항으로 피항하고 작은 배들은 육지로 끌어 올려야 했지만, 어느 정도 안전한 항이 되었다. 지금은 그나마 배들이 몸집이 커지면서 먼바다까지 나가, 많은 생산을 내면서 마을이 한 단계 올라서는 형편에 들었다.

그러나 방파제와 거리가 먼 선주들은 방파제로 내려가지 못하고 집 앞에서 어렵게 작업을 하고 있었는데, 주차장 공사가 시작되면서 어쩔 수 없이 방파제로 이사를 했다.

주차장 공사가 시작되면서 내가 작업에 바빠 담당 직원으로부터 설계도면 설명도 듣지 못했는데, 어느 날 시간이 있어 마침 현장에 감독차 나온 담당 직원에게 설계도를 펴 놓고 설명을 들었다.

그런데 담당자가 설명하는 내용이 내가 처음부터 주문한 내용과는 전혀 다른 설계였다. 내가 주문한 것은 파도가 밀려들어 축대에 부디 쳐 밖으로 튕겨 나가도록 주문을 하였는데, 축대 앞부분을 오히려 낮춰서 설계했다.

내가 설계가 잘못되었다고 하니, 현 어촌계장님이 시키는 대로 했다고 했다. 내가 누구 말보다 이곳에 거주하고 있는 사람들의 의견을 존중하라고 하면서, 파도가 몰려와서 깨어지는 과정을 상세하게 일러 주었으나 변동을 할 수 없다고 고집을 부려, 내가 끝으로 만약에 공사 후 태풍이 와서 민가에 피해가 올 시에는 담당자는 옷을 벗을 각오를 하고 있어야 할 것이라고 겁을 주었으나, 끝끝내 고집을 꺾지 않았다.

　역시 내 생각대로 이웃 마을 어촌계 멍게 양식 어장을 임대하여 양식을 시작한 수협 김 이사가, 멍게 출하 시 어장에서 끌어온 멍게를 육지로 끌어 올릴 수 있도록 앞을 낮게 설계하도록 주문을 하고, 어촌계장을 이용하여 담당자에게 설계 변동을 요청했던 것이었다. 그해 가을 태풍이 닥치자 파도는 깨어져야 하는데, 그대로 밀려와 집이 떠내려갈 형편이 되었다. 내가 급히 전화하여 담당자를 불러, 주변에 사는 사람들이 몰려와 담당 직원에게 항의하자, 담당자가 파도가 몰려와 그대로 집 벽을 들이박고, 파도에 바위가 굴러와 벽을 박아 금이 가는 것을 눈으로 보고 나서, 젖은 땅 위에 무릎을 꿇어앉아 잘못했다고 하면서 자기가 직을 걸고서라도 파도막이를 다시 해주겠다고 약속을 했다.

　그렇게 만들어진 파도막이는 지역에 사는 주민들에게 많은 도움이 되었고, 앞뒷집 횟집에 오는 손님은 물론, 현재는 관광차를 이용하여 둘레길에 오는 차량과 낚시꾼들의 차가 몰리면서 장사에도 큰 도움을 주었다.

　내가 밖으로 나와 그때 생각을 하며 파도막이 축대를 끼고 천천히 걸었다. 날씨는 아직도 차가웠으나 바람은 조금은 잦아지는 상태라, 축대를 따라 왕복을 하려고 끝에서 끝으로 한번 돌아 우리 집 앞에 왔을 때, 나는 내 몸이 허공에 붕 뜨는 기분을 느끼며 땅바닥으로 던져진 듯했다.

　내가 처음 나갈 때는 햇볕이 따뜻한 감이 있다고 생각을 했었다.

날씨가 추우니 밖으로 나오는 사람은 없었고, 나는 차가운 시멘트 바닥에 팽개쳐 버려져 있었다.

기적 같은 일이 벌어진 것이다. 반듯이 하늘을 보고 누워있는 내 눈에 파란 하늘이 보였다. 산 그늘이 내 몸을 지나갔고 땅바닥에서 올라오는 찬 공기가 여러 겹 껴입은 옷을 뚫고 등에까지 전해 왔다.

몸을 움직여 보니 다행히 몸이 움직여지면서 나는 반사적으로 벌떡 일어났다. 뒷머리가 얼얼하니 아파져 왔다. 손으로 만져 보니 혹이 솟아나 있었다.

내가 살아 있는 것은 분명했다. 심장이 마구 뛰니 가슴속에 있는 영혼이 깨어나는 것 같았다. 기적이라고 생각을 했는데, 역시 내 어린 영혼이 나를 깨운 것이다. 심장이 심하게 요동을 쳤다. 집으로 들어가니 아내는 나라는 존재를 까맣게 잊은 채 컴퓨터 앞에서 열심히 고스톱을 하고 있었다.

나를 힐끗 돌아보더니 무엇에 놀란 사람처럼 의자에서 일어나 내 온몸을 돌아보고는 금세 기절이라도 할 듯이,

"어데 갔었어? 이 등에 묻은 흙은 뭐야? 어디서 넘어졌어? 이 추운데 나가긴 왜 나가! 넘어졌네! 이래 봐, 얼굴이 창백하네, 다친 데는 없어?"

내가 뒷머리를 돌려 보이자 아내는 깜짝 놀라며 넘어져도 많이 넘어졌네, 금방 울상이 되어 아내는 옷을 벗기고 여기저기를 더듬어 보며 연신 어쨌나 저쨌냐고 물어댔다.

나는 내가 살아왔다는 생각에 눈물이 왈칵 쏟아졌다. 아내도 내 목을 끌어안고 소리를 내고 울었다.

"어데 갔었어?"

"집 앞에. 내가 몇 시에 나갔어?"

"점심 먹고 조금 있다가 나갔으니, 한 시쯤 된 것 같은데, 지금이 네 시가 다 되어 가네! 나가서 바로 넘어진 거야?"

아내는 내 다리를 펴게 하고 다리를 주물이면서, 목멘 소리로 자꾸만 묻고 또 묻고 했다.

나는 소름이 온몸으로 쭉 뻗쳐왔다. 심장 마비로 쓰러져 두 시간이 넘도록 죽었다 깨어났다니, 나는 가슴이 두근거리고 심장이 뛰고 어지러워 내가 비상으로 준비하고 있던 약을 찾아 먹고 내 활개를 뻗고 누웠다.

"자지 마! 잠들면 안 돼. 못 깨어나면 어쩌라고! 병원에 가지 않아도 되겠어? 병원에 가자."

그제야 내가 웃음이 나왔다.

"사람이 없으면 찾아봐야지, 그렇게 넋 놓고 고스톱에 빠져서는! 내가 영영 못 깨어났으면 어쩔 건데?"

아내는 아직도 긴장된 표정이었다.

다음 날 나는 심장 박동기 시술을 결심했다.

만약 내가 아내보다 먼저 세상을 떠나면, 아내야말로 혼자서는 살아가지 못할 것이라는 생각을 하고 있었다.

박동기 시술을 하는 데는 포항이 아닌 서울이나 대구로 마음을 정했다. 내가 다니는 병원에서는 포항에서 하라고 권했으나, 지금까지 포항 병원에서 심장 박동기를 시술했다는 사람을 만난 적이 없었고, 가까운 친구들이나 지인들에게 의논을 해봐도, 한 사람도 포항을 선택해 주는 사람은 없었다.

나는 결국 대구 모 대학 병원을 택하여 예약했다.

그때만 해도 심장 박동기 시술은 간단하게 생각하던 때가 아니라, 누구나 두려워하던 때라 나는 신경이 쓰였다. 지금까지 나는 병원에서 수술이나, 큰 치료를 받아본 적이 없었던 터라 두렵기까지 했다.

예약 날짜에 입원하여 시술하고 퇴원을 하기까지 일주일이 걸렸다. 두 번에 걸쳐 기기 검사를 하고 좋다는 판정을 받고 돌아와서도 한동안은 신경이 쓰여, 마음 놓고 일을 할 수가 없었다. 일 년 후 검사에서 이젠 안심해도 좋다고 했으나 나는 최대한 조심을 했다.

우리 생활이 안정되면서 두 아들의 걱정이 마음의 부담이 되었으나, 아들은 신경 쓰지 말고, 걱정도 말라고 했다. 그동안 이남 일녀를 결혼을 시키면서, 작지만 세 명에게 아파트를 사서 살림을 내주었다.

그런데 막내는 얼마 못 가서 사업 실패로 아파트를 팔았고, 월셋방살이를 하면서 무척 힘든 날들을 보내고 있었다.

지금 세상에서는 아무리 가난하다 해도 옛날처럼 송기죽이야 먹겠나마는, 지금 시대는 가난도 유행을 타서 월셋방살이도 가난에 들어간다.

지금 세월에 돈이 없어 진학을 못 한다면 멍청하다는 소리를 듣지 않을까? 배우고자 하는 열의만 있으면, 아르바이트를 해서라도 충분하게 공부를 할 수 있는 세상이다.

1930~40년, 그때 아이들은 가난도 가난이지만 도시와는 상당한 거리가 있었다. 나만 하더라도 돈도 없었지만, 포항 시내에는 아는 친척도 없었다. 그러니 하숙도 자취도 할 수 있는 형편은 전혀 없었다.

우리는 일찍부터 가난하게 사는 법을 배웠고, 해방도 배웠고, 육이오도 배웠다. 그리고, 군사 쿠데타도 배웠다. 새마을 사업 교육은 우리에게 많은 교육이 되었다. 그러나 배우고 싶은 공부는 쉽게 배울 수가 없었다. 그때는 세상을 배우지 못했기 때문이었다.

그때는 모두가 가난했었다. 밥 동냥을 하러 다니던 모자가, 어느 집에서는 동냥한 밥통을 비워주고 갔다는 소문도 심심찮게 들을 수가 있었다.

산에 나무껍질을 벗겨서 먹고, 쑥이랑 산나물을 뜯어서 먹는 것도 일 찌감치 배웠다. 어쩌면 어머니 뱃속에서부터 배워서 나왔는지도 모른다. 우리가 먹고 자란 어머니 젖 속에는 그런 영양분들이 들어있었으니, 우리는 어머니 젖 속에 있는 그런 영양분으로 자랐을 것이다.

국민학교 다닐 때는 조회 시간에 때로는 교장선생님께서 교단에 올라,

"오늘 아침을 먹지 못하고 학교에 온 사람 손들어!"

하면, 총 학생 숫자 백여 명 중에 최소한 칠팔 명 정도는 손을 들었다. 창피한 생각 때문에 손을 들지 못하는 학생들도 들어는 있었다.

1930~40년대 태어난 우리 세대는 말 그대로 온갖 풍파를 겪은 세대다. 살아온 세월을 돌아보면 분통이 터질 만큼 억울한 것도 많다. 고무신도 없어서 봄부터 가을까지는 나무로 일본 사람들이 많이 신었다는 게다를 만들어 신고 다녔다. 내가 신은 게다 발에 내가 채어서 발목 복사뼈 언저리는 피가 마를 날이 없었다.

포항 시내에 한번 가려면 삼십 리를 걸어야 했다. 늦게 길이 터서 다니던 버스도 비만 오면 차가 들어오지 못했다. 고기를 잡으면 부이들이이고 삼십 리를 걸어가서 버스를 타고 포항 어판장까지 갈 때도 있었다. 그때 생각만 하면 아내에게 너무나 미안한 생각을 하게 되는데, 나는 그 한풀이로 빚에서 벗어나는 동시에 자동차부터 샀다.

국민학교 출신으로 2002년에 자비로 시집을 내고, 2006년에 시인으로 등단을 하고, 2008년에는 수필로도 등단했다. 그리고 2008년에는 두 번째 시집 『동행』을 발간했다. 2015년에는 한국 문학 방송에서 전자책으로 세 번째 시집 『허수아비』를 발간하고, 교보문고에서 종이책으로

출간했다. 그리고 작업을 계속하면서 시간이 나는 대로 짬짬이 네 번째 시집으로 『바다 저 푸른 영혼』과 수필집 『어머니 회상』을 내 마지막 출간 계획으로 세우고, 원고 정리에 들어갔다.

아내는 더는 책을 내지 말라고 했다. 시집을 세 권이나 내고도 단 한 권도 팔지 않고 모두가 내가 우표를 붙여서 보내기만 했다. 아내 보기 미안해서, 모 서점에 제일 시집과 제이 시집을 각 열 부씩을 넣어 주고 두어 달 후 가보았는데, 책이 절반 정도는 팔린 듯했는데, 전화번호와 통장 번호도 주고 왔는데도 아무 소식도 없었다.

내가 서점에서 적어준 보관서를 보여주자 팔린 만큼 정산을 하여, 주는 대로 받아온 후로는 서점에 가지 않았다. 그때는 참으로 책을 사서 읽는 사람은 없는 것 같아, 아예 서점에는 내놓을 생각도 하지 않았다. 우리 때에는 처녀, 총각이 있는 집에 가면 어느 집에서도 책꽂이에 소설책과 월간 잡지 책, 좀 더 높게 보는 사람들 집에 가면 시집 한두 권, 소월 시집 정도는 책꽂이에 꽂혀 있었다. 그러나 지금은 어느 집에 가도 시골에서는 책꽂이에 책이 꽂혀 있는 집은 보기가 어렵다. 있어도 어린 이들 책들뿐이다.

지금은 어디에 가도 옆에 앉은 사람과 대화를 하는 장면을 보기 힘들다. 너도나도 모두가 각자의 핸드폰과 씨름을 하고 있으니, 옆에 사람이 있다는 생각은 하지 않는 듯하다.

집에 돌아가서도 물론 그럴 것이다. 그 시간에 책을 읽는 것보다 핸드폰이 더 유익할지는 모르지만, 글을 쓰는 작가로서는 아쉬운 마음이 든다.

임종

　그동안 함께 작업하던 나이가 많은 동료들이, 당국의 지나친 단속에 지치면서 폐업하거나 노령으로 사망하면서, 가까운 연안 바다에서 작업하는 배들 숫자가 줄어들어, 작업하기가 편해졌고 생산 실적도 좋았으나, 그동안 젊을 때 다쳤던 허리를 지금까지 한방 침술과 병원 통증 주사로 버텨 왔다.

　허리 통증이 점점 심해지면서 올해만 올해만 하면서도 욕심으로 작업을 했는데, 날이 갈수록 더욱 힘이 들었다. 아내 역시 허리 통증으로 여러 번 병원 치료를 받았는데, 갑자기 심해져서 병원을 찾았는데 병원 측에 서는 입원을 하여 검사를 하자고 했다.

　검사를 하는 동안 나는 딸에게 전화하여 사정을 전하고 퇴근 후 병원에 들러서 엄마를 돌보라고 부탁하고 집으로 돌아와 입원 준비도 하고, 두 식구만 사는 집을 입원하는 동안 비워야 하니 집단속을 하고, 다음날 일찍 병원으로 갔다. 사위가 새벽부터 긴장된 얼굴로 나를 기다리고 있었다.

　내가 도착하자 사위는 병원에서 빨리 서울로 가라고 했다며 구급차를 불러 놓고 나를 기다리고 있었다.

　당황한 나를 사위가 구급차에 태우고 서둘 여가도 없이 출발했다.

　차에는 벌써 아내가 타고 있었다. 차에 오르자마자 나는 아내의 손을 덥석 잡고는,

"어떻게 된 일이야?"

하고 물으니 아내는 대답 대신 눈에서는 눈물만 흘러내렸다.

차가 출발하면서 사위가 자 새한 검사 결과를 이야기했다.

나는 아내의 두 손을 꼭 잡고, 아내 얼굴만 들여다보면서 아무 말도 못 하고 있었다.

병원에서는 병명도 없이 무조건 서울로 가라고 하여, 용인에 있는 큰 아들과 의논하여 수원 아주대 병원으로 가기로 하고, 예약이 되어있다고 했지만, 나는 사위 이야기를 들으면서도 정신이 멍해서 한참 동안은 무슨 말인지조차도 이해를 못 하고 있었다.

시간이 지나면서 나는 사위에게,

"무슨 병이라 했느냐?"

사위 얼굴을 돌아보며 또 물어보았다.

"그냥 서울로 빨리 가라고만 했어요."

나는 아내의 얼굴을 하염없이 내려다보며,

"아프냐? 어디가 아프냐? 많이 아프냐? 견딜 수는 있겠니?"

말을 하기도 힘들어하는 아내에게 나는 자꾸만 물었다. 아내는 그러는 나를 하염없이 바라만 보고 있었다.

무슨 생각을 하고 있을까? 자기 생각을 하고 있을까? 아니면 내 생각을 하고 있을까?

포항 병원에서 통증 주사도 영양제 주사도 처방했다는데, 아내는 차가 흔들릴 때마다, 불편한 듯 얼굴을 찡그리며 나를 올려다보았다. 나는 자꾸만 목이 메어 왔다. 아내를 끌어안고 엉엉 울고 싶었다.

"어쩌나? 만약 모진 암이라도 걸렸다면, 어쩌나!"

지금이야 옛날 같지 않아서, 웬만한 암이라면 수술하고도 십여 년씩

사는 사람이 많은데, 고생은 되더라도 살아만 준다면! 나는 단단히 마음 속으로 결의를 다졌다.

아주대 병원 응급실 앞에 차가 멈추자, 아내는 빨려들 듯 병원 안으로 끌려 들어가 버렸다. 큰아들만 따라 들어가게 하고 사위와 나와 며느리는 응급실 문 앞에 남았다. 그다음 남은 기억은 아무것도 없다. 점심은 먹었는지 저녁은 먹었는지, 잠은 어디에서 잤는지.

다음 날 아침에야 나는 큰아들 집에서 자고 일어났고, 사위는 밖에서 자고 들어왔다. 사위가 큰아들과 전화 통화를 하고 나서,

"아버님 응급실에서 삼일 있어야 검사를 마치고 입원실로 올라갈 수 있다고 합니다. 그동안은 가족들 출입이 안 된다고 하니, 아버님도 집에 내려가셔서 집도 정리해 놓고 거래 은행에 가서 카드를 발급받아 쓰시도록 하세요."

"그래야겠지? 그런데 아직 검사는 아무것도 하지 않았냐?"

"그런가 봐요. 아마도 검사가 삼 일 걸린다고 하니, 검사가 끝이 나야 입원실로 올라가게 되고 담당 의사 선생님 설명도 들을 수 있지 않겠습니까?"

"그렇겠구나. 그럼 그렇게 하도록 하고, 경섭이를 만나서 의논을 하도록 해라. 갈려면 서둘러라."

나는 아직도 맑은 정신이 아닌 듯하다. 그냥 사위의 의견에 따라 움직이며 어떻게 집에까지 왔는지도 기억에는 없다.

그저 당황하고 심장이 뛰어서 불안만 가득했다. 열차를 타고 내려왔다. 집에 도착했어도 저녁은 먹고 잤는지, 새벽에 깨어나서 목이 말라 주방에 들어가 보니 식탁 위에는 빈 술병만 있었고, 저녁을 먹은 흔적은 없었다.

속이 쓰려서 횟집에 가서 물회를 시켜 아침을 때우고 집에 돌아와 거실에 번 듯이 내 활개를 펴고 누워 천정만 쳐다보고 누웠는데 딸의 전화가 왔다.

"그래!"

목소리가 안으로 기어드는 것 같았다.

"아빠! 아침은 드셨어요?"

"먹었다."

"오늘 은행에 가셔서 카드를 현금 카드로 내세요. 주말에 우리가 일찍 들어갈 테니 준비하고 기다리세요."

"오냐, 일찍 오느라."

마음은 급하고, 병원 소식은 궁금하기만 하니 정신이 내 정신일 수가 없었다. 구급차 안에서 고통스러워하던 아내의 얼굴이 눈앞을 가려 아무것도 볼 수가 없었다. 오후에야 일어나 대보 수협 지소로 가서 카드를 만들었다. 난생처음 접해보는 카드다. 집에 들어오면서 벽에 걸린 달력을 보니 목요일이었다. 아직도 이틀이 남았다.

밤이 되었어야 아들 전화가 왔다.

"엄마 어떠냐?"

"오늘 몇 가지 검사를 했는데, 아직은 몰라요."

"엄마 상태는 어떠냐? 많이 아프다고 하느냐?"

"계속 진통제를 맞고 있으니, 아프다는 소리는 하지 않아요. 아버지 토요일 날 주리네가 온다 했으니 같이 오세요. 오시면 오래 걸릴 테니 문단속도 잘하고 오세요. 가스통도 잠그는 것 잊지 마세요."

"알았다."

하루가 한 달같이 지루했다.

토요일 날은 새벽부터 일어나 아침밥을 먹었다. 해가 돋는 시간까지 너무 지루했다. 딸과 사위가 일찍 들어왔다. 서둘러 출발을 하여 올라가는 동안 사위가 과속으로 달려도 차가 제자리걸음을 하는 것만 같았다. 도착하니 아내는 아직도 응급실에 있었다. 오후가 되어야 입원실로 올라간다고 했다.

저녁 시간이 되어서야 입원실로 올라가 딸과 교대를 하고 큰아들이 나왔다. 군포에 있는 막내도 부부가 아들까지 데리고 왔다. 큰아들 집으로 가는 도중에 식당에 들어가서 우선 술을 한 잔씩 하면서, 큰아들에게 엄마의 검사 결과를 들었다.

혈액암! 암이라 했다. 혈액 종양이란 병명은 처음 들어보는 이름이다. 아내는 지금 혈액암으로, 매우 위중하단다. 종양이 척추 두 마디를 갉아먹은 상태에, 갈비뼈가 두 개나 금이 갔다고 했다.

이 병에 걸리면 완치가 없고, 길면 오 년 짧으면 삼 년을 살 수 있다고 한다. 치료 과정이 어렵고, 약도 외국에서 들어오는 것뿐이라 건강보험공단에서 내려오는 약만 치료할 수 있다고 했다. 치료 약도 한정이 되어 있고 국내에서 개발된 약은 아직 없으며, 정부에서는 더는 약을 수입하지 않고 있다고 했다. 미국에서는 치료할 수 있다고 하나, 약값이 원체 고가이기 때문에 정부에서 수입을 꺼리는 것 같다고 했다. 운이 좋아서 정부가 약을 수입하게 되면 몇 년은 더 살 수가 있지 않을까 생각한다고 했다.

속에서 울화통이 터질 것 같아 술만 마셨다. 기다리는 시간은 천금 같다. 내가 쓴 기다림이란 시에서 나는 기다림은 아름답다고 했다. 아름다운 마음으로 기다리는 마음, 지금은 그런 마음이 아니다.

무겁다. 온몸이 땅에 주저앉을 만큼 무겁게 내 어깨를 짓누른다. 또 하룻밤의 어둠은 숨이 찰 만큼 무겁고 두렵다. 불을 밝혀 놓은 채 밤을 새웠다.

입원실에는 가족 한 사람밖에 들어가지 못한다. 아침을 먹고 바쁘게 병원으로 갔다.

딸이 내려와 건네주는 출입증을 들고 내가 올라갔다. 올라가는 사이에 입원실 호수를 잊어버렸다. 엘리베이터에서 내려 전화로 다시 확인하고 입원실을 찾았다. 팔인실 환자들 사이에 있었다.

아내 앞에 다가가서 덥석 아내의 두 손을 잡았다. 아무 말도 나오지 않았다. 말보다 눈물이 먼저 나왔다. 온통 눈물 때문에 아내 얼굴도 볼 수가 없었다.

한참 후에야 눈물을 딱 고 아내를 내려다보니, 아내의 얼굴이 온통 눈물에 젖어 있었다. 아내의 눈물을 닦아주며 말을 하려는데 언뜻 할 말이 생각나지 않았다.

"집은 어떻게 하고 왔어?"

내려다보는 아내의 얼굴에서 잔잔하게 번지는 미소를 보았다. 나는 아내 침대 옆에 보호자 의자에 앉으며, 아내 얼굴을 가슴에 꼭 안았다. 그리고 오랫동안 그렇게 하고 있었다. 도대체 할 말이 생각나지 않았다.

아내가 한참 후에야 나를 밀어냈다. 내가 일어나려 하니 이번에는 아내가 내 머리를 안으며 뺨을 내 뺨에다 비볐다. 아내의 뺨에서 열이 나고 있었다. 우리는 그렇게 하고 잊어버린 할 말을 찾으려고 애를 쓰지 않았다.

그날부터 아내 간호 담당은 전적으로 내가 맡았다. 아내의 대소변도 내가 처리했다. 아내는 미안한 표정이었지만, 나는 아무렇지도 않은 척 했다.

밤이 되자 옆자리에 할머니 가족들이 여러 명 들어왔다. 할머니의 거친 숨소리가 금방이라도 멈출 것 같은 예감이 드는데도, 할머니는 밤새도록 숨이 끊어졌다, 또 이어지곤 하면서 밤을 새웠다.

나는 꼬박 할머니와 같이 밤을 새우고, 아내는 한참 동안 평안한 표정으로 잠을 잤다.

"잘 잤어?"

하며 손으로 아내의 얼굴을 쓰다듬어 주며 물수건으로 얼굴을 닦아주니 밝게 웃었다. 아내의 미소가 나를 깨워 주는 것 같았다.

하루가 또 지나가고 밤이 되자 할머니의 숨소리가 더 크게 들렸다. 숨이 끊어졌다, 이어졌다를 반복하면서, 가족들의 기도 소리로 입원실은 무겁게 가라앉았다.

새벽 날이 되면서 할머니 숨소리는 멈추었다. 할머니가 나간 후 입원실은 찬바람이 휘돌아 나가는 듯 섬짓했다. 아내는 쥐 죽은 듯 숨소리조차도 들리지 않았다. 어쩌면 할머니의 죽음으로 두려움에 움츠러들고 있는 듯했다. 불안한 마음이 내 등골을 서늘하게 했다.

나는 아내의 머리를 들고, 내 팔을 깊숙이 넣어 아내를 꼭 안았다. 얼마 후 아내는 색색거리며 잠이 들고 있었다.

날이 밝아오면서 아내는 잠에서 깨어났다. 회진을 돌아오는 교수님께, 할머니 이야기를 하고 입원실을 옮겨 달라고 했다. 교수님은 빙그레 웃으며, 오늘 저쪽 창가에 있는 환자가 퇴원하면 그쪽으로 옮기라고 했고, 오후가 되어서야 자리를 옮겼다. 그나마 아내는 마음이 조금은 편해지는 듯해 보였다.

일주일이 지나면서 아내는 조금씩 차도가 보이기 시작했다. 주말이 되어 작은 며느리가 교대로 들어왔다. 나는 아들 집으로 가서 샤워도 하고 모처럼 속옷도 갈아입고, 밖으로 나와 아파트 뒤쪽으로 흐르는 하천 산책길을 따라 산책도 하면서 조금은 안도하는 마음으로 벤치에 앉아, 물속에서 유유히 헤엄치며 놀고 있는 잉어들을 구경하며 그동안 지친 마음에 휴식을 취했다.

월요일이 되어 병실에 들어서니 아내는 환히 웃는 얼굴로 나를 맞아 주었다. 나는 아내가 내미는 두 손을 잡고 아내 옆에 앉으며,

"기분이 좋아?"

얼굴을 가까이하니 아내는 내 목을 끌어안으며

"당신도 좋아 보이니 기분이 좋아!"

그때 아들의 전화가 왔다. 출입구에 와 있으니 출입 패스를 가지고 내려오라고 했다. 내가 내려가서 나가는 사람에게 슬쩍 패스를 전해 주었더니, 아들이 그 패스를 받아 입원실로 들어왔다.

큰아들이 담당 교수님을 만나고 와서, 반가운 소식을 들려주었다. 환자가 빨리 반응을 보인다고 했다. 교수님의 말을 듣고 난 후로는 아내의 마음이 더욱 편해 보였다.

이주가 지나자 아내는 스스로 화장실로 가보겠다고 우겼다. 옆 침대를 지나면 바로 화장실이다. 아내가 약병이 달린 링거 걸이를 밀면서 화장실까지 갔다. 내가 따라가 화장실 문을 열어주니 아내는 조심하여 화장실 변기 위에 앉았다.

그날 후로는 혼자서도 화장실을 드나들 수 있게 되니 내가 한결 쉬워졌다. 아내는 내게 큰 짐을 벗겨 준 듯 환하게 웃으며 좋아했다.

담당 교수님이 환자가 의외로 회복이 빠르다며, 금이 간 갈비뼈는 지금 잘 붙어가고 있다고 했다. 나는 한결 마음이 안정되면서 시간을 봐가며 밖으로 나와, 축구장 넓은 잔디밭을 거닐며 산책도 했다.

아침에 일어나 창문 밖을 내려다보니 병원이 앉은 자리가 높은 언덕이어서 수원시가 한참 아래로 내려다보인다.

아침 해가 돋아 오를 때면 밤새 어둠 속에 묻혀있던 높은 건물들이 안개를 벗어 내리며 서서히 그 웅장한 몸채를 들어내며 위용을 자랑하며 우뚝 일어선다.

건물 속에서 빠져나오는 사람들의 작은 몸채들이, 어깨 위에 하루를 짊어지고 삶의 전선으로 힘찬 걸음을 내디딘다.

아침 안개가 완전히 걷히게 되면, 도시는 밤새 젖은 이슬을 말리고 하늘을 날아오르듯 활짝 열리면서 시민들에게 활기찬 하루를 열어준다.

내가 아내를 부축하여 창가에 세워주니, 아내의 시선은 눈앞에 펼 처지는 도시를 건너 산봉우리들을 넘어, 멀리 펼쳐 저 있을 우리의 바다를 생각하며 그리움에 젖은듯하다.

아내는 지금 바다의 맑은 아침 공기를 마시며, 그물에 걸려 올라오는 고기들과 반가운 인사를 하면서 시작하는 우리의 하루를 머릿속에 그리고 있을까! 머리를 내 어깨에 기대오는 아내의 얼굴에서 아내가 느끼는 감정이 무엇인지를 찾아본다.

밤이면 야경의 화려한 불빛을 내려다보며 도시의 밤을 만끽한다. 갯마을 포구에서는 느낄 수 없는 감상이, 평생을 바다에서 살아온 어부의 마음을 야릇하게 한다.

이른 새벽 바다에서 바라보던 영일만을 밝히는 제철 공장의 야경만은 못하지만, 야경을 바라보면 어두워지는 우리 내 마음을 밝혀 주는 것 같아 마음이 아늑하게 편안해졌다.

병원 옆 축구장 잔디밭을 산책하고, 밤이면 입원실 창문 앞에서 도시의 야경을 아내와 같이 내려다보면서 가벼운 이야기도 나누고, 고기 잡던 이야기도 하면서 시간을 보내며, 회복되어 가는 아내와의 오붓한 시간이 휴양지에 온 것 같다.

우리가 언제 이렇게 평온한 시간을 보낼 때가 있었나 싶게 행복한 마음이었다.

마음이 평온하니 시간 가는 줄도 모르게 한 달이 지나갔다. 병원에서 입원 기한이 지났다고 퇴원을 하여, 집에서 왕복 치료를 받아도 좋다고 했다. 다행히 아들 집에서 병원까지는 차로 이십여 분 거리에 있어 오히려 다행이었다.

아들 집으로 와서 병원 치료가 없는 날은 아내와 외식도 하고, 아파트 뒤 산책길로 아내를 끼고 천천히 산책도 하니 아내도 좋아하고, 병원보다는 더없이 좋았다.

아들 집으로 온 지 얼마 후 퇴원했다는 연락을 받은 딸과 사위가 주말을 이용하여 올라왔다. 아내가 나더러 추석도 다가오고 집을 너무 오래 비워두어서 걱정된다며 딸과 같이 집으로 내려가라고 했다. 나는 아내를 두고 갈 수가 없을 것 같아 한사코 있겠다고 했으나, 아내가 떼를 쓰면서 떠미는 바람에 사위 차로 내려오고 말았다.

일요일 날 점심을 먹고 천천히 출발해서, 포항에서 저녁도 먹고 집에 도착하니 캄캄한 어둠 속에 우리 집은 하염없이 나를 기다리고 있었다. 방에 들어와 불을 켜고 보일러를 켜고 청소도 하고 내일 아침 준비도 해놓고 딸이 돌아갔다.

혼자서 멍하니 방 한가운데 서서 천정에 전등 불빛을 바라보고 섰는데, 가슴이 울컥하면서 눈물이 주르르 흘러내렸다. 그동안 아내와 오붓하게 지내던 마음이 갑자기 외톨이가 되니 어린애처럼 그리움이 몰려들었다. 나는 침대 위에 털썩 주저앉아 어린애처럼 엉엉 소리 내어 울었다.

한참을 울다가 문득 생각난 듯 주방으로 가서 냉장고를 열고, 소주병을 내어 생각 없이 마셨다. 속이 얼얼하고 머리가 핑 돌았다.

나는 어슬렁거리는 걸음으로 방으로 돌아와 아무렇게나 침대 위에 쓰러져 잠이 들었다. 얼마나 울었던가 얼굴이 부어있었다.

오후가 되어 집안이 어두워지면, 그냥 술만 찾는다. 술을 앞에 놓고 정신없이 술잔을 바라보고 있는데, 전화벨이 울린다. 아내다.

"왜?"

하고 짧게 물었다. 나를 내려보낸 아내가 원망스러웠다.

"밥은 안 먹고 술만 먹고 있지?"

"어떻게 알았어?"

"나도 치료 안 받고 내려갈 거다."

"그러니 왜 나를 내려보냈어? 빈집에서 나 혼자 어떻게 있으라고!"

"밥이나 먹고 술을 마셔."

"밥을 해주지도 않은데, 어떻게 먹어?"

"그럼 내일 내가 밥해주러 내려가야 하겠네."

"걱정하지 마라. 밥도 잘 먹고 술도 잘 먹고 집도 잘 지키고 있을 테니 빨리 나아서 내려오도록 해."

"방에만 틀어박혀 있지 말고 운동도 좀 하고 그래요!"

"알았어. 걱정하지 마. 잘하고 있어."

"아픈 허리는 좀 어때요?"

"그깟 허리 병이 무슨 문제라고, 평생을 앓고 살아온 허리가 갑자기 어떻게 되지 않을 테니 걱정하지 말고 네 걱정이나 해."

혼자서 보내는 시간이 너무 지루하다. 만약에 의사 말대로 삼 년, 오

년 후 내가 혼자 남게 되면 내가 혼자서 살 수 있을까? 나는 고개를 흔들었다. 기다리고 있는 시간도 이토록 답답한데, 가고 없다면 나도 따라가야 하지 않을까! 그것이 과연 가능하기나 할까?

부정적인 생각이라며 술잔을 마신다.

옛날 어르신들은 술도 요기가 된다고 했다. 소주 한 병을 먹고 나면, 그야말로 밥 생각은 없다. 옷도 입은 채 침대 위에 벌렁 누워서 청정만 쳐다보다 잠이 들어 버린다.

자고 나면 얼굴이 부석부석하다.

마을 사람들이 어떻게 되었느냐고 문병을 온다. 똑같은 대답을 하고 또 하면 오히려 마음이 짠해질 때도 있다. 문병 오는 사람들은 하나같이 아내와의 추억 이야기를 하고 간다. 그러면 나는 또 아내가 그리워서 울어야 한다. 그리워서가 아니고 자꾸만 삼 년 후의 일이 눈앞에 다가와 나를 울린다.

장시간 잠을 못 자고 새벽에야 조금 자고 나면 얼굴은 부석부석 부어 있다.

기다리는 시간도 이른데, 보내고 나면 내가 어떻게 살아갈 것인가! 길어야 남은 시간은 오 년이라 했는데, 하루가 아까운 시간을 내가 왜 여기서 이러고 있는지! 나 자신이 멍청하게 바보스러워진다.

아침저녁으로 찬 바람이 불어오면서, 마음은 자꾸만 초조해진다.

아들의 말로는 많이 좋아졌다고 했다. 내가 내려온 지도 한 달이 넘었다. 한 달이란 세월이 마음이 따갑도록 아깝게 느껴진다.

내가 복용하는 심장 부정맥 약을 타러 병원에 가서 담당 과장과 아내 이기를 하던 중, 과장님이 본 병원에도 암 센터를 열었다고 했다. 그뿐만 아니라 다른 병원에도 암 센터를 동시에 열었다고 하여, 집에 와서 아들에게 전화로 알려 주고 담당 교수님과 의논을 해보라고 했다.

며칠 뒤 아들이 교수님을 만나 의논을 했는데, 아직은 여기서 더 치료를 받고, 구정 때 내려가기로 했다고 했다. 구정은 아직 한 달이나 남아 있다. 짜증이 난다. 시간이 빠르게 달아나는 것 같아서 짜증이 나고, 시간이 시침을 떼고 주저앉아 있는 것 같아서 짜증이 난다.

팔십 년 세월도 돌아보면 어제 같은데 그깟 오 년이야 얼마나 된다고, 가는 세월에 탄원서라도 보내 볼까! 탄원서는 내가 참 잘 썼는데! 칠십여 호가 살던 마을에 전화도 전기도 없이 살 때도, 십 리가 넘는 중학교까지, 높은 산 고개를 넘어 걸어서 중학교에 다녀야 하는 자식들이 안쓰러워, 내년 졸업과 동시에 학교 버스를 운영하는 동해 중학교로 이관시켜 달라는 탄원서로 해결을 했었다.

세월을 멈추게 하려면 탄원서를 어디로 보내야 하나? 아니지, 세월을 멈춰 놓으면 아내는 언제 집으로? 영영 못 오게 된다면? 이제 나도 늙었나 보다. 이른 멍청한 생각을 하면서 시간을 보내고 있으니!

팔십여 년 동안 살면서 시간이 왔다가 가는 것은 알지만, 시간이 멈춰 있는 것은 보지 못했다.

"나도 참, 할 일이 없으니 별생각을 다 하고 있다."

병든 사람들에게 제일 필요한 것은 의약품인데, 죽어가는 사람을 살리는 일에도, 계산기를 두들기는 사람들, 다른 나라에서 만들어 놓은 것을 사 오면 되는데, 시간을 다투며 죽어가는 사람 앞에서도 계산기를 두들기는 사람들은, 알고 보면 모두 우리가 키워놓은 사람들이다.

가기 싫어도 가야만 하는 것은 슬픈 일인데, 흘러가는 물을 따라가듯 세월은 어느 때는 잘도 간다.

구정을 며칠 앞두고 아내가 내려왔다. 이렇게 좋을 수가 있을까! 어릴 때 어머니가 장에 갔다 오는 것보다 더 기다리던 아내의 귀가는, 정녕 꿈은 아니었다.

병원으로 올라갈 때는 살아서 돌아올 수 있을까? 마음속으로 묻고 또 묻고 했던 말인데, 아내의 손을 잡고 무슨 말부터 해야 할까?

아내는 대문 앞에서 집 안을 둘러보며 감격하는 표정이다. 얼마나 감사한 마음일까! 올라가는 그 시간부터 아내는 다시 돌아올 수 있으리라는 생각은 조금도 하지 않았을 것이다.

"어머니, 감사합니다!"

방에 들어선 아내는 어머니 사진 앞에 두 손을 모아 합장했다.

"고생했다! 어서 누워서 쉬거라."

어머니가 아내의 손을 잡고 자리에 뉘는 것 같았다. 아내의 다리를 주물러 주며,

"집에 오니 좋지?"

하며 아내를 돌아보니, 아내의 뺨 위로 눈물이 고랑 물처럼 흘러내렸다. 나는 휴지를 아내에게 주고, 다리를 주물러 주면서 울도록 그냥 두었다.

왜 눈물이 나오지 않겠는가! 내가 집으로 돌아왔을 때, 마을에서는 경섭이 아버지 그렇게 좋은 각시를 잃고 혼자 어떻게 오려나! 하는 말이 한동안 유행어처럼 퍼졌다고 했다. 다리를 주물러 주면서, 나도 아내를 따라 한참을 울었다.

하루를 쉬어서 다음날 아내를 데리고 내가 다니는 병원으로 갔다. 아내도 올라가기 전까지만 해도 이 병원에서 폐렴으로 두 번이나 입원했다. 기관지가 나빠 오랫동안 치료를 받던 중이었다. 다행히 아주대 병원에서 기관지도 치료로 완치되었다고 했다. 병원에서 챙겨 준 치료 과정

서류와 담당 교수님의 소견서도, 이곳 담당 과장님께 모두 건네주었다.

일주일에 두 번씩 받는 주사 치료인데, 아주대 병원 치료와 다르다고 아내가 집에 와서 못마땅하게 생각하고 있었다. 결국은 두 번째 치료하는 날, 담당 과장과 약간의 의견 충돌로 아내는 다른 병원으로 옮겨 갔다.

옮겨간 병원 과장님은 여자였다. 부산 모 대학의 교수님이셨고, 부산 암 학회 전 회장이었으며 박사 학위를 받은 전문 의사였다.

아내의 마음에 들어서 다행이었다. 교수님은 우리가 가지고 온 아주대 기록을 면밀하게 살피는 듯했다. 가는 날부터 일주일간 입원을 하고 검사를 받았다.

치료는 철저하게 보험공단 지시에 따라 투약을 하고, 투약 기간도 공단의 지시에 따라 까다롭게 진행이 되었다. 일주일 후 퇴원을 하여 집에서 출퇴근 치료를 받으면서, 아내는 한결 밝아졌고, 몸에 부기도 많이 가라앉았다.

점차로 회복이 되면서, 정상적인 건강을 찾아가고 있었다. 그런데 아내는, 이빨이 대부분 썩어들어서, 음식을 제대로 먹지 못하니 영양을 보충하기가 어려웠다. 교수님과 의논을 하니 교수님은, 이빨을 뽑게 되면 치료를 삼 개월 동안 중단을 해야 한다며 난색을 했다. 그러니 아직 조금 더 두고 보자고 했다.

날씨가 따뜻해지면서 도롯가에 벚꽃이 꽃망울을 맺더니 간밤에 온 비를 맞고 활짝 피었다. 병원으로 가는 길에 길옆으로 차를 세워놓고, 아내를 차에서 내리게 하여 벚꽃을 배경으로 사진을 여러 장 찍었다.

사진이 곱게 잘 나왔다. 마지막 사진을 찍고 전화기를 들여다보는 순간 눈물이 핑 돌았다.

언젠가는 이 사진이 추억으로 남아 나를 울릴 것이라는 생각이 내 머리를 툭 쳤다. 나는 얼른 전화기를 접고 차에 올랐다.

"잘 나왔어?"

"응. 잘 나왔어."

나는 아내에게 보여주지 않고 차를 몰았다. 아내도 보여 달라는 소리를 하지 않았다. 훗날 나는 아내가 떠난 후 사십구재 동안은 매일 법당에 안치된 아내 영전에 앉아 그 사진을 들여다보며 한없이 울었다.

아내는 음식을 제대로 섭취를 못 하니 빈혈이 생겨 수혈을 받아야 했다. 교수님도 아내가 영양을 충분히 섭취를 못 하니 치료가 어려워진다며, 삼 개월 동안 치료를 쉬더라도 이빨을 뽑아보라고 했다. 될 수 있으면 대학 병원에 가서 했으면 좋겠다고 했는데, 그 당시 포항에 새로 생긴 치과가 잘한다기에 거기에서 이빨을 뽑고 치료도 받았다. 그런데 얼마지 않아 뽑은 자리에서 솟아올라오는 것이 이빨인 줄 알았는데, 교수님이 보시고는, 이빨이 아니라 잇몸뼈가 솟아 올라오고 있다며 대학 병원으로 가라고 했다.

아내는 장거리 운전을 해야 할 때는 내 차를 타지 않으려고 해서, 사위를 불러 부산 치과대학 병원으로 갔다.

이빨을 뽑은 자리에서 이빨이 올라와야 하는데 잇몸뼈가 자라고 있다며, 수술로 깎아 내야 하는데 수술하고 나서 다시 자라지 않아야 하는데 장담할 수가 없다고 했다. 어쨌거나 수술은 해야 하니, 예약해 놓고 올라왔다.

교수님은 아주 좋지 못한 현상이라면서 고민을 하는 눈치였다. 이빨 문제로 받던 치료를 여러 달 멈춰 놓은 것 때문에, 아내의 병은 악화 되기 시작했다. 부산을 여러 번 왕복했고 수술을 받기까지 날짜가 많이 갔다.

이빨 수술이 끝나고 바로 입원하여 치료에 들어갔으나, 상태는 순조롭게 회복되지 않아 어려운 고비를 넘겼다.

국내에 들어와 있는 약이 통틀어 다섯 가지라 했는데, 세 번째 투약을 시작하면서, 간신히 회복세로 돌아와 조금씩 차도를 보이기 시작했다.

입원과 퇴원을 반복하면서 아내는 무척 힘이 드는 과정을 넘겼으나, 몸의 부기가 나아지지가 않아 교수님께 퇴원을 시켜달라고 했다. 교수님도 그러라고 하시며, 집에 가서 맑은 공기를 쐬면 다소 효과가 있지 않겠냐고 하셨다.

다음날 퇴원을 하여 집으로 오니 아내는 더없이 얼굴색도 좋아지면서, 사흘 만에 몸의 부기도 다 빠져나갔다. 며칠 후 진료날에 병원에 가니 교수님이 깜짝 놀라시며, 역시 환자에게는 주위 공기도 중요한 것이라고 했다.

그렇게 회복되어 아내는 여름을 보내고, 겨울에 접어들면서 상태가 나빠져 다시 입원했다. 밤이 되면 잠을 자지 못하는 것 같았다. 기침을 많이 하기 시작해서, 교수님은 처음에는 감기 증상 같다며 기침약을 처방했으나, 약이 액체로 된 약이라 아내가 도무지 약을 먹지를 못했다. 먹으면 자꾸만 토해 올렸다.

몸이 붓기 시작하면서 움직이기도 힘들어 대소변도 입원실 안에서, 이동식 변기를 사용했다.

밤이 되면 기침이 심해지고, 기침이 심해지면 구토를 했다. 고통스러워 잠을 제대로 자지 못하는 것 같았다.

식사하면서 기침을 하게 되면 먹은 밥을 토해냈다. 극도로 병이 악화되면서 몸이 붓기 시작했다. 그러더니 어느 날은 아침을 먹다가 심하게 기침을 하기 시작하면서 시커먼 피를 토해내기 시작했다.

간호사들이 몰려오고 교수님이 오셨으나 원인을 몰라 쩔쩔매고 있었다. 한참 동안 많은 양의 피를 토해낸 아내는 지쳐서 쓰러지듯 맥없이 늘어졌다.

나는 이제 끝인가 보다 하는 생각으로 교수님께 가족들 연락을 해야 하지 않겠느냐고 하니, 교수님은 기다려 보라고 했다.

"피가 아닌 것 같은데!"

하면서 급히 나가신 후 조금 후 간호사들이 주사를 걸고 먹는 약을 처방했다. 아내는 죽은 듯 늘어지더니 잠이 드는듯했다. 나는 아내 곁에서 움직이지를 않고 지켜 보고 있었다.

얼마 후 교수님이 들어와 피는 아닌 것 같다고 하면서 잠이 들어있는 아내의 상태를 살피고 돌아갔다.

아내의 얼굴은 하얗게 핏기가 없었고, 숨결도 아주 낮은 상태로 아무래도 오래는 못 갈 것 같아, 잠든 아내 곁을 잠시도 떠나지 않고 지켜 보고 있었다.

몇 시간을 자고서야 아내는 깨어났다. 아내는 침대를 좀 세워 달라고 했다.

"죽이라도 좀 먹을래?"

내가 침대를 세워주며 아내의 눈치를 살폈다. 내가 천천히 아내에게 죽을 먹여 주면서,

"어때? 속이 좀 편해졌어?"

아내는 고개를 끄덕이며 그렇다고 했다. 죽을 겨우 몇 번 받아먹더니 아내는 또 눕혀 달라고 했다. 그러고는 또 잠이 들었다.

다음날부터 아내는 조금씩 회복이 되는 듯했다. 연말이 다가오면서

교수님이 신년도에는 성모병원으로 옮긴다고 했다. 부산에서 선린병원으로 오신 지 이 년이 넘은 듯했다. 그동안 교수님의 평이 좋게 퍼져 성모병원에서 모셔 가는 것 같았다. 신년도 1월 5일부터 성모병원으로 옮겨 가니 환자들도 모두 퇴원 준비를 하여 교수님과 함께 성모병원으로 옮겨 가기로 했다.

퇴원하면서 아내는 힘들어했다. 일주일 동안 집에서 별다른 조치도 없이 지내기는 어려울 것 같아 불안했지만, 최대한 12월 말일 날 퇴원을 했다.

집에 와서도 별다른 문제 없이 넘기고 신년도 5일이 되면서 성모병원으로 입원을 했다.

성모병원에 들어오면서는 다인실에 들어갔다. 여러 사람이 있으니, 말동무가 있어 아내가 좋아했다. 환자들끼리는 금방 친해졌다. 건강이 조금 나은 환자는 다른 환자들의 시중도 들어 주고, 말동무도 해주면서 입원실 분위기를 잘 만들어 주기도 했다. 때로는 그런 환자에게 아내를 부탁하고 집에 다녀 오기도 하니, 아내도 좋아했다.

아내는 차차 회복되어 갔다. 교수님이 퇴원하여 집에서 다니면서 치료를 받으라고 해서, 날씨가 따뜻해지면서 퇴원을 했다.

사 년째 접어들면서 아내의 건강은 부쩍 나빠지는 듯했다. 그동안 아내의 건강이 좋아지면서 내가 혼자서 작업을 시작하여 여름에서 가을까지 작업을 하고 겨울에는 혼자서 할 수가 없어 쉬었다. 봄이 오면서 내가 다시 작업을 시작했다. 입원할 때마다 치료비는 보험으로 되니 큰 부담은 없는데, 입원비는 병원 쪽에서, 다인실은 다른 사람들이 싫어한다며 꼭 일인실을 정해주니 그 비용이 만만치가 않았다.

아내의 상태를 봐서는 얼마지 않아 또 입원해야 할 것 같아 조금이라도 보탬이 될 수 있게 작업을 시작했다. 얼마 지나지 않아 아내는 입원했고, 회복할 기미도 없어 보이니 교수님도 고개를 저으며 어렵다고 했다. 다섯 가지 약 중에서 네 가지를 다 쓰고 남은 것은 한 가지뿐인데, 그 약은 젊은 사람들에게도 처방하기가 어려운 약이라, 노인들에게는 처방하기 어렵다고 했다.

그동안 정부에서 다른 약을 수입할 것이라 믿었는데, 그 기대는 허사가 되어가고 있었다. 아이들과 의논 끝에 마지막 약을 투약해 보기로 하고, 교수님께 사정하여 승낙을 받았는데, 아내의 몸 자체가 극도로 나빠진 상태라 교수님이 자제를 했다.

아내 역시도 자신감을 잃고 있는 터라 포기하는 상태에까지 와서 나는 집으로 돌아와 아들에게 엄마의 마음을 설득해 보라고만 했다. 이틀 후 아들이 전화가 왔다. 엄마가 해보겠다고 했단다.

아들은 안될지도 모르니 아버지는 나오지 말라고 당부를 했다. 애초부터 아내는 자기가 어려워지면 생명을 연장하려고 자기를 병원에 보내지 말아 달라고 여러 번 당부했다. 나는 아들에게 어쨌든 엄마의 마음을 편안하게 해주라고 당부했다.

교수님과 의논 끝에 내일 오전 중으로 주사를 투약하기로 했다는 전화를 받고, 줄곧 초조한 마음으로 초, 분을 세는 기분으로 어머님 사진을 쳐다보며 애원을 했다.

어떤 일에도 시간은 붙잡을 수가 없다. 다음날 아들이 어머니가 주사를 걸었다고 전화가 왔다. 그리고 두 시간 후에는 주사를 포기하고 주사를 뽑았다고 전화가 왔다.

엄마가 도저히 견딜 수가 없으니 뽑아달라고 했다며, 이제는 끝인 것 같다고 하며 목이 메어 다른 말을 못 하고 전화를 끊었다. 얼마 후 내가 전화를 하여 엄마에게 다시 한번 사정을 해보라고 했다.

주사를 뽑은 뒤 두 시간 만에 다시 주사를 꽂았다고 또 전화가 왔다. 목이 타고, 온몸에 피가 마르는 것 같았다. 병도 교대로 할 수 있었으면 얼마나 좋을까! 나는 거실에 네 활개를 펴고 편안한 자세로 누워 애만 태우고 있었다.

얼마나 시간이 흘렀는지 내게는 이미 감각 같은 것은 없었다. 아들의 전화가 오면 어떠냐? 하는 것이 고작이었다. 아들이 전화로,

"엄마가 견디고 있는데 주사약을 아주 천천히 넣고 있어요. 아마 시간이 오래 걸릴 것 같아요."

"몇 시간이나 되었니? 엄마 주사 맞은지가?"

"이제 다섯 시간이요."

"엄마가 말은 할 수 있겠니? 내 전화를 받을 수 있겠니?"

"안 돼요. 지금은 의식이 없는 것도 같고, 전화 받을 형편은 못 돼요."

"알았다."

전화를 끊고 벌떡 일어나니 방 안이 캄캄하다.

내가 아침은 먹은 것인가, 점심도? 종일 굶은 것 같다. 그래도 배는 하나도 안 고프다. 일어나 주방으로 들어가 술을 찾아 한잔 마시고 거실로 나와 또 아주 편한 자세로 누웠다.

아내와 살아온 햇수를 꼽아보니 딱 오십 년이다. 어제만 같다. 그동안 살아오면서 잔잔하게 입 다툼은 한 기억은 있으나, 이년 저년 하면서 싸운 기억은 아무리 생각해도 기억에 없다.

우리 이웃에는 옛날부터 오방골 동내라는 별명이 있다. 많이 싸운다는 별명이다. 그 싸움을 말리는 해결사가 바로 나였다. 아이들이 저희 집에서 엄마 아빠가 싸움만 하면 내게로 달려온다. 길게는 일 년에 한두

번 하는 집도 있지만 한 달에도 한두 번씩 하는 집도 있었다. 그런 이웃이 내 삶에 교훈이 되었던 것일까?

때로는 아내가 미웠을 때는 왜 없었을까만은, 아내가 내게 시집을 온 것도 그 시절에는 엄청나게 고마운 일이었고, 오 남매 막내에게 시집와서 홀어머니를 모시는 시집살이를 시킨 것이 너무 미안해서 어떻게 밉다고 할 수가 없었다. 그리고 못 해 준 것이 너무 많아서 언제나 마음은 아내에게 크나큰 빚을 지고 있는 심정으로 살았다.

지금까지 살면서 아내에게 사랑한다, 고생했다, 소리 한번 못 했지만, 마음속으로는 항상,

"고맙고 미안해!"

하는 마음으로 살았다.

"그 빚을 다 어떻게 할까?"

다른 사람들은 잘도 하는 여보 소리도 한번 못 했다. 첫애가 날 때까지는 이름을 부르거나 각시야 하는 것이 고작이었고, 첫애가 나면서부터는 큰애 이름이 아내의 이름이 됐다.

그래도 마냥 좋아만 하던 아내였다.

시간이 얼마나 되었을까? 아들의 전화가 왔다.

"어떠냐?"

"엄마 얼굴에 화색이 도는 것 같아요. 그리고 말도 하고요."

"한번 바꿔 줘 봐."

여보세요 하는 소리가 모깃소리만큼 들렸다.

"그래! 견딜 만하냐?"

"견뎌볼게."

"그래 견뎌 있는 힘을 다해서 견뎌. 내일 나갈게."

아들이 전화기를 가로채며,

"아버지 엄마가 힘들어해요."

"지금 몇 시간째냐?"

"이십 시간이 넘었어요. 그런데 이제 삼 분의 이쯤 맞았어요. 아버지는 밥이나 드시고 누워 계세요? 술만 드시지 마시고 밥도 좀 챙겨 드세요."

"오냐, 알았다."

말이 떨어지기 무섭게 일어나 주방으로 갔다. 소주 몇 잔을 마시고는 그대로 거실에서 잠이 든 듯싶다. 자고 깨니 아침 햇볕이 창 너머로 거실에 넘어와 나를 깨우고 있었다.

전화벨이 울려서 받으니 아들이다.

"잠은 좀 주무셨어요?"

"그래! 이제 막 깼다."

"엄마가 좋아졌어요. 아버지 오늘은 나오지 마세요. 주사가 아직 많이 남아 있어요."

"그래? 오냐!"

또 하루를 어떻게 보내나? 오늘은 아침이라도 좀 먹어야 할까 보다. 주방으로 가서 밥솥을 열어보니 밥이 남아 있었다. 끓여 놓은 숭늉에 말아서 몇 술 퍼먹고는 밖으로 나왔다. 배에는 작업하다 그냥 둔 그물이 그대로 실려있다. 내려야 하는데, 손에 일이 잡힐 리가 없다. 그냥 또 하루를 멍하니 보냈다.

다음날 조금 남은 밥을 먹고 일찍 병원으로 갔다. 아내는 주사기를 빼고 잠들어 있었다. 내가 옆에 앉아 아내의 손을 가만히 잡으니 아내는 내 손의 감각을 알았는지 눈을 뜬다.

"밥은 먹고 왔어?"

내가 고개를 끄덕이니, 믿지 않는 표정이다.

"좀 어때?"

하고 묻고 싶었지만, 그냥 아내의 표정으로 가늠했다.

며칠 후 교수님이 퇴원하라고 했다. 병원에서는 더는 할 것이 없다고 했다. 그리고 아들에게는 수원대학교 교수를 찾아가 미국서 건너오는 임상실험 하는 약을 알아보라고 했다.

퇴원하고 아들은 올라가 임상의학실험 약이라도 구해 보고자 애를 쓰는 동안 아내는 조금씩 회복이 되는 것 같았으나 먹는 것이 부실한데다, 이빨이 좋지 못하니 잘 먹지도 못했다. 나는 최선을 다해 아내가 먹을 수 있는 반찬으로 조금이라도 먹이고자 애를 쓰는 내 마음을 아는지, 아내는 잇몸으로 우물거리면서도 조금이라도 먹으려고 노력을 했다. 며칠 후 아들이 내려왔다.

아들도 사 년 전엔가? 뇌출혈로 치료를 받았는데, 그 후유증으로 다리가 불편해 장거리 운전이 힘이 드는데도 엄마 때문에 한 달에도 두세 번씩, 다섯 시간씩이나 걸리는 거리를 운전하고 다녀서 무척 힘들어했다. 아내는 자기보다 아들 걱정 때문에 마음이 편치 않은 터라 아들이 오는 것조차도 못마땅해했다.

아들이 수원에 교수님을 찾아가 부탁을 하여, 서울 삼성의료원을 통해 임상의학실험 약과 진료 예약을 하여 내려왔다.

다음부터는 아들을 못 오게 하고 열차로 우리가 가기로 했다. 집에서 역까지는 사위가 연결하고, 광명역에 내리면 막내가 마중을 와서, 막내 집에서 묵기로 했다. 막내 집에서 삼성의료원이 삼십 분 거리라 가까우니 그렇게 하기로 했다.

날짜에 맞춰서 열차를 타기는 했는데, 아내가 걱정스러워 불안했지만, 아내는 잘 참아 주었다. 아들 차로 다닐 때는 뒷자리에 누우면 내가 가는 동안 다리도 주물러 주고 휴게소에서 쉬기도 하면서 다녔는데, 두 시간을 좁은 의자에 앉아 편하게 움직이지를 못하고 다리가 아파 집에 있어도 내가 옆에 붙어 앉아 매번 주물러 줘야 하는데, 견디기가 힘이 들어도 잘 참아 주었다.

광명역에 도착하니 막내 부부가 나와 기다리고, 노인 우대로 열차 앞에까지 휠체어를 대기시키고 주차장까지 안전하게 이동시켜 주니 여간 편하지 않았다.

큰아들도 막내 집에 와서 함께 자고 다음 날 병원까지 함께 갔다가 집으로 가고 우리는 다음날 열차로 내려오니 역시 사위와 딸이 나와서 마중을 해서 편했으나, 아내가 여간 걱정이 되지 않았다.

"다음에도 그렇게 갈 수가 있겠니?"

"할 수 있어. 다리 아픈 애를 데리고 다니는 것보다 내가 조금만 고생하면 아들이 편한데, 다음에도 그렇게 가요."

며칠 후 아들에게서 전화가 왔다. 미국서 약이 들어오는 날이 결정되었다며 올라가는 날을 잡아 주었다.

한창 코로나가 극심할 때라 무척 불안했지만, 병원에서도 될 수 있는 대로 사람이 없는 곳에서 대기하면서, 차례를 기다리며 조심을 했다. 사람이 많으니 시간 예약이 되어있어도 쉽지 않았다.

진료를 마치고 약을 받아 막내 집에서 펴보고 아내는 눈을 둥그렇게 뜨고 한숨을 크게 쉬었다. 예전에는 약을 전혀 먹지 못했다. 약이 넘어가기만 하면 토해내는 체질이어서 감기라도 걸리는 날은 무척 힘들어했다.

그러나 이변에 약은 한 번에 먹는 양이 어른 손으로 한 줌이 넘을 만큼 많으니 아내는 어안이 벙벙하여 한숨을 쉬면서, 약을 하염없이 내려다보고는 자기 손으로 세 등분으로 나누어 놓고 이렇게라도 먹겠다고 했다.

내가 기특하여 등을 두들겨 주며, 그렇게 먹으면 된다고 하니 얼른 약을 집어 먹기 시작했다.

어쩌면 아내의 그런 모습에서 삶의 애착을 느끼게 하여 마음이 짠했다. 왜 그러지 않겠는가! 지금까지 살아온 세월 속에 가슴 아픈 일도 많지만, 그 세월이 밑천이 되어 늙어서 호의호식은 아닐지라도 부부가 옛날이야기 하면서 오손도손 사는 재미에 빠져 세월 가는 줄 모르고 지났는데, 누가 무어래도 우리에게는 더 바랄 것 없는 행복이 앞에 놓여 있는데, 작업하던 배를 판 돈으로 새 차를 사서 외국에 못 가본 대신 우리 차를 타고 친구 부부와 함께 가고 싶은 국내 곳곳을 다니며 먹고 싶은 음식도 먹고 멋있게 노년을 보내자고 했는데! 이 무슨 날벼락 같은 일이 벌어져 우리를 울리느냐!

다음 날도 열차를 타고 내려와 딸과 사위 마중을 받아 집에까지 왔지만, 딸이 가고 난 뒤 우리 두 사람만 남은 집안은 적막하고 쓸쓸해 쉽게 대화조차도 할 수 없는 분위기였다.

약을 복용하는 이십 일 동안 아내는 매우 신경이 날카로워져서, 대화하기도 여간 어렵지 않았다. 그러나 아내는 이십 일 동안 자신의 마음을 잘 다스리면서 열심히 약을 성공적으로 복용을 마치고 예약된 날짜에 열차 편으로 병원으로 갔다.

열차가 달려가는 동안 우리는 서로가 대화를 자제하면서 서로의 마음을 안정시켰다.

어쩌면 이것이 마지막일 수도 있다는 생각 때문에 마음은 무척 무거웠다. 아내 역시도 굳게 입을 다물고 있었다. 내가 불편한 자세로 아내 다리를 내 무릎 위에 올리고 주물러 주었더니 아내는 그나마 편해지는 듯했다.

가는 동안 아내는 아내대로 나는 나대로 결과에 온 신경을 다 쓰고 있었다. 아내의 표정은 기대하는 것보다는 어쩌면 실패 다음에 오는 일을 더 신경을 쓰지 않을까? 나는 아내가 맞이할 뒷일에 엄청난 불안을 느끼고 있었다.

솔직한 심정으로는 아내가 훌훌 털고 일어나기를 마음속으로 어머니께 수없이 빌고 또 빌었지만, 내 마음은 왠지 자꾸만 아니라는 생각 쪽으로 기울고 있었다. 그래서 가는 동안 아내의 얼굴을 바라보는 것조차도 불안했고 대화를 걸기가 힘이 들었다.

우리 순서가 되어 의사 선생님 앞에 섰을 때, 아내도 나도 두 아들도 표정은 돌처럼 굳어 있었다. 지금 이 자리에서 의사의 말 한마디가 아내의 마지막 판결이라는 점을 우리 가족은 함께 짊어지고 있었다.

한참 동안 침묵을 지키던 교수님이 아내를 쳐다보며, 효과가 전혀 없다는 말을 아내 면전에서 거침없이 내뱉었다.

그러면서 최종적으로 포항으로 내려가서 방사선 치료를 받아보라고 하면서 컴퓨터 시디 한 장과 짧게 쓴 의사 소견서를 건네주었다.

간신히 버티고 서있던 아내가 휘청거리며 주저앉는 것을 내가 가까스로 잡아 주며 아들에게 휠체어를 가지고 오게 해 차까지 이동하였다. 차에 오르자 아내는 역으로 바로 가자고 했다.

두말없이 나도 아이들에게 역으로 가자고 했다. 그 이상 아내는 아무 말도 하지 않았다. 나는 마음이 허공에 붕 떠 있는 것 같았다.

평생을 내 옆자리를 지켜주던 아내가, 멀어진 기분이 들었다. 마중 나온 딸과 사위도 벌써 오빠에게 소식을 들은 터라 묻지도 않았다. 포항역에서 집에까지 오는 동안 아무도 한마디 말도 하지 않았다.

집에 돌아온 아내는 오히려 담담한 표정이었다. 내가 끓여준 미음을 조금 먹고는 편안한 자세로 침대에 누워 잠이 드는듯했다. 이틀 동안 쓴 신경적 피로를 느끼는듯했다. 나는 밤이 늦도록 아내 옆에 앉아 아내가 편안히 잠들 수 있도록 다리를 주물러 주었다.

아내가 잠들지 못할 때마다 다리를 주물러 달라고 했고, 그렇게 하면 편안하게 잠이 들곤 했다. 아마 내 손길이 자기에게 머물러 있음을 잠이 들어서도 느끼는 듯했다. 아내는 주로 다리를 많이 아파했다. 암 덩어리가 몸 여기저기서 불룩불룩 튀어나오고 있었고, 머리에는 어른 주먹만하게 솟아올라 자꾸만 자라고 있었다. 그렇게 아내는 길게만 느껴지는 하룻밤을 편안하게 자고 났다.

하루를 푹 쉬고 다음 날 방사선 치료를 가겠느냐고 물으니, 아내는 가자고 했다. 나는 소용없다는 생각이었지만, 이제 얼마 남지 않은 아내와의 나들이로 소풍 가는 심정으로 아내를 데리고 나섰다.

아내는 나와 차를 타고 나가는 것을 아주 좋아했다. 언제나 내 옆자리에 있는 것을 편하게 생각했는지도 모른다. 차를 타고 이동을 할 때는 운전석 옆자리는 항상 아내의 자리다. 내 옆자리는 아내에게는 포근한 안식처였을까? 그래서 볼일이 있어 외출할 때는 언제나 아내와 꼭 동행한다. 그렇게 습관이 되어 때로, 나 혼자 차를 타고 나갈 때는 어쩐지 옆자리가 허전하고, 낯선 길을 갈 때는 불안하기도 했다.

옆자리에 아내가 없으면 운전 중에 자칫 길을 잃을까 불안한 마음도 있어, 아내와 함께 다니는 것이 편안했다.

방사선 치료를 받고 나을 수 있다는 생각도 아내는 아예 하지 않고 있는 것도 나는 잘 알고 있었다. 아내 역시도 알면서도 굳이 나서는 것은 좁은 방 안에서 두 사람이 마주 보고 있는 답답한 시간을 피하기 위한 것임을 잘 알고 있기에 별 신경 쓰는 일 없이 그냥 집을 나와 소풍 가는 마음으로, 평소에 지나치던 풍경들을 한 번 더 마음에 담고, 아내가 가장 쉽게 조금이라도 먹을 수 있는 음식을 골라 조금씩 먹는 그런 시간이 지금 아내에게는 최고이자 마지막으로 느껴보는 행복일 것 같아, 될 수 있으면 차도 천천히 운전하며 밖에서 보내는 시간이 많아지도록 해 주었다.

방사선 치료를 받은 지 일주일 되는 날, 치료를 받고 나오는 아내를 앞에 놓고 과장이 더는 치료가 소용이 없다는 말을 서슴없이 내뱉었다. 아내는 담담하게 과장의 말을 받아넘기고 병원을 나서면서 한참 동안 병원을 돌라보았다. 그리고 집에 돌아오자 침대 위에 편안하게 누워 잠이 들었다.

나는 서둘러 장기 요양 신청을 했다. 요양사가 오기 전 아내는 화장실 가는 것도 포기하고 기저귀를 착용했다. 그날부터 나는 아내가 처음 수원 아주대 병원에 입원했을 때처럼 대소변을 직접 받아냈다.

몸도 마음도 한없이 지쳐갔지만, 아내 앞에서는 힘든 표정을 하지 못했다. 마음 같아서는 아내를 가장 편안한 상태로 간호를 해 주고 싶지만, 그것은 쉽지 않았다. 얼마 전까지만 해도, 생선을 구워서 내 손으로 뼈를 밝아내고 아내의 밥술에 얹어서 먹여 주곤 했는데, 지금은 밥은 물론 미음도 간신히 넘기는 형편이 되니 내 마음은 한없이 안타까워졌다.

내가 밥이라도 먹여 줄 그때가 한없이 행복했던 것 같아 지쳐가는 아내 얼굴을 보고 있으면 눈물이 흘러내려 아내 얼굴이 보이지 않았다. 온통 마음은 안절부절못했다.

인생도 세상도 인간의 삶 자체가 허무했다. 지난 오십 년 세월이 온통 허무하기만 했다. 잠든 아내 위에 엎어져 그냥 아내와 함께 세상을 뜨고 싶었다.

수원에서 내려와 아이들이 수차례 마음을 정리하라고 해서 나도 그러겠다고 했는데, 정리된 것은 아무것도 없었다. 마음속에는 어쩌나, 어쩌나! 하는 의문 덩어리가 굴러다녔다. 며칠이 지나서야 요양사가 왔다.

요양사의 익숙한 솜씨에 나는 좀 편해졌지만, 아내는 점점 침몰 되어 갔다. 밥물이라도 조금씩 받아먹던 아내는 물 한 모금도 넘기기가 어려워지는 듯했다.

통증이 심해지면서 옆에서 보기도 힘들 정도였다. 그러면서도 아내는 병원에 가는 것을 결사반대했다. 자기는 마지막 순간을 집에서 맞이할 것을 여러 번 내게 말을 했다. 가까운 병원에 가서 원장에게 간호사가 와서 진통제와 영양제라도 놓아달라고 했으나 할 수 없다고 했다.

마음이 다급해지면서 여기저기를 수소문했다. 우연한 기회에 먼 조카 벌 되는 사람이 119 구급차를 여러 대 운영하고 있다고 해서, 그쪽으로 연결하여 회사에서 일하는 전문 간호사를 데리고 왔다. 진통제랑 영양제를 맞을 수가 있었으나 며칠 가지 못했다.

나는 어머니 사진 앞에 앉아 아내가 더는 고통을 받지 않도록 하루라도 빨리 데려가 달라고 빌었다.

이제는 정녕 마지막 순간인 것 같아, 아이들을 불러 병원으로 가기로 했다. 그때는 이미 아내는 아무 반응도 못 하는 처지가 되니 별 어려움 없이 병원 응급실을 거쳐 일인실로 옮겨 갔다. 그런데 문제는 입원실 출입이 전적으로 통제가 되면서, 가족은 단 한 사람만 허용이 되어있었다.

사경을 헤매는 환자에게 나 혼자서 감당하기는 어려울 것 같아 두 명이 있도록 해 달라고 병원 측에 건의했으나 받아들여지지 않았다.

아내는 말도 할 수 없는 상태로 접어들었고, 음식은 물론 물도 한 모금 마실 수 없는 상황이 되어, 오직 통증 주사와 영양제 주사 등 몇 가지 주사를 매달고 생명을 이어 가고 있는 상황이 되었다.

그러나 병원에서는 간호사들이 충분하게 배치되어 있어 아무런 문제가 없다고 하지만, 가족들과 환자의 인간관계는 전적으로 무시 되어 화가 치밀었다.

내가 혼자서 24시간을 아내 옆에 매달려 있어야 했고, 잠을 못 자는 실정이어서 나중에는 나도 같이 환자가 되는 기분이었다.

내가 여러 번 간호사실에 들러 멀리 있는 가족들이 주말을 이용하여, 어머니 얼굴이라도 한번 보고 가도록 사정을 하여 성사가 되었으나, 다음날 교대로 돌아온 간호사의 완강한 거절로 경기도 군포에서 내려온 막내며느리는 끝내 어머니 얼굴도 못 본 체 울면서 돌아갔다.

아내는 점점 쇠약해져서 눈을 뜨기도 힘든 지경에 이르렀다. 내가 옆에서 들려주는 이야기가 들리느냐고 물으면 고개를 움직여 대답을 대신했고, 자신의 의사 표현은 전적으로 할 수가 없게 되었다.

가슴을 치고 통곡을 하고 싶어도 마음 놓고 할 수 없는 실정이니, 내가 도리어 숨이 막힐 것 같았다. 내가 아내에게 할 수 있는 말은,

"고맙고 미안해. 오십 년 동안 살면서 내가 말은 하지 않았지만, 일편단심 네게 고맙고 미안하다는 마음으로 살았어. 내 맘 잘 알지? 촌구석에 박혀 늙어 가는 가난뱅이 어부에게 시집와줘서 고맙고, 홀어머니 모시는 시집살이 시켜서 미안해, 나는 네게 아무것도 해준 것이 너무 없어 이다음 저승 가서 만나면, 네게 무슨 말로 사과를 해야 할지 모르겠어.

그저 고맙고 미안해! 내 말 들리니?"

아내는 또 한 번 고개를 끄덕여 답을 해주었다.

"고마워 다음 생에서 우리가 다시 만난다면, 다 갚아줄게. 우리 다음 생에서도 꼭 만나자."

아내는 서서히 내게서 멀어져 가고 있었다. 창문 아래로 내려다보이는 병원 뒤뜰 정원에 큰 나뭇잎들이 노랗게 물들어 가는 것을 내려다보며, 아내의 짧은 인생도 저 나뭇잎들처럼 떨어져 가고 있다고 생각하면서 잠든 아내의 얼굴을 하염없이 바라보다가 돌아서서 아내를 덥석 끌어안고 통곡을 하고 말았다.

의식마저도 희미해 저가는 아내에게 병원에서는 심장 전파기를 설치했다. 심장이 멈추게 되면 빨간불로 신호를 보내 주는 것이라 했다.

이젠 아내의 임종만 남았다. 어떻게 마지막 임종을 맞아야 할까? 병원에서는 아직도 가족들의 임종을 허락해 주지 않았다. 오후가 되어 간호 반장님이 들어왔다. 나는 간호 반장님에게 내 한을 풀어 달라고 긴 이야기를 했다.

나는 오 남매 중 막내였다. 일곱 살 때 아버지가 돌아가셨고, 세 살 때 발목을 삐어 삼 년을 방 안에서 지냈다. 어머니의 지극 정성으로 나는 걸을 수가 있었지만, 밤마다 시리고 알리는 발목 때문에 잠을 잘 수가 없었다. 어머니는 그런 나를 피곤한 생활 속에서도 한결같이 밤마다 내 발목을 주물러 주시며 나를 재워 주셨다.

나는 간호 과장님에게 내가 평생을 모시고 살아온 어머니 임종을 지키지 못해 불효자가 되었다는 이야기를 장황하게 들려주었다.

내 이야기를 듣고 난 과장님이,

"아버님, 제가 아버님 한을 풀어 드리겠습니다. 지금 어머니 임종이 가까운 것 같으니 자식들에게 연락하여 빨리 오도록 하십시오."

간호 반장님이 나가신 후 나는 전화로 아이들을 불렀다. 큰아들은 시골집에서 대기 중이었고 딸도 포항에 있었지만, 막내는 경기도 군포에 있으니 아무래도 임종을 못 할 것 같았다. 가까운 딸은 병원에서 나와 같이 밤을 새우기로 하고 큰아들은 새벽 일찍 오라고 했다.

아내는 일찍 잠이 드는 듯했다. 아내 옆에 앉아 지키고 있던 나는, 새벽 시간에 잠시 의자에 기대어 잠이 들었다. 깜짝 놀라 눈을 뜨고 고개를 들어보니 아내가 눈을 뜨고 나를 지켜 보고 있었다. 나는 벌떡 일어나 아내 곁으로 가며,

"일찍 깼네!"

하며 아내의 손을 잡고 있으니, 아내도 손에 조금은 힘을 주며 내 손을 쥐었다. 딸에게 오빠를 빨리 부르라고 하고는 아내 옆에 다가앉으며, 아내의 얼굴을 손으로 쓰다듬어 주며,

"오늘은 얼굴이 곱네! 손도 곱고."

나는 딸에게 물수건을 가져오게 해서 아내의 손과 얼굴을 닦아 주며 말을 걸었다. 아내는 눈을 뜨기가 힘이 들어 감고만 있었는데, 오늘은 왠지 눈을 뜨고 나를 오랫동안 지켜 보고 있었다. 그러더니 차차 힘없이 눈을 감았다. 아차 하는 생각이 들어 딸에게 오빠를 빨리 오라고 하게 하고, 아내의 뺨을 가볍게 치면서 아내를 불렀다. 아내가 한 번 더 눈을 떠서 나를 보고는 다시 눈을 감았다. 그때 큰아들이 들어왔다.

"너 지금 가고 있는 거지? 얘들아! 엄마가 가고 있나 봐."

내가 다시 아내의 뺨을 가볍게 치며 흔들어 주고 큰아들이 울음을 터트리며,

"엄마, 나 왔어. 큰아들 왔어. 눈 떠 봐. 나 보고 가, 엄마. 가지 마, 엄

마. 나 보고 가! 아직 막내도 안 왔잖아. 엄마, 더 있어. 조금만 더 있어. 막내도 곧 올 거야. 첫차 탄다고 했어."

하며 매달리듯 애걸을 하자 간신히 눈을 뜨고 손을 들어 아들의 손을 잡고 얼마를 바라보다가 스르르 눈을 감았다. 마지막인 듯했다.

"잘 가. 좋은 곳으로 가야 해! 가서 내가 갈 때까지 기다려!"

나는 목이 메어 더는 말을 못 하고 물러섰다. 두 남매가 울면서 불렀지만 더는 눈을 뜨지 못했다. 끝내 임종을 못 한 막내 때문에 버티는 표정이었지만, 막내는 한참 후에야 도착했다.

병원에 들어온 지 십육 일, 어머니께서는 내 부탁을 들어 당신이 간 날, 음력 9월 초 6일을 택해 아내를 데리고 갔다.

"어머니, 감사합니다!"

어머니는 어쩌면 내 마음을 헤아리고 계셨을까!

아내는 사늘한 시체가 되어 영구차에 실려, 장례식장으로 옮겨졌다. 사흘 동안 친지, 친구들의 하직 인사를 받고 아내는 한 줌의 재가 되어, 항아리에 담겨 평소에 다니던 해봉사 법당에 임시로 안치했다.

사십구재 시제를 마치고, 사늘한 법당 안에 차려진 제상 위에 한 장의 사진을 남겨놓고 가족들은 모두 돌아왔다. 그동안 지친 가족들이 저녁을 먹자 모두 이리저리 누워 잠을 잤다. 새벽에 일어나 아침을 먹고 나더니 바쁘게 갈 준비를 하여 나섰다. 아버지가 혼자서 어떻게 지낼지 아무 걱정도 없다는 듯 밀물처럼 한꺼번에 밀려 나갔다.

남희가 차에 앉았다가 내려서 내게 다가와 내 허리를 안으며,

"아버지, 어떡해! 혼자서 어떡해!"

하며 울음을 토해냈다. 남희는 아버지가 이혼하면서 나와 함께 십 년을 살았다.

모두가 떠나고 나는 홀연히 아내가 없는 집에 혼자 남았다. 가족들은 그렇게 쉽게 훌훌 떠나갔다. 나도 그렇게 떠나고 싶은데, 아내도 없는 빈집에 남는다는 것은, 나도 아내와 떨어진 무덤 속에 묻히는 것인데! 나는 갈 곳이 없다.

아내가 병원에 있을 때처럼 네 활개를 펴고 거실에 반듯이 누워 천정을 쳐다보니, 천장 위에서는 아내가 손을 저으며 나를 부른다. 벌떡 일어나 아내의 손을 잡으려는데, 잡히지를 않는다.

"이 사람아! 나도 갈 거야!"

헛것이 보인 것인가? 오랫동안 잠을 자지 못해 머리가 바닥에 닿는 순간 꿈을 꾼 것인가?

"나는 어쩌라고! 나는 어디로 가라고! 모두 다 제 갈 곳으로 떠났는데, 나는 어디로 가라는 것인데? 유령처럼 남은 빈집에 나 혼자 던져놓고, 무심하게 떠나가면 나는 어쩌라고! 이 집에서 어울려 같이 살아온 가족이었는데! 한 사람 떠났다고, 이렇게 냉정하게 변할 수 있나!"

잘했든 못했든 그래도 지금까지 가정을 여기까지 끌고 온 나를, 잘못한 것이 있다면 성토라도 하고 갈 것이지, 쓰레기 버리듯 버리고 가면!

어쨌든 이 순간은 너무 적막하고 너무 외롭고 너무 슬프다. 망망대해에 떠 있는 배에 혼자 남은 것보다 더 두렵고 외롭다. 차라리 바다 위라면 나는 두렵지 않다. 평생을 바다에서 살아온 용왕의 아들이다.

지금까지 살아오면서 이렇게 남겨지리라는 생각은 한 번도 해본 기억이 없다. 그래도 며칠이래도 함께 있으면서, 내가 조금이라도 안정을 찾을 때 가야지!

사람의 마음이 이렇게 모진 데도 있던가? 더구나 내 가족들을 내가 이렇게 냉정하게 만들었나?

엉금엉금 기어서 주방으로 간다. 냉장고 문을 열고 소주병을 찾아낸다. 오늘부터는 이 술병이 나와는 제일 친한 친구가 될 것이다. 안주 따위는 소용없다. 나는 병나발을 불어 소주 한 병을 다 마셨다.

며칠 동안 꾹꾹 참았던 눈물이 하염없이 흘러내렸다. 쓴 소주가 넘어가서 눈물이 되어 쏟아지는 것 같았다. 목을 놓고 울어도 아무도 오지를 않았다. 울어도 울어도 마음은 풀리지를 않았다. 이놈의 술이 언제부터 이렇게 맹물이었나?

아무리 울면서 불러봐도 아무도 오지 않는다.

옛날, 옹기종기 모여 살던 이웃이 열다섯 집이나 되었고, 골목에 뛰어다니며 노는 아이들만 해도 스물네 명이나 될 때도 있었다. 방에 앉아 있어도 골목에서 놀고 있는 아이들의 소리가 들렸다. 지금은 한 명의 아이도 없다. 다들 나가고 돌아가시고 남은 것은 빈집들에, 바깥출입도 어려워하는 노인과 장사가 잘되면서, 한 달 있어도 얼굴 한번 볼 수 없는 바쁜 사람들뿐이다.

내가 여기서 지금 죽어도 아무도 모른다. 너무 울어서 목이 쉬어 누구도 불을 수도 없다.

하긴 그냥 죽었으면 좋겠다. 그래! 죽었으면 참 좋겠다.

자고 나니 거실에 엎드려, 울다 울다, 잠이 든 듯하다. 이렇게 살아서는 안 되는데! 누가 어렵지 않게, 사는 사람이 있을까! 어렵게 살아도 배고프지 않아야 하고, 외롭지 않아야 하고, 슬프지 않아야 하는데! 지금 나는 세 가지를 다 앓고 있다. 배불리 먹은 지도 오래여서 배도 고프고, 가족들이 다 떠나고 없으니 외롭고, 오십 년을 함께 살던 아내마저 떠나고 없으니 슬프다. 숨은 쉬어 살아 있어도 산 것 같지 않으니, 어떻게 하랴!

오후가 되니, 법당 안에 남겨놓고 온 아내가 걱정되어 마음이 불안해진다. 아내도 지금 외로워서 울고 있을 것이다.

해봉사도 지금은 몹시 고전하고 있다. 노스님이 계실 때는 신도가 많았다. 언제라도 절에 가면 신도들이 많이 와서 법당 안은 신도들 발걸음이 끊이지 않아서, 언제나 염불 소리가 바깥 스피커를 타고 퍼져 나와, 명월리 입구에서부터 염불 소리를 들을 수 있었다.

지금은 신도들이 다 어디로 갔는지? 절간이 한적하기만 하다. 말 그대로 절간이 되었다.

노스님이 여자의 몸으로 절을 신축하고 종을 들이고 탑을 세우며 많은 사업을 무리하게 시작하여 어려웠는데도, 납골당 건립을 시작해서 준공을 못 하고 부도가 나고 말았다. 그 충격으로 노스님이 쓰러지면서 아들 스님이 맡아 운영하였으나, 회복하지 못하고 사찰이 남의 손에 넘어갔다는 소문은 들었으나, 스님은 곧 공사를 재개한다기에 완공될 때까지 아내는 법당에 안치하기로 했다.

와중에 코로나19로 신도들이 빠져나가면서, 회복은 점점 어려운 것 같으나, 스님은 포기하지 않은 듯했다.

해봉사는 어머니가 젊었을 때부터 다니던 곳이고, 내가 어렸을 때부터 어머니를 따라다니면서 부처님 앞에 수없이 절을 올린 인연으로, 아내는 시집오자마자 어머니를 따라 해봉사에 발을 들였다.

아내의 유해를 해봉사로 옮기면서 스님을 만나, 충분한 이야기를 나누었고, 안 되면 다른 곳으로 옮겨 가기로 약속도 했다.

아침저녁으로 스님의 염불 소리와 설법을 들을 수 있으니, 그 또한 좋은 일이라 생각되나, 이제 겨울이 오면 어쩌나! 하는 생각으로 마음이 쓰인다. 그런 생각들이 나에게 아내 생각에서 벗어날 수가 없게 한다.

자리에서 일어나 시계를 보니 열두 시가 넘었다. 주방에 가서 뒤적이니 아이들이 먹고 남은 밥이 밥솥에 남아 있어, 물에다 말아서 몇 술 뜨고는, 옷을 입고 나섰다.

명월리 마을 해봉사 가는 길은 좁아, 운전 조심을 해야 하는데, 너무 많이 마신 술 탓으로 운전하기가 어려웠다.

해봉사 마당에 차를 세우고 한참 동안 정신을 가다듬어 법당으로 들어갔다. 아내가 사진 속에서 뛰쳐나와 내게 매달려 왔다. 나는 힘없이 아내의 영전에 주저앉아, 정신없이 울었다.

"고맙고, 미안한 사람아. 나는 어떻게 해야 하는가?"

얼마를 울었을까? 눈물을 닦고 아내 영전을 바라보니 아내는 한없이 고운 미소로 나를 반겨 주고 있었다. 그제야 나는 오면서 마트에 들러 사 온, 아내가 좋아하는 빵이랑 과자를 영전에 올려놓고, 부처님을 만나 뵙고 아내를 부탁드렸다.

아내와 마주 앉아 많은 이야기를 나누고 내일도 오겠다고 약속을 하고 법당을 나왔다.

해가 서산을 넘어가면서, 산 그림자가 법당 기와지붕을 쓸어내리고 있었다. 스님이 저녁 기도를 드리려고 법당으로 들어가더니, 법당 안에 설치된 스피커에서 스님의 염불 소리가 목탁 소리에 감겨 잔잔하게 흘러나왔다.

나는 천천히 해봉사를 빠져나와 명월리 마을을 지나오면서 그간 아내와 수없이 다니던 길에 옆자리에 없는 아내의 그림자를 느끼며 천천히 내려왔다.

명월리 마을은 참으로 내게는 추억이 많은 곳이다. 가을이 되어 감이 익을 때면 어머니를 따라, 명월리에 감을 사러 오면, 누구 집에 가도 모두 반갑게 맞아 주며 하얀 쌀이 섞인 점심밥을 차려 낸다. 점심을 배불리 얻어먹고 주인집에서 따 주는 감을 사서 어머니와 내가, 이고 지고 해봉사 법당 앞에 백일홍 나무 그늘에 낡은 의자에 내려놓고 법당으로 들어가 부처님께 인사를 드리고 산길을 넘어온다.

내가 어머니를 따라가는 것은 어머니가 감을 무겁게 이고 오시다가 쉴 때는, 내가 내려줘야 하고, 다시 머리 위로 들어 올릴 때 내가 없으면 혼자서는 다시 머리 위에 올릴 수가 없으니 내가 따라가야 했다.

그렇게 싸 온 감은 어머니가 손수 홍시로 만들어 마을에 팔았다. 이문이 남는 것은 없어도, 그때는 점심으로 감 한 개를 먹으면 든든하게 지낼 수 있으니, 어머니는 감 철이 끝날 때까지, 일요일만 되면 나를 데리고 명월리로 가서 감을 사고, 해봉사 법당에 들어가 부처님께 기도를 올린다. 그럴 때면 어머니는 염주를 주머니에 차고 가셔서 부처님 앞에 무릎을 꿇고 앉으면, 주머니에서 염주를 내어 두 손으로 받쳐 들고 백팔 배를 올린다.

절을 한 번 올릴 때마다 염주 한 알을 굴러 내리는 것을 반복하면서 그렇게 백팔 배를 새고 나면, 내 손을 잡고 겨우 일어나셨다.

나는 그때부터 해봉사 신도가 되었고, 아내 역시도 어머니를 따라 해봉사 신도가 되었다. 어머니는 잠깐 쉬고는 무거운 감 광주리를 이고 길을 나선다. 어머니는 자식들에게 먹이는 일이라면, 힘이 들어도 마다하지 않았다. 아버지가 돌아가신 초창기에는 한 끼씩 자식들을 굶길 때마다 가슴이 찢어지는 아픔을 겪었다고 했다.

집에까지 가는 길은 완전 산길이다. 양옆으로 높이자란 소나무 숲으로 하늘이 보이지 않고 낮에도 계곡에 들어서면 어두컴컴하다. 그 길을 어머니는 두려움을 잊기 위해 언제나 관세음보살을 외우며 걸음을 재촉

하셨다.

도중에서 쉬고 싶어도 혼자일 때는 이고 가는 짐을 내리지도 못하고, 내려놓으면 다시 머리 위로 올려 일 수도 없으니, 버리지 않으려면 집에 까지 가야 하기에, 어머니는 욕심내지 않고 알맞게 이고 오는 것이 필연 이라 했다. 그러니 항상 우리에게도 무리한 욕심은 자칫 일생을 망치는 일이 되는 수도 있다 하셨다.

명월리 마을을 천천히 내려오면서 그때 어머니와 자주 들르던 집들이 작은 초가에서 어엿한 양옥집으로 바뀐 것을 보면서 나는 마음속으로 집주인들에게,

"수고들 하셨습니다!"

하고, 인사를 했다. 집에 돌아오니 집은 어둠 속에 갇혀서 적막하기 만 하다.

문을 열고 실내에 있는 불을 모두 켰다. 나는 방으로 들어가 어머니 사진 앞에 서서 두 손을 모으고,

"아내는 이제 집으로 돌아오지 못합니다. 어머니!"

인사를 드리고, 나는 주방으로 들어가 냉장고 문을 열고 술병을 찾아 냈다. 밥은 조금 남은 것을 아침에 먹어서 남은 밥은 없다. 술도 요기가 된다고 했는데!

나는 연거푸 몇 잔을 마시고 거실로 나와 네 활개를 펴고 반듯이 누웠 다. 술 몇 잔에 천장이 빙글빙글 돌아가고 있다.

모임에 가면 언제나 최소한 소주 두 병은 마시고도 차를 운전하여 무 사히 집으로 온다. 어느 때는 집으로 가려고 시동을 걸고 라이트를 켰는 데, 누군가가 차 앞을 가로막고 있다. 내가 창문을 열고 고개를 내밀면, 내 앞으로 다가와서,

"계장님 취하셨는데, 가실 수 있겠습니까?"

파출소 경찰이다.

"자네들이 나를 데려다줄래?"

"아닙니다. 저이는 지금 근무 중입니다. 조심해서 가십시오. 도착하시면 파출소로 전화 주세요! 전번처럼 잊어버리지 마시고요!"

"그래. 수고해라."

그렇게 하고 집에 오면 파출소에서 전화가 와 있다. 아내는 늘 걱정을 하지만 나는 아내보다 더 많은 걱정을 한다. 만약에 내가 사고라도 나는 날에는 우리 아이들과 내 아내는?

"또 저렇게 취해서도 차를 끌고 왔지?"

야단을 치던 아내는 지금은 없다.

어두운 집 안에서 몽둥이를 들고나와 엉덩이를 두들겨 패더라도 지금 그 소리를 들을 수 있었으면 얼마나 좋을까!

잠을 깨니 어둠 속이 차라리 좋다. 화장실에 갔다 오니 목이 말랐다. 이제는 물 달라고 해도 가져다줄 사람은 없다. 다시 일어나기가 참으로 어렵다. 아프던 허리가 병원에 있을 때는 아내에게 신경을 쓰느라고 무시했던 것이, 엉덩이가 들리지 않는다. 엉덩이를 질질 끌고 주방까지 간다. 식탁 위에 물병을 들고 나팔을 분다. 물이 넘쳐서 옷 속으로 줄줄 흘러내린다. 시원해서 좋다. 어디면 어때, 식탁 아래 그냥 드러누워 버린다.

자고 나니 거실 창문으로 햇빛이 속없이 들어와 있다. 창문을 열어젖히고, 햇빛과 함께 바람도 받아들인다. 오늘은 아침을 하여 좀 먹어야 한다. 내가 이렇게 속절없이 헤매고 있으면, 아내가 내 걱정 때문에 극락세계로 가지 못할 것이다.

내가 걱정되어 내 곁을 맴돌고만 있으면 어쩌라고! 부처님을 따라 좋은 세상으로 가야지! 좋은 세상에 가서 아프지 말고, 외롭지도 말고 슬프지도 말고, 불쌍한 영혼들 불러 모아 부처님 세상으로 인도해 주는 일을 아내가 했으면 좋겠다!

오후가 되어 나는 세수도 하고 옷도 갈아입고 얼굴에 크림도 바르고 해봉사로 갔다. 오늘은 부처님 앞에 먼저 절을 올리고, 아내와 마주 앉았다. 전화기 속에 있는 아내 사진을 찾아 아내 앞에 보이며, 사진을 찍던 그때 당시 이야기를 아내에게 들려주었다.

아내가 마지막으로 찍은 벚꽃 사진을 보면서 나는 또 울었다. 여러 장 찍은 사진을, 한 장 한 장 찾아내어 아내에게 보이며, 그날 보여주지 못한 이유도 말해주면서 많이 울었다.

나는 그렇게 이 주 동안을 오후 시간을 아내와 함께 보냈다. 그런데 주위 사람들이 나를 말렸다. 그것은 아내를 무척 힘들게 하는 일이라 했다. 아내는 지금 사십구재 동안 스님의 기도를 따라 부처님 세계로 가야 하는데, 내게 매달려 있으면 아무것도 못 한다고 했다.

"그러면 안 되지!"

나는 그다음부터는, 일주일에 두 번만 가기로 했다. 그도 안된다는 주위 지인들의 말에 다음은 주일에 한 번만 가기로 했다. 일주일이라는 시간이 너무 지루했다. 할 일이라고는 아무것도 없는 내게는 아내 생각밖에 없다. 그러면 나는 어쩌라고? 이 지루한 시간을 숨이 막혀 죽어버리면 좋지만, 누군가가 그렇게 해주었으면 좋겠지만!

아내가 병에 걸리기 얼마 전, 우리는 농담처럼 원하던 고래를 잡았다. 어쩌다 고래를 잡으면 모두 로또 당첨이라 했다. 그런데 위판장에서 만나는 사람마다 나보고는 퇴직금을 탔다고 했다.

"아니야. 용왕님이 장기 복무로 주는 훈장을 받은 거다."

"아닙니다. 퇴직금이니 이제 퇴직하십시오. 그런데 지금까지 몇 년을 하셨습니까?"

"오십 년 하고도 끝자리가 있지!"

고래는 큰놈이었는데, 줄에 감기면서 먹지를 못해 야위었다. 정상적이라면 사천만 원은 나가야 하는데, 천칠백만 원에 낙찰됐다.

평소에도 나는 농담 삼아 언제고 고래를 한 마리 잡으면 퇴직할 것이라고 했었다. 그러나 나는 고래를 잡은 후에도 몇 년을 더 했다.

고별

칠제 중에 네 번째 제삿날, 스님의 기도문이 결국 나를 울리고 말았다. 스님의 기도 중에는 울지 않기로 단단히 마음을 먹었는데, 터져 나오는 슬픔을 감당을 못하고 나는 소리 내어 울기 시작했다. 조카딸이 휴지를 내 손에 쥐여 주면서 내 등 뒤에 앉아 내 등을 쓸어내려 주었지만, 치밀어 올라오는 슬픔을 참을 길이 없어 나는 자리에서 일어나 법당을 나와 내 차를 운전하여 집으로 돌아와 속이 시원하도록 울었다.

한 달 동안 계속 울보처럼 울어서 이미 목소리는 남이 듣지도 못할 만큼 쉬어버렸다. 거실에 엎드린 채 죽은 듯 누워서 세상 모르게 잠이 들었다. 큰아들이 깨워서 일어나니, 모두 돌아가고 아들과 둘만 남아 있었다.

부자가 저녁상 앞에 마주 앉아 밥 대신 소주를 주거니 받거니 마시고, 그냥 잠자리로 들었다. 내가 방으로 들어온 후에도 아들은 혼자서 오래 식탁에 앉아 술을 마시고 있었다. 큰아들은 사십구재 동안 아버지 문제로 많이 고민했을 것이다.

다음날 아들도 올라가고 또 혼자 남았다. 지금부터 혼자 지내는 연습을 해야 하는데, 마음이 혼자라는 단어를 받아들이려 하지를 않았다.

나 자신도 화가 났지만, 지금은 다가오는 앞으로의 일에는 아무 관심도 생각도 하고 싶지 않았다. 해봤자 답도 나오지 않는 문제에 머리를 짜내고 싶지도 않았고, 꼭 답을 쓰라면 한가지 답밖에는 생각나는 것이 없어 생각을 접기로 했다.

며칠 뒤 명월리 마을 입구에서부터 스님의 염불 소리가 조용한 산골 마을에 확성기를 타고 퍼지고 있었다. 스님의 염불 소리는 듣기가 아주 좋았다. 내가 법당에 들어갔을 때는 스님이 기도문을 외고 있었다.

아내와 마주 앉았는데, 옛날 추억 한 토막이 불현듯 머릿속에 떠올랐다. 그때가 몇 살 때였던지도 확실하게 기억은 없는데, 그때는 절골(명월리를 절골이라 했다)에는 토마토 재배를 많이 해서, 토마토가 익어가는 여름이면, 마을 단위로 총각들이 떼를 지어 토마토 서리를 와서 작은 마을이 왁자지껄했다.

어느 여름날 나도 누나와 이웃 남녀 친구들 몇 명과 토마토 서리를 간 적이 있었다. 그 당시 우리 마을에서는 토마토는 구경할 수 없는 과일이라 배가 부르도록 사서 먹고, 해가 서산에 기울도록 놀다가 다시 절 뒤쪽 계곡을 따라 돌아오는 길에, 흘러내리는 냇물에 잠시 앉아 손도 씻고 얼굴에 흘린 땀도 씻고 일어서는데, 앞에 산새 한 마리가 냇가에 앉아 물을 쪼아먹고 있었다.

나는 무심코 작은 돌을 주워서 새를 향해 던졌다, 이게 웬일인가! 새가 그 돌에 맞아서 그 자리에서 죽어버렸다. 나는 순간적으로 달려가 새를 주어서 울상을 하고 새를 손바닥 위에 올려놓고 살아나라고 발을 동동 굴렀다.

얼마 후 새는 날개를 틀며 살아났다.

"살았다!"

나도 모르게 큰 소리로 새가 살았다고 외쳤다. 새는 내 손 안에서 퍼덕거리며 날개를 펴고 날려고 했다. 나는 신경을 써서 새를 더 흔들어 정신이 들게 한 후 날려 보내니, 새는 아무 일이 없었던 듯이 멀리 날아갔다.

우리는 다 같이 손뼉을 치면서 새가 날아간 쪽으로 응원을 보냈다. 생각 없이 던진 돌에 새를 죽일 뻔했던 기억은 그때 내가 받은 충격이 컸던 만큼 기억은 잊히지 않았다.

집에 돌아오니 낯선 집에 오는 것 같이 선뜻 문을 열고 들어서기가 어렵다. 특히 어두울 때는 더 그렇다.

나는 가족들도 알게 모르게 여러 가지 병을 앓고 있다. 밤이면 쓰리고 알려서 술을 마시고 취해야 잊고 잠들 수가 있는 발목과, 오래된 위장병에 고혈압과 심장 질환까지.

젊을 때 위암인 줄 알고 혼자서 끙끙거리다가, 아내가 알게 되어 구룡포 형에게 알려, 형이 새벽부터 택시를 타고 들어오다가 사고를 당했다, 크게 다칠 뻔했는데, 다행히 다치지 않고 다른 택시로 옮겨 타고 들어와, 나를 병원으로 데리고 간 적도 있었다. 위암은 아니었으나, 나는 그 위장병으로 지금까지 고생하면서도, 술은 끊지를 못한다.

내가 가장 신경 쓰면서 사는 병이 심장이다. 심장도 부정맥은 위험하다. 심장 마비로 두 번이나 쓰러졌다 깨어났다.

나는 혼자 있는 것을 두려워한다. 내 곁에는 어린아이라도 있어야 마음이 안정된다. 아무도 없으면 불안하다. 그리고 혈압은 구룡포에서 사업을 망하고 집에 돌아와 그 분노를 삭이 너라 얻은 병이 혈압이다. 또 있다. 역류성 위염은 때로는 나를 무척 고통스럽게 한다.

눈은 안경을 낀 지가 오래되고, 안과에서는 오래전부터 백내장 수술을 해야 한다고 독촉을 하는데, 지금도 하루에도 몇 번씩 안약을 투약하고 있다. 얼마지 않으면 죽을 몸이라는 것이 내 핑계다.

비염으로도 일 년에 몇 번씩은 병원을 찾아야 한다. 가장 나를 괴롭히는 것은 허리 병이다. 열아홉 살 때 어장에서 일하다가 다친 것이다. 처음부터 나무뿌리와 풀뿌리가 유일한 치료약이었다. 결혼 후 무리한 작업으로 모질게 통증이 와서 삼일 밤을 잠을 못 자고 앓은 적이 있었다. 아픈 부위에 진통제 주사를 맞고, 한방 병원에서 주는 탕약을 달여 먹고 나흘 만에 잠을 잤다. 그 후 십 년마다 재발하더니 나이가 들수록 시기가 당겨지면서 그때마다 한방 병원을 평생을 단골로 다녔다.

나이가 들면서 너무 힘들어 병원에 갔더니 수술을 하라고 권했다. 어느 정도냐고 하니, 척추뼈 세 마디를 인공 뼈로 갈아 끼워야 한다고 했다. 이른 몸으로 생활을 어떻게 했느냐며 나를 미련하다고 했다. 나이 칠십이 넘었는데 수술은 무슨 수술이냐며 통증 치료나 해 달라고 했다.

그 후 아내가 병원에 입원 중 위독한 때, 집에 잠깐 들렀다. 욕실에서 세면기에 발을 올리고 발을 씻고 내리다가 뒤로 미끄러지면서, 꼬리뼈를 찧어 겨우 일어났다. 그때부터 완전 지팡이에 의지하게 되었다. 아내의 성화에 병원을 갔더니, 척추뼈가 깨졌다고, 하면서 시멘트 시술을 해야 한다고 했다. 나는 그럴 형편이 못 된다고 통증 주사를 맞고 아내가 있는 병원으로 갔었다. 아내의 등살에 얼마 후 다시 병원에 갔더니 이미 굳어진 상태라 지금은 방법이 없다고 했다.

과연 이 많은 병을 가진 내가 혼자서 남은 인생을 어떻게 살아야 하는지? 내가 이 많은 병의 뒤치다꺼리를 하면서 살아야 하는 이유가 지금은 없는 것 같아 나를 고민하게 한다.

아내가 떠난 지 이십구 일째 되는 날, 딸이 반찬을 해서 사위와 같이 집으로 왔다. 너무 많이 울어서 말을 못 할 만큼 목이 쉬어있는데, 딸이 내게 죽은 엄마의 한이라도 풀겠다는 결심을 한 것인지 내게 항의를 하기 시작했다.

엄마를 너무 많은 고생을 시켰다는 것이다. 그리고 아빠가 자식들을 너무 모질게 키워서 자식들의 가슴에 대못이 여러 개씩 박혀 있다고 했다. 종목이 여러 개가 되었다. 내가 다 기억은 할 수는 없어도 얼토당토 않은 말로 아빠를 공격했다. 무엇보다 엄마를 고생시키면서도 고생했다 미안하다는 말 한마디 하지 않았다고 했다.

그 말들은 이미 딸에게 여러 번 듣던 말이다. 그 일로 벌써 네 번째 하는 부녀 간의 싸움이다. 전자에는 마음이 편할 때라 옥신각신하다 말았던 일인데, 아내를 잃은 슬픔에 아직은 내 정신이 아닌 것 같은데, 전자에도 그랬지만 나는 도무지 이해가 가지 않던 일이라 무슨 뜻인지조차도 이해가 되지 않아 나로서는 할 말이 없었다.

엄마에게 고맙고 미안하다는 말을 자식들이 듣는 앞에서 해야 하는 줄은 몰랐다.

시골 생활은 다 어렵다. 다른 사람들보다 더 많은 고생을 하고, 더 힘이 드는 일을 하는 것이 아니다. 마을 사람들 대부분이 하는 일들이 같은 일이다. 시골 생활은 모든 일이 다 힘들고 고달프다. 시골에서는 부부가 손잡고 다니는 것도 흉이 된다. 다른 사람들이 보고 듣는 데서 "여보, 사랑해!" 했다가는 큰 웃음거리가 된다. 세대 차도 있지만, 지역적인 차도 많다.

딸에게는 그동안 쌓인 한이 너무 많은 것은 분명해 보였다. 내가 그렇게 모진 아버지였던가? 얼마나 한이 쌓였으면 엄마가 죽은 지 한 달도 되지 않는 아빠에게 이토록 인정사정도 없이 성토하는 것일까?

당장 아무 생각도 나는 것이 없어 그냥 가라고만 했다. 나는 사위가 딸을 끌고라도 데리고 나가 주기를 바랐지만, 사위는 의자에 편한 자세로 앉아 구경만 하고 있었다. 아무도 없는 빈집에 어제같이 아내를 잃고 혼자 남은 아빠에게 지나간 일로 이렇게 폭행을 해야 할 만큼 무엇을 잘 못했는지는 고사하고, 아빠가 아닌 다른 사람일지라도 이것은 예의가 아니다. 아무리 못 할 짓을 한 사람이라 해도, 때와 경우가 있어야 한다.

이 애가 내 딸이 맞는지 의심이 들었다. 아무래도 내 자식이 아닌 듯하다. 가라고만 했다. 더 시간을 끌면 내가 그 자리에 쓰러질 것 같았다. 심장이 뛰었다. 방에 들어가서 눕고 싶었다. 우여곡절 끝에 딸이 가고 나는 침대 위에 몸을 던졌다.

내가 정녕 그토록 잔인한 아빠였단 말인가? 지금까지 내가 마음에 담고 살아온 것이 무엇이었나?

가난 때문에 학교에서 밀려난 내 마음속에는, 오직 자식들뿐이었다. 첫째도 둘째도 아버지의 불행한 과거가 내 자식들에게 유전되지 않게 하기 위한 단호한 작심이었다. 그것이 오직 내가 사는 이유였다.

우리는 부자간에 자주 술상을 앞에 놓고 대화를 많이 하는 편이다. 사위와도 같이 식사를 할 때는 소주는 빠지지 않는다. 그러나 사위는 자기 의견은 말하지 않고 내가 묻는 말에 대답만 하는 위인이다.

아들에게 딸 이야기를 대충 해 주었다. 그리고 너도 그런 생각을 하고 있느냐고 물었다.

주리가, 오빠 가슴에는 대못이 여러 개가 박혀 있다며 오빠 앞에 사과하고 그 못을 빼주라고 했다. 하니 아들이 웃으며 아버지는 평소에 우리가 원하는 것을 미리 알고 해주셨기 때문에 한 번도 아버지에게 무엇을 해 달라며 졸라 본 적이 없었다고 했다. 자라면서 아버지에게 매를 맞아 본 적이 있느냐고 물었더니, 그런 기억은 한 번도 없었다고 했다.

나는 그날 밤 아들과 나눈 대화를 생각해 보면서 잠이라도 자려고 했으나 도대체 잠이 오지를 않았다.

지금까지 아이들도 엄마나 아버지에게 반항하거나 부정하는 일은 결코 없었다. 학교 진학 관계도, 나는 시골 사람이니까 아무래도 아는 것이 없다고 생각하고, 전적으로 자기들이 알아서 해주기를 바랐다. 특히 딸아이는 어릴 때부터 이래라저래라 하고 시켜본 적이 없다. 자기 일은 자기가 알아서 다해 주었고, 학교 공부도 알아서 하니 한 번도 공부하라는 말을 해본 적이 없었다.

무엇이든 해 달라는 것은 지체하지 않고 해주었고, 공부하는 시간에는 아무리 바빠도 일 같은 것은 아예 시키지를 않았다. 대학 진학 문제로 딱 한 번은 내가 딸에게 건의한 일이 있다.

나는 딸에게 거는 기대가 컸다. 딸은 무엇이라도 할 수 있다고 생각을 했고 그렇게 딸을 믿었다. 그때 당시 정부에서 경찰 대학을 새로 설립하여 경찰 대학을 졸업하면 검사와 같은 실력을 갖추어 앞으로 경찰을 독립시키려는 계획인 것 같아 내가 넌지시 딸에게 경찰 대학이 어떠냐고 말을 해보았다.

그랬더니 딸아이가 경찰 대학에 대한 정보를 상세히 알아보고는 내게 상세하게 이야기를 해주었다.

경찰 대학에서는 여학생은 다섯 명 한정으로 뽑기 때문에 지 실력으로서는 가능할 것 같지 않다고 했다. 그래서 나는 그러면 네가 알아서 하라고 하고는 일절 상관하지 않았다. 며칠 후 딸은 부산 교육 대학으로 진학을 희망했다. 나는 무조건 그렇게 하라고 했다.

딸은 부산 교대를 거쳐 청주 대학원에서 석사 학위를 받고 교사로 임용되었다. 대학원에 입학할 때도 내가 아내와 같이 청주에까지 올라가서 전세방을 얻어주고 왔다. 내 딸로서 아빠의 원을 풀어준 나의 분신 같은 자식이라고 생각하며, 내 지난 불행했던 과거에 보상을 받는 듯한 기분이었다.

그러던 내 꿈이 산산조각으로 폭발하는 것 같아 화가 나고, 지금까지 자식들에게 바쳐온 내 정성이 한없이 가련하게 생각되어, 치밀어 오르는 슬픔을 참을 길이 없었다. 심장이 안정을 못 하고 계속하여 뛰고 있었다. 잠을 자고 싶어도 잠이 오지를 않았다. 눈물도 남은 것이 없는지 더는 나오지를 않았다.

허허벌판에다 버린 어린 영혼을 가슴으로 껴안고 살아온 내가, 그 영혼 앞에 한없이, 한없이 부끄럽고, 미안하여 자폭이라도 하고 싶었다.

엄마가 보고 있는 해봉사 법당에서도 딸은 아버지를 돌아도 보지 않았다.

며칠 후 딸은 또 왔다. 이번에는 내가 잘못했다고 생각되는 것을 순서대로 적어서 읽었다. 대학원을 마치고 석사 학위를 받고 국민학교에서 어린 학생들을 가르치는 선생님이라고는 믿어지지 않았다.

내 이야기는 듣지도 않았고 말을 하지도 못하게 했다. 큰아들도 마침 내려와 있었다. 동생이 아버지에게 하는 말을 경청만 하고 있었다.

아들의 눈치도 달라 보였다. 그냥 남의 일같이 구경만 하고 있었다. 어쩌면 동생의 말에 동조하는듯했다. 나는 술만 몇 잔 하고 방으로 들어와 누웠다.

서러운 생각이 들었다. 자꾸만 혼자라는 생각이 들었다. 말라 버린 줄 알았던 눈물이 하염없이 흘러내렸다. 며칠을 두고 곰곰 이 생각을 해봐도 무언가 잘못된 것만 같은 생각이 들었다.

딸이 아버지가 잘못했다고 적어와서 읽어준 사건은, 열 가지 정도가 되는 듯했는데, 엄마가 죽은 지 한 달도 안 된 아버지에게 그렇게 모질게 성토할 문제는 한 가지도 없었다. 모두가 시골 어느 가정에서도 흔히 있을 수 있는 평범한 일들이었다. 기억나는 것은, 엄마를 고생시켰다는 것과 고생을 시키고도 미안하다는 말을 한 번도 하지 않았다고 했다. 그리고 자식들을 너무 모질게 키웠다고 했다.

자식들에게 사과하고 가슴에 박아놓은 대못을 빼달라고 했다. 무슨 일을 해도 언제나 혼자서 결정하고 가족들과는 전혀 의논하지 않는다는 지적도 했다. 그것은 사실이다. 나는 어려서부터 혼자서 지낸 날이 많다. 무엇이든 혼자서 했다. 누구 도와주는 사람이 옆에 없으니, 어려운 일도 아무리 힘이 들어도 두 번이고 세 번이고 혼자서 머리를 짜 가면서 해야만 했다.

언제나 나는 혼자 집에 남을 때가 많았다. 그래서 늘 외로워하면서 자랐다. 그것은 내 성격 탓이 아니라 집안 환경이 나를 그렇게 만들어 갔다. 몇 가지가 불만이 더 있었으나 기억나는 것이 없다. 대부분 어느 가정에서나 흔히 있는 일들이었다. 하기야 지금 세대와는 자식들 키우는 일도 자식들 교육 문제도 비교도 할 수 없지만, 그때 세월을 모르는 지금 세대 들을 이해시키기는 어려운 일이다.

어린 나이에 내가 겪은 가난이란, 내게 엄청난 갈등을 주었고, 내가 하고 싶어 하는 모든 것과 하고자 하는 모든 것에 엄청난 무거운 제동을 걸어놓았다. 세상 현실에 부닥뜨린 어린 마음이 세상의 파고 속으로 잠입해 가면서, 스러지려는 약한 자신을 붙잡고 속수무책으로 세상 속으로 파고들었던, 어린 영혼이 겪어야 했던 숱한 고통과 고민으로 받은 상처들을 올바른 치유도 없이 혼자서 끌고 왔다. 그런 아빠의 인생을 조금이라도 안쓰러운 마음으로 봐줄 수는 없었을까?

내가 살아오면서 하루 중에 가장 힘들었던 시간이, 새벽 잠자리에서 일어나, 작업 준비를 하고 장화를 신고 바로 집 앞에 끌어 올려놓은 배에까지 30여 미터를 걸어서 가는 길이었다. 종일 서서 하는 일이니 아픈 발목으로 옮겨 놓는 첫걸음이 때로는 등골에서 식은땀이 흘러내릴 만큼 힘이 들었다. 왼쪽 발을 처음 땅에 딛는 일에 많은 신경을 서야 했다.

특히 파도가 심하게 높은 날에는 종일 배 위에서 파도에 시달리는 날은 잠이 들 때도 그렇고, 밤새 자고 난 내 발목뼈는 단 일 센티미터 여유가 없다.

쉽게 말하면 내 발목은 인공으로 만들어 끼워놓은 목발 같았다. 잘못하여 발아래 작은 돌이라도 밟게 되어 삐끗했다가는 그 자리에 주저앉게 된다. 대문까지 나오면 대문을 잡고 발목 운동을 해보지만 아무 효과가 없다. 그보다 더 힘드는 것은 그 과정을 나 혼자서 앓고 있다는 것이다.

가족들도 다른 사람들에게도 철저하게 감춰야 했다. 살아가는 경쟁에서 지지 않기 위해서는 내 약점이 다른 사람에게 알려져서는 안된다고 생각했다. 나는 누구보다도 내 자존심을 소중하게 생각했다.

남들이 알게 되면 나는 경쟁에서 밀려나야 한다. 조심조심 내딛는 발걸음으로 배에까지만 나가면 그때부터는 약간의 여유가 생기고, 아침이 되면 굳었던 발목이 풀리면서, 오후가 되면 일을 하는데, 약간은 편해진다.

그 현실을 어머니가 알게 되면서, 어머니는 될 수 있으면 새벽 날에 잠을 깨시고 내 발목을 주물러 주셨다.

나는 우리 아이들에게도 이른 나의 고통을 틀어놓고 이야기한 적이 없다. 오히려 아이들이 알게 될까 봐 더욱 신경을 썼다.

결혼하면서 아내가 알게 되고, 아내와 같이 작업을 하게 되면서 때로는 배에까지 가는 길을 아내의 부축을 받을 때도 있었다. 처음 아내가 알게 되면서 아내는 잔뜩 신경을 썼지만, 그런대로 위축되지 않고 삼백육십 날 지치지 않는 내 인내에 감탄이라도 한 듯 담담하게 옆에서 말없이 나를 받쳐 주었다.

그렇게 살아온 아버지의 시대를 건강한 몸으로 살아가는 사람들과 견주어 생각한다는 것은 크나큰 차이가 있다. 아직도 내 가슴속에는 살아오면서 굽이굽이 겪었던 모진 기억들이 응어리로 남아 울컥울컥 튀어나오는 울분 때문에 잊고 살아야 하는 지난 일들을 역겹게 되새겨야 하는 마음의 고통을 겪어야 하는 때가 있다.

어머니가 돌아가신 후 내가 생각한 것이 내 발목의 안마를 내 손으로 주물러 정상적으로 돌려놓을 수 없을까? 하는 생각이었다. 어느 날부터 나는 잠자리에 들기 전, 내 발목을 내가 생각하는 방법으로 고강도 안마를 하기 시작했다. 그리고는 발목에 약을 바르고 붕대를 감고 자야 했다.

처음에는 고통스러웠지만, 세월이 지나면서 나는 새벽 첫걸음의 고통에서 조금씩 풀려나기 시작했다. 몇 년이 지나면서 발목의 움직임도 많이 유연해졌고, 잠자리에서 겪던 통증도 많이 좋아졌다. 그러나 어떨 때는 깜빡 잊고 이틀 정도만 안마하는 것을 잊을 때는 어김없이 자다가도 일어나야 한다.

나는 아직도 나도 모르는 내 마음속 어느 구석에는 지나온 세상에 대한 적대감이 감춰져 있다는 것을 알고 있기에 그 감정을 다스리기에 안간힘을 쓴다. 불현듯 울컥울컥 튀어나오는 그 감정을 붙잡고 비통한 저지를 해야 할 때가 있다.

얼마만큼 해야 부모가 자식에게 만족을 줄 수 있으며, 얼마만큼 해야 자식이 부모에게 만족한 효도를 할 수 있을까?

어머니와 살아온 육십 년 세월 속에는 숱하게 많은 갈등과 회의를 느끼고, 그 고비를 넘기 위해 나 자신과도 숱한 갈등을 겪었다.

어떠한 정성으로도 자식은 부모의 사랑을 보상할 수 없고, 어떤 방법으로도 부모는 자식이 원하는 만큼 만족한 사랑을 채워 줄 수 없다. 수많은 갈등을 겪어오면서 때로는 후회하는 마음으로, 때로는 원망하는 마음으로 바라만 볼 수밖에 없던 일들을 그냥 세월 속에 묻고 넘어왔다.

난들 왜 어머니께 불만이 없었으며, 어머니인들 왜 내게 불편한 마음이 없었으랴!

자식인 내게는 어머니가 내게 어떠한 섭섭한 말씀으로 나를 아프게 했다 해도, 그것으로 인해 평생을 어머니가 내게 바친 정성이 무너질 수는 없다.

어머니 역시 나의 어떠한 미운 짓으로 당신의 마음을 아프게 해도 가슴속에 있는 자식에 대한 사랑이 무너질 수는 없었을 것이다.

부모자식 간의 관계에 법의 잣대를 놓고 따진다면 인간 관계가 무너질 수 있다. 평생을 함께 살아가는 부모자식 간, 불편한 마음을 수시로 드러낸다면 긴 세월 한 집에서 살 수가 없고, 효부가 있어야 효자가 있다는 말이 생겨날 수도 없었을 것이다.

때로는 나는 어머니 앞에 직접 할 수 없었던 내 심경을 내 글 속에 남기기도 했다.

어머니는 죽음을 잉태한다 / 생명이 있는 죽음을 잉태하여 / 생명이 있는 죽음을 낳고 / 생명이 있는 죽음을 채찍질하여 / 보낸다. 그 소우

(消憂)한 무덤으로 // 자꾸만 치달아 올라온 전설이 / 숨이 가빠지면 / 죽음은 생명을 외면하고 / 돌아와 어머니를 잉태하고 / 돌아가 어머니를 낳는다 // 꽤나 낡은 전설 속에서 / 어머니는 생명을 잉태하여 / 죽음을 낳는다 / 그 조용하고 자애 서른 마음으로 // 인자하신 어머니 / 그것은 너무 어려운 역습입니다 / 당신은 조금만 더 기다렸다가 / 소우한 무덤 속에 저를 분만하십시오

　-「잉태」 전문(김근이 제1시집 『찔레꽃 피는 날과 바람 부는 날』에 수록)

　내가 어릴 때, 우리 집에 오신 어느 스님을, 어머니가 이 구석진 곳에 있는 집에까지 어떻게 찾아 들어 왔느냐고 하자, 집 뒤로 뻗은 산줄기를 가르치며, 저 산 줄을 따라왔다고 했다. 그리고 집 뒤쪽으로 들어가 집을 한 바퀴 돌아보고는,

　"역시 보살님이셨군요! 어쩐지 이쪽으로 끌려 왔습니다."

　그 당시 어머니는 산이 끝나는 바위틈에 맑은 물을 올리시고 이른 새벽과 어둠이 지는 밤이면 하루도 거르지 않고 기도를 올리셨고, 훗날 그 자리에 작은 법당을 짓고 평생을 자식들을 위한 공을 들였다.

　스님은 어머니께 두 손을 모아 합장을 하며, 나무아미타불 관세음보살을 입속으로 외우는 것을 나는 유심히 지켜보았다.

　스님과 한참 동안 이야기를 나누시던 어머니께서 스님과 함께 아버지 산소에 갔다 오라고 했다. 그 말을 들은 스님께서 먼저 앞서 나가시면서 나를 재촉했다.

　아버지 산소가 있는 산 위에 올라서면, 바닷가로 뻗어내린 산 너머로

바다가 내려다보인다. 처음 보는 사람에게는 마음이 확 트이는 좋은 풍경이다. 아버지 묘가 있는 산줄기가 바다로 뻗어나가 바닷속에 흘러내린 그 자락에 우리 집이 앉아 있어, 스님이 우리 집으로 찾아든 듯하다.

스님의 말씀대로라면 우리 집은 날아가는 비둘기 날개 깃털에 앉아 있다. 이것은 내가 자라면서 내 나름대로 생각해 본 것이다.

스님은 먼바다를 내다보시면서 고개를 끄덕이며 감탄하는 표정이었다. 아버지 묘를 돌아보며 주위를 둘러치고 있는 산들을 유심히 살피며, 연신 입안으로 무엇을 중얼거렸다.

"비둘기 산이야! 비둘기가 날개를 펴고 날아가는 형국이라고!"

혼자서 중얼거리면서 자기의 양팔을 벌리고 날아가는 시늉을 해 보이던 기억은 지금도 어렴풋이 남아 있다.

나는 스님의 행동을 넋 잃은 듯 바라만 보고 있었다. 오랫동안 살펴보시던 스님이 산에서 내려와, 산 중허리를 깎아 낸 도로를 따라 걸어가며 산 아래 계곡을 내려다보면서 연신 고개를 끄덕이기도 했다. 무언가를 입속으로 중얼거렸으나, 나는 아무 말도 알아들을 수가 없었다.

도로를 따라 걸어가면서 아버지 묘가 있는 산봉우리 옆에 산이 무너져 내려 산사태가 나 있는 부분을 유심히 바라보면서 연신 혀를 차며 신음을 냈다. 그때 스님을 지켜보던 내가 스님의 행동에 빠져들면서 오랫동안 생생하게 기억에 남아 있었다.

"비둘기 날개가 부러졌어! 비둘기가 날지를 못해. 아! 아깝다."

하면서 나를 돌아보며,

"너 몇 살이냐?"

하며 내 나이를 물었다. 그때가 아마 내가 대보고등공민학교에 다니던 겨울 방학 때로 기억이 난다.

"이 산이 말이다."

스님은 지팡이로 산줄기를 가리키며,

"비둘기 산이야. 날개를 활짝 펴고 날아가는 비둘기, 그런데 지금은 비둘기 날개가 부러져 있어 비둘기가 날지 못하고 있단 말이야."

산태로 무너진 곳을 지팡이로 가리키며,

"저 부러진 날개를 이어줘야 하는데 네가 할 수 있겠나?"

내가 웃기만 하니까,

"지금은 네가 나이가 어려서 못하겠지. 나중에라도 내가 어른이 되면 저 산태가 난 자리에 나무를 심고 가꿔야 한다. 부러진 비둘기 날개를 이어줘야 한단 말이지. 네 아버지 산소가 날아가는 비둘기 머리 위에 올라앉아 있단 말이지. 그런데 날개가 꺾여 있으니 날 수가 없어! 이름있는 문필이 날 명산이야!"

돌아오는 길에서도, 스님은 내 머리를 쓰다듬어 주시며,

"어머니 잘 모시고, 효도하는 아들이 되어야 한다. 형제들이 있어도 어머니는 네 몫이야. 학교는 가지 못해도 집에서라도 시간 있는 대로 책을 가까이하도록 해라. 아버지 산소 자리가 아주 좋은 곳이라, 훌륭한 문필가가 나리고 했는데!"

집에까지 오는 동안 스님은 줄곧 여러 이야기를 해 주셨다.

집에 와서도 스님은 어머니와 아버지 묘를 두고 많은 이야기를 나누시고 돌아가셨다. 나는 살아오면서 스님이 하신 말씀을 이따금 생각하면서 스님의 인상을 오랫동안 기억했다.

그 후부터 도로를 따라 나무를 하러 산으로 갈 때마다, 아버지 산소 옆 무너져 내린 산사태 자국이 유난히 신경이 쓰였다. 내가 나이가 들면서는 내 나름대로 그 산의 주인을 알아보려 하였으나 산 주인은 마을을

떠난 지 오래되어 아는 사람이 없었다. 설사 알았다고 해도 그때는 돈이 없으니 어떻게 해볼 수 없었을 것이지만 스님의 말씀이 어린 마음에 가시처럼 박혀 지울 수가 없었다.

세월이 한참 흐른 뒤, 내 머릿속에 박혀 있던 그 산에 대한 기억이 희미하게 지워져 갈 때쯤 해서, 윗집에 살던 이웃사촌 형님이 돌아가신 아버지를 우리 아버지 산소가 있는 옆 아래쪽에다 산소를 모셨다. 그리고 얼마 후, 형님께서 그 산 주인을 찾았다고 하면서 그 산을 사려고 산주와 흥정을 한다고 했다.

그 말을 듣는 나는 형님네 집에 달려가, 형수님도 어머님도 있는 자리에서 내용을 상세하게 들었다. 형님 역시 그 산을 사는 목적은 아버지 산소 때문이라 했다. 나는 그렇다면 그 산을 이전 할 때 내 앞으로 아버지의 산소가 있는 부분 200평을 분할해 달라고 했다. 형님께서 흔쾌히 승낙하셨고, 어머니께서도 이웃 간에는 황소 한 마리를 두고도 다투지 말아야 한다 하시며 허락을 해 주셨다. 나는 비용을 책임지기로 하고 형님께 전적으로 맡겼다.

한참 후 형님께서 묘를 200평이 아닌 100평으로 한 문서를 가지고 왔다. 정녕 이웃사촌이기에 편안하게 마무리를 했다.

그 후 형님 동생이 군에서 제대하고 집에서 소를 키우면서 봄이 되면 산사태가 난 그 자리에 나무를 심기 시작했다. 나는 속으로 은근히 안도의 숨을 쉴 수가 있었다. 작은형은 나와는 별시리 좋은 사이었고, 군에 있는 동안 계속 편지를 주고받던 사이었다. 내가 어릴 때는 형의 집에는 작은 텐마 배가 있었는데, 고기를 낚으러 갈 때는 나를 자주 데리고 다녔었다.

형은 여러 해를 그곳에다 소나무를 심었고, 심은 나무들은 잘 자라기 시작했다. 세월이 가면서 그렇게 보기 흉하던 상처 난 산은 소나무 숲으로 서서히 상처가 아물어 갔다.

상처가 회복되어 비둘기가 훨훨 하늘을 비상하는 상상은 내 마음에 안정을 주게 되었다. 우리 집 형편이 암울한 어둠 속에서 서서히 기지개를 켜고 일어서는 상황을 내 마음속으로 지켜보면서, 잊혀져 가던 스님의 기억을 되새겼다.

5·16 쿠데타가 나던 해, 나는 다른 해와 같이 오징어잡이로 주문진에서 동해안 각 항구를 거쳐 구룡포까지, 2개월이 넘도록 선상 생활을 했다. 구룡포에 오게 되면 얼마 가지 않아 오징어잡이가 끝이 난다.

날씨가 추워지면서 오징어잡이가 끝나갈 무렵, 바람이 많이 부는 날 배에서 내려 따뜻한 양지쪽을 찾아간 곳에 길거리 철학자가 허름한 책상을 펴 놓고 앉아 있었다. 우연히 철학자와 시선이 마주치면서, 그가 자꾸만 나를 뜯어 보더니 가까이 와보라고 했다.

그가 내게 이름을 물어보길래 알려 주었더니, 한문으로 써놓은 내 이름자 옆에 박정희라는 이름자를 나란히 세워놓고, 참 좋은 이름이라고 하면서, 장황하게 이름 풀이를 늘어놓았다.

글자 획수가 박정희 이름과 똑같다고 했다. 글로서 이름을 날리거나 돈을 많이 벌어서 부자가 될 이름이라 했다. 나는 국민학교밖에 다니지 못했으며, 보시다시피 지금은 작업선 선원일 뿐이라고 했더니, 그 선생이 웃으며, 돈을 많이 벌어 부자가 되면 되지 않느냐고 하면서 내게 새로운 이름을 지어주었다.

이름을 날리거나 부자가 될 이름인데, 이름인데 '根' 자가 가운데서 뿌리를 박고 있어 주저앉았다고 하면서, 혹시라도 다음에 글을 써서 책이라도 내게 되면 이 이름자를 쓰도록 하라고 하면서, '金湧玹'이라는 필명을 지어주었다. 내가 픽 웃으니까, 자기도 멋쩍은 듯 따라 웃으며, 인생은 길다고 했다. 그리고 돈을 많이 벌면 명이 짧을 수 있고, 이름을 날리게 되면 명이 길어진다고 했다.

내가 첫 번째 시집을 내면서 그 이름으로 할까 하고 생각을 많이 했는데, 웃기는 이야기 같아 본명으로 발표를 하고, 그 이름도 내 머릿속에서 서서히 지워져 갔다.

신이 우리 곁에 있다고 생각하면 나 자신의 관리가 조금은 더 신중해지는 것은 사실이다. 어쨌든 나는 어머니의 말씀을 마음속에 새겨 놓았고, 어머니 기도의 덕을 많이 받았다. 무엇보다 나는 내 마음이 흩어지는 것을 염려했고, 내 것이 아니면 돌아보지 말고, 다른 사람에게 해를 끼치는 일이라면, 더는 욕심을 내지 말라는 어머니의 말씀을 마음에 담고 살았다.

아내의 사십구재 마지막 제삿날이 다가오면서, 마음은 더욱 착잡해진다. 마지막 제사가 끝나면 거나마 주말마다 만날 수 있었던 가족들도 한동안은 볼 수가 없다. 마지막 제사에는 친지들도 마을에 있는 아내 친구들도 다시 오겠다고 했다.

마지막 제사 말미에는 우는 사람들이 많았다.

아내와 나는 정초와 정월 보름날, 그리고 사월 초파일과 동짓날은 꼭 절에 와서 기도를 드렸다. 그러나 이제부터는 나 혼자 오기는 어려울 것 같다. 일 년 동안은 아내의 영전을 곁에 두고 지낼 것을 아내에게 약속하고 법당을 나왔다.

큰손주가 할머니 사진을 안고 차에 앉아 있었다. 나는 아내 영정을 들고 아내와 눈을 맞추고 손주에게 넘겨주었다.

집에 도착하여 영전을 방에 들이고 나니 어쩌면 멀리 떠났던 아내가 집으로 돌아온 것 같은 기분이 들었다. 침대에서 내가 고개를 들면 바로 볼 수 있는 자리, 어머니 사진이 걸려 있는 바로 아래에다 사진을 세워 놓았다.

모두 서둘러 떠나고 결국 남은 것은 오늘도 나 혼자뿐이었다. 나는 멍하니 아내와 마주 앉아, 방 안에 어둠이 몰려들 때까지 그렇게 앉아 있었다.

밖으로 나와 차에 있는 노트를 들고 들어왔다. 며칠 전 절에서 써놓은 아내에게 쓴 「고별」이란 시를 컴퓨터에 옮겨 적었다.

고별(告別)

곱게 가을이 익어가는 숲속 / 떨어져 내려앉은 설익은 / 낙엽 위에 / 그리움을 깔아놓고 / 떠난 사람 // 배웅하는 산새들 소리에 / 가슴에 쌓아 놓은 / 연정도 내려놓고 / 훨훨 가벼운 걸음으로 / 하늘길 드시길 // 서산을 넘는 해가 / 산사의 이끼 낀 / 기와지붕을 안고 / 내려앉으면 / 목탁 소리에 휘감겨 / 울려 퍼지는 염불 소리가 / 떠나는 사람 / 보내는 고별인가 / 이 가을의 모든 것을 / 울려 줍니다 // 고맙고 미안했습니다 / 뒤돌아보지 마시고 / 편안한 마음으로 / 편히 가시오!

집 안에 있는 모든 전등을 다 밝혀 놓았다. 그래도 내 마음은 어둡고 답답하다. 아내가 사진 속에서 슬픈 표정으로 나를 지켜 보고 있다. 걱정스러운 얼굴이다. 죽음이 가까워지면서, 나를 바라보는 아내의 시선은 무겁고 금방 물기에 젖었다. 그렇다고 내가 아내의 시선을 피할 수도 없었다. 나는 아내와 시선을 마주할 때면, 나는 마음속으로 많은 이야기를 해주었다. 아내도 내 이야기를 알아듣는 듯했다.

우리는 서서히 이별을 생각하고 있었다.

어떻게 하면 가벼운 마음으로 아내를 보낼까? 아내와 친한 친구로부터 아내가 내 걱정을 많이 하고 갔다는 이야기를 들었다.

아내는 언제나 내 곁을 좋아했다. 언제든지 자기 시야 속에 내가 있어야 마음이 놓이는 듯했다.

부부는 처음 만날 때는 사랑으로 만나지만, 살아오면서는 서서히 믿음으로 바뀐다. 믿음이란 사랑보다 높고 정보다 고귀하고 소중한 것이다.

부부는 모든 감정을 마음속에 묻어놓고 살아간다. 아무리 좋은 이야기도 정다운 이야기도 머리를 맞대고 오랫동안 이야기를 하다 보면 마음에 감추어두었던 묵은 감정이 튀어나와 충돌이 생길 수가 있다.

옛날 어른들이 자주 일러주던 말씀 중에 음식은 씹을수록 맛이 나고 말은 씹을수록 사달이 난다는 말이 있다.

요즘 젊은 사람들은 사랑이라는 말을 입에 달고 사는 듯하다. 때로는 젊은이들 사이에 주고받는 사랑이란 말이 겉과 속이 다른 어색한 말로 들릴 때가 있다.

어떤 물건이든 흔한 것은 소중하게 느껴지지 않는다. 사람의 마음을 물건에 비유해서는 안 되겠지만, 사람과 사람 간의 믿음이란, 아주 무거운 물건을 들어 올리는 것과 같이, 사람과 사람의 마음을 얽어 주는 힘의 근원이 되기 때문이다.

우리 부부는 사랑을 넘어 믿음으로 살고 있다고, 나는 믿고 있었다.

나는 아내의 어떤 행동도, 어떤 결정도 믿었다.

아내가 시집오는 날부터 집안 살림에 대한 모든 결정권은 아내가 알아서 하도록 했다. 그렇게 길든 아내는 때로는 전혀 새로운 일에도 이래라저래라하는 것을 서슴지 않았다. 그럴 때면 내 저지를 받을 때도 있었지만, 언제나 어떤 일에나 자신감을 가지고 나서기를 잘했다. 때로는 그런 아내가 대견하게 보일 때도 있다. 조금 부족한 면을 내가 채워주면 원만하게 처리하는 실력을 갖추게 된다.

우리는 원만한 부부였다. 오십 년을 살면서, 이웃이 알도록 모질게 싸운 적은 단 한 번도 없었다. 어쩌다 며칠씩 집을 나갈 때는 하루만 지나면 아내가 보고 싶고 걱정이 되었다. 아내가 때로는 덤벙거리며 작은 사고를 치는 경우가 있어, 그 부분이 제일 걱정이 되었다.

아내가 가고부터 밤이면 너무 외롭고 불안하여 불을 켜 놓고 잤다. 밤에 잠이 깨어 눈을 뜨면 바로 앞에 있는 아내의 사진이 언뜻 눈에 들어온다. 그러면 나도 모르게 와락 일어나 아내의 사진이라도 끌어안고 싶은 충동을, 한동안은 밤마다 느꼈다.

그럴 때마다 가슴이 두근거리며, 때로는 아내의 사진이 날아와 내 가슴에 안기는 것 같은 환상에 빠지기도 했다. 그래서 불을 끄고 자면서부터 조금씩 안정을 찾았다.

하루에도 수없이 바라보는 아내의 사진을 볼 때마다 눈을 적셔야 하는 것이 싫어도, 사진을 치워야겠다고 생각하게 되면, 사진 속의 아내가 펑펑 우는 것 같아 두 번 다시는 그런 생각은 하지 않기로 했다.

죽은 정은 멀어진다고 했다. 언젠가는 나도 아내의 그림자에서 멀어지리라는 생각을 해보지만, 어렵다는 생각이 든다.

아내와의 이별이 이렇게 길어질 줄이야!

내 남은 인생에 아내와 단 한 번이라도 만날 수 있는 날이 있다면, 나는 아내를 만나는 날까지 백 년이라도 기다려 보고 싶다.

"여보! 당신을 보내는 일이 이렇게 어려운 줄을 알았으면, 당신이 가는 길을 나도 동행할 것을!"

내가 가장 불행이라고 생각하던 그때로 돌아가 당신과 함께할 수 있다면 나는 미련 없이 그때로 돌아갈 것이다.

"보고 싶다, 당신!"

영혼으로 사는 아이

김근이 지음

발 행 처 · 도서출판 청어
발 행 인 · 이영철
영   업 · 이동호
홍   보 · 천성래
기   획 · 남기환
편   집 · 방세화
디 자 인 · 이수빈 | 김영은
제작이사 · 공병한
인   쇄 · 두리터

등   록 · 1999년 5월 3일
(제321-3210000251001999000063호)

1판 1쇄 발행 · 2022년 11월 20일

주   소 · 서울특별시 서초구 남부순환로 364길 8-15 동일빌딩 2층
대표전화 · 02-586-0477
팩시밀리 · 0303-0942-0478

홈페이지 · www.chungeobook.com
E-mail · ppi20@hanmail.net
I S B N · 979-11-6855-087-2(03810)